残像

伊岡 瞬

角川文庫
23812

目次

第一章　出会い

1

「今日は、楽でいいなあ」

　あくびのあとの涙を拭《ぬぐ》いながら、隣に座る幸田《こうだ》陽介《ようすけ》が言った。

「まあな」

　おなじ程度に気の抜けた声で、堀部《ほりべ》一平《いっぺい》は答える。

　たしかに、平日という点を考えても今日の客足はかなり少ないほうだ。朝から雨が降り、五月の中旬にしては肌寒い陽気のせいもあるだろう。

　一平は、中学時代からの友人である陽介と一緒に、このあたりでは最大規模のホームセンター『ルソラル』で、三か月ほど前からアルバイトをしている。つまり、陽介は第一志望の大学に合格し、一平は浪人が確定した時期からだ。

　午後の十五分休憩中だった。普段「詰所」と呼んでいる、小さな事務部屋の近くのベンチに、二人並んで座っている。この詰所は社員通用口のすぐ脇にあって、監視カメラ用モニターなどのちょっとした機材の置き場と、出入りする関係者をチェックする警備員の控室なども兼ねている。

ちなみに、社員たちの机がある正式な事務所や、ロッカー、休憩室などはすべて二階にある。

そのベンチのすぐそばの従業員向け自販機で、缶コーヒーを買った。陽介は《微糖つめたい》を選び、一平は《ミルク砂糖入りあったかい》にした。先週、シフトを一回代わってやったので陽介のおごりだ。

お揃いの制服を着て並んで座る。青いシャツと黄色基調のネクタイ、赤いロゴが入った紺色のエプロンは貸与だ。洗濯もしてくれる。ただ、カッターナイフや各種ペン類が入った、従業員が「腰袋」と呼ぶツールケースは、正社員かベテランのアルバイトしか持てない。もちろん一平たちにはない。

缶コーヒーのプルタブを引き、ずびずびっと音を立てて飲む。

「あのころは、地獄だったよな」陽介がため息をつく。

「そうだな」

「毎日こうだと、いいよなあ」

「まあな」

あのころ、といってもそれほど昔ではない。十日ほど前に終わったゴールデンウィークのことだ。

今年は、カレンダーの並びから十連休だった会社も多いらしい。旅行やレジャー派だけでなく、ここ数年盛り上がっているＤＩＹやガーデニング人気も影響したのだろう。とにかく、駐車場は満杯、接する道路は渋滞、店の中も人で溢《あふ》れていた。

二人とも品出しや棚の整理が担当だ。商品がはける日には、トラックが到着する着荷場や「ストックヤード」と呼ぶ収納スペースとの往来も、当然ながら増える。人の背よりも高い檻《おり》のようなカーゴに、商品の詰まった折り畳みコンテナを満載して、売り場まで幾度となく往復する。

陽介とは高校からは別々になったものの、いまだに友達づきあいをしている。高校生のころは、同じ模試を受けた時に成績を見せ合ったりしたが、いつも似たような点数だった。その後、陽介は第一志望のそこそこ名の知れた私立大学へ入り、一平は浪人の身となった。

しかし陽介は「おれは大学生、おまえは浪人生」という雰囲気を毛ほども出さないし、そもそも、たぶんそんなことは思ってもいないところが、ゆるくつき合える理由かもしれない。

その陽介が二月の下旬からこのホームセンターでバイトをするのだと聞いて、「おれも紹介してくれ」と便乗した。

ゴールデンウイーク最中《さなか》の五月一日から、年号が「令和」に変わった。変わってしばらくは、このネーミングが良いとか悪いとか揉《も》めていたようだが、世間はすでに飽きたようだ。一平たちの生活にもほとんど影響がない。

今いるこのベンチのすぐ脇はバックヤードの一部になっている。照明はぎりぎりまで落としてあり、コンクリートは打ちっぱなしのむき出しだ。冬は寒そうだし、たぶん夏は暑いだろう。なんの装飾も愛想もなく、倉庫に入りきらない商品が積んである隙間に、身を置かせてもらっているという印象だ。

窓ガラス越しに外の様子を眺めた。小粒の雨が、窓にアスファルトに看板に、そして停められた車にも、静かに絶え間なく降りかかっている。

だが、あまり暇なのも喜ばしくはない。

客足が少なければ商品は売れない。売れなければ、品出しや棚の整理が仕事である一平たちの出番は少ない。ぼんやりしていてバイト代がもらえるほど甘くはない。バイトを統括するチーフマネージャーに「少し早いけど、今日はもう上がって」と言われれば従うしかない。あるいは「明日《あした》は自宅待機」と宣言されるかもしれない。

法律はどうなっているのか知らないが、それが現実だ。

「現実」という言葉に誘発されて、ふと右の手首に目をやる。治ったはずなのに、こんな天候の日は少しうずく。いや、うずく気がするだけかもしれない。

陽介が「そろそろ行くか」と声に出したときだった。

通用口のドアを開けて、業務用のカッパを着た人物が入ってきた。大きめのフードをかぶって顔は隠れているが、誰だかすぐにわかった。園芸売り場担当の葛城直之《かつらぎなおゆき》だ。

葛城は六十代後半らしいが、まじめによく働く。一平よりも三週間ほど遅れて採用された。つまり新顔だが「労を惜しまず」とか「身を粉にして」とかいう古臭い褒め言葉がぴったりの勤務ぶりだ。基本的に週に五日、来ているらしい。

朝のミーティングで、葛城が園芸担当の新人として紹介されたとき、一平は大丈夫だろうかと少し心配になった。もちろんどの売り場も大変だ。しかし園芸は屋外作業があるし、肉体労働の比率が高い。雨や強風の日にはむしろ仕事は増える。

一平自身、入店してまもないころのみぞれが降った日に、鉢物の移動を手伝わされたことがある。つくづく「屋内担当でよかった」と思った。しかも自己紹介によれば、葛城はこういう仕事は初めてだという。

だが日を追うごとに、もし葛城のその言葉が本当なら、家に帰っても勉強しているのではないかと思えてきた。知識といい手際といい、ベテランにしか見えない。

これまで一平はガーデニングなどにはまったく興味がなかった。花の名前などチューリップぐらいしか知らないし、花が咲かなければ、桜と欅《けやき》の見分けもつかない。

葛城とは、ときおり立ち話程度の短い会話を交わすだけだが、まったく興味のなかった花や樹木の世界のことをいろいろと教えてくれた。

植物は思った以上にデリケートで、特に小さな鉢植えなどは愛情を持って管理しなければ、すぐにダメになってしまう。水をやらなければ枯れるし、やり過ぎれば根が腐る。日に当てなければしおれるし、当て過ぎれば茶色に葉焼けする。

「こんな言いかたをすると年寄り臭いと思うかもしれませんが、人間と同じです」

言わんとすることは、一平の父親の説教と同じだが、しんみりと語るので嫌味を感じない。もし職場の人間を好き嫌いで区分けするなら「どちらかといえば好印象」かもしれない。

葛城は、今日も雨の中、植物たちの面倒をみていたのだろう。園芸店では、ちょうど花の盛りに合わせて品ぞろえする。雨にあたるとすぐにだめになる種類もあると聞いた。

葛城はドア付近で濡《ぬ》れたカッパを脱ぎ、それ用のハンガーにかけ、通路に積まれた段ボール箱の前に立った。バックヤードへ繋《つな》がるこの通路には、一時的に置かれた商品が、場所によっては天井に届きそうなほど高く積んである。消防署から指導が入ったとか入りそうだとか聞いたこともある。

何か探しものらしく、葛城は手元のメモと段ボール箱を見比べている。

急に葛城の動きが止まった。おやと思う間に、腰を曲げ、その角度がみるみる深くなってゆく。右手を腹のあたりに当て、そのままゆっくり床に膝《ひざ》をついてしまった。苦悶《くもん》の表情を浮かべ、背を丸め、いまにも額が床につきそうだ。

「おい、あれ」肘《ひじ》で陽介をつついて、立ち上がる。

「ほんとだ。やばいかも」陽介も立つ。

そちらに向かいかけたとき、背後から声がかかった。

「どうかしたの？」

よく通る女性の声にふり返ると、社員の添野《そえの》聡子《さとこ》だった。添野はこの店に三人いるチーフマネージャーの一人で、皆からは略して「チーフ」と呼ばれている。チーフは現場のあれこれを統括しており、一平たちの配置も勤務シフトも、おそらくは雇用条件も、ある程度裁量に任されているらしい。たしか四十歳を一つか二つ超えたぐらいだと記憶している。

「葛城さんが、急に、あんなふうに」

一平の説明を受けて、添野がうずくまる葛城に気づいた。

「あら、またかしら」

添野はすたすたと葛城に近づき、すぐ近くにしゃがんで顔をのぞき込むようにした。

「葛城さん。大丈夫？　葛城さん！」

次第に声が大きくなるが、葛城はほとんど反応しない。痛みがひどそうだ。

「どうしようかしら」

そう言いながら添野は立ち上がり、周囲を見回した。一瞬だけ一平たち二人のところで視線が止まったが、すぐにまたしゃがんだ。添野の目には、何かを頼れる人間として映らなかったようだ。

「救急車呼びますか？」

添野は葛城本人にたずねた。葛城が弱々しく首を左右に振るのが見えた。

「少し休んだらよくなりますか？」

かすかにうなずき、何か答えたようだ。それを聞いて立ち上がった添野が、こんどはしっかりこちらを見て近づいてくる。

「自販機で、なにか温かいものでも買ってあげて」

陽介に向かって小銭を差し出す。その程度には頼れると思ったらしい。

「はあ」

とまどいながらも陽介が受け取る。すぐそこに自販機があるのにわざわざ頼むということは、買ってやるだけでなく、そのあとの面倒を見てやってくれという意味だろう。

「少し落ち着いたら、あっちのベッドに寝かせてあげて」

詰所のほうを顔で示す。中に、急に体調を崩した従業員のために、簡易ベッドが一台置いてある。

「はあ」

陽介は、なんでおれなんすか、と表情に出したつもりのようだが、添野は気にとめた様子はない。彼女はもう一度しゃがんで、葛城の背中に手をあてた。

「今日はもう結構ですから、少し良くなったらあがってください」

言い終えると、売り場へつながるドアに向かって歩きだそうとする。

「あの」

一平はその背中に声をかけた。よけいなことに首を突っ込まないほうがいい、と頭のどこかで思ったが、つい口をついて出た。

立ち止まって半身だけふり返った彼女に問いかける。

「もし、良くならなかったら、救急車を呼ばなくていいんですか？」

添野は伸びをするように、一平の肩越しに葛城の様子を見てから、小声で答えた。

「胃痙攣《いけいれん》なんだって」

「イケイレン？」

訊《き》き返す一平に、添野が、そう、とうなずいた。

「差し込み、って言うのかしら。ときどきああやって激痛が走るらしいんだけど、十分くらい安静にしていると治るのよ。これで三度目かな。病院へ行こうって言っても、本人はがんとして『大丈夫です』って言うのよ」

その先の「だからどうしようもないでしょ」という言葉は飲み込んだらしく、再び背を向け売り場のほうへ去った。

一平は陽介とうなずきあい、葛城に声をかけて両脇から支え、ひとまず自分たちが座っていたベンチに移動した。

葛城は苦しげに「すみません」とかすれた声を漏らした。

「ベッドまで行きましょう」

一平がそう言ったが、葛城は首を小さく左右に振った。

「ここで大丈夫です。少し座っていれば治まりますから」

「でも……」

った。

「ここで、休ませてください」

一平の声をさえぎって、葛城はおびえる子どものように背を丸めて、ベンチに横になった。

陽介がベッドから毛布をとってきて、葛城の体にかけた。

葛城の耳や首のあたりが濡れている。一平はポケットに押し込んであった、今日おろすつもりで忘れていた、支給品の作業用軍手を引っぱり出し、やわらかそうな部分で水滴をぬぐってやった。ハンカチは今朝うっかり取り換えるのを忘れてきたので、まだ新品の軍手のほうがましだろう。

葛城が小声でつぶやいた。

「迷惑かけます」

「気にしないでください。飲み物、何がいいですか」

葛城がまたしても首を左右に振るので、自販機から《あったかい》ほうじ茶を買って、キャップをひねった。

「ここに置きますからね」

「申し訳ない」

時計を見ると、持ち場に戻らなければならない時刻はもう過ぎている。

「どうする?」陽介が一平に意見を求めた。

「チーフに様子を見てくれって言われたよな。ってことはこれは仕事だよな」

「大丈夫です。仕事に戻ってください」

やりとりを聞いた葛城が割り込んだ。あの添野が「どうしようもないでしょ」という顔をするぐらいだから、頑固なのかもしれない。

じゃあ行くか、と陽介と目顔でうなずき合った。

「葛城さん。それじゃおれたち、行きますから」

一平が声をかけると、葛城が小さくうなずいた。かすかに湿った軍手を見る。私物化できないようにするためか、甲の部分にロゴとキャッチフレーズが入っている。

《暮らしのことならなんでもそろう〝ルソラル〟》

このホームセンターの名称は、スペイン語で《太陽の》という意味の「luz solar」から採ったと聞いた。

2

三十分ほどして、一平がストックヤードからの品出しのついでに様子を見に行くと、葛城はベンチに座っていた。

上半身を起こせたということは、多少痛みが引いたのかもしれない。

「大丈夫ですか」

一平が声をかけると、力なく微笑んで「そろそろ帰ります」と答えた。そのまま立ち上がろうとするが、ふらついている。どう見ても一人で帰るのは無理そうだ。

一平は添野を捜して、再度相談しようか迷った。もうよけいなことをするな、という声が記憶の隅から聞こえてくる。そんな心配は社員たちにまかせておけばいい。おれはただのバイトだ。

あの一件以来、だれかに親切にしようとすると、心のブレーキがかかるようになってしまった。

同じく品出しに来た陽介が近寄ってきた。立ち上がりかけてまた座ってしまった葛城を見ながら、どうしたものか相談する。

「おまえ、女子にはまめじゃないが、老人には優しいよな」

本人は褒めたつもりかもしれないが、後半は強烈な嫌味に聞こえた。

結局、一平が添野チーフを捜して相談することになった。インカムも貸与されていないので、歩き回って捜すしかない。売り場でみつけて報告を始めると、話の途中で彼女は即断し指示した。

「じゃ、堀部君が家まで付き添ってあげて」

「え?」

そういうつもりで言ったのではないが、今さら取り消せない。

「今日はもう上がっていいから。悪いけどよろしく。本人、立てるんでしょ」

「そう言ってますが」

「冷たいようだけど、以前からの持病で労災対象じゃないから、タクシー代を会社がもつのは無理。堀部君の交通費はあとで申請して。もし、どうしても歩けそうになかったら、やっぱり救急車ね。その場合は店内放送でわたしを呼び出して」

普段の添野のことも知っているから、冷酷という印象はない。つまり、これが職場というものなのだろう。

「わかりました。――葛城さんには、家族とかいないんですか」

「履歴書に《知人》の連絡先が書いてあるけど、いつも本人が拒否するのよ。だけど、さすがに救急車を呼ぶことになったら、その人に連絡する」

「わかりました」

「定時まで時間給つけるから、お願いね」

人差し指を軽く立てて、またどこかへ去った。戦場の指揮官でも務まりそうだ。

あまり気乗りがしなかったが、アルバイトを統括する立場の社員にあそこまで言われては、嫌といえない。

一緒に帰りましょうと声をかけると、葛城は力なく手を振って辞退した。

「結構ですから、ひとりで帰れますから」

それでも無理やり一緒に帰ることにした。

陽介に簡単に事情を説明すると「頑張れよ」と励ましてくれた。私物置き場へ行き、自分のリュックを背負い、葛城の黒いリュックを手に持ってやる。

ホームセンター前にバス停がある。そこからバスで十二、三分、駅前の終点で降りる。一平の自宅からの最寄り駅でもある。都営地下鉄で東京都の東の端に位置し、江戸川《えどがわ》を越えて一つ先の駅はもう千葉県だ。

一平の家は駅から南へ十分ほど歩いたところだが、葛城のアパートは北へ同じく十分ほどだと言う。近くてよかったと、心のどこかで思ってしまう。

「タクシーに乗りましょう」

葛城はかたくなに「歩きます」と言い張ったが、これだけは一平が通した。代金は、添野がつけてくれるという時給を充てるつもりだ。

約一キロの初乗り運賃の距離で目的地に着いた。四百十円だ。乗るとか乗らないとか、どちらが出すとかもめるのが悲しい金額だ。

葛城が指示するとおりに進み、全体が古びた印象の住宅街の、狭いT字路を折れた。二台の車がすれ違うのもきつそうな細い道で、葛城が「ここです」と言った。

料金を払ってタクシーから降りた。葛城を支えてやる。雨はもう止んでいた。雲間からのぞいた五月の太陽が、濡《ぬ》れた路面の窪《くぼ》みに乱反射する。そのまぶしさがなんとなく不安な印象を与える。

「あそこです」

葛城が指さす先、私道と思われる細い路地の突き当りに、昔の映画にでも出てきそうな古びた一軒のアパートがあった。

アパートの建つ敷地は、意外に広かった。ただし、ずいぶんと荒れた印象だ。そこらじゅうに雑草が生え、手入れもされていない樹木が、二階の屋根に届きそうだ。

木造モルタルのかなり築年数が古そうな建物は、不自然に敷地の片側に寄って建っている。昔はもう一棟あったのかもしれない。それを取り壊したかなにかして、更地のまま放置しているように見える。

敷地全体は、一平の腰ほどの高さの苔《こけ》むしたブロックで囲まれていた。塗装が剝《は》げ錆《さび》が浮いた鉄製の門もかなり旧式だ。『ルソラル』でバイトをするようになって名前を覚えたのだが、『アーム錠』と呼ばれる形式で、「錠」と名はついているものの、ノブをただ半回転させるだけなので、鍵《かぎ》としての機能はない。

そのアーム錠を回して門扉を押し開けると、ぎいっと神経に障る金属音が響いた。

アパートの壁にへばりつくように、錆《さ》びた鉄製の外階段があり、その脇に集合ポストが見える。建物は奥に延びる形で一階と二階に三室ずつ並んでいるようだ。まさに昔ながらの「〇〇荘」という印象だ。

そう思ったら、壁のこちらから見える場所に、ペンキでやたら画数の多い名前が書いてある。読めない。かすれているというのもあるが、漢字そのものが読めない。あとで写真を撮って調べよう――。

そんな考えが顔に出たのだろうか。それまでほとんど口を開かなかった葛城が「ひこばえそう、と読みます」と言った。

「あ、『ひこばえ』ですか」

そう言われてみると、漢字一文字の下にやや小さく《ひこばえ》と振ってある。しかし、意味がわからないことに変わりはない。

「部屋はどこですか」

「一階の一番奥です。一〇三号室」

「ここまで来たんですから、ドアの前まで送り届けます」

「申し訳ない」

一〇一、一〇二と通り過ぎるが、表札らしきものは出ていない。ドア付近にも生活感はなく、無人なのか有人なのかの判断すらつかない。

一〇三号室の前に立つ。ドアに貼られた名刺ほどの大きさの厚紙に『葛城』とだけ手書きしてある。これが表札の代わりだろう。

葛城が、受け取った自分のリュックから鍵を取り出し、ドアの鍵穴に差し込んだそのとき、たった今、前を通り過ぎた一〇二号室のドアが開いた。住人がいたのだ。

「あれ、ナオさん。早いじゃない。まだ料理は――」

そう言いながら、半分ほど開けたドア越しに中年の女が顔をのぞかせた。暢気《のんき》そうだった表情が、一平の顔を見るなり強《こわ》ばった。

「あんた――」

一平に向かって何か言いかけた言葉を途中で飲み込み、葛城に視線を戻す。

「ナオさん。また具合悪いの？」

サンダルをつっかけて通路に出て来た。大胆な花柄のニットにカラシ色のパンツという上下に、真っ青な地に鮮やかな熱帯魚の描かれたエプロンをつけている。渋谷《しぶや》の人ごみにいても、すぐに見つけられそうな派手ないでたちだ。主婦だろうか。少なくとも、このアパートの雰囲気には似合わない。一緒に煮物らしい匂いも漂い出てきて、急に空腹を感じ、小さく腹が鳴った。

「ちょっとだけ」

片手にドアのノブを握ったまま、葛城が答えた。

ナオさん、とは葛城の呼び名らしい。そういえば下の名は「直之」だった。

「大丈夫？」

「うん。彼について来てもらったから」

「おたく――ええと、どちらさん？」

ここでようやく女が一平に尋ねた。さっき一平の顔を見て何か言いかけたのは、だれかと見間違えたのだろう。

一平は、女の顔を正面から見て、とっさに日本人形を連想した。色白で、目や鼻や口がどれも小ぶりな造りだ。髪形もきっちり切りそろえたボブだから、もしかすると本人も意識しているのかもしれない。それにしては、服装の派手さとは釣り合いがとれていない印象だ。そのミスマッチぶりのせいか、どこか艶《つや》っぽい雰囲気もある。

年代は、一平の母親よりやや下、四十を少し超えたあたりかもしれない。ただ、しっかり化粧をしているので、断言はできない。

「葛城さんと同じ店でバイトしてます。堀部といいます」軽く頭を下げた。

「ああ、なんだっけ。ええと、ミソラとかいうホームセンター」

「ルソラルです」

「ああ、たしかそんな名前ね。――学生さん？」

「はあ、そうです」正確には浪人中です、と訂正する必要もないだろう。

「ありがとう。助かりました」

二人のやりとりに割り込んで、葛城は深々と頭を下げて玄関に入って行った。

「ねえ。もしかして、ここ？」

女が、エプロンに描かれたクマノミの上から、胃のあたりをさすった。

「そうみたいです」

この場にいると、さらにあれこれ聞かれそうな気がしてきた。無事送り届けたことでもあるし、そろそろ帰ることにする。

葛城にひと言かけるために、わずかに開いているドアの隙間を広げ、頭を突っ込んだ。狭い玄関を入ってすぐ脇が狭い台所になっていて、葛城はシンクで手を洗っている。

「それじゃあ葛城さん、おれ、これで帰りますから。それと、添野チーフが――」

ふいに、耳元に温かい息を感じた。振り向くと、三十センチもないところに女の顔があった。

「うわ」

思わずのけぞる。のけぞった勢いで、ドアに後頭部をぶつけた。

「あ痛《い》てっ」

いつのまに忍び寄ったのか、女が一平の肩越しに部屋の中をのぞこうとしていたのだ。

「こっちこそ、うわー、よ。もう少しで口づけするところだったじゃない」

友達に対するような馴《な》れ馴れしい口調だ。

なんだ、この人は――。

顔つきは純和風だが、中身はあけすけというかラテン系のようだ。もっとも、ラテン系の知人はいないが。

一平がドアの外へ身を引くと、女はするりと脇を抜けて玄関から上がり込んでしまった。何をするのかと見ていると、女は葛城を座らせて、何か声をかけ、コップに水を汲《く》んだりしている。親しそうだ。これならまかせて大丈夫そうだ。さっさと帰ろう。

ドアを閉めようとしたとき、後ろから肩をぽんと叩《たた》かれた。

「うわっ」

また驚いて振り返ると、別の女が立っていた。和風ラテン系の女が出てきた一〇二号室のドアが半分ほど開いているから、一緒にいたのかもしれない。

「ナオさん、どうかしたの？」

女は、わずかに眉間《みけん》に皺《しわ》を寄せて一平に聞いた。ほんのりと、柑橘《かんきつ》系の香りが漂った。

「あ、ええと」

質問の中身などどこかへ飛んで、見とれてしまった。

齢《とし》は三十歳くらいだろうか。背は一平より少し低いぐらい。肩より少し長めの髪を、無造作にポニーテールにまとめている。ほとんどすっぴんではないかと思うほど化粧は薄いが、それでも目を引く美人だ。なんとなく猫を連想させる目が印象的だ。

どこかで会ったような気がするが、思い出せない。とにかく、率直に綺麗《きれい》な人だな、という感想しかない。もしかすると、何かの撮影でもやっていて、この人がモデルか女優で、さっきの女がマネージャーだろうか。

「ねえ、聞いてるんだけど」

ネコ科の目で睨《にら》まれた。あまりきちんと手入れされていない眉《まゆ》が野性的で、それもまた似合っている。映画に出てくる凄腕《すごうで》の暗殺者《アサシン》というイメージだ。

「あ、あの、胃の」

息がかかりそうなほど近くに顔があって、ついしどろもどろになった。

「アノイノ？」

「例の胃痙攣《いけいれん》みたいよ」

先に入った女が、葛城の部屋のドアから顔をのぞかせて代わりに答えた。続けて「ねえ薬はどこだっけ」と訊《き》く。

「たしか、カラーボックスの一番上の段だったと思うけど、手伝おうか?」

そう言いながら美貌《びぼう》の暗殺者《アサシン》も、一平の脇を抜けて部屋に入っていった。

さっさと帰ろうとしたのも忘れて、ぼんやり立っていると、背後からサンダルを引きずる音が聞こえた。

また一人、一〇二号室から女が出てきた。三人目だ。やはり、何かやっていたのは間違いない。

三番目の女は無言だった。上下ともかなり着込んで型のくずれたスウェットを着て、ショートボブほどの長さの髪が乱れている。「くしゃくしゃ風ボブ」などという洒落《しゃれ》たものではなく、ただの寝癖のようだ。今までの中では一番若そうで、一平と同い年くらいに見える。

この女はひどく痩《や》せていて、もともと大きそうな瞳《ひとみ》が、さらに目立っていた。どことなく、怯《おび》えた草食動物を連想させる顔立ちだ。化粧っ気はまったくない。同世代の女性の完全な〝すっぴん〟を見る機会などないので、さっきと別の意味でどきどきした。

彼女は、まるで一平が葛城に害を与えたとでも言わんばかりに、怯えた目でみつめてから、ドアが開いたままの一〇三号室の中へ声をかけた。

「なに?」

見た目とはギャップのある、ぶっきらぼうな言いかただ。

二人目の女のものらしい、ややハスキーな声が答える。

「今日は、胃痙攣みたい」

「それ、痛い?」寝癖の草食女が、髪のはねを押さえながら訊く。

「痛いよ、かなり痛い。わたしも昔なったことがある。泣きたくなる」

「やだ」

やりとりを聞きながら時刻を確認する。午後五時三分。定時は過ぎている。堂々と帰れる。

しかし、と迷った。正直をいえば、二人目の女には興味を引かれていた。十歳ぐらいは年上かもしれないが、そんなことは気にならない。あの美貌とクールな雰囲気には、いままであまり出会ったことがない魅力を感じる。

ここで退去したらおそらく二度と会えないだろう。それはなんとなく心残りだ。それに、もし芸能人だったら、陽介に自慢できる。本物の暗殺者《アサシン》だったら、もっと自慢できる。少し怖いが。

中途半端に開いたドアの前に立ってぐずぐずしていると、和風ラテン系の女が顔をのぞかせた。

「ねえ。そこの坊や、ちょっと待ってて」

「え」

反射的に身を引こうとしたとき、ぐずぐずしていた理由が視角の外からすっと現れて、一平の手首を摑《つか》んだ。

「少しだけ、待って」

ひんやりとした声と手で、指は細いが力強かった。

「はい」と答えていた。

3
「で、学生さんなの？」

和風ラテン系の女が、正面に座って海苔《のり》を巻いた煎餅《せんべい》をほおばっている。

一平がポニーテールの暗殺者《アサシン》に腕を摑まれて、やはり振りほどいてでも逃げるべきかどうか躊躇《ちゅうちょ》しているあいだに、残りの二人が葛城に薬らしきものを飲ませ、押し入れから出した薄い布団に寝かせたようだ。

そのあと一平は、隣の一〇二号室に連れ込まれた。さっき、三人が次々に出てきた部屋だ。

なんだか悪いことをしたような扱いをされていることに、少し腹を立てている。そして少し怯えている。これでは拉致《らち》監禁だ。しかし、女たちを突き倒して逃げようとも思えない。いつも陽介に指摘されるが、致命的なまでの煮え切らなさだ。

「そこ、座って」と、冬はこたつになるタイプのテーブルを示された。なぜ知っているかと言えば、店で扱っている売れ筋商品だからだ。

とりあえず、百均ショップで買ったようなうすっぺらな座布団に腰を下ろした。

三人の女もそれぞれ座った。正面が和風ラテン系、右隣が若いすっぴんの寝癖、左隣が柑橘系のポニーテールだ。おそらく、足首にダガーナイフを忍ばせている。意識の七割が左に向かう。

「ちょっと、訊いてるんだけど」

和風ラテン系の女が、唇の端についた海苔を押し込みながら、繰り返した。

「そんな感じです」

「ふうん」

連れ込まれたときに、素早く部屋の中を観察した。間取りは、狭いキッチンと六畳一間だけのようだ。そのたった一間が雑然としている。衣類がごっそり洗濯カゴに放り込んである。汚れものなのか、これが収納された状態なのかは不明だ。部屋にはサイドボードもベッドも簡易なワードローブもない。

何かの撮影をしているにしては散らかり過ぎている。そういう演出もあるかもしれないが、床の上にスナック菓子の食べかすが落ちているのは、さすがにリアルすぎる。

一方、散らかっている割に生活感がないのも不思議だ。

ここは誰の部屋だろう。さすがに、三人一緒に暮らしているとは思えない。ハンガーにかかった服の趣味からすると、和風ラテン系の部屋だろう。

家具に属するものといえば、カラーボックスが二個と、ごくシンプルなハンガーラックがあるだけ。そこに収納しきれないものは、床に放り出してある。各種菓子の袋、これもまた百均ショップで売っていそうな健康器具、ぺらぺらのトートバッグなど。散らかっているというより、ほかに置き場がないようだ。

あえてたとえるなら、引っ越してきたばかりか、あるいは逆に、大物は運び出してあとは後始末のみの引っ越し前夜、とでもいえばいいだろうか。

「なに、きょろきょろしているのよ」おそらくは部屋の主《あるじ》の女が訊く。

「いえ、別に」

「名前は？」

さすがにそこまですんなり答えるほどのお人好《ひとよ》しではない。答えずにいると、向こうから先に名乗り始めた。

「じゃあ、まずはあたしたちから名乗ろうか」

和風ラテン系の女は「ころもだはるこ」と名乗った。「こういう字なの」と、レシートの裏に《衣田晴子《ころもだはるこ》》と書いてみせてくれた。人を食ったような態度とは裏腹に、ペン字の見本にも使えそうな、整った綺麗な字だった。

「こっちは、あまのなつきさん」と衣田晴子がポニーテールを紹介した。「そしてこっちは、かやまたえちゃん」と寝癖の彼女を紹介し、やはりレシートの裏にそれぞれ《天《あま》野夏樹《のなつき》》《香山多恵《かやまたえ》》と書いた。

「で、そっちは？」

名乗るぐらいは大丈夫だろうと思った。そもそも葛城に訊けばすぐにわかることだ。

「堀部といいます」

「下の名前は？」

「一平です」

晴子がさっきのレシートをこちらに押し出したので、ボールペンを借りて一番下の空いたスペースに《堀部一平》と書いて返した。

「汚《き》ったない字ね」

「そんなことより、ナオさんとは仲がいいの？」

天野夏樹ことポニーテールの暗殺者《アサシン》が割り込んだ。テーブルに両肘《りょうひじ》をつく形でやや前かがみになった。ボートネックの長袖《ながそで》のTシャツに薄手のカーディガンという恰好《かっこう》だ。前かがみになると、ゆるめの首回りが開いて少しどぎまぎする。また柑橘《かんきつ》系の香りが漂って、つい息を深めに吸ってしまう。照れ隠しに煎餅の袋を睨《にら》む。

「食べていいわよ」と晴子が言う。

「けっこうです」

「ねえ、訊《き》いてるんだけど」

夏樹が少しいらいらした様子で割り込んだ。その口調で、さっき「どこかで会った」と感じた理由がわかった。テレビでよく見かける、宝塚《たからづか》出身の女優に似ているのだ。以前見たドラマで「ねえ、訊いてるんだけど」と犯人に詰め寄る女刑事をやっていたのを思い出した。

「あ、いえ。仕事場で挨拶《あいさつ》する程度です」

右隣で、「ふん」とも「うん」とも聞こえる短い音を発したのは、香山多恵こと寝癖ですっぴんの草食系同世代女だ。彼女がさっきから一平に向ける視線には、警戒と同じぐらいに敵愾心《てきがいしん》がこもっているような気がする。もちろん思い当たる理由はない。初対面だからあるはずもない。

「でもさ、こんなところまで親切に付き添ってくれたじゃない」

晴子が次の煎餅をばりりと嚙《か》む。

「添野チーフ――ええと、責任者の人に頼まれて」

「無理な仕事させてない？」

夏樹はそう問い、少しいらついた風に左手の指先でテーブルをコツコツと叩《たた》いた。そのしぐさは絵になっているが、言われた中身には反発を覚えた。

「ぼくはただのバイトですから」

「なんだか逃げてない？」煎餅をばりりと嚙んで、晴子が追及する。「後ろめたいことでもあるの？」

「逃げてはいませんし、後ろめたいこともありません。そろそろ帰らせてください」

好奇心より、警戒心のほうが強くなってきた。

「怒らないでよ」急に晴子の声が優しくなった。「――それよりさ、休憩とか、ちゃんと取れてるの?」

「シフトもセクションも違うのでわかりませんけど、休憩はちゃんと取っていると思います。わりとコンプライアンスとかきっちりしてる職場なので。でも、詳しくは知りません。くどいですけど、ぼくはただのバイトですから」

「ふうん」

晴子は手についた煎餅の粉をテーブルに払い落とした。

「お昼ご飯とかは? ちゃんと食べてる?」

「それも、知りません」

腹立ちの割合が増えてきて、答えるのが嫌になってきた。どうして自分が問い詰められなければならないのだ。まるで事情聴取だ。

そもそもこの人たちは何者なのか。家族か? その割にはみんな苗字《みょうじ》が違うし、似た雰囲気は少しもない。そもそも――。

「もうひとつ訊きたいんだけど」

その後も質問は続き、自分はただ具合が悪くなった場面に居合わせただけで、個人的に親しいわけではない、ただのバイト仲間です、ということを何度か説明して、ようやく納得してもらえた。

もう午後六時近い。残業もいいところだ。これ以上つきあわされるいわれはない。夏樹とかいう女性とこれっきりの縁になるのは、少し惜しい気もするが、だからといってこれ以上の進展があるとも思えない。いくら男子校出身でもそのぐらいの分別はつく。そろそろ帰る口実を持ち出そうとした。

「そろ……」

「ねえ、ねえ。それより、あれ、どうする？」

晴子が眉根《まゆね》を寄せて、ほかの二人に問いかけた。

「――主役があれじゃあねえ。でもさ、今日のうちに、ある程度は片付けないとだめよね」

「そうね。今日、やるしかない」夏樹が事務的に答える。

「うん」多恵がうなずく。

「あたしだって、せっかく仕事を早上がりしたんだし」と晴子。

「せっかく包丁だって研いだのに。冷蔵庫にしまっても、あまり日持ちしないだろうし」と夏樹。

「うん」

なんの打ち合わせだろう――？

最初の疑問に戻るが、彼女たちはこの部屋で一体何をしていたのだ。

年代もおそらくライフスタイルもまったく異なった三人が、狭い部屋に集まっていた。そして、その中心にいるらしい葛城とは何者なのか。

今気づいたのだが、晴子のエプロンの白いシャコガイのあたりについているシミは、絵の柄ではなくて血痕《けっこん》ではないだろうか。まだあまり変色していないということは、最近ついたものに違いない。心の中で夏樹を暗殺者呼ばわりしていたが、冗談ではなかったのか。

こんどこそ帰ろうと立ち上がりかけたとき、晴子と目が合った。

「ねえ。だったらこの子に手伝ってもらおうよ」

「手伝えません」とっさに反応してしまった。

「え?」晴子が驚いている。

「あ、いえ、ちょっと用事があるので、ぼくはこれで」

「なによ、あわてなくてもいいじゃない。とって食いはしないわよ。ふふふ」

目を細めて笑う晴子に、夏樹が冷静な声で突っ込んだ。

「とって食うじゃない」

「ひどいわね。たまにでしょ。ねえ」晴子が一平に同意を求めるが、答えようがない。

「ねえ、堀部君っていったわよね」晴子が問う。

「そうですけど」

「名前は安兵衛《やすべえ》なの?」

「違います」一平だと教えたはずだ。

「そう呼ばれない?」

男性に。

「ぜんぜん」

きっぱり首を左右に振ったが、本当はときどきそう呼ばれる。特に、ある年代以上の男性に。

「安兵衛のほうがカッコイイのに」

「一平でいいです」

「ねえ安兵衛君。今日このあと、少しあたしたちと、おつきあいしてくれない？」

断りかけたが「たち」という言葉にひっかかって夏樹を見た。

「ちょっと」その夏樹が口を挟んだ。「ほんとに誘うつもり？」

「男手があると、いろいろ助かるでしょ。いまいち頼りなさそうだけど」

「本気なの？」

夏樹が真剣な口調で言い、一平の顔を品定めするように眺めまわした。体が強張《こわば》る。

当人を前にして本人の意見を訊かずに何か決めようとしているようだ。

「ええと、誘うというのはどういうことでしょうか」

なんとか口に出した問いは、あっさり無視された。

「せっかくだしさ」と晴子。

「まあね。これも運命か」夏樹があっさり同意を示す。

「じゃあ、決まり」

本人を無視したまま、何かが決まった。いったい、何の運命だ。

「あのね――」

晴子が、急に優しげな口調で一平に語り掛ける。

「今夜ね、ナオさんの誕生パーティーなの」

「パーティー?」

「そ、パーティー。六十七歳の」

一平がさっきからずっと抱いていた疑問が、少しだけ解消した。

どうやら葛城は――どういう関係かはわからないが――彼女たちに人望があるらしい。そして今夜、誕生会をやることになっていた。彼女たちが集まっていたのはそのためだったのだ。そして、どうやら雰囲気からして、全員このアパートの住人のようだ。

しかし、やはり『ルソラル』で黙々と鉢植えの並べ替えをしている、葛城の姿と結びつかない。

「じゃ、決まり」晴子が宣言した。

「夏樹さんはカツオの残り切っちゃって。多恵ちゃんは、冷蔵庫のもの出して」

晴子が主導権を握って、誕生会の準備が進められてゆく。刺身、煮物、サラダ、汁ものなどの仕上げをしている。エプロンについていた血のシミは、処理途中のカツオのもののようだった。

包丁を持つと、やはり暗殺者《アサシン》にしか見えない夏樹も、極度の人見知りがゆえらしい不愛想の極みの多恵も、素直に従い手伝っている。

準備が整ったところで〝パーティー会場〟へ移動することになった。

「ここじゃ足の踏み場もないからね」と晴子が笑う。自覚はしているようだ。

会場は二〇三号室だそうだ。そこは夏樹の部屋だと聞いて、なぜか少し嬉《うれ》しくなる。

靴を履こうとしたら、晴子に呼び止められた。

「あんたも、手ぶらはないでしょ」

煮物が入った一番重たそうな鍋《なべ》を持たされた。錆《さび》が浮いた鉄製の階段を、崩れたりしないかと心配しながら二階へあがった。


「さ、入って」

両手で鍋を持つ一平のために、夏樹がドアをあけてくれた。体が触れんばかりのところをすれ違う。また柑橘《かんきつ》系の香りが鼻孔と脳髄を刺激する。

この怪しげな連中とは関わり合いを持たず、さっさと帰ったほうが身のためだ、という思いと、この柑橘系の香りと突然巻き込まれた事態に対する怖いもの見たさが、戦っている。接戦のまま流されてゆく。

「ぼうっとしてないで、鍋をそこに置いて」

包丁を菜箸《さいばし》に持ち替えた夏樹に指示を受ける。

「あ、すみません」

あわてて、キッチンにあるままごとのように小さなガスコンロの上に載せた。

部屋の様子は、畳の上がほとんど物で埋まっていた晴子のところとは対照的だった。片づいているというより、殺風景という表現が似合いそうだ。

「じろじろ見ないで。それと、手を触れない」

「はい。すみません」訳もなく謝る。

「ナオさん来ない。もう少し休むって」

最後まで葛城の様子を見ていた多恵が、部屋に入るなりそう報告した。

「そのほうがいいね」腰に手をあてた夏樹が、うなずく。

「それじゃ、始めちゃおうか。主役抜きだけど」晴子がどこか暢気《のんき》に言う。

「うん」多恵がうなずいた。

別の部屋から運んできたらしい、もう一つの同じテーブルを並べた。よほど仲がいいのか、まったく同じ型だ。その上に刺身、魚の煮付け、筑前煮《ちくぜんに》、鶏《とり》の唐揚げ、ちらし寿《ず》司《し》、そういったものがこぼれ落ちそうなほどに並んでいく。ビールや缶チューハイもある。

「トーマは?」

多恵が誰にともなく問う。まだ何か食べ物があるのだろうか。

「だいじょうぶ。そろそろ戻ってくるわよ。食い物の匂いは、十キロ先からでも嗅《か》ぎつけるから」

晴子が答えた。人の名前のようだ。まだほかにも住人がいるらしい。

「それじゃ、乾杯するから、安兵衛君も好きな飲み物持って」

「あの、安兵衛じゃありませんけど」

「つべこべ言わないの。一夜限りの付き合いなんだからなんでもいいでしょ。堀部といったら安兵衛なのよ」

「どうしてですか」

「あのね、詳しくは知らないんだけど、二度も仇討《あだう》ちしたのよ。三度だったかな。とにかく、歴史に残る有名な仇討ちを一人で何回もやったのよ。あんたのSNSのフォロワー何人いるのよ」

堀部安兵衛の名前とごく簡単な物語ぐらいは知っている。しかし、好きとか嫌いとかではなく、興味はない。それに、フォロワーの数はまったく関係ない。

ならそれでいいです、と答えた。多恵は炭酸オレンジジュースをプラコップに注いだ。一平は缶チューハイをもらい、二人を真似て直接飲むことにした。あと十一か月で二十歳だ。宇宙の広さからすれば、誤差範囲だ。ただ、ビールは苦くて何が美味《うま》いのかわからない。ここにある中では缶チューハイしか飲めない。

それぞれプラコップや缶をかかげた。晴子が音頭をとる。

「それじゃ、ご本人はいないけど、ナオさんの六十七歳と、多恵ちゃんの二十歳《はたち》を祝いつつ、ついでに安兵衛君のご活躍を祈念して、カンパーイ」

多恵は一歳年上なのだとわかった。

皆で唱和し、拍手が湧いた。一平もつきあいで数回手を叩《たた》いた。気がつけばいつのまにか不思議なパーティーに参加していた。

4

吉井恭一《よしいきょういち》は、今朝も寝覚めが悪かった。

「ふああ」

天井に向かって、大げさなあくびをする。また、一日が始まってしまった。くそ面白くもない、くそほどの価値もない一日だ。

「何時?」隣に寝ている女が訊《き》いた。

女の柔らかい尻《しり》が、恭一の腰のあたりに触れる。

「会社」平坦《へいたん》な口調で答えた。「――そろそろ行く時間なんだ」

「うそお。もうそんな時間?」

それには答えず、上に掛かっているものをがばっと勢いよくはねのけた。そうでもしないと起きるスイッチが入らない。

下着しか身につけていない女の体があらわになった。

「やだ」

女は、薄手の上掛けをたぐりよせて、体にまきつけた。

恭一はそれにはかまわず、ボクサータイプのパンツ一枚を身につけただけで、ベッドから下りた。

六本木《ろっぽんぎ》という立地ではあるが、タワーマンションの二十二階のこの部屋が、現実的に誰かに覗《のぞ》かれる心配はないだろう。だから、真夏以外はブラインドも開けっぱなしだ。すでに朝日が差し込んで、散らかり放題の部屋を無残に照らしている。

裸足《はだし》のままトイレに入って用を足す。手と顔をざっと洗って冷蔵庫の扉を開ける。昨夜はあれだけ飲んだのに、缶ビールや瓶入りの酒がまだ何本か残っている。ほかには、パックされたチーズや生ハム、オリーブの実の瓶詰めなどがある。

買ったか作ったかを問わず、総菜の類《たぐい》は一切ない。部屋で食事らしい食事はしない主義だ。外食と決めている。

喉《のど》が渇いていたので、ジャスミンティーのペットボトルに直接口をつけ、音を立てて飲む。冷たい液体が芳香を放ちながら喉を下っていく。唇からこぼれた分が顎《あご》から胸へと伝う。それを肩に載せていたタオルで拭《ぬぐ》う。

「ヒロはどうする？」

再度洗面所に向かいながら優しく声をかける。寝癖を直すために、さっとシャワーで濡《ぬ》らすのだ。

「もうちょっと寝てていい？　今日は三時限目からにする。ちょっと飲み過ぎちゃったみたい」

相変わらずいい加減な性格だ。しかし、飲み過ぎたのは事実だ。テーブルの上には、中身の残ったグラス、ビールの空き缶やワインの空き瓶、三分の一ほど入ったウイスキーの瓶、炭酸水のペットボトルなどが、ほとんど隙間がないほど並んでいる。

ドライヤーの風を髪に当てながら、ベッドに向かって怒鳴る。

「コーヒーが飲みたいな」

「えー、やだ。めんどくさい」

中西広菜《なかにしひろな》は私大の三年生で、今年の四月に知り合ったばかりだ。恭一の勤め先が開いたパーティーに、コンパニオンとして派遣されて来たのがきっかけだ。

いかにもアルバイト然としていてプロ意識が見えず、パーティーの最中から友人らしい女と談笑しているので「きみたち学生のバイトかな」と声をかけた。すると悪びれるどころか、笑いながら「そうでーす」と答えた。よく馘《くび》にならないなと思ったが、素人くさいほうがおじさんどもに受けがいいのかもしれない。

「ここが終わったら飯でもいかない？　フレンチでも寿司《すし》でもいいよ」と冗談交じりに訊いたら、二人一緒という条件であっさりついてきた。

その晩はホテルのレストランで食事だけして指も触れずに別れ、数日後に広菜だけを呼んだ。前回よりグレードの高い店でディナーを食べさせたら、あっけないほど簡単に部屋に泊まった。

しかし、けらけらと明るすぎるので手を出せなかった。まだその時機ではない。ただ、酒を飲み、一緒のベッドで寝るだけだ。「ベッドを共にする」という言葉がそのまま真実の関係だ。ここから先は、じっくりといく。

「コーヒー、淹《い》れてくれないかな」

「やだあ、眠いから」

上掛けにくるまったまま、広菜がなげやりに答える。

ごく小さく舌打ちする。自分で淹れるのは面倒だし、時間もない。今さら遅刻したぐらいでがたがた言われないが、どうも職場内に密告者がいるらしい。先月、たった三日ほどずる休みしたら、父親のところに報告が行った。

「風邪だろうが腹痛だろうが、絶対に休まない訓練をしておけ。病弱な印象を与えたら、政治家は終わりだ」

父親にそう説教された。何歳になるまで精神論をぶつつもりか。

「ねえねえ、恭一さん」

ベッドに寝転んだままの広菜が、上掛けを抱き枕のようにして、声をかけてきた。

「なに？」

「こんど外国連れてって」

「またそれ？　チケット取ってあげるから友達と行ってきなよ」

「やだ。エスコート役がいないと」

「どうせ財布がわりだろ」

「やだぁ。バレてるし」

へらへらと笑う声を聞きながら、二度と「女」を売りにできない体にしてやろうかと、心の中で暗い炎を燃やす。広菜は、恭一が肉体的な機能に問題ないとわかると、単に変わった性癖なのだと納得したようだ。一種の潔癖症だと思ったのかもしれない。

恭一の〝本当〟を知らない広菜は、こうしていつも舐《な》めた口をきく。しかし、もしもその素顔の一片でも垣間《かいま》見たら、顔色を変えて逃げていくだろう。それを想像するのは、ほかのことでは得られない快感だ。

途中のコンビニで缶コーヒーとサンドイッチを買うことにして、サイドボードの上に投げ出した郵便物を手にとった。昨夜、エントランスのボックスから抜き出しはしたのだが、すでに酔っていて、きちんと目を通していなかった。

相変わらず、マンションを売りませんか買いませんかというDMやビラばかりだ。宅配寿司のメニューもある。めんどくさくなってまとめてゴミ箱に放ろうとしたとき、はがきが一枚落ちた。

心臓のあたりが、ずきん、とうずいた。

またあれか――？

しばらく来なかったので油断し、不意打ちをくらった感じだ。

プリンターで印字した宛名《あてな》が見える。細ゴシック系のフォントや大きさに見覚えがある。プリント用はがき用紙として市販されている、独特の紙質だ。少し迷ったが、結局端をつまんで持ち上げた。二度深呼吸して裏返した。

「うわっ」

ある程度の予測はしていたのに、小さな悲鳴が喉から飛び出た。汚物でもついていたかのようにそれを放り投げる。薄い郵便物はひらりと舞って、テーブルの上のウイスキーボトルにこつんと当たり、フローリングの床に落ちた。

思わず漏らした声を広菜に聞かれなかったか気になった。ベッドを見たが、こちらに背を向けて、また寝入ってしまったようだ。

床に落ちたそれは、今までのものと同じく、はがき用紙にプリントした写真に、切手と宛名シールを貼ったものだった。見ないほうがいいとわかっているが、恐いもの見たさに勝てず、腰を折って写真面に焦点を合わせた。

布団に横たわった少年の写真だった。顔は写っていないが、体つきから小学校の高学年あたりだろうとわかる。白装束を纏《まと》っている。いや、本物ではないかもしれないが、とにかく白くてそれっぽいものを着ている。子供の頃に見た、母方の祖母の葬式を思い出す。真っ白な装束を着させられ、手に短刀のようなものを持っていた。この少年の手にも、似たような短刀が見える。つまり、死んでいるということだ。

もちろん、本当の死体ではない。〝ふり〟をしているだけだ。

「くそう。ふざけやがって」

驚愕《きょうがく》が醒《さ》めてくると、入れ替わりに怒りが沸きあがった。根拠はないが、もう飽きたのだろうと思っていた。しつこいやつだ。このおれが、いやおれの父親が誰だかわかって、こんな嫌がらせをしてくるのか。よほどの馬鹿か、度胸があるのだろう。

どこのどいつがやっているのか。調べようと思えば簡単だぞ。警察にも検察にも顔は利く。捜査員を総動員するぞ。あれこれ余罪もつけて、一生刑務所から出られないようにしてやるからな。

さんざん腹の中で毒づいてみたが、結局つまみあげてサイドボードの引き出しを開け、投資信託のパンフレットに挟んだ。

もう、出かける時刻だ。クローゼットからクリーニングの袋に入ったままのワイシャツを取り出す。破いて、裸の上に直接袖《そで》を通す。鏡を見ながら、顔におびえがないか、たしかめる。

大丈夫だ。二日酔いの気配もない。今日も一日、無難にすごして、夜は少し遊びに出ようか。連れていくのは誰にしよう。ベッドに寝転んだままの広菜に視線を向ける。もうひとりの北川《きたがわ》芽美子《めみこ》とどちらにするか。やはり、広菜でいいだろう。芽美子のことは、もう少しフラストレーションが溜《た》まったときの楽しみのためにとっておく。

それに、広菜にはもう少し美味《おい》しい思いをさせなければならない。

たっぷり餌をもらって自分は幸せ者だと信じていた豚が、ある朝おのれの運命を知って絶望する瞬間を想像すると、失神しそうなほどの快感だ。

恭一は現在、黎明《れいめい》レジデンスという、不動産の開発販売を行う会社に籍を置いている。ここは、売り上げ高、経常利益ともに毎年業界五指内が定位置の大手デベロッパー、黎明不動産の子会社である。

父親の吉井正隆《まさたか》から「黎明グループに入れ。話は通してある」と言われたときは、なんの疑いもなく、黎明ＨＤ《ホールディングス》の旗艦企業である、黎明不動産に入るものだと思っていた。

大手デベロッパーには、ＰＰＰ《Public Private Partnership》、あるいはＰＦＩ《Private Finance Initiative》を担う部署がある。これらは、行政と民間が連携して土地の開発、有効活用を行う。扱うプロジェクトは大小さまざまで、小は公園の整備から、大規模なものは団地造成を行ったりする。

もはや日本で利用価値のある土地は開発されつくしてしまい、特に都市部で大規模な土地の提供、放出が可能なのは、極論すれば国や地方公共団体しかないとまでいわれている。

ことに「団地再生事業」と呼ばれるものは、独立行政法人と大手デベロッパーなどからなる「共同事業体」が手を組んで行う巨大プロジェクトだ。千億円単位の金が動く。当然、金額が大きければ利権のうまみも大きくなる。もちろん、不正に対する司法や世間の目は厳しい。しかし、それは〝不法行為〟に対してであって、違法性がなければ指弾の対象にはならない。

いかに〝合法的に〟あるいは〝すれすれをたどって〟社に利益をもたらすか。その方針の策定や交渉、進行をする重要なセクションだ。

就職先を聞かされるまで、そういう仕事をするものだとばかり思っていた。

父親の正隆は、現職の衆議院議員だ。旧通産省、現経産省のキャリア出身で、連続当選六回を数え、党三役はもちろん経産大臣の経験もある政界の実力者だ。財界の人脈も多く、現役の国交大臣よりも不動産業界には顔がきくと言われている。

その父親が「入れ」と命じたのだから、黎明不動産のエリートコースだと考えるのは当然だ。しかし蓋《ふた》を開けてみれば、売り上げ規模でいえば、一桁《ひとけた》少ない子会社のほうだった。しかもそこで、区市町村の窓口が相手の部署に配され、思い描いていたのとはかけ離れた小さな仕事をしている。もちろん、巨額の金が動いたりはしない。やる気など起きるわけがない。この会社で、しばらく土地開発のしくみを学ぶという建前だが、将来に役立ちそうなことなど学べるとは思えない。

今さらだが、これも嫌がらせだったのだと気づいた。

――おまえは本来、一流になれる人間じゃない。

何かにつけ、子供のころに浴びた父親の口癖が耳に蘇《よみがえ》る。

――おまえの弟には期待していた。あいつの目は違った。だがおまえの目は腐っている。腐った目をした人間は一流になれない。覚えておけ、しかたなくおまえで我慢しているんだ。

いくらでも、記憶の井戸から泉のごとく、父親ののしる声が湧き出てくる。うるさい。だまれくそじじい。ほざいていろ、くそ親父め。おまえこそ覚えていろよ。いつかおまえも老いぼれるときがくる。その日を楽しみに待っていろ。

こんな会社や仕事に対する愛情も意欲もない。だから社内での成績や評価などどうでもいい。どのみち三年もすれば、会社など辞めて父親の秘書になる予定だ。それがだめなら海外留学だ。経歴に黎明ＨＤの名を入れることによって「民間企業で社会経験を積んだ」と世間に向けてアピールするためだ。くさりながらも辞めない理由はそこにしかない。

そして、さらに数年後か十年後になるか、いずれは父親の地盤を継いで、政界に出ることになる。そう長くはかからないはずだ。なぜなら、そうさせないからだ。

サラリーマンになど興味も未練もない。話に聞く昭和の高度成長時代と違って、どんな大企業でも明日をも知れぬ身だ。重役に上りつめてみたところで、いつ倒産の憂き目をみるかわからない。集まった報道陣が焚《た》くフラッシュの嵐の中、はいつくばるように頭を下げて、会社をつぶした責任を謝罪するなどという無様な姿はまっぴらだ。あるいは、あっさりと外資に乗っ取られて、飼い飽きた犬のように放り出されるか。

そんなみじめな思いをするなら、選挙のときだけ愛想を振りまき、コメツキバッタのごとくお辞儀をしたとしても、日頃は「先生」と呼ばれながら革張りの椅子に反り返っていられる政治家にでもなったほうがまだましだ。

それに、それにだ。ここまで我慢してあのくそ親父に従ってきたのだ。いまさら脱線などできるか。

――政治家はそんなに甘い物じゃない。命がけなんだ。おまえをあえて子会社のほうに押し込んだのは、そういう甘ったるい浮ついた考えかたをあらためさせたかったからだ。民間企業のきつさを味わって来い。地べたを舐《な》めたことのない人間に、ここぞというときの闘争心など湧かない。

そんな説教を、いつも神妙な顔で「はいはい」と聞き流している。どうせ親父の地盤、看板、カバンを継ぐのだ。精神論なんて関係ない。

十五分ほど遅刻して出勤したが、上司を含め誰も何も言わない。ときおり白い眼を向ける馬鹿もいるが、睨《にら》み返すと目を伏せてしまう。

だらだらと仕事をしていると、会社用のスマートフォンに着信があった。父親からだ。

「もしもし」

〈恭一か〉

「はい。吉井でございます」

取引相手のような言葉遣いをする。恭一自身はどう思われようとかまわないが、相手が吉井正隆であることを感づかれたら、聞き耳を立てられるからだ。

〈今度の週末は空けておけ〉

「それは、どういうご事情でしょうか」

広菜と遊びに行く約束をしている。あんな女との約束など反故《ほご》にしてもかまわないが、一方的に命令されると反抗したくなる。

〈あとで言う〉

「申し訳ありませんが、その日は先約がございまして」

〈そんなもん、なんとかしろ。地元で講演が入った〉

地元というのは、つまり選挙区のある奈良県だ。しかも、父親の地盤は中南部の広大なエリアだ。あんなところへ行っても何も面白いことはない。選挙の時期以外は行きたくない。

〈断るわけにはいかないぞ。後援会の主催だからな。地方に若者を呼ぶなんとかプロジェクトとかいうテーマだから、お前も連れて来て欲しいそうだ〉

「しかし、その件は当社ではあまりお役に立てないかと存じ……」

〈つべこべ言うな。顔つなぎのちょうどいい機会だ。もしかすると、解散が早まるかも知れん。行ったついでに少し挨拶《あいさつ》回りをしようと思っている。だからお前も来い。否《いや》も応もない。いいな〉

返事を待たずに、切れた。

くそ親父が――。

毒づいてみたが、これで決まりだ。週末は奈良県で過ごすことになる。少し無理をすれば日帰りできないこともないが、今の話では夜の部もありそうだ。

いつもながら、こちらの都合などおかまいなしに指図する父親にも、それに対して逆らえない自分自身にも腹が立つ。しかし、たとえばあの高級賃貸マンションでのひとり暮らしは、父親の〝援助〟がなければ成り立たない。自分の手取りなど、全額払っても家賃にすら足りない。反抗しようものなら、翌月から支払いを止められる。

母親に泣きつく手もあるが、あの女が自由にできるのは、せいぜい月に十万か二十万ぐらいなものだろう。

しかたがない、いまのところはいいなりになってやる。

手を休めて、しばらくそんなことを考えていた。ふと気づくと、同じ課の先輩二人がこちらを見ている。なんだよおまえら、文句あるのか。睨みつけると、とたんに目を伏せた。ますます腹が立つ。とことんやる度胸がないなら、はじめからガンなんてとばすんじゃねえよ。雑魚《ざこ》どもが。

いらいらが膨れ上がって、胃のあたりが熱い。冷えたビールを流し込みたい。しかし、まだ十一時にもなっていない。くそ。午後はなにか理由をつけて早退するか。そうしよう、決めた。今夜のつきあい相手も、やはり広菜はやめた。あいつは軽すぎる。気分の軽いときはいいが、むしゃくしゃしているときは、やはり北川芽美子だ。

またあの女を無理やり酔わせて、いやがることだけをしてやろう。今夜は多少やりすぎてしまうかもしれない。それならそれでいい。万が一のときは、いつもの医者に行かせればいい。

そう決めたら、少しだけ腹の虫が治まった。午後はどこかのバルにでも寄って時間つぶしをすることに決めた。

5

宴会が始まってまもなく、がんがん、とドアを乱暴に叩《たた》く音が響いた。

同席させておきながら、一平をのけものにして盛り上がっていた会話がぴたりと止んだ。

「トーマじゃない?」晴子が赤ワインをどぼどぼと自分のグラスに注ぐ。

「そうね」夏樹がすっと立ち玄関に向かう。「トーマ?」

「うん」

少年の声が返ってきて、夏樹がロックを外した。

「ただいまー」

勢いよくドアが開き、少年が飛び込んできた。走ってきたのか、はあはあと息が荒い。くりくりとした目で、室内の一同を見まわしている。一平の顔に視線がとまった。一瞬、表情が強《こわ》ばった。体全体が固まったように見えた。見知らぬ顔に驚いたのだろう。しかしすぐに、まるで一平になど気づかなかったかのように、テーブルの食い物に視線が移った。

「あー、もう食ってる」

「お先にね」晴子がグラスを掲げる。

「捜しちゃったよ」口を尖《とが》らせたあと、妙な間が空いた。「――それに、言ってくれればいいのに」

「捜すったって、たいした部屋数じゃないでしょ」

「だって、誕生会なら、ナオさんのところかって思うじゃん」

「急にお客さんがみえたのよ。――安兵衛さん」

晴子が一平を紹介すると、トーマと呼ばれた少年が、一平を見てやや緊張した顔でぺこりとお辞儀をした。一平も「こんにちは」と返した。

「あ、うまそう」またすぐに食いものに関心が移る。

「こらこら。手を洗ってからだって」晴子が、伸びた手を叩く。

トーマと呼ばれた少年はチェッと小さく口にして、キッチンへ行って手を濡《ぬ》らし、ジーンズにこすりつけながら戻ってきた。その姿を見ながら、晴子がまたレシートの裏に書いて一平に見せた。

《冬馬《とうま》》

「カッコいいのは名前だけ」

当人は「ひでえ」と言いながら冷蔵庫を開けて、コーラらしきペットボトルを出した。

一平は「衣田さんの息子さんですか？」と訊《き》いた。夏樹の子とは思えない。

「そうね。まあ、そんなもんかしら」

晴子がうなずく。息子に、そんなもん、という区分があるのだろうか。

冬馬は、一平と夏樹の間に無理やり割り込んだ。強引だったので一平は睨んだが、気にする様子もない。せっかくほんのり漂っていた柑橘《かんきつ》系の香りが、冬馬が放つ土埃《つちぼこり》の臭いに消されてしまった。

「いただきます」冬馬が唐揚げをつまんで口に放り込む。「うめえ。これ、夏樹さんが揚げたでしょ」

「そうよ」

「どうして、最初にあたしの名前が出ないのよ」晴子が口を尖らせる。

「おれ、夏樹さんと結婚したいなあ。美人だし、料理うまいし、カッコいいし」

「いいわよ」夏樹が微笑む。

晴子が冬馬を質問攻めにしはじめた。どこで道草食ってきたのか、彼女でもできたのか、学校で何回叱られたのか。それを、夏樹は無表情で聞いている。多恵はあいかわらず、警戒するような目つきで一平を睨んでいる。

席を立つタイミングがつかめず、会話に加わるとっかかりも見つからず、たまに質問されたときだけなんだか的外れに答える。そんな時間が流れた。

間が持たずに総菜をつぎつぎ口へ運ぶ。肉体労働のあとだから、実は空腹だった。

「ねえきみ——」冬馬がトイレに立った隙に、夏樹がこちらに身を寄せるようにして訊いた。「ほんとに二十歳?」

音が聞こえそうなほど、どくんと心臓が脈打った。どういう意味で聞くのだろうと思ったが、顔が近くにありすぎて、まともに見られない。さっき、酒は飲めるかと訊かれて、とっさに二十歳ですと答えてしまったのだ。

「あ、はい」

「ふうん。——ま、自己責任で飲んでね」そう言って、姿勢を戻した。

晴子に安兵衛君もっと食べなさいと促されて、唐揚げをつまんだ。口に運びながらふと思った。自分たちはこんなとき、すぐに写真を撮り始める。いや、乾杯の前から撮る。ピースかサムズアップか指ハートでの記念撮影はかかせない。しかしこの場では、誰も写真を撮ろうと言い出さなかった。


宴会は二時間近く続いて、しだいにだれた雰囲気になっていた。

冬馬は寝転んでスマートフォンの無料ゲームに夢中だ。小学生に自由にさせておいていいのかと思い晴子を見れば、当人はいつのまにかつけたテレビのバラエティ番組に「何言ってんのよ」などと話しかけながら、残った刺身をつまんでいる。

多恵は本を広げて読み始めた。カバーがしてあるのでタイトルはわからないが、難しそうな図解が入っている。

一平はあまりアルコールに強くない。未成年だから強いも弱いもないのだが、そういう機会があってもあまり飲めない。今夜も缶チューハイ二本、正確には一本半で酔ってしまい、そのあとは酔い醒《ざ》ましにウーロン茶を飲んでいる。すでに頭の芯《しん》がぼんやりと痛い。

「きみは、もう帰ったほうがいいね」

夏樹が小声で言って目配《めくば》せした。目の周囲にほんのり赤味が差して、暗殺者《アサシン》のようなきつさが薄らぎ、代わりに優しい眼差《まなざ》しが現れた。――いや、現れたような気がして見とれていると、睨《にら》み返された。

「聞いてる？」

「はい。帰ります」よろけながら腰を上げる。「おじゃましました。ごちそうさまでした」

少しふらつくが、帰宅には支障はなさそうだ。ゲームをしていた冬馬が顔を上げた。

「ねえねえ安兵衛。約束だよ」

すっかり慣れた口をきく。

最初は、警戒しているようなそぶりを見せていたくせに、途中からスイッチが切り替わったように親しく話しかけてくるようになった。五年生で十歳と聞いたが、妙に大人びている。いや、ませている。一平もいつしか冬馬のペースに巻き込まれ、意気投合してしまった。

なんの約束をしたのかとっさに思い出せなかったので、適当に答えた。

「わかった。男に二言はない」

約束したのはゲームに関することだったような気がするが、ちょうど夏樹に仕事場の雰囲気などについて訊かれていたところだったので、上の空で返事をしておいた。どうせ今夜だけのつきあいだ。二度と会うこともない。

「あ、いけない。忘れるところだった」

テレビを見ていた晴子が、上向けた手のひらを、一平に向けて突き出した。

「は？」

「三千円——といいたいところだけど、学割で二千円でいいわ」

「二千円、ですか」

少しぼんやりした頭で考えた。なんの金だろう。

「会費」そう言って、さらに手をぐいと突き出す。「それだけ飲み食いして、タダってことはないでしょ」

「会費、ですか？」

それに続く言葉が出てこない。まさか会費をとられるとは思っていなかった。あんな誘い方をしておいて、金をとるのか。まるで詐欺だ。しかし、今は論理的な反論ができそうにない。

「わかりました」

背負いかけていたリュックから、財布を抜き出した。三枚しかない千円札のうちの二枚を渡す。

「領収書、いる？」

「結構です」

玄関へ行き、尻《しり》をついてスニーカーを履いた。立ち上がり、ドアノブに手をかけて振り返った。赤らんだ顔で晴子が手を振っている。無視して外に出た。

夜風が涼しくて気持ちいい。歩きかけると、玄関ドアが開いた。サンダルをひっかけた夏樹が出てきた。

「なんだか危なそうだから、下まで送る」

「大丈夫です」

「いいから」

たしかに、錆《さ》びた階段を踏み外しそうになった。

「ほら、危ない」夏樹がすばやく一平の二の腕を摑《つか》んだ。

「あ」そんなことのたびに脈が速くなる。

「こけないでね。未成年」

素直に「すみません」と謝る。結局、門のところまで見送ってくれた。

「ねえ」夏樹の顔が宴会中より真剣だ。何ごとかと身構える。

「――これ」

折りたたんだ札を、一平の手に押しつけた。

「会費なんてとってごめんね。晴子さんも酔ってるから」

「大丈夫です。払えます。バイトしてますから」

それを押し返そうとして、手を握る形になった。ひんやりとしているのに温かかった。

「いいから。持って行って」

今度は両手で札を握らせた。しっとりした手のひらに包まれた。へその奥のほうがむずがゆくなった。結局受け取った。

「どうもです」

頭を下げると、夏樹がハスキーな声をさらにひそめて言った。

「それとね、忠告しとく。ここへはもう来ないほうがいいよ」

「はい?」

「二度と来てはだめ」

どういうことか訊《き》き返そうと思ったが、夏樹はさっと背を向け、階段を駆け上がってしまった。その姿を目で追いながら、受け取った札をポケットにねじ込んだ。

スマートフォンを出し、道を確認しながら駅方向をめざす。自宅まで、歩いても二十分ほどのはずだ。

途中、ついさっきまでの宴会がなんとなく現実でなかったような気がして、ポケットに押し込んだ札を広げてみた。

千円札ではなく一万円札だった。

6

家が見えてきた。時刻はもう九時近い。

歩くあいだずっと、さっきまで参加していた風変わりな宴会のことを考えていた。

職場にいるときは、葛城のことを少し変わった人だな程度に思っていたが、あんな連中と一緒にいるのだ。

——忠告しとく。ここへはもう来ないほうがいいよ。

一平がもっとも魅力を感じた、天野夏樹にそう言われた。どういう意味だろう。たしかにあの住人たちは大いに怪しげで幾分危険な臭いがする。しかし忠告されなくとも、あのアパートを再訪する機会は、おそらくもうないだろう。〝初夏の夜の夢〟だ。

家の門のレバーに手をかける。夜露のせいか、ひこばえ荘の門扉より冷たく感じた。それが、ひきずってきた別世界の空気を追い払う。見慣れた建物の前で一度深呼吸した。

十五年前は新築だった建て売り住宅。ローンはまだ半分残っているらしい。

段差を上がって玄関ドアにキーを差し込んだ。夜の九時だから、いないほうに期待した。都知事がまた都市開発的な構想をぶち上げたらしく、都庁の都市開発整備課課長職にある父親は、このところ帰宅時刻の遅い日が続いているようだ。

いるなよいるなよと念じながら、玄関ドアのロックを開ける。

扉を引きあけた瞬間に、胸の内で小さく舌打ちする。父親の靴がある。もしリビングのドアが開いていたら、そしていつものように父親がソファでだらだらと発泡酒を飲みながら新聞を読み、テレビを見ていたら、みつからずに自分の部屋に行くのは困難だ。

なぜなら部屋は二階にあるし、階段の上り口は、リビングのソファセットの父親の定位置から丸見えの角度にあるからだ。

考えただけでうんざりするが、もう一度外へ出る元気もなかった。靴を脱ぎ廊下をそっと歩く。テレビの笑い声が聞こえてくる。バラエティ番組らしい。

ドア脇の壁に身を寄せ、そっと様子をうかがう。視界の隅に、こぢんまりしたソファセットに座る父親の姿を捉《とら》えた。建てた当時の造りとしては、ダイニングと呼ぶには少し狭いキッチンと、十畳ほどのリビングが分かれていたらしいが、仕切りの扉も開けきって、今はひとつながりになっている。

階段に一歩足をかけたところで、背中から撃たれた。

「あら、一平。おかえりなさい」

洗面所のドアから廊下に顔を出したらしい母親が、声をかけてきた。盲点だった。

「なにやってるの？」声が大きい。

「なんでもない」

振り向かずにぼそっと答えて、もう一段上る。

「ねえ、ご飯は」母がたずねる。

「食べた」

一気に駆け上がろうとしたところで、お約束のものが来た。

「おい、一平」父親の声だ。

無視して行こうと決めた。

「おい、一平。聞こえないのか」音量が二倍ぐらいになった。

「チッ」聞こえるか聞こえないかの音で舌打ちをする。そのまま後ろ向きに階段を下り、邪魔くさいばかりで意味のない、レースのカフェカーテンを払いのけた。

「なに」

「なに、じゃなくて。ちょっと、そこに座れ」

パジャマ代わりのスウェットに着替え、顔がほんのり赤い父親が、自分の向かいのソファを顎《あご》で示す。

「やることあんだけど」視線を合わせないように抗議する。

「こんな時間まで遊んできて、今さらなんだ」

「遊んでたって、きめつけないでくれよ」

くれよの部分は、聞こえるか聞こえないかまで音量を下げる。

「なにっ」

怒声が飛んだ。

無言のまま視線も合わせず、右肩に引っかけていたリュックを下ろし、ソファに尻を落とした。母親はいつものように、キッチンにあるダイニングセットの椅子に座った。少し離れて成り行きを見守る立場だ。

一平は、そんな広い間取りではないんだから、見栄《みえ》を張ってダイニングセットとソファセットを別になどしないで、一緒にすればいいんじゃないかと思っているが、こんなときに便利なのかもしれない。

「おまえ、自分の置かれた立場が、わかってるのか」

わかってる、と心の中で答える。少なくとも二百回はじっくり教えてもらったから、わかりすぎるほどわかっています。

「わかってるのか、って聞いてるんだ」

「わかってるよ」

「だったらなんで——。なんだ、おまえ」声の質が変わった。「酒飲んでるのか？」

両腕を組んでやや前屈《まえかが》みになった。細かいだけでなく、勘も鋭い。

「飲んでないよ」

「嘘をつくな、嘘を！」

大声に、母親がびくっと反応したのが視界の隅に見えた。

「少しだけだよ」

「なにが少しだ。だいたいな、おまえはどうしてこういう状況になったかわかってるのか」

「わかってるって」

「予備校へは行ってるのか」

「行ってる」

「酒飲んでる暇があるなら勉強しろ。そもそも未成年だろ。お父さんの立場を考えろ」

いまどき、公務員の十九歳の息子が缶チューハイを一本半飲んだぐらいで、懲戒処分にはならないでしょう。それに、あんただって、こっちが高校生のときから、機嫌がいいときは「一杯つきあえ」とか言ったじゃないか。

「それと」一段と声が大きくなる。「家を出たいとか言ってるらしいな」

胸の内で、何度目かの舌打ちをする。おふくろ、あんなに口止めしたじゃないか。それに「来年、志望校に合格したら」っていう話だろう。もう二度と相談しないからな。ある日突然出ていってやる。

「黙っていたらわからんだろう。そもそも、お前はなにもわかっていない」

これ以上は、何を答えても火に油というやつだ。しかし、答えなくてももちろん炎は燃え続ける。

「こんどはだんまりか。いいか、聞け。アメリカの新聞に載った投書だ。あるところに不満だらけの青年がいた。高校を卒業して勤めた勤務先もすぐに辞めた。そして、ことあるごとに父親と衝突していた。ある日、この青年は書き置き一枚を残して家を出た。

《きっとどこかに、自分を理解してくれる世界があるはずだ、自分はその土地を探す、それまでは帰らない、成功して帰ってくる》と書いてあった。やがて、あっという間に十年の時が過ぎて、父親宛《あて》に手紙が届いた――」

暗記するくらい聞かされた。手紙の差出人はもちろん家出した息子だ。その中身は《うまくいかないことを周囲のせいにしてどこへ行こうと、それは逃避でしかなかった。世界の果てまで彷徨《さまよ》い、さまざまな職業を経験した結果、自分が変わらなければなにも解決しないということにようやく気づいた。許してもらえるなら家に戻りたい》という趣旨だ。

父親が気に入っているのは、この話に含まれる寓意《ぐうい》より、青年が父親に反省の手紙を書いたという結末だ。

例え話は、その時の気分によって中国の故事になったり、日本の戦国秘話になったりする。そのほとんどに共通しているのが「親に逆らうのは若気の至り」という教訓だ。しだいに父親の口から出る説教は、ただ単語の集合体になっていって、意味のある文脈として一平の内耳より奥へは入ってこなくなる。騒音を鼓膜で濾過《ろか》しながら、今日のことを思い出す。

それにしても、失敗だらけの一日だった。

葛城の帰宅のことまで心配したのは、お節介だったかもしれない。世話を焼くのは、添野チーフやほかの正社員の仕事だろう。

失敗はそれだけじゃない。アパートの前で別れなかったことも、変な女たちの質問に真面目に答えたことも、パーティーに顔を出したことも、こんな時間までだらだら居続けたことも。なにもかも失敗だらけの一日だった。

最後の仕上げにこんな説教をくらっては、今夜はもう勉強する気分ではない。もっとも、昨日もほとんどしなかったが――。

ここで今日最大のミスを犯した。

「ふわあ」

教訓話にこらえきれずに、ついあくびをしてしまった。缶チューハイの反動だ。もちろん、焚火《たきび》にガソリンをぶちまけることになった。

「おまえ、この、一平。あっ――」

父親は怒りのあまり、言葉も手も震えたあげく、自分が飲んでいた発泡酒の缶を倒した。おい、おい、と大声で母親を呼んだ。

「あらあら、大変」

騒ぎが大きくなればなるほど、耳から入る音はどんどん遠ざかっていった。もはや、単語としても理解できなくなっていた。理解できないから覚えられないし、同じことを繰り返すのだろう。その点に関しては、父親の説教はきっと当たっている。

いつから、こんなふうになってしまったのだろう。ほんの少し前まで、もう少し違った生活を思い描いていたはずではなかっただろうか。

少なくともあの朝までは――。

センター試験の当日のことだ。時間に余裕をみて家を出た。冬の朝の見本のように、晴れて空気が冷たかった。

順調に目的の駅に着いた。地下の改札から地上へと向かう。エスカレーターのない、狭い階段だった。見上げれば、出入口の形に切り抜かれた青空が見えた。なんとなく、今日の試験は善戦できそうな気がした。

高齢女性が何段か先を上っていた。一段一段、カートを引き上げている。なぜエレベーターを使わないのかと思ったが、たしかにやや遠回りになるし、混んでいたのかもしれない。

一平は後ろから「持ちましょうか」と声をかけた。女性が立ち止まり、振り返った。

「ありがとうございます。でも……」

最後まで言うことはできなかった。

突如出入口に現れた黒い影が、晴天を背景に猛烈な勢いで駆け下りてきた。

その後に起きたことは、スローモーションのようにはっきりと覚えている。

危ないっ、と声に出すのとほとんど同時だった。駆け下りてくる会社員風の男のカバンが高齢女性のカートに触れた。女性は叫ぶ間もなく後方に倒れかかった。一平は、反射的にその体を受け止めようとした。そして抱きかかえるような恰好《かっこう》になり、そのまま一緒に階段を転げ落ちた。

脳震盪《のうしんとう》から醒《さ》めてみると、右手首に激痛が走った。誰かが救急通報してくれたようだ。たぶん骨折はしていない、捻挫《ねんざ》だね、と数分後に現れた救急隊員に告げられた。運がよかったと言いたそうだった。しかし、どちらにしても今日はペンが持てないことに変わりはなかった。結局、試験会場には行かなかった。

ぶつかった男は気づいたはずだが、そのまま走り去ってしまった。防犯カメラはあったが、画質がよくないのと、レンズが下向きだったので、男の後ろ姿しか映っていなかった。結局、どこの誰だかわからなかった。

ただ、女性は軽いすり傷で済んだとあとで聞いた。


「馬鹿か」

その夜、帰宅した父親は、左手に持ったスプーンで夕食のカレーをすくっている一平を見るなり、そう言った。母親からすでに顛末《てんまつ》を聞いていたらしい。多少は愛情を込めて言う「馬鹿か」ではなく、心底救いがたいと思っている「馬鹿か」だった。

結局、その後の追試も受けなかった。

父は怒り、母は嘆いた。

幾度か話し合い、一年浪人して来年もう一度受験する、ということで折り合いがついた。ただし予備校には行きたくないと、一平は言い張った。高校生のときの模試の結果でみて欲しい。充分合格圏にある。第一、金がもったいない。

熱心に説いたのだが、父親が勝手に予備校を決めて、母親が入学金と半年分の授業料まで払い込んできた。審査のない一般コースで入学しても、月に一度の編入試験で上級クラスに移れるそうだ。

結果的に浪人することになった点は「敗け」だったかもしれない。しかし、おれは幼稚園児じゃないぞという思いもあった。

数日後、母親が申し込んだ予備校へ行った。そして、休学の手続きをした。職員は驚いて理由を訊いたが、適当に理屈をつけてごまかした。入学金は戻らないですよと言われたが、それも了解した。始業前だったので授業料は返金してくれるという。自分用の口座がひとつあったので、そこへ振り込んでもらった。その金は使わずにとってある。

言えばこの世の終わりのような騒ぎになるだけだから、一日も通わずに休学したことを親には話していない。しかし、いずれはばれるだろう。

それまでに模試でいい成績を残すしかない。こうなったら、意地でも予備校に行かず、合格してやる。そして、家を出て生活費も学費も自分で稼いでやる——。

そう決めたはずだったが。

あれから、ほぼ三か月が経つ。今のところ、いろいろなことが計画通りに進んでいない。バイトに行った日は疲れてしまって、まったく勉強がはかどらない。かといって、バイト代は思ったほど貯まらない。この短期間に、偏差値にして軽く三から五程度は落ちているはずだ。

リベンジ合格して花のひとり暮らし、というのは目標から夢に近くなった。真っ赤になって唾《つば》を飛ばす父親の説教を聞き流しながら、どうしてこんなことになったのだろうと考える。

もしかすると、あの夜の「馬鹿か」がスイッチだったのだろうか。いや、違う。慰めて欲しかったわけではないし、褒めて欲しかったわけでもない。まして、同情など考えもしなかった。

父親の話は、一般的な人生訓から、会社の若いやつらには堪《こら》え性がないという話題に移った。山手線《やまのてせん》外回りで言えば、東京《とうきよう》駅からようやく浜松町《はままつちよう》駅に着いたあたりだ。一周するにはまだ先は長い。それも一周で終われればの話だ。

7

葛城直之は、薄っぺらな布団に横たわっていた。

ずいぶん長く使っている布団だ。ときどき干してはいるが、しみ込んだ臭いはもうどうにもならない。新しいのをプレゼントすると何度も言われたが、その度に固辞している。

天井には、古びた蛍光灯がひとつ灯《とも》っている。前の住人が、捨てるのも面倒で放置していったものだろう。まだ充分に使えるが、ときどき思い出したようにチカチカと瞬く。

宴会はまだ続いているらしい。歓声がここまで聞こえてくる。盛り上がっているようでよかった。自分が体調を崩したせいで中止になってしまっては、せっかく意気込んで準備してくれた彼女たちに申し訳ないと思ったが、かえって賑《にぎ》わっているようだ。

葛城から、あの青年——名前をすぐに思い出せないが、とにかく彼をもてなしてくれと頼んだわけではない。彼女たち自身で機転を利かせたのだろう。ありがたい。


薬が効いたのか、いつのまにかうつらうつらしていた。宴会もようやく終わったようだ。

葛城は起き上がり、布団を座布団代わりにして小さなテーブルに向き直った。

部屋の隅から、古ぼけてところどころ色のはげた文箱《ふばこ》を引き寄せる。しょっちゅう使うので、最近では出しっぱなしになっている。八重菊模様の螺鈿《らでん》をそっとなでてから、蓋《ふた》を開ける。中には飾り気のないノートと、長年愛用している外国製の万年筆が入っている。妻からの贈り物だ。

ノートの表紙には⑫とだけ書いてある。十二冊目という意味だ。中身は日記のようでもあり、備忘録のようでもあり、だれかに宛てた報告書のようでもある。

葛城は、ほぼ一年前からこの手記を書き始めた。理由はひとつ、妻に再会するときのためだ。妻は二年ほど前に、元がどこかわからないほど全身に転移したがんで死亡した。

妻が納められた骨壺《こつつぼ》を抱いたとき、葛城は、自分の体がへちまのように隙間だらけになってしまった気がした。

簡素な葬儀のあと、これを機にと思って正負の財産を整理したら、貯金の大半と住む家を失った。長年続けていた仕事もやめた。その半年後には、自身に前立腺《ぜんりつせん》のがんがみつかった。手術は成功したが、転移の可能性があると宣告された。それ以来検査はしていない。いや、したかもしれない。はっきりと記憶にない。

覚悟はできている。それどころか、早く妻に再会したいとさえ考えている。しかしひとつ困ったことがある。最近、記憶力に自信がなくなった。ときおり彼女たちと話が合わないことがある。忘れたことすら忘れてしまったらしいと気づき、慄然《りつぜん》とすることがある。

このままでは、妻と会えない――。

そう思った。どこか遠い世界で妻に再会したときに、妻が覚えていることを忘れていたくない。思い出話に花を咲かせたいし、その後のことも報告したい。

どうしたらいいかと考え、妙案が浮かんだ。ノートに記すのだ。まだ今なら記憶が鮮明によみがえるときもある。思い出すままにそれを記録しておこうと決めた。そして自分が死んだときに、一緒に燃やしてもらおう。そうすればノート持参で妻に再会できる。

そんな動機でつけはじめたノートも、あっという間に十二冊目になった。過去の分は、カラーボックスの脇に無造作に積んである。ときおり開いて確認したりもする。最初のころに書いた内容が、いま読み返すと覚えがなかったりして愕然《がくぜん》となる。早めに書き始めておいてよかった。

しおりを挟んだページを開く。今日はあの青年のことを書こう。名前はなんといったかな。まあいい。書くうちに思い出すだろう。不思議なのは、固有名詞以外はそこそこ覚えていられることだ。

《きみが生きているあいだに、是非会わせたかった青年がいる。まだ》

そのあと彼の年齢を書こうとしたが、思い出せなかった。《まだ》の二文字を消し、先へと続ける。いつものように、妻に語りかける形式だ。このほうが自然に筆が進む。

《じつは今日、また胃の発作が出てしまったのだが、彼が親切にアパートまで送ってくれた。そのあと彼女たちの歓待の洗礼を受けたようだ》

続けて、青年と同じ職場であること、彼が年老いた女性をかばって入試に失敗したという噂を聞いたこと、自分に対して、普段からそれとなく親切にしてくれることなどを書いた。

筆を進めるうちに、なんとなく気分が軽くなってきた。彼のほうではそんなふうに思っていないだろうが、新しい友人ができたような気分だ。

ふと時計をみると、もう夜の十一時近い。つい、調子に乗ってしまった。そろそろ寝ないと明日の仕事に響く。ノートを閉じ、文箱にしまった。

8

今日は土曜日だ。そして晴れた。おそらく忙しくなるだろう。

一平は芯《しん》のあたりが鈍く痛む頭を軽く振りながら、開店前の品出し作業にかかっていた。たかが缶チューハイ二本足らずで二日酔いとは、われながら情けない。寝不足気味で気分爽快《そうかい》とはいえない。

ホームセンターの扱い商品は多岐にわたる。本来の主力であった工具、金具、木材、塗料などに加え、キッチン用品、食器、家具、家電、スポーツ関連、衣類まで、まさに〝家《ホーム》〟にありそうなものはほとんど揃っている。

一平たちは、これらの中でも「工具、金具、各種マテリアル」の担当だ。希望したわけではなく、そう振り分けられた。重かったり硬かったり尖《とが》ったりしたものが多いので、単に若くて丈夫そうな二名が割り当てられたのかもしれない。

世間でDIYが流行《はや》っているのは一平も知っていて、楽しそうだと思ったこともあるが、仕事となると話は別だった。たとえばドライバーだけでも何十と種類があり、ビス、ネジ類にいたっては軽く数百種類ある。

品出しの際には、これをすみやかに正確に配置しなければならない。それだけではない。客が一度手にとっていいかげんに戻していった商品をみつけ、本来のあるべき場所に戻さねばならない。「2.5ミリ径の皿ネジの場所から取ったのに、買って帰ったら3ミリ径の丸ネジだった」といった返品依頼が意外に多い。その都度は叱られないが、あまり続くと「きちんとチェックして」と指摘されることもある。

木材は担当外だが、しばしば手伝わされる。陳列は、業者か社員がフォークリフトを使ってすることが多いが、意外にばかにならない力仕事なのが、購入する客の手伝いだ。週末に別荘でも建てるのかと思うほど大量の2×4《ツーバイフォー》材を切断処理し、木材専用カートに山積みになったそれを貸し出し用の軽トラに積む。その積み込みの手伝いはバイトの出番だ。

「堀部君、悪いけど手伝って差し上げて」

あっさり言われて出動となる。

バラバラに切られた大量の木材は、梱包《こんぽう》用ラップが巻いてあるとはいえ、積み込みに手間がかかる。客の前で放り投げるわけにもいかないし、カートから持ち上げて荷台に効率よく積んでゆくのは、結構きつい作業だ。

今日はあまり工作好きの客が来ませんようにと願う。

午前十時、いよいよ開店の時刻だ。定刻前からドアの外側で待っていた客たちが、雪崩れ込む。まずは、洗剤やトイレットペーパーなどの安売り目玉商品がある、日用品コーナーへ一群が向かう。定年リタイア組の夫婦や、主婦層が中心だ。

搬入のトラックが着いたので手すきの従業員は手伝うように、という意味の店内放送があった。着荷場へ行き、「檻《おり》」と呼んでいるカーゴに入った商品を、決められた場所まで運んで整理する。

「行くぞ一平」

陽介が、自分に気合いを入れるように宣言した。

「了解」

ため息をついて立ち上がった。


午前中の短い休憩時間にベンチに座ってひと息ついていると、昨日と同じように外売り場から葛城が入ってきた。

葛城も一平たちと同じ制服姿だ。エプロンが意外に似合っている。園芸コーナーも相当忙しいはずだ。晴れた週末はガーデニング日和でもある。何回か鉢物の配置換えの手伝いに駆り出されたことがあるが、きつかった記憶しかない。腰が抜けそうなほど重い大鉢を持ちあげた瞬間に「ムスカリはどこ?」などと訊《き》かれると、つい「あとにしてください」と答えたくなる。

葛城は「昨日は、お世話になりました」と、深々と頭をさげた。

「いえいえ、気にしないでください」と答えた。「それより、仕事なんかして大丈夫ですか?　晴子さんや夏樹さんに叱られませんか」

「まあなんとか」と苦笑する。

幸田陽介は、そのやりとりを不思議そうな目で見ている。

「胃はどうですか」

「はい。そちらも、どうにか」とまた苦笑する。

「アパートの人たちはみなさん親切ですね」

「そのこともお詫《わ》びせねばなりません」さっきよりも深く頭をさげた。「うちの住人たちがだいぶご迷惑をおかけしたみたいで」

「迷惑なんて。ぼくも、調子に乗ってごちそうになりましたから」

「堀部さんは未成年なのに、酒を無理強いしたそうで」またおじぎをする。

「二十歳だって、嘘ついたんです」

「しかも会費までいただいたそうで」

ぽち袋のような小さな封筒を、エプロンのポケットから取り出し、渡そうとする。

「これはお返しします」

いえいえ、と押し返す。

「とんでもないです。たぶん一番食べましたから」

「それはそれです」

どうしても引き下がらない。迷ったが、しかたなく受け取った。あとで何かプレゼントの形で返そうと思った。夏樹からもらった一万円のことは言わなかった。惜しんだからではなく、なんとなく言ってはいけない気がしたからだ。

封筒を渡した葛城は小さくうなずいて、ひとまず会話は終わった。しかし、なぜかすぐに持ち場に戻ろうとせず、その場に立っている。

「あのう、まだなにか」

葛城は迷っていたようだが、いいえ、と手を振り去って行った。その背を見送る。

昨日のこととは関係なく、もともと一平は葛城が嫌いではなかった。だが、他の従業員、特に若いバイト連中は、葛城をどちらかといえば軽く見ている。いや、見下している、という表現が近いかもしれない。

そんな扱いを受けるのにはいろいろ理由はあるだろうが、ひとつは、見かけが冴《さ》えないことではないか。身長百六十センチあるかどうかの痩《や》せた体軀《たいく》。百七十八センチ、八十二キロの陽介が体当たりしたら、三メートルくらいはふっとんでいきそうだ。顔の造りも目つきにも、険しさはない。少なくとも〝強面《こわもて》〟ではない。強面どころか、日頃の態度は卑屈一歩手前くらいに丁寧だ。

商品を積んだカーゴを押しながら売り場に向かいかけたとき、救急車のサイレンが聞こえてきた。音はだんだん近づいて、外の平面駐車場のあたりでぷつっと止まった。

近くにいた客たちも、ひそひそと噂している。嫌な予感がする。

「ちょっと見てくる。これ、よろしく」

さすがにカーゴを放り出すわけにいかないので、陽介に預け、返事を聞かずに広めの通路に出た。店内を見回すが、それらしき気配はない。どうやら外のようだ。足早に出入口へ向かい、店外に出た。みつけた。園芸コーナーだ。七、八人が取り囲んでいるあたりに、救急隊員が近づいて行く。

胸騒ぎは当たっていた。人だかりの中心にうずくまっている人物は、やはり葛城だった。

葛城のすぐ側にしゃがんで応対しているのは、森田《もりた》という男性社員だ。今日はたしか添野が出張で不在なので、あわてて救急車を呼んだのかもしれない。

一平はその場に立って、客の肩の隙間から様子をうかがった。救急隊員の数名が葛城に何かの処置を施し、うち一人が、森田とおそらくは搬送先の話を進めている。そうするうちに葛城はストレッチャーで救急車に乗せられ、数分後にはどこかへ運ばれていった。取り巻くように見ていた従業員たちは、言葉を交わしながらそれぞれの持ち場に戻り、見物客たちも散っていった。

その後も、一平は葛城の容体がずっと気になっていた。昨日と同じく胃痙攣《いけいれん》だろうか。胃痙攣とはそんなに頻繁に発作が起きて、救急車で運ばれるほど重いものなのか。《胃痙攣》をスマートフォンで検索しかけたが、ただの興味本位なような気がしてやめた。

思った以上に忙しい一日で、社員を呼び止めて「葛城さん大丈夫ですか」と訊ける雰囲気ではなかったが、夕方の休憩時間にようやくその機会が訪れた。

「森田さん。葛城さんはどこが悪かったんですか」

事務所でパソコンに向かって入力していた森田が、手を止めて振り向いた。

「胃みたいだね」

「じゃあ胃痙攣ですか」

「さあ、わからない。添野さんいないし、あんまり苦しそうだから救急車を呼んだ。なにかあって、うちの責任になったらあれだからね」

「病院には誰かつきそったんですか」

アパートの布団で身を丸めている、葛城の姿が浮かんだ。

「履歴書に書いてあった、緊急連絡先に電話したから」

「連絡はついたんですか？」

「うん。たしか、同じアパートの衣田さんとかいう女性だった。すぐに病院へ行きますって言ってた。何かあったら連絡してと頼んだけど、その後連絡ないね。ま、そんなもんだよ」

少し安心した。あの人が行くなら大丈夫だろう。

帰り際、タイムカードを押した直後に、出張から帰っていた添野に声をかけられた。

「あ、堀部君」

なんとなく嫌な予感がする。はい、と答えてふり返る。

「葛城さんの件、聞いた？」

「搬送されるところを見ました。──容体はどうなんですか？」

「今日のところは入院するって聞いた。しばらく仕事は無理かもね」

「そうなんですか」

視線を落とし気味にうなずく一平に向かって、添野は「それでね、堀部君」と続けた。

「悪いんだけど、今日も帰る途中に葛城さんのアパートに寄ってくれない？　家、近いでしょ」

そうか、ばれていたか。やはり、わざわざ呼び止めた理由はそれだった。黙っていると添野が続ける。

「葛城さんの荷物があるの。貴重品は持っていったみたいなんだけど、もしも入院が長引いて、うちで荷物をあずかって、あとで何かなくなってるとか言われても困るから」

「でも──」

「今日は、ちょっと社員の人手が足りなくて」

「わかりました」

「ありがとう。その分、時給、二時間つけとく。ほかの子には内緒ね」

添野のウインクを初めて見た。

9

吉井恭一が、永遠に続くかと思われた後援会主催の宴会から解放されたとき、すでに夜の十時を回っていた。

ハイヤーでもチャーターしない限り、東京へとんぼ返りする手段はない。

父親である正隆の、衆議院議員としての〝地盤〟は奈良県だ。それも、都市部のある北部ではなく、森林地帯が広がる広大な中南部だ。その中には国立公園まである。

そして正隆の後援会長は、この一帯を本拠地にして、林業、建設業から不動産業まで手を広げている『春山《はるやま》総合開発』の会長、春山塊太《かいた》だ。

この狸じじい二人は、数人の手下どもと、さらにどこかのクラブにでも流れていったようだ。恭一もしつこく誘われたが、大阪で知人に会うからと理由をつけて断った。酒が入ったせいか、父親もいつもほど厳しく命令はしなかった。

年寄りたちの、半世紀前から使いまわしている下品な冗談を聞かされるのはうんざりだ——。

恭一は、宴会場だった老舗《しにせ》旅館の車寄せでタクシーに乗り込む寸前、嚙《か》んでいたガムを、悪態と一緒に吐き出した。

窓の外を流れる古い街並の街灯を眺めるうちに、不快感が増してきた。この土地に来たくないのは、地方特有のねばついた人間関係が鬱陶《うっとう》しいというのもあるが、それ以上にこの景色や空気が、古い記憶を蘇《よみがえ》らせるからだ。目から入った映像が、苦い少年時代を思い出させるからだ。

――おまえは一流になれる人間じゃない。

正隆は毎日帰りが遅かったが、たまに顔を合わせると決まってそう罵倒《ばとう》した。

――なぜなら、おまえの目はあいつにそっくりだからだ。あのばか女にな。自分では何ひとつ考えることもできない、ただ惰性で生きているあのクズにだ。

――目だけじゃない。自分の成績を見てみろ。どっちに似たか一目瞭然《りょうぜん》だ。

「あのばか女」とは、正隆の妻で恭一にとって母親である志津子《しづこ》のことだ。

志津子本人に対しては、もっと辛辣《しんらつ》だった。

すべての発言が、はき捨てるような命令口調だった。やさしい人間らしい言葉をかけているところを、恭一は見たことがない。何か話しかけられても、まともに答えることはほとんどないし、たまに口を開けば「くず」「ばか」「ごみ」、そんな罵詈《ばり》雑言ばかりだった。

それほど嫌いならなぜ結婚などしたのだろうと子供心に思っていたが、のちに、地盤をひきついだ地元の政治家が病に倒れて再起不能になったときに、ぽろりと本音をもらした。

――あのじいさんがもう少し早くくたばってくれたら、あんな女と結婚するはめにならなくて済んだ。

わかる範囲で調べてみると、志津子は、その大物政治家の後援会の実力者の娘だった。正隆は当時、その政治家の秘書をしており、親に「売れ残らないか」と心配されていた志津子と、望まぬ結婚をさせられたらしい。

恭一や志津子をののしったあとに続く言葉も、いつも同じだった。

――敏嗣《としつぐ》は見どころがあった。あいつはおれの血を多く引いていた。頭の出来もよかったし、目の光が違った。おれはあいつに期待していた。それが、あんなことになった。無念だ。逆だったらよかった。なあ、そう思うだろう。

敏嗣とは、三歳離れた恭一の弟だ。恭一が六歳、敏嗣が三歳のときに、自宅の庭に置いたビニールのプールで遊んでいて、母親がわずかに目を離したすきに、敏嗣は溺《おぼ》れて死んでしまった。

あのときの正隆の嘆きぶりを思い出すと、いまでも胸がすっとする。もっとも大切だと思っていたものを失ったときの人間の嘆きだ。

敏嗣という命名からして、どういう気持ちだったのかわかる。次男という意味で「つぐ」を当てるなら「次」とすべきだろう。「嗣」とは「跡継ぎ」という意味だ。

ふざけやがって。そしてざまをみろ。

関西方面で泊まるときは、大阪へ出ることにしている。俗に〝キタ〟と呼ばれる界隈《かいわい》だ。あの街の派手なネオンは、モノクロームの陰気臭い残像を一瞬で吹き飛ばしてくれる。

そして、そのまま女のところへ行くことがほとんどだ。今夜も、丸山果歩《まるやまかほ》が働く店に顔をだそうかと思ったが、どうせ一時間ほどしかいないだろうし、酒ももう充分だ。タクシーで直接、果歩のマンションへ向かう。

大阪まで出るもう一つの理由は、恭一の顔を見知っている者などほとんどいない点だ。よほど目立つことでもしなければ、正隆と結び付けて考える人間はいない。

タクシーの中から、果歩の携帯に電話を入れた。まだ店で仕事中なのだろう、出なかった。

マンションに着き、オートロックを解除して部屋に入ると同時に携帯が鳴った。

「もしもし」

〈果歩です〉

「いま、部屋に着いた」

〈なんだ、お店に来てくれればよかったのに〉

「さっきまで、親父の鞄持《かばんも》ちしてたから、じじいどもの体臭が移ったような気がする。気分が悪いからシャワーが浴びたくなった」

〈相変わらずね。わかった。ママに言って早めにあがらせてもらう〉

電話を切って、浴槽に湯を張る。むかしから、シャワーだけではさっぱりした気分にならない。一年ほど前に果歩を東京に呼んでやり、あえて和風の旅館に宿をとった。露天風呂《ぶろ》にいつまでも浸《つ》かっている恭一を、果歩は「おじさんっぽい」と笑った。

二年前、果歩が働くクラブに入ったのは、偶然だった。やはり今回のように地元後援会主催の宴会のあとだ。若手連中と「年寄りとは別行動にしよう。大阪の北新地《きたしんち》にでも繰り出そう」ということで盛り上がり、連れて行かれた店だ。

そのときママと一緒についた一歳年上の果歩のことが、ひと目で気に入った。果歩にとっても、恭一は好みに合ったらしい。一瞬で惹《ひ》かれ合う出会いというものが、本当にあるのだと知った。

手管も駆け引きも必要なかった。店が終わったあと、ホテルの自分の部屋で飲み直さないかと誘ったら、簡単に応じた。吉井正隆の名を出しても、最初はすぐに誰だかわからなかった点も気に入った。そしてこの女とも、女子大生の中西広菜と同じつきあいかたをしている。

恭一にとって女は二種類しかいない。

第一は、恭一自身のことはもちろん、父親の名を聞いても「ふーん、だから？」という態度の女だ。ほかのことに関しては自分でも病的にプライドが高いと思っているが、なぜか社会的立場に関しては無視してくれる女にほっとする。そして、けらけらと明るいことが必須《ひっす》だ。

この女たちとは、一緒にベッドに入るが肉体関係は結ばない。その理屈を自分でもうまく説明できないのだが、たとえるなら、シチューの具にするつもりで飼っている兎に性的魅力を感じないのと同じかもしれない。

この奇妙な関係が比較的長続きしているのは、広菜と果歩の二人だけだ。

第二は、まったく異なるタイプ、ひと言でいえば嗜虐《しぎゃく》の対象だ。何をしても逆らわない女。これはそうそうみつからない。いや、仕立て上げるのに時間がかかる。今のところ、芽美子一人だ。もっとも、あの女の場合は、「育てた」というより「気づいたらそうなっていた」というほうが正しいかもしれない。

広菜や果歩はストックだ。芽美子を楽しみ尽くして廃したときのスペアだ。いつの日か、彼女たちを、芽美子のように扱う日を夢想するのは、ほかのことでは代替できない快感だ。


「最近、お店も不景気だから、この次は来てね。できれば誰かお供を連れて」

「そんな金はないよ」

シャワーを終えて、バスタオルを巻いた果歩がふふっと笑い、サイドテーブルの煙草をつまみ上げた。しゅぼっと音を立てて、くわえた煙草に火をつける。目顔で、恭一に「吸う?」とたずねた。

「いらない」ベッドに寝転んだまま、恭一は首を振った。「やめようかと思ってる」

「うそお」果歩が煙を吹き出して笑った。「まさか、健康に気を遣いだしたの?」

「違う、違う。近頃は煙草を吸わない方が女性に受けがいいんだ。今は女性にどれだけ受けがいいかで、選挙結果が左右される」

「なんだ選挙対策か。もう、そんなこと考えてるの？」

「当分はごめんだけど、親父があの調子で無理しているだろう。いつ、ぽっくりいくかわからないから、心の準備だけはしておかないと」

「結局は継ぐのね。前はあんなに嫌がってたのに」

「人間の運命は自分では決められない」

「センセイになったら、わたしはお払い箱ね」

「そんなことはないよ。それより、おれがこのままサラリーマンだったら、あんなぼったくりの店は二度と行けないよ」

「それもそうね」

　ベッドに起き上がって、グラスに残ったビールを呷《あお》る。半分がた気が抜けて、ぬるくなっていた。

「ねえ、また訊《き》いちゃうけど、しなくていいの？」

「いい」

　もう何度も繰り返したやりとりだ。

　欲求を満たすために、彼女たちがほかの男と寝ることは認めている。おそらくそうしているだろう。芽美子以外は。

「選挙に出る前に身を固めろ」が父親の口癖だ。既婚かどうかで信用度がまったく違うのだそうだ。そんなものかとも思う。べつに誰でもかまわない。肉体関係がないから、誰でも同じことだ。子供にあたることもないし、どうやっても正隆が作り上げたものよりはましな家庭になるだろう。

「そういえば、このあいだ、行ったよ」

果歩が新しい缶ビールのプルタブを引いて、二つのグラスに注いだ。こくこくと喉《のど》を鳴らして、一気に自分のグラスを空けた。

「行ったって、どこへ?」

「ほら、なんとかサファリランド。恭ちゃんが役員になっているからって、ただ券をくれたじゃない」

一歳年上の果歩は、姉さんぶってか、恭一のことをちゃん付けで呼ぶ。

「ああ、あれか」

「けっこう、面白かった」

「田舎者だね」恭一が鼻先で笑った。

「なによ、失礼ね」

『平城《へいじょう》サファリランド』は、六年前に、動物園と遊園地を融合させたテーマパークとして、華々しくオープンした。奈良県という〝古都〟に、動物園と遊園地の複合レジャーランドを作ることは、リスキーだとも言われた。バブル崩壊後に、全国のテーマパークが悲惨な結果を招いていたからだ。しかし、それを承知であえて計画しただけあって、堅実に入場者を確保することができている。

インバウンド観光の主役である中国人からの受けもいい。ここを訪れるために、京都・大阪巡りコースから足を延ばすツアーもある。右肩あがりとはいえないまでも、よく健闘している。連結ベースでなく、単独でも黒字を計上している優良企業だ。

そして、その平城サファリランドも、春山総合開発の傘下だ。東京の中堅不動産会社で係長にもなっていない恭一が、ここでは役員に名を連ねている。恭一だけではない。恭一の母、つまり正隆の妻も同じだ。入ってきた報酬はいくつかのトンネルをくぐり抜けて、事実上は正隆の政治資金になる。もちろん、おこぼれはきちんともらう。

ここに限らず、春山グループがこの一帯で土地を買収し事業を興す際の許認可の取得には、正隆に強力な援護射撃をしてもらう。大昔からある、そして今後もおそらく消えることのない、もちつもたれつの関係だ。

「あそこに面白いものなんてあったかな。逆立ちして乗るジェットコースターみたいなやつとか？」

あの場所の話はしたくなかったが、義理で聞いてみる。

「ううん」果歩が顔をしかめて首を振った。「ああいうのは苦手。それより動物園が意外に面白かった」

「動物園？」

やはり話題にするのではなかったと後悔するが、すでに遅い。

「そう。あそこにも二本足で立つレッサーパンダがいるんだよ。前にちょっと流行《はや》ったじゃない」

「へえ」

もう寝てしまいたくなった。明日《あした》は奈良に戻り、八時前に父親の事務所に顔を出さなければならない。

「あとね、あとね——」動物園の話をする果歩は、楽しそうだった。

それで思い出した。もともとこの女が「わたし、動物好きなのよね」と言ったから、役員に支給される入場券をやったのだ。

「ゴリラが可愛かった」

「ゴリラ?」

歯を磨くため、洗面所に向かいかけていた足が止まる。こいつ、もしかして知っているのか?

「そう、真っ黒くてつぶらな目をしてて、こっちをじっと見るの」

「ふうん」まったく興味がない、という顔をしてそのまま洗面所に入った。

「わたしも磨こうっと」追いかけてきた果歩が、体を押しつけてくる。胸がつぶれる柔らかい感触があった。

「あのゴリラ園って、上野《うえの》の動物園をまねて作ったんだってね。アフリカの先住民の家みたいなトイレもあったりしてさ、けっこう本物っぽくて面白かったよ。あと、ペンギンははずせないね——」

　思い過ごしだったようだ。小さく息を吐き、しゃべり続ける果歩を無視して、床に垂らしてしまった歯磨き粉をハンドタオルで拭《ぬぐ》った。タイルの床に、白い筋が残った。

10

　添野の指示で、葛城のリュックを届けるため、二日続けてひこばえ荘へ行くことになった。

「でも、本人は入院してるんですよね」

　一平は添野に当然の疑問を呈した。添野の答えは明快だった。

「次にこんなことがあったらって、今朝葛城さんに言われたの。まず、携帯電話と財布は葛城さんが持っている。確認もした。ほかに貴重品や腐りそうなものは入っていない。アパートの他の部屋のドアをノックして誰かいたら、その人にあずけて欲しい。もし誰もいなかったら、ドアノブにひっかけておいてくださいって」

「わかりました」

「それから、これ、昨日の分と合わせて」

　そう言って添野は、千円札を二枚差し出した。

「昨日もタクシー使ったんでしょう？　領収書もおつりもいらないから」

「これは――」

ありがたく受け取ることにした。

ひこばえ荘に着いてみると、本人はもちろん留守だった。

しかたなく、隣の衣田晴子の部屋を軽くノックした。

「すみません。衣田さん、いませんか」

応答がない。これも予想どおりだ。まだ葛城に付き添っているのだろう。

階段を上って二〇三号室、つまり天野夏樹の部屋の前に立つ。昨夜の忠告はまだはっきり耳に残っているが、頼まれごとだから仕方がない。そう自分に言い聞かせる。

ドアをノックし、同じように声をかけて待ったが、応答がない。もう一度試す。残念だがやはり人の気配はない。

指示どおりドアノブにリュックをかけておくことにする。メモも残したほうがいいだろう。ノートを出して引きちぎろうとしたとき、キイという耳障りな甲高い音をたてて、二〇二号室のドアがあいた。

香山多恵が顔をのぞかせた。きょうも寝癖の髪にすっぴんだ。いたのか――。

「なに？」

多恵が一平を睨《にら》むように、いや、はっきりと睨みつけながら言った。

「葛城さんのこれ、預かったから」

リュックを掲げてみせる。あまり深くかかわらないよう、必要最低限の会話を心掛ける。髪の乱れと着衣のよれ具合をみれば、一人でごろごろしていたのは明白だった。

「うん」多恵が手を伸ばした。

預かるという意味だろうか。知人のリュックを届けに来てくれた人に対して、「うん」という言いぐさはあるのか。だいたい——。いや、別にいい。あやうく父親みたいな説教が浮かぶところだった。

「それじゃ、預けましたから」

さっさと帰ろうとしたところで、階段を上ってきた冬馬と鉢合わせした。

「あ、安兵衛」立ち止まって見上げている。

「安兵衛じゃねえよ」

馴《な》れ馴れしい物言いと表情に腹が立つ。昨夜は酔った勢いで、何かの約束を交わしてしまったらしいが、後悔している。

「持って来てくれたの？」

「何を？」

「また、とぼけちゃって」

「大好きなマヨネーズメンマでも食ってな」

捨て台詞《ぜりふ》を吐き、わきをすり抜けようとしたところで、腕をつかまれた。

「ねえ『i-Touch《アイタッチ》』貸してくれるんでしょ」

それでようやく思い出した。『i-Touch』とは、今一番人気のある家庭用ゲーム機だ。ソフトが同時に三つも大ヒットした煽《あお》りで、むしろ本体のほうが品薄状態が続いている。ネットでも、転売屋が二倍ぐらいの値段で売っていて、追加販売を待てずにそれを買う人間もいる。

一平はあまり興味がなかったのだが、三か月ほど前に陽介に促されて抽選販売に応募したら、当たってしまった。

だから、昨夜冬馬が「どこかに売ってないかなあ」と嘆いたときに、つい「おれ、持ってるぜ」と自慢してしまったのだ。そして貸してほしいとせがまれ、酔った勢いでつい「こんど貸してやる。ソフトも揃ってるしな」と安請け合いしてしまったのだ。

ただ、購入はしたものの、あまり興味がなかったので開封もせずに陽介に二割増しで譲ってしまった。もちろん、ソフトもない。つまり、嘘をついた。

催促されるまですっかり忘れていた。

「こんど貸してくれる、って言ったじゃん」

「今日は仕事場から来たんだよ」つかまれた腕を振り払う。

「じゃあ、次は絶対ね」

「覚えてるかどうかわからない」

手をふりほどくようにして階段を駆け下りる。冬馬がしつこくついてくる。

「約束したじゃん。ケチ。どケチ」

「なにやってんの？」

声の聞こえた方向を見る。天野夏樹だ。いま、帰宅したところらしい。鼓動が速くなる。夏樹は、集合ポストの蓋《ふた》を開けて中を確認している。

「昨日、ゲーム貸してくれるって言ったよね」

冬馬が、夏樹にまで同意を求めた。不要な投げ込みチラシをわしづかみにした夏樹が、ようやくこちらを見た。

「あら、わざわざそれで来たの？」

「え、それは」

「子供との約束は守るのね」

夏樹が嫌味を含んだ言いかたをし、冬馬には見えない角度で一平を睨んだ。足首からダガーナイフを抜かないか気になって、あわてて言い訳をする。

「ええと、それと、その、リュックとか届けに来て」

「リュック？」眉《まゆ》の間に皺《しわ》が寄った。「ああ、ナオさんのね」

救急車で運ばれたいきさつなどを、早口で説明したが、知っていたようだ。

「晴子さんから電話で聞いた。大勢で押しかけてもしかたないから、わたしは行かなかったけど」

「だいじょうぶそうですか」

「たぶん」

「そう。よかったです」

夏樹が同意するようにうなずく。

「ねえ、安兵衛は嘘つきなんだよ」

冬馬が夏樹に訴える。

「あら、安兵衛ちゃん。また来たの」

今度は晴子が帰って来た。今日に限っては、助け船だ。両手に、かなり膨らんだレジ袋を提げている。いや、そんなことよりも、今「ちゃん」と呼ばれた気がする。

「ナオさんのリュックをとどけてくれたんだって」夏樹が説明した。

「さっき職場の人に電話もらったけど、安兵衛ちゃんが来てくれたんだ。ありがとう、親切なのね。よっこいしょ」

聞き違いではなかったようだ。晴子はあまり心のこもっていない礼を口にして、自分の部屋の鍵《かぎ》を開けている。

「ナオさん、どうだった？」

「うん。いつものあれ。でも、念のために入院して、あっちの検査もするって」

「そうなんだ」夏樹が腕組みをしてうなずく。

晴子が一平に向き直る。

「ねえ、安兵衛ちゃん。せっかくだからごはん食べていきなさいよ。トンカツしかないけど」

「遠慮します。今日は会費を持っていませんので」

「あら、もしかして根に持ってる？　たかが二千円ぐらいでぐずぐず言うと大物になれないわよ。——そうだ。ついでにみんなにも集まってもらって今後のことを相談しないと」

今夜は晴子の部屋に上がり、ちらかっているものをざっと片付け、こたつテーブルに座った。

前夜よりは多少品数が減ったが、いくつかの総菜がテーブルに並んでいる。テレビで紹介されて評判になったらしいトンカツがメインで、昨夜の残りの煮物などと、いくつかの買った総菜だ。

各種アルコール類とソフトドリンクなども並び、晴子が乾杯をして、また宴会がはじまった。この人たちは、と一平は思った。毎日こんな時刻から集まって宴会を開いているのか。しかし、今日が土曜日であることを思い出した。仕事は休みの可能性がある。

「やっぱり進んでるかもしれないね」

晴子が急に沈んだ声を出した。

「進んでるの？」と夏樹の眉根が寄る。

「たぶんね。そんなに若くないから、進行は遅いみたいだけど」

「とは言っても、のんびりはできないね」

「先生もそう言ってた。月曜にまた検査するんで、それまで入院するって。ほら、内視鏡って前の日から食事抜いたりして準備するでしょ。それと、本当はもっと大きい病院へ移ったほうがいいって、また言われた」

　重い雰囲気になってきた。会話に加わらない多恵も険しい表情だ。冬馬は、われ関せずといった顔で、メンマにマヨネーズをかけて口に放り込んでいる。

　ふと疑問が湧いた。胃カメラで撮るのに前の日から食事を抜いたりするのだろうか。

「胃《い》痙攣《けいれん》、よくないんですか」

　三人が同時に一平を見た。いや、冬馬も含めれば四人だ。

「いや、その、胃痙攣があまりよくないとかって、ちょっと聞いたので」

「ああ、胃痙攣の話じゃないの」と夏樹が乾いた口調で否定する。

「うん」と多恵がうつむく。

「がん」晴子がしめくくった。

「え、がんなんですか？」

　また四人が一平を見た。驚きの表情だ。

「あんた、知らなかったの？」飲みかけのグラスを手にしたまま、晴子の動きが止まった。「じゃあ、話してあるってナオさんが言ったのは――」

「やっぱり嘘か」夏樹がぼそっと漏らす。

「うん」しょんぼりとうなずいたのは多恵だ。

「嘘かあ」ととどめは晴子だ。

一転、がやがやと話が始まった。誰が誰に何を主張しているのかさっぱりわからない。ひとつ不思議なのは、ここの人たちはどうして葛城のことになると熱くなるのだろう。もしかすると、新興宗教の教祖だったりするのか。夜ごと順番に添い寝したりしているのか。以前、そんなニュースを見た記憶がある。

三人のやりとりを聞いているうちに、なんとなく実態がわかってきた。

葛城が胃痙攣の持病を持っているというのは本当らしい。しかし、それとは別に大腸がんを患っているのだ。一年ほど前に前立腺《ぜんりつせん》がんの手術をし、とりあえずは成功した。今年の一月、経過を調べるため晴子がなかば強引に病院へ連れて行った。もともと葛城の知人であったし、はっきり告知する主義の医者だったので、病状について葛城本人の前であっさりと言われたらしい。

大腸がんであること、おそらくステージⅢと思われること、したがってなるべく早く大きな病院で検査、手術を受けるよう勧めること。それ以後、しつこいほど手術を勧めているが、葛城が首を縦に振らないようだ。

葛城は彼女たちに『勤務先でも説明してある。同僚もみんな知っている。みんな気遣ってくれるし、軽い仕事にまわしてもらえた』と説明していたらしい。

昨日、五月にしては冷たい雨が降る中、カッパを着て鉢植えの手入れをしていて具合が悪くなったことは言えなかった。

しかし、と一平は疑問に思う。軽い仕事もなにも、そもそもどうしてアルバイトなどしているのか。

「なぜ手術を受けないんですか」

ごくあたりまえの疑問をぶつけたが、すぐに後悔した。こいつががん細胞を植え付けた犯人だとでもいわんばかりに、晴子と多恵に睨まれた。

「いろいろと事情があるのよ」

「この子を責めてもしかたないわよ」かばってくれたのは夏樹だった。

「そうね」晴子が二度うなずいて、グラスに残ったビールを呷《あお》った。「あたしやっぱ、ウイスキーにしようっと」立ち上がってグラスを洗いに行った。

それを合図に夏樹も、多恵までも、やけ酒のように飲みだした。

一平もテーブルに載っていた缶チューハイを飲んだ。新記録のスピードで一本空け、二本目にいった。酔いが早く回ったのは、ペースのせいもあるが、となりに座る夏樹の腕が、ときどき触れそうになるのも原因だった。そのたびに一平の鼓動は速くなったが、むこうはまったく意識などしていないようだ。

「げほっ」酒が気管に入ってむせた。「げほっ、げほっ」

「大丈夫？　未成年」

意識していないというより、子供扱いだ。なんだか急に情けなくなった。自分はいったい、どうして受験勉強もせずにこんなところで、赤の他人の病気の心配をしながら缶チューハイなど飲んでいるのか。向こうではそんな気もないのに、たった一人の年上の女の色香に、どうして自分勝手に惑わされているのか。

気が付けばあっというまに一時間半ほどが過ぎていた。お開きの雰囲気になって一平が帰ろうとすると、夏樹も席を立った。

「わたしも部屋に戻る。明日《あした》、ちょっと早いから」

「うん」

「お疲れさま」

ドアを出ると、夏樹がまた門のところまでついてきた。

「ねえ」柑橘《かんきつ》系の香りがした。「昨日の忠告覚えてる？」

「はい」

「なら、本当にもう来ないで」

ほんのいましがたの宴会中とは別人のような冷たい表情だ。

「ええと」

うつむいたままもじもじとしていた。

「あのさ」

「はい」

「人と話すときは、相手の目を見なさい」

「あ、はい」

夏樹が僅《わず》かに首をかしげ、一平の瞳《ひとみ》を覗《のぞ》き込んでいる。獲物の心を探る猫のようだ。

「わたしのこと『この女ならやれそうだ』って思ってるでしょ」

「えっ。そ、それは」

「目を見ればわかる」

「そ、そんな——」

むせてしまって、缶チューハイが逆流しそうになる。

「独り身のようだし、いい歳した割に男もいないようだし。やったって減るもんじゃなし。ちょっと恐そうな雰囲気もあるけど、酒を飲んだときの勢いで、一回か二回ぐらいならやらせてくれるんじゃないか、ってね。当たりでしょ」

かなりきわどいことを口にしているが、夏樹の表情に変化はない。シフトの変更を指示する添野の顔つきを思い出した。

「いえ、そんな」

あまりにも図星すぎて、言い逃れはできなかった。

「いいわよ」

「は」

「いいわよ、しても。お望みなら」

「そ、それは」

「やりたいんでしょ。たしかに減るもんじゃなし」

「ですけど」

「だけど、お金は払ってもらう」

「えっ」

「当然でしょ。こっちはべつに愛情を抱いているわけじゃなし」

「はあ」

「百万円でいい」

「ひゃ、百万？」

「学生だから、特別に負けてあげる。百万円で、ひと晩。ただし、ラブホテルとかは問題外。ちゃんとしたホテルのちゃんとした部屋でね。その前にディナーかな、星付きのレストランで。もちろん経費はそっち持ち。わかった？」

　形のいい唇の両端が、一瞬だけすっとあがった。さよならを告げる笑みだと思った。百万円云々《うんぬん》は、大人の女を甘く見るなという忠告なのだろう。

　一平がひと言も発することができずにいると、夏樹は振り向きもせず、部屋に戻っていった。

　クールさは、やはり暗殺者《アサシン》だった。

11

翌日の日曜日は、さらに客の入りがよかった。

昨夜はあのあとまた父親に説教された。さんざんな目にあって、寝不足だ。

昼休みは、隣接したスーパーで売っている唐揚げ弁当を買って、従業員用の休憩室で温めて食べた。最近はほとんどこのパターンで、懐が寂しいときは中身がのり弁に変わるぐらいの違いだ。

休憩室には、会議用の長テーブルの島がいくつかあって、詰めれば三十人ぐらいは座れそうだ。熱湯や日本茶が出る給茶機があり、一平たちのようなアルバイトにとっては、飲料代が浮くので助かる。

今日は陽介がいないので、話し相手もおらず弁当を一気食いしてしまった。

五分もすると、眠気が襲ってきた。部屋の隅にパイプ椅子を三つ並べて、上半身だけ横になる。少し眠らないと午後がきつい。

うつらうつらと半分眠りに落ちた頭で考える。

あまり意地は張らず、とりあえず予備校ぐらいは通って、今のこのゆっくりとすり鉢の底へずり落ちてゆくような生活を変えたほうがよくはないだろうか。

入学金は払ってあるから、復学はできると説明を受けている。ただし、編入試験は必要だ。返金された授業料も、いずれ親に返すつもりでプールしてある。

ほんとうのことを言えば、いろいろなことに本気になれなくなっている。世界が少し遠くに見えるようになった。右手首をひねったあの朝から、二週間か三週間経ったころからかもしれない。

家族も、友達も、知人も他人も、広い川の向こう岸でがやがや騒いでいるだけに感じる。こっち岸には——いや、岸ではない。中州だ。川の中に堆積物《たいせき》でできた、畳二枚ほどの小さな中州だ。そこに、ひとりぼんやりと立って、向こう岸の楽しそうな光景をながめている。

今日の陽介は、久しぶりにバンドの練習をして、そのあと飲み会だそうだ。なんだか充実している。


バイトを終え、まっすぐ家に帰りたくはなかったが、かといって一人でほっつき歩く気分にもなれず、駅から家に向かってとぼとぼ歩いている。

やはり、こんなときは彼女が欲しいと痛感する。それはきっとみんな同じだろう。嬉《うれ》しいとき、悲しいとき、暇なとき、《今、なにしてる？》のメッセージを送る相手がいないのは寂しい。

自宅が見えてきた。家の前にだれか立っている。門の前ではなく、低い生け垣越しに敷地の中をのぞいている。さりげなさを装っているが、あからさまに怪しげだ。緊張で喉《のど》がグッという音を立てた。

だれだろう。知り合いだろうか。しかし暗がりの中、街灯が逆光気味になって人相風体がよくわからない。もしかすると、ただ通りすがりにのぞいただけの可能性もある。母親が植えた植物に花でも咲いたのかもしれない。

突然、怪しい人影がこちらを見た。女のようだ。一歩、二歩と近づいたため、光の当たり加減で顔がほんのりと見えた。

「多恵さん？」

「あ」とだけ言って、多恵がこちらに向かって進んで来る。思わずあとずさりしかけたが、逃げても追って来そうだったので、そのまま立っていた。そもそも、逃げる理由もないし、あれは自宅だ。

「何か？」

二メートルもない距離で向かい合った。

「ちょっと」

それだけで終わったが、話がある、という意味だろう。今日はスウェットの上下ではなかった。下はごく普通のジーンズ、これが本人の趣味なのか、リアルな象の絵が描いてある黄色いTシャツの上から、青いチェック柄のシャツを羽織っている。

「どういうこと？」

「話があって」

「どうして、おれの家がわかったの?」先に訊《き》く。

「冬馬」とだけ答えた。

なるほど。冬馬には、酔った勢いでゲームをやらせる約束をした際に、住所も簡単な道順も教えたかもしれない。

「で、用件は?」

「頼みがあって」

「頼み?」

「お金、貸してくれない?」

膝《ひざ》の力が抜けそうになった。いきなりなんなのだ。常識も疑うが、それにしてもあその住人は、何かといえば金のことを持ち出す。それほど、一平が金持ちのお坊ちゃんに見えるのだろうか。

「ちょっと待ってよ」

「だめ?　絶対返す」

その口調は、懇願というより詰問だ。

「だめとかいう前に、金を貸す理由がないでしょ」

黙ってしまった。視線を落とし、道路を見ている。ふざけているのでも、まして脅そうとしているのでもなさそうだ。純粋に頼みに来たらしい。だとすれば、それが一番危ない気がする。

身振りで多恵に合図して、家から少し離れた、建て替え中の家の前まで移動した。

「貸すって、いくらぐらい？」

つい訊いてしまった。多恵の大きな目が輝く。

「いいの？」

「だから、いくら？」

一万か二万ぐらいなら、しばらく貸してもいいかと思った。乗りかかった船というやつだ。陽介はよく「おまえの額には《お人好《ひとよ》しです》シールが貼ってある」と言う。

「三百万円」多恵が、抑揚なく口にした。

「げほっ」

唾《つば》が気管に入ってしまい、激しく咳込《せきこ》んだ。

「えほっ、えほっ、それって何かの冗談のつもり？」

多恵はにこりともしない。

「だめなら、二百五十万でもいい」

「ちょっとまってよ。無理だよ。だいたいその発想はどこからくるの？　そんな大金があったらバイトなんてしてないよ。とっくに家を出てるよ」

「家出するの？」

「まあね。出たいと思ってる」

「どうして？」

「まあ、いろいろあるけど。――今はそれ関係ないでしょ」

「うん」

真剣に考えている。なんだこの女。最初に会ったときから少し壊れていると思ったが、本物のようだ。その一方で、今夜はなんだかよく喋《しゃべ》る。

「そういうことで、残念ですけど無理です」

「うん」

目を伏せた表情が、いかにも残念そうだった。つまりは、一平から借りられる可能性があると、本気で思っていたのだろう。人を見る目とか状況把握というより、社会常識に欠けている。

説教しても無駄だろうと思っていると、多恵は顔を伏せたまま上げようとしない。やがてはなをすする音が聞こえてきた。おいおい、勘弁してくれないか。

「ごめんなさい」

「もういいからさ」多恵の肩にそっと触れる。「こんなところで泣かないでよ」

しゃくりあげながら小さくうなずいたが、泣くのはやめない。

「ごめんなさい」

「困ったなあ」

周囲を見まわす。ご近所さんにこんなところを見られたら絶対に噂になる。親の耳にも入る。

「急に変なこと頼んで」

変なことだとわかってはいたのか。なんだか、商品棚をぐちゃぐちゃにされて、途方に暮れているときの気分だ。

「でもさ、なんでそんな大金がいるの？」

「ナオさん」

顔を上げてそう言った。濡《ぬ》れた睫《まつげ》が、上下のまぶたにべったりと張りついている。一刹那《いっせつな》、意外に可愛いなと思ってしまい、あわてて振り払った。

「ナオさんて、葛城さん？」

「うん」

「もしかして、手術代？」

「うん」

大きな濡れた目で、一平の顔をじっと見る。まるで、これで説明は十分だろうと言わんばかりだ。たしかに話の趣旨がようやくわかってきた。

いや、ここ数日の流れが読めてきた。

葛城が大腸がんの手術に踏み切らない理由について、皆は言葉を濁していたが、要するに金がないのではないかと感じていた。今の話からすると、手術費用として三百万近くの金が必要らしい。がん対応の保険に入っていないのかもしれない。そしておそらくは、本人はもちろんアパートの住人たちにもその蓄えがない。

どう金を工面しようかと思っていたところに、一平というカモがネギを背負ってやってきた。他人のことを悪く言わない葛城から、一平のことを「育ちのいい若者」などと聞いていたのかもしれない。

実物を見たら、たしかにお人好しのようだ。親と都内の一戸建てに住んでいる。多少の金なら引き出せる可能性がある。そう踏んだのかもしれない。

それで、一平が葛城を送ってきたのをいい口実に、いきなりパーティーに引っ張り込んだのだ。夏樹がもう来るなと言ったり、冷たい態度をとったのは、むしろ親切な警告だったのかもしれない。しかし、ほかの住人から「あいつから金を引き出すことに協力しなさいよ」とでも言われ、急に「体が目当てなら百万円くれ」などと言いだしたのではないのか。

いや、やはりそれも違う。

たしかに葛城の病気は仮病には見えない。〝本物〟だからこそ、それをネタに金儲《かねもう》けを企《たくら》んでいるのではないか。あちこちから「三百万必要」と借りまくる。どうも胡散臭《うさんくさ》いと思っていたが、少し風変わりな詐欺集団なのかもしれない。

いろいろ疑問符だらけだったことが、ようやく繋《つな》がった。決して気持ちのいい筋ではなかったが、意味不明なままよりはすっきりした。

だが、短絡的で甘くてむちゃくちゃだ。振り込め詐欺のほうがもう少し知恵を使って苦労しているぞと説教したくなる。葛城はそんなことに利用されていると知っているのだろうか。

「おれに借金するというのは、多恵さんの考え?」

「うん」

「それが現実的だと思った?」

「思わない」首を横に振る。

「思わないのに、頼みに来たの?」

多恵がうなずく。父親が一平に向かって「おまえと話しているとめまいがしてくる」と説教する気持ちが、今はよくわかった。

「貸せないけど、いちおう参考までに聞くと、どうやって返すつもり?」

「いつか。働けるようになったら」

「今は働いてないの?」

うなずく。

この子も利用されているのだ。そう確信した。たぶん夏樹もやはり悪くない。なぜなら、警告してくれたからだ。悪党はあの晴子だ。

気を静めようと、大きく深呼吸した。そのとき、すぐ近くの家のドアが開き、奥さんが顔をのぞかせた。知った顔だ。あら、という表情でこちらを見た。

「あ、こんばんは」

あわてて、多恵の腕をつかみ、急ぎ足でさらに二軒ほど離れた。このまま追い返してもいいのだが、きちんと話をつけておかないと、晴子に命じられて明日《あした》も来るかもしれない。それになにより、腹が減っていることを思い出した。

「あのさ。晩ご飯食べた？」

無言で首を左右に振る。

「五分くらい歩いたところにラーメン屋があるんだ。よかったら、そこで話さない？」

おかしな子だとは思うが、悪人でも計算高くもなさそうだ。このまま追い返すのが少し可哀そうになった。

――おまえの額には《お人好しです》シールが貼ってある。

多恵はうなずいて一緒に歩き出した。一平はスマートフォンを取り出す。ＬＩＮＥで母親宛《あて》に《晩飯いりません》と送った。すぐ《わかりました》と返信が来た。陽介あたりと一緒だと思っているのだろう。

店内はわりと混んでいた。一平たちはひとつだけ空いていた入り口近くのテーブル席に座った。

一平は肉野菜炒《いた》め定食のライス大盛りを、多恵は杏仁《あんにん》豆腐と玉子スープを頼んだ。

「それじゃ足りないでしょ。遠慮しなくていいよ」

「いつも、夜はあんまり食べないから」

子供のころから顔見知りの店主が、中華鍋《ちゅうかなべ》を振りながら、カウンター越しにこちらを見た。一平と目が合うと「隅に置けないね」という顔で笑った。しかたないので、笑い返した。

がっこんがっこんと、鍋の立てる派手な音がしているので、周囲に聞かれる心配はなさそうだ。もっとも、こんな店で他人の会話に耳をそばだてるやつはいない。

一平は、多恵に「もう少し詳しく話してよ」と言った。

「うん」

多恵のぶつぎりの説明によれば、やはり葛城の手術費用がないようだ。

晴子が病院で聞いてきたところによれば、最低でも三百万、術後の加療や通院その他の費用を合わせると、五百万は準備した方がいいと言われた。ほかも当たってみたが、具体的な金額は教えてもらえなかった。ただ、ネットなどで調べてみても、およそその程度はかかりそうだとわかった。

しかし今、皆の持ち金をあわせても、百万を少し超える程度しかない。まだまだずいぶん足りない。借りられるあてもない。誰か親切な人にでも借りられないだろうか――。

なんとなく、どこからどこまで真に受けていいのかわからない話だ。そもそも、高額な医療費の救済制度があるはずだが、一平自身も詳しくは知らない。それに、今ここで多恵に指摘してみたところで始まらないだろう。

話をひととおり聞き出すころには、多恵はすべて食べ終わり、一平の肉野菜炒めもほとんど残っていなかった。

「ひとつ聞きたいんだけど」

「うん」

「あのアパートの人たちは、どうしてナオさん──葛城さんのことになると、あんなに真剣になるの？　親戚《しんせき》とかいうわけじゃないんでしょ」

借金の件はそれとして、あの心配ぶりは嘘ではないように感じた。

「お世話になったから」

「お世話？　三人とも？」

こくりとうなずく。続きを待ったが、それで終わりのようだ。

「でも、みんな他人でしょ？　就職の世話になったとか、そんなこと？」

「それもある」

「でも、それだけであんなに熱を入れるものかなあ」

「みんないろいろ」

多恵の説明はそれだけだ。それ以上聞き出すのはあきらめることにした。

多恵はうつむいている。さて話も終わった。こちらもそろそろ受験勉強をはじめないとならないし、また、ご縁があったら──。

また泣いている。

うつむいているだけだと思ったら、鼻の先端から、しずくが垂れた。ぽつり、そしてまたぽつり。

とっさに店内を見まわす。まだ誰も気づいていていない。

「あのさ、こんなところで泣くのやめようよ」

小声で諭す。しかし止まらない。意外に泣き上戸らしい。

店主と目が合った。女の子泣かすなよ、と顔に書いてある。違うんだという意味で首を左右に振った。多恵に視線を戻す。

「あのさ、泣かないでよ。お金以外のことなら、相談に乗るから」

多恵がすすりあげながら、うなずいた。ぽたりと落ちた水滴が光を放った。

「じゃあ、とりあえずそういうことで」

油のしみのついた伝票を持った。立ち上がろうとしたところに、多恵が声をかけた。

「もう、アパート来ない？」濡《ぬ》れた睫《まつげ》の目で聞く。

「うん。たぶんね」

「そう」気のせいか、少し寂しそうに見えた。

「いや、行くかもしれない」つい、そう口にした。

「うん」気のせいか、少し嬉《うれ》しそうに見えた。

やはり変わっている。

12

葛城直之は、のりの利いた真っ白なシーツの肌触りに、なかなか慣れなかった。それだけではない。寝返りを打つたび、硬めのスプリングがぎしっと鳴る。わずかに消毒液の匂いがする。胃の痛みは治まったが、皆がしばらく入院したほうがいいと言うので、甘えることにした。

この病院の寝具が粗悪なのではない。仮に高級旅館の柔らかい布団でも、寝つけないことに変わりはない。要するに「枕が変わると寝られない」体質なのだ。変なところに神経質だと、妻に笑われたこともある。

この『古賀《こが》内科医院』の医院長、古賀成昌《しげまさ》は、高校時代からの友人だ。古賀は十五年ほど前、総合病院で外科の副部長をしていたところ、医療ミス訴訟の被告側に立たされたことがある。肝臓がんの手術中に大動脈を傷つけ、そのため出血多量で死亡したというのが訴えの趣旨で、訴えられたのは病院と執刀医であった古賀だった。そのとき、古賀からどうしてもと頼まれて弁護を引き受けた。

二審まで行って、おそらくこれ以上は望めないだろうと思える内容で和解した。それをひどく恩義に感じているらしい。心情的には患者の遺族に同情したが、もともと無理筋ともいえる訴訟内容だった。あれなら、新人の弁護士でも勝てただろうと思っている。

その後、古賀はこの個人病院を開業した。

葛城は、彼女たちに一時的な胃《い》痙攣《けいれん》の発作と説明しているが、実は胃《い》潰瘍《かいよう》だ。それをみつけたのも古賀だし、その後くどいほど検査をして、ほかの病巣もみつけてくれた。

前立腺《ぜんりつせん》がんもそのおかげで早期に手術ができた。

しかし今また、大腸がんがみつかった。この病院では、内視鏡検査やポリープの摘出ぐらいはできるが、大腸がんの開腹手術などはできない。国立病院機構に紹介状も書いてもらった。しかし、手術は受けたくない。怖いというのとも違う。命運に抗《あらが》いたくないのだ。あちこちを切り裂いて内臓を削り取っても、いったい何年長く生きられるだろう。

それに高額療養費制度を使えば、その分誰かが使える原資が減る。古賀は「それはおまえが考えることじゃない」と言うが、確実に一人分のベッドと医療費は使うことになる。

葛城としては、これ以上延命のための手術を受けたくないし、療養費制度なども使いたくない。さっさと妻のいるところへ行きたい。しかしそう言ったのでは彼女たちが納得しそうもないので、古賀に口裏を合わせてもらって、「難しい手術だから、救済の制度を使っても、さらに三百万円ほど必要になる」と答えている。

彼女たちはそれを信じて金策に走っているようで、申し訳ない気持ちもある。だがさすがにもう道を踏み外すこともないだろう。いずれあきらめてくれるはずだ。

しかし、死ぬことの覚悟はできているが、その前にひとつだけ済ませなければならないことがある。そのために、あのアパートを手配したし、あの仕事にもついた。

もう少しだ。もう少し——。

床頭台と呼ぶ、ベッドわきのスチール製ワゴンから、ノートと万年筆を取る。さすがに文箱《ふばこ》ごとでは重いので、中身だけを晴子に持ってきてもらった。中を読んだだろうかと、ふと気になった。彼女なら読んだかもしれない。ならばそれでもいい。偽りは書いていないし、晴子もほとんど知っていることだ。病気に関しては具体的なことは何も書いていない。

万年筆のキャップをはずし、ペン先をノートに置く。ブルーブラックのインクのしみが鮮やかに残る。思いつくままに書き留めてゆく。

《――うっかりしていたことがある。ここまで、彼女たちのことを書いていなかった。このままでは、本当に単なる日誌でしかなくなってしまう。今回から、あの三人のことを、少し詳しく記録しておこうと思う。

まずは、年長の彼女のことからはじめよう。彼女とのつきあいが一番長い。彼女は、成人以後の半分近くを、刑務所か拘置所で過ごしてきた。世間的には立派な悪党だが、わたしはなぜか憎めない。愛嬌《あいきょう》もあるし、心優しい面もあるのだ。その点はきみも認めるだろう――》

13

日曜日、吉井恭一は南青山《みなみあおやま》の歩道に立っていた。空は青く晴れ上がっている。

気晴らしに、北川芽美子の買い物につきあってやっていたのだが、「どっちがいい？」と訊《き》かれることにうんざりして、一人店を出た。

あれは二週間ほど前のことだ。

例によって父親のお供で、後援会の東京支部の連中との会合に出席した。会合とはいっても、ようするに宴会だ。腹黒さを脂肪で練り固めたようなおやじどもを相手に酌をして回り、言いたくもないお愛想を口にしなければならない。

その会合があった夜、憂さ晴らしに芽美子を呼び出し、体をなぶった。芽美子は、いたぶるための存在だ。何をしても逆らわない、ただされるがままになる人間が自分には必要なのだ。

逆らわないのをいいことに、あの日は鬱憤《うっぷん》が溜《た》まっていたので少しやり過ぎてしまった。ネットで購入した新しい器具を試したのだが、それがよくなかったようだ。

他人事《ひとごと》のような口調で「なんだか出血してきた」などと言うので、見ればたしかにシーツが赤く染まっている。騒ぎに巻き込まれたくないので、ひとり先に部屋を出た。

あのあと病院へは行ったのだろうか。恭一のほうからわざわざ訊かないし、たとえ医者にかかったとしても、芽美子のほうからそれを言うこともない。

今日の買い物は、柄にもなくあの夜の償いの気持ちもあった。なんでも好きなものを買っていいと言ってやった。そうしたら、ジャケット一着、バッグ一つ見るたびに、いちいち「どう思う？」「どっちがいい？」と恋人のように訊くのでうんざりしてしまった。皆の見ている前で、買ったばかりの服を着せて引き裂いてやりたくなる。

恭一は、歩道に立って煙草をくわえた。条例で路上喫煙が禁止なのは知っている。くそくらえだ。どうせたかが罰金だ。捕まえるなら捕まえてみろ——。

そう思って睨《にら》みまわすせいか、誰も注意しようとはしない。通りすがりの若いカップルが、これみよがしに顔をしかめて通り過ぎた。

そんなことより、このところすっかり喫煙量が昔に戻ってしまっている。またやめるのにひと苦労だ。

それにしても、芽美子は遅いな、たかがジャケット一着買うのに、どれだけ迷うんだ。そう腹の中で悪態をついただけで、ねばついた血が体をめぐるようだった。

芽美子は不思議な女だった。ショートボブにユニセックスな服の好み、化粧も薄いし体の凹凸も少ない。少年のようにも見える。芯《しん》がしっかりしていそうな外見なのに、中身は驚くほどに従順だ。そのアンバランスが、恭一の嗜虐癖《しぎゃく》を刺激する。

さっきも、イタリアンレストランで昼食を摂《と》っていたとき、唐突に「おまえなんて、どうせほかの男にも股《また》を開いているんだろう。終わりにしたっていいぞ。今日で終わりだ」と言ってやった。言いがかりとすらもいえない、難癖を付けるようないじめだ。芽美子はそれだけでめそめそと泣き出した。

「どうして、そんな意地悪言うの？」

嘘泣きではない。はなをすすりあげるから、ほかの客が見ている。

おまえがそうやって泣くからに決まってるだろ。フォークでも投げつけてやりたかったが、さすがにレストランでは抑えるしかない。その時の涙で欲望に火がついた。この店の買い物が終わったら、ホテルに行こう。そこで泣きながら「やめてください」と言わせてやろう。今日は何も道具を持ってきていないから、備え付けの――。

そのとき、目の前を、男児がかけていった。六歳、いやまだ五歳だ。間違いない。この年代の子供の年齢は、半年単位で言い当てることができる。目で追っていると、急に立ち止まった。不安げな、今にも泣き出しそうな顔で、きょろきょろしている。親を捜しているようだ。はぐれたのかもしれない。

その不安そうな顔を見ると、芽美子に対するのとはまた別の感覚が沸き上がる。臍《へそ》の奥のあたりで、芽美子に抱いたよりも、さらにねばついた欲望が鎌首をもたげる。声をかけたい衝動に心が支配されそうになる。

――ぼく、お父さんかお母さんいないの？

そう声をかけるだけだ。すっかり芽美子のことは頭の隅に追いやられていた。男児に近づく。その気配にこちらを見た。泣いている。睫《まつげ》が濡《ぬ》れてまぶたにはりついている。高級な桃のような、白く柔らかい頬に赤味がさしている。

心臓が高鳴っている。肋骨《ろっこつ》を破って飛び出てきそうだ。我慢が限界を超えそうだ。

――一緒に捜してあげようか。あっちへ行こうよ。

つい、声に出しそうになる。こいつの人格を壊したい。一生残る心の傷を与えたい。

そんな、めまいがしそうなほどの衝動をどうにかこらえる。その葛藤《かっとう》が表情に出ているのだろう。男児は泣き止み、不思議そうに恭一を見上げている。

――あっち へ捜しに行ってみようよ。

この近辺に、ひと目につかない場所はあるだろうか。多少悲鳴が聞こえても大丈夫な――。

馬鹿な。なにを馬鹿なことを考えている。とうとうおかしくなったか。こんな都心で天を仰いでから、男児を見下ろした。男児も恭一を見る。潤んだ瞳《ひとみ》に、青空が光っている。

「きみ、お父さんかお母さんは……」

「ごめんなさい。遅くなっちゃって」

背後から、芽美子の声が聞こえた。小走りに近づく気配もする。すっと幕を引いたように、現実に返る。

「ふう」

救われた――。

ほおを膨らませて、ゆっくり深呼吸をした。

「あれ、どうしたの？」

ブティックのガーメントバッグを片手にさげて、芽美子が二人を見た。

「なんだか、迷子みたいなんだ」

「ええ、ほんとう？」

芽美子が、バッグを抱えるようにしてしゃがんだ。男児と目の高さをあわせて、やさしく話しかける。

「ぼく、パパかママは？」

男児は、自分が迷子だったことを思い出したらしく、急にまたべそをかきだした。

「あ、大丈夫だからね。お姉さんと、交番に行こうか。おまわりさんに相談してみよう」

手を差し出す。男児は右手で涙をぬぐい、左手で芽美子と手をつないだ。そのとき、大きな声がした。

「ユウヤ！」

ふりかえると、三十を少し超えたあたりの、きつめの化粧をした女が走ってくるのが見えた。

「あ、お母さんかな？」

芽美子が男児に声をかける。男児はひとつうなずくと、お母さん、と叫んで走りだした。子どもを一度抱きしめてから、ひとことふたこと、お定まりの小言を言った母親は、恭一と芽美子を見て、深くお辞儀をした。

「ありがとうございました」

「いえ。よかったですね」

恭一は小さく会釈し、芽美子は丁寧にお辞儀を返した。笑いながら、男児に手を振っている。たったいま、芽美子の声に救われたと思ったのも忘れて、その芽美子の善人ぶったしぐさに対する憎しみが渦巻いている。

せっかくのチャンスをじゃましやがって、いい人ぶってるんじゃねえぞ――。

男児の登場で一度消えかけた、芽美子に対する嗜虐の炎が再燃する。血はもうずっと熱くなりっぱなしだ。

「お母さんみつかってよかったね」

芽美子の顔に、お人好《ひとよ》しな笑みが浮かんでいる。

このあとのことが楽しみすぎて、無性に煙草が吸いたくなった。

14

多恵が突然やってきた翌日からは、またいつもと変わらぬ時間の流れに戻った。

家と『ルソラル』の往復だ。

葛城は休んだままだ。チーフマネージャーの添野に様子を聞いてみたい気もするが、やぶ蛇になりそうな予感がある。あのひこばえ荘には、夏樹の存在以外にも何か惹《ひ》きつけられるものがあるが、なけなしの理性は「近づかない方がいいぞ」と警鐘を鳴らしている。そもそも、住人からそう忠告されている。詐欺だけではない落とし穴がありそうな気がする。君子は危うきに近寄らず、受験生は妖《あや》しきに惑わずだ。

しかし、もしも夏樹に出された条件に応《こた》えられたら、ひょっとして――。

我ながら、馬鹿かと思いつつも、『ルソラル』正面入口脇に設置された、宝くじ売り場を見るたびに、ふっと考えてしまう。

それだけでなく、多恵の、悪だくみとは無縁そうな瞳もちらほらと思い出す。かなり変わってはいるが、それはもしかしたらほかの人が失くしてしまった幼子のような純粋さがあるからなのかもしれない。

住人たちの濃さにすっかり忘れていたが、ふと思い出してあのアパートの名前について調べてみた。

壁に書かれていた漢字は、ひらがなのとおり『蘖《ひこばえ》』という文字で、これは木の切り株や根元から生えてきた新芽のことだ。「孫生《ひこば》え」という字を当てたりもするらしい。新しい命という意味合いがあるようだ。

あの老朽化したアパートには似つかわしくないような、だからこそ似合っているようなネーミングだと思う。

その古びたひこばえ荘に顔を出さなくなって何日が経つだろう。

また土曜がやってきた。しかも今回は給料日直後の会社も多いはずだ。先週以上に忙しい一日になるかもしれないが、体調さえ悪くなければ動き回るのは嫌いではない。よけいなことを考えずに済む。

　快晴になったこともあって、過激なまでに忙しかった。おかげで時間の経つのが早く感じられた。すでに夕刻が近い。今日の勤務も残りあと一時間ほどだ。

　一平は作業服売り場近くに置かれたワゴンの中の、客がぐちゃぐちゃにしていった軍手を整理していた。種類はすべて同じで、ただサイズが三種類あるだけなのに、どうしてここまでかき混ぜる必要があるのだろう。腹立ちと疑問が沸き上がる。

　自分の洗濯物も畳んだことがないのに、うんざりするほどの量の軍手を整頓《せいとん》していると、すぐわきに人が立っている気配を感じた。作業が終わるのを待っているのか。そしてまた、ぐずぐずに壊すのか。まるでなんとかの神話だなと嘆息した。あの、なんとかいう山の上から転げ落ちる岩を、永遠に元に戻す苦行だ。だいたい——。

「安兵衛」

　聞き覚えのある声だ。顔を見ればやはり冬馬だ。

「安兵衛じゃないし、呼び捨てにするな」

「真面目に仕事してるじゃん」冬馬は嬉《うれ》しそうに目を輝かせる。

　その隣に立っているのは多恵だった。気づくのにほんの少し間が空いたのは、ラーメン屋デートしたときと、服装がまったく違ったからだ。あのときは、近所のコンビニに買い物に出た一人暮らしの大学生風の姿だったが、今はやや〝お出かけ感〟のある、ブルーのシャツワンピースを着ている。今日の青空によく似合って、まるで別人のような雰囲気だ。ただ、その上に羽織っているブルゾンがベージュ色なので、いまひとつアンバランスな印象はいなめない。

もしかすると、ワンピースはもらいものかもしれない。夏樹あたりからの。

「どうも」軽く頭を下げる。

一平がここで働いていることは、ひこばえ荘の全員が知っているから、来ることに不思議はない。問題なのはその理由だ。

「多恵姉ちゃんが、買い物したいんだって」

訊《き》く前に、冬馬が説明した。見れば、多恵の足元に置いてある買い物かごに、いくつか商品が入っている。調理用の雑貨や洗濯ばさみなどだ。とすれば客だ。

「ありがとうございます」愛想笑いを浮かべる。

「ねえ、いつゲームやらせてくれるの」冬馬が鼻を鳴らす。

「当分先かな」

「当分って、いつ」

「かなり先」

「かなりって?」

「あと一度聞いたら、この話は無しだ」

「けち」

多恵は突っ立ったまま一平を睨《にら》んでいる。ようやくこれにも慣れてきた。ようするに彼女は、人を見るときに睨むという以外の方法を知らないのだ。いや、うまくできないのだ。

「そういう雑貨類は従業員割引がきくよ」つい言ってしまった。「バイトでも15%割引になるから、代わりに買ってあげようか」

多恵はすぐには返事をせず、一平を睨んでいる。余計なお世話だったろうか。

「ありがとう」

礼を言ったらしい。

「ああ。――それじゃ」

買い物かごを持った。案内しているように見えるはずだから、社員に見られても叱られはしないだろう。かごの中身をもう一度見る。

「多恵さんって、女の子っぽいところもあるんだね。ちょっと意外な感じ」

そう言って、ワンピースにもう一度目をやった。一平としては、お世辞のつもりだった。そして、冗談のつもりだった。しかし、多恵が息を呑《の》む気配を感じた。顔を見る。表情が強ばっている。一平は、意味もなくエプロンに手をこすりつけた。

「どうしたの?」

しかし多恵はそれには答えず、いきなり身を翻して小走りに去った。

「あ、ちょっと」

後ろ姿に声をかけたが、多恵は立ち止まることなく通路をまがって消えた。

「おれ、何か悪いこと言った？」

「わかんないけど『女の子っぽい』とかって、セクハラ発言じゃないの」

冬馬が肩をすくめた。

やはり理解できない。いきなり三百万円借りに来るのは、何かのハラスメントじゃないのか。

「あのワンピース、夏樹さんにもらったんだよ。すごく気に入ってたみたい」

冬馬が大人びたしぐさで肩をすくめた。

気に入ったものをほめて、何がいけなかったのか——。


「あ、こんなとこにゲーセンがあった」

冬馬が声をあげた。バスの窓にへばりつくように、外をながめている。

「あとで、バス代返せよ」

「晴子さんに聞いてみる」

聞いてみる、じゃねえだろう。そう言いかけて、手元のレジ袋を見る。

あのあと、冬馬は多恵を探しに行ったが、しばらくして困り顔で戻ってきた。多恵は帰ってしまったようだ。しょぼんとしているので多少責任を感じ、かごの中身を従業員割引で精算してやった。会計を済ませるなり、冬馬は「だから安兵衛ちゃん好き」と晴子の口真似をした。たぶん、従業員はお客様を殴ってはいけない、という規則があるはずなので、なんとか堪《こら》えた。

するとき冬馬は調子に乗って「一人では持って帰れない」と甘えたことを言う。しかたなく、終業まで一時間ほど待たせ、一緒に帰ることにした。

冬馬は、時計売り場のアラームを一斉に鳴らしたり、特設コーナーでフェア展開中のマッサージチェア五台すべてを、フルリクライニングにして販売員をいらいらさせたりしながら待っていた。

「なあ、おまえって、その性格からして、やっぱり晴子さんの子供じゃないのか？」

バスに揺られながら、気になっていたことをたずねる。

「ちがうよ」

「まさか夏樹さんの子じゃないだろうな」

「だったら、いいんだけどね」

「じゃあ、自分の家はどこだ」

「ひみつ」

ほおづえをついて、大人びた溜《た》め息を吐く。

「いまのところ、家はひこばえ荘、かな」

「かな？　何号室だ」

「だいたい一〇二」

多恵といい、この冬馬といい、話していると頭の中がシェイクされる気分だ。

バスを降り、ひこばえ荘まで並んで歩く。もちろん荷物を半分以上持ってやる。

「あの人たち、変わってるよな」

「あの人たちって？」冬馬がこちらを見上げる。

「もちろん、アパートの人たちだよ」

「まあね。——みんな、なんていうか、いろいろあるみたい」

「なんだ、いろいろって」

「なんていうかなあ」

まいったな、という表情を浮かべている。五年生でこれだけ大人びているのは、育った環境のせいなのか、もともとの資質なのか。

「おれ、ほら、いちおう信用されてるし」

「おれは信用できないのか」

「ていうわけじゃないけど」

「そうか」細めた眼で、冬馬を睨んでから立ち止まる。「わかった」

「え」冬馬も立ち止まり、一平を見上げる。

「短いつきあいだったな」

たっぷり中身が詰まったレジ袋を押し付ける。

「代金は現金書留で送ってくれ」

「え、そんな」

「信頼がなければ友情もない。ゲームのこともあきらめてくれ」

「そんなあ」

その声に合わせるかのように、どこかでカラスが暢気《のんき》に鳴いた。

「わかったよ。じゃあ、知ってることだけ」

冬馬がしょんぼり言うので、歩みを再開した。

卑劣なことをしたようで、いや、実際卑劣なことをしてしまったと、心が少し痛んだが、好奇心が勝った。

「そもそも、あの人たちの仕事ってなんだ」

「うんとね」冬馬はアスファルトの小石を蹴《け》った。「ほんというと、よくわかんない」

「だいたいはわかるだろう。たとえば、どこかの会社に行ってるとか、どこかの店員だとか、お水だとか」

「お水って、ウォーターサーバー？」

「夜の商売だよ」

「ふうん。そういえば、まえに聞いたことある。夏樹さんは、どっかのスーパーで仕事してたんだって」

「そうか」

「でも、いまは辞めたみたい」

「なるほど。晴子さんは？」

「やっぱり、よくわからないけど、昼間出かけたり、夜出かけたりしてる。どこに行くのかは知らない」

　やはりいかがわしい。

「多恵さんは？　ニートだろ」

「なに、ニートって？」

「学生でもなく、働きもせず、引きこもっている若者だよ」

　説明しながら、いや、最近は若者ばかりでもないらしいけどなと思った。

「あ、そんな感じかな。働きに行くとまだアブナイみたい」

「危ない？」

　冬馬がはっとしたようにこちらを見て、小さく舌を出した。

「なんでもない」

「言えよ」

「知らない」

「言え」

　レジ袋を持ったまま、ヘッドロックをかませた。

「言う。言う」ギブアップの合図に、一平の腕を二度叩《たた》いた。

「前にバイトしてたところで、やっちゃったんだって」

「やった？　なにを」

「バイト先の先輩のこと、火傷《やけど》させたんだって。ハンバーガーショップで働いてるとき、なんか先輩にいやらしいこと言われて、そのとき持ってたコーヒーをぶっかけたんだって」

「まじか」

「うん。本人に聞いたから」

「それ、洒落《しやれ》にならないだろ。立派な傷害罪だろ」

「うん。だから逮捕されて裁判もやったって」

「まじか。──それで、刑務所は？」

「うんとね、シッコーユーヨとかいうやつで、入らなくていいんだって」

「コーヒーをぶっかけて火傷させたのだと、執行猶予なのか」

重いとか軽いとかの感想ではなく、それが量刑の相場なのかと思った。

「だから安兵衛も発言には気をつけたほうがいいよ」

「わかった。──それじゃあ、夏樹さんと晴子さんが多恵さんとおまえの面倒を見てるのか」

「ちょっと違う」

「なんだ、それも違うのか」

「ええとね、ミモト──なんとか人」

「身元引受人？」

「そう、それ。多恵姉ちゃんのそれが、ナオさんなんだって」

「葛城さんか」

なるほど、そこであの人が出てくるのか。うなずきかけたとき、一平の頭の中を一条の光が貫いた。

「もしかすると、夏樹さんや晴子さんも、葛城さんとそういう関係なのか」

「うん、そんな感じ」

「みんな誰かを怪我させて、執行猶予になっているとか」

「刑務所だって」

「刑務所？」声が大きくなった。

「うん」何をいまさら、という表情だ。「二人とも、刑務所に入ったことがあるからだよ」

「夏樹さんも、か」

「そうだよ。あ――」

スマートフォンに、メッセージの着信があったようだ。

「夏樹さんが何時ごろ戻るかって。もうすぐ晩ご飯ですって。――ね、安兵衛も食べていけば」

「いや、遠慮する」

返信を打ち込みながら、冬馬が大人びた口調で言う。

「みんな喜ぶと思うよ、特に多恵姉ちゃんとか」

「おまえ」と睨《にら》む。「適当なこと言うなよ。ガキのくせに」

「ほんとなんだってば」

「じゃあ、なんでさっき帰っちまったんだよ」

「安兵衛は女心がわかってないね」

「ぶち殺す」

「かんべんして」

なんとなくむず痒《がゆ》い感覚が湧いて、話題を逸《そ》らした。

「さっきの話だけど、夏樹さんは何をしたんだ」

「ええとねえ」冬馬は首をかしげた。「くわしく知らないけど、昔、何人かに大怪我させたんだって。――あ、いけね。今のはナシ」

「大怪我？」

しかも「何人か」なのか。それで「刑務所」なのか。首筋から腕のあたりにかけて鳥肌が立った。

法律にはあまり詳しくないが、間違って怪我をさせただけでは、そして初犯なら、おそらく刑務所には入らないだろう。コーヒーをかけて火傷させても執行猶予なのだ。そこに至った原因にもよるとは思うが、実刑をくらうほどの怪我をさせるとは、彼女は一体なにものなのか。暗殺者《アサシン》という第一印象は、まんざら外れてもいなかったのだ。

「晴子さんは？」

ついでに聞いてみる。殺人などと言われたら、やはり即刻引き返そうと思った。

「ええと、サギ」

「詐欺？」

「ケッコンサギ」

「あの、ラテンっぽいけど純和風顔のおばさんが？」

冬馬には受けたようで、げらげら笑いながら答える。

「晴子さん、けっこうおじさんとかにモテるみたいだよ」

「やったのはいつの話だ」

「ずっと前だって」

「一回だけだろ？」

「ううん。三回か四回——あ、いけね。今のもナシ」

一平は石もないのにつまずきそうになった。

「そんなにか」

完全な常習犯だ。そのうち何回実刑をくらったのかわからないが、相当の猛者《もさ》ではないのか。あの三人、どうも雰囲気がどこか変わっていると思っていた。やはり、ただものではなかった。

「じゃあ、その三人が、あんなに大切にしてる葛城さんって、いったい何ものなんだ」

「だから、身元なんとか」

「もともとの職業を聞いてるんだよ」

「ベンゴシ」

「弁護士？」

「うん。あ、『モト』だった。モトベンゴシ」

元弁護士？　弁護士だったのか。追跡の手から逃れるためにホームセンターで植木の手入れをする逃亡犯というのはありそうだが、弁護士というのはイメージが重ならなかった。しかし、元犯罪者と元弁護士なら、ある意味接点はある。

「元っていうからには今は辞めたのか――」

「そうみたい」


そしてまたひこばえ荘に来てしまった。

なんとなくそういう流れになってしまう。何かの運命だろうか。だれかが仕組んでいるような気もする。

冬馬が二〇二号室の多恵の部屋をノックすると、応答もなくいきなりロックが外れる音がした。多恵は先に帰ってきているらしい。

「ただいまあ」

冬馬は返事も待たずに靴を脱ぎ散らかし、部屋へ入っていく。

「おじゃまします」

冬馬に続いて玄関に入る。

「あがって、あがって」

冬馬に言われ、靴を脱いだ。代金を立て替えてやった上に、配達までしたのだから、失礼には当たらないだろう。

「ここに置きますね」

玄関と境目のない狭いキッチンの床に買ったものを置き、メインである六畳間に視線を向ける。これが間取りのすべてだ。トイレはあるが風呂《ふろ》はない。幸い、歩いて五分ほどのところに古くからある銭湯があるらしい。それで、このアパートでもなんとかやっていけるのだろう。

多恵は六畳間に置いたこたつテーブルで雑誌を読んでいたようだ。例のスウェットの上下に着替えている。

「さっきはすみません」

多恵が素直に詫《わ》びて頭を下げた。

「じゃあ、おれは帰ります」

「安兵衛もご飯たべていきなよ。今、夏樹さんが作ってるから。——ねえ、多恵姉ちゃん」

「うん」

「じゃあもう少しいるか」

「あ、そうだ。ゲームがダメなら宿題教えてもらおう」

　そう宣言すると、テーブルの前に座り、ランドセルの中身をぶちまけだした。

一平はさっとキッチンを見回す。やはり必要最低限のものしか置いていない。『ルソラル』の家電コーナーで、春先に《新社会人セット！　三点で二万九千円》と売り出していた目玉商品に似ている。

床に段ボール箱が置いてあり、中には比較的新鮮そうな林檎《りんご》が五個入っている。林檎が好きなのだろうか。

「ねえ、これ教えてよ」

算数のドリルを広げた冬馬が催促する。

「入りますよ」

多恵がこちらを見ないまま、かすかにうなずいたので、冬馬の隣に座った。

「ねえ、ここの答えいくつ」

「おまえ、一問目から訊《き》くなよ。自分の頭で少し考えろ」

「考えたんだけどさあ」

見ると、小数点の問題だった。

《0.036を1000倍するといくつになるか》

そんな問題だ。考え方を教えてやる。珍しく素直にうんうん言いながら聞いている。

顔は冬馬に向けたまま、正面に座る多恵を盗み見た。同じように、雑誌を読むふりをして一平を盗み見ている、多恵と目が合った。あっほん、という変な咳《せき》が出た。

世間話くらいはしてみようかと思ったが、多恵のほうでは、そのつもりはなさそうだった。

「ねえ、これはどうなるの」

「分数になっても考え方は同じだ——」

少し変色しかけたレースのカーテン越しに外に目を向けると、ブロック塀の向こうに、夕日を浴びてオレンジに染まる、隣の二階部分の不愛想な裏側が見えた。

多恵はといえば、雑誌に視線を落としたままだ。表紙のタイトルは『Nature』と読めた。一平でも、それが科学系の雑誌だという程度は知っている。見た目はかなりよれよれ感があるので、古いのか、図書館から借りてきたのか、そんなところだろうか。

もしかすると英語版なのかと思ったとき、多恵がページをめくって本文が見えた。やはりオリジナル版を読んでいるらしい。あらためてテーブルの上を見れば、ぼろぼろになったぶ厚い辞書が載っている。『英和辞典』かと思ったが、よく見れば《English to French》と書いてある。『英仏辞典』だ。何者なのだ。

軽くノックする音がして、ドアが開いた。顔をのぞかせたのは夏樹だ。

「あ、夏樹さん」冬馬が、愛嬌《あいきょう》をふりまく。

「ここにいたのね」

夏樹は、冬馬にむかってうなずいたあと、ちらりと一平の顔を見たが、表情に変化はなく、なにも言わなかった。

「冬馬、ご飯だよ」

「はあい」

冬馬が素直に返事をして、宿題セットをしまい始めた。年上の女性たちに可愛がられる理由のひとつは、この素直さかもしれない。

「そっちも、よければ」一平をちらりと見る。

「あ、あの、はい」さっきの話を聞いたあとでは、言葉に詰まる。

「べつに、強制はしないけど」

「もし迷惑でなかったら」

「じゃ、来て」にこりともせずに言って去った。

冬馬のあとに続いて、夏樹の部屋に入った。多恵と一緒に一平も準備を手伝って、すぐに食事が始まった。

メインのメニューは、肉厚で柔らかいポークソテーと、少しジャガイモの歯ごたえを残してあるポテトサラダだった。どちらも、一平には初めての食感で、思わず「美味《おい》しい」と声に出してしまった。

ほかに、作り置きの副菜と大根の味噌汁《みそしる》、剝《む》いた林檎もある。メンマはなかった。食卓を囲むうちに、一平の気分も和らいできた。

もう宿題はやったのか、というような無難な会話が続く。晴子がいないだけでずいぶん静かだ。

「今日は、メンマがないな」冬馬に小声で話しかける。

「うん」冬馬が、上目遣いに夏樹を見た。「夏樹さんが、食べ過ぎだって」

つい、嬉《うれ》しそうな笑い声をあげてしまい、夏樹に睨《にら》まれた。

食事中、話題のほとんどが、冬馬と夏樹の間で交わされた。一平は質問されない限り、黙って聞いていた。多恵も、相変わらず「うん」とか「そう」などと口にするだけだ。

多恵は口数が少ないだけでなく、やはり食も細いようだ。肉はほんの二切れほど口に入れただけで、摂取したもののほとんどが林檎だった。そういえば、多恵の部屋に、段ボール箱に入った林檎があったことを思い出した。

「林檎、好きなんだね」なにげない会話のつもりで聞いた。

多恵は、つまみ食いを見られたときのような、ばつの悪そうな表情を浮かべた。また何かまずいことを言ったかと、一平はあわてて夏樹の顔色をうかがう。しかし、聞こえなかったかのように無視している。

食事が終わるまで、晴子は帰ってこなかった。

食後に皿洗いの手伝いを終えると、自然に解散の雰囲気になった。

「じゃあ、ぼくはこれでそろそろ失礼します」

「皿洗い、ありがとう」夏樹が会釈する。

「え、もう帰っちゃうの？」

「宿題は自分でやりな」

「ねえ、明日《あした》も来る？」

「狙いはゲーム機だろ」

「そ、そ。一回でいいからやらせてよ」

答える前に、夏樹の顔色をうかがう。無表情で、皿を片づけている。

「さあ、どうしようかな」

もちろん冬馬は「来るな」と忠告されていることなど知らない。

「ちぇ、つまんねえの」

「じゃあな」

笑いながら手を振って外へ出た。意外なことに、またも夏樹が見送りに出てきた。

「あの、ごちそうさまでし――」うまく最後まで言えなかった。夏樹の目が、少しも笑っていないことに気づいた。

「ねえ、この前、わたしが言ったこと覚えてる？」腕組みをした。形のよい胸がなおさら強調される。視線のもって行き先に困る。柑橘《かんきつ》系の香りがわずかに匂っている。

「ええと、百万円で――」

夏樹が、ふっと短く笑いを漏らした。

「男って、どうしてそうやって馬鹿ばっかりなの」

「すみません」

「このアパートに来てはいけない」

「ああ、はい。たしかにそう言われました」

勇気をふりしぼって顔をあげた。その理由を聞いておきたかった。

「でも、どうしてですか。理由を教えてください。いつもご飯をごちそうになるからですか。それとも、女性の住人ばかりだからですか。だったら……」

夏樹が腕組みをほどいて、手を腰に当てた。

「何か事情があるのかな、ぐらいは気づくでしょう」

あきれたように言って、視線を空に向けた。月を睨む猫を連想させる横顔だった。

それじゃ、と言い捨てて部屋に戻りかけた夏樹を、とどまらせようとした。

だが、とっさに出た声は「あの、それは――」で止まってしまった。みなさんに前科があるからですか、とは続けられなかった。

口ごもった一平に夏樹が言う。

「ちゃんと受験勉強して、ご両親の期待に応《こた》えなさいよ。あなたは恵まれているんだから」

「恵まれてますか?」

「すくなくとも、あなたは選択肢をいくつか持っている。それを幸せっていうのよ」

目を細めて、一平を見る。

「それじゃ、お休みなさい」

こんどこそ、立ち止まることなく、部屋に戻っていった。

15

明日は退院の予定だ。

といっても、いまさらまとめる荷物もほとんどない。白身魚の煮付け、いんげんの煮浸し、薄味の味噌汁、といったあっさりした夕食を終えると、することがなくなった。

古い友人が営むこの病院は、緊急入院用の病床がひとつあるだけだ。それを使わせてもらっている。食事は、管理栄養士の資格をもつ彼の妻が作ってくれる。栄養や塩分糖分まできっちり計算されているのを感じる。しかし申し訳ないと思いつつも、何食か続くと彼女たちの料理が恋しくなる。

それで思い出した。あれを書こう――。

葛城はベッド脇のワゴンから、今夜もノートと万年筆をとりだした。前回書いたものを読み返し、その先を続ける。

《――彼女は、成人以後の半分近くを、刑務所か拘置所で過ごしてきた。世間的には立派な悪党だが、わたしはなぜか憎めない。愛嬌《あいきょう》もあるし、心優しい面もあるのだ。その点はきみも認めるだろう。

しかし、彼女は何度罰せられようと、決して懲りず、何度でも男から金を欺《だま》し取る。驚くことに、弁護人たるわたしからさえ取ろうとした。

欺せないときは、眠らせる、脅す、隙を見て盗む。とにかく諦《あきら》めない。そして、ただ一片の後悔もない。

一度などは、欺されたと知って逆上し、刃物をふりまわす男に反撃して、いったいどうやったのか、逆に七針も縫う怪我を負わせた。ものの弾みではなかったように思った。

検察もそこを衝《つ》いてきて、正当防衛の範囲だと認められなかった。しかし、いくら手慣れているとはいえ、相手の男は彼女より十五センチも上背があったのだ。体も逞《たくま》しい。きみも、あのときは驚いていたね。ときとして地裁では刺激的な判決に出合えるものだ。しかも、彼女がどうしても控訴しないというので、あれで結審してしまった。

それはともかく、彼女は過去の裁判において、詫《わ》びや反省の言葉を、ただの一度も口にしたことがないそうだ。本人が胸を張って言うのだから、間違いないのだろう。彼女を悪女と呼ばずして、だれを悪女と呼ぶのか――。たしか、扇情的な週刊誌にそんな記事が載ったね。じつは、わたしも同感だ。

しかし、彼女の前半生を考えると、同情を禁じ得ない部分もあるのだよ。

ほとんどは、きみも知っている事実だが、あらためて書いておきたい。このノートに記すのは、わたしの記憶の整理と保存が目的なのだから。

　さて、彼女の場合は不幸といっても、父親が飲んだくれて家によりつかなかったとか、母親が男を作って遊び回っていた、といった手合いではない。もともとは、地方公務員の真面目な——ある意味真面目すぎた父親と、ときどきパートタイムに出る母親という、ごくありふれた家庭だった。しかも、地方都市のことではあるが、父親がそのまた親から、いずれ相続することになる、多少の農地まであった。

　どちらかといえば、幸せな家族だった。ある朝、父親が小さな交通事故を起こすまでは。

　それは通勤途中での追突事故だった。先行車が急ブレーキを踏んだのが、ことの発端だった。

　その後のことを考えると、事故そのものも、はじめから仕組まれたものではなかったか、という疑問を抱く。残念なことに公的な記録が残っていないので、当時小学五年生だった彼女の記憶に頼るしかないのだがね。

　とにかく、事故現場に視線を戻そう。先行車から、運転手が降りて来た。彼女の父親もドアをあけて外へ出た。向こうは、優しそうな顔をした年配の男だったらしい。見ると、相手の車のバンパーに、小さなへこみがついている。ほかに、傷らしい傷もない。

「たいしたことはなさそうですね」と相手の男は言った。「——私も通勤の途中だし、お互い忙しい身だ。警察沙汰《ざた》にすると、半日つぶれてしまう。あなたも、それは嫌でしょう。どうです？　ここはきっかり五千円だけいただいて、お互い忘れるっていうのは。

それなら、免許証も見せていただかなくて結構です」

父親は二つ返事で乗った。面倒臭い話にしたくない、というのもあったろうが、やはり公務員という身分上、警察沙汰を避けたかったのだろう。ほんの小さな事故だったにしても。

今さらだが、やむを得ない理由がないのに急ブレーキを踏めば、それも道交法違反なのだ。

しかし彼はそれを知ってか知らずか、五千円払って別れる道を選んだ。想像するに、一旦《いったん》は冷や汗をかいた反動で、むしろ晴れやかな気持ちにさえなっていたのではないか。ハンドルを握りながら、よかった、今日はついていた、帰ったら妻と晴子におもしろおかしく話してやろう、そんなことを考えていたのではないだろうか。

しかし――、そう、しかしながら、昔から変わらない法則がある。きみも、よく知っている法則だ。わたしたちは、その実例をいくつも見てきた。晴れやかな日であるほど、濃い影ができるものだ。その日は、ついているどころか、彼が絶望の沼に足を一歩踏み入れた日だった。

三日ほど経って、あの男が勤務先の市役所までたずねてきた。免許証も見せていないはずなのに、どうして勤め先がわかったのだろう？　疑念が浮かんだかもしれない。そして、それは不安に変わる。男は、父親がいる部署の受付窓口に立ち、大声で怒鳴った。

「あなたが後ろから追突してきて、そのまま立ち去ってしまったあのときの怪我で、首が痛くてたまらんのです」

そんな風に言ったそうだ。よく似た別人ではないかと疑ったぐらい、事故の朝とは顔つきも口調も服装も変わっていたらしい。

父親は、われを失った。相手の男を、周囲に人のいない場所へ連れて行き、そのとき手もとにあった、三万と少しの金を渡した。その上、『示談にするために、後日あと五万を支払う』という念書を提示された。勤務先まで押しかけられて、冷静な判断力を失っていたのだろう。あろうことか、その場で署名し拇印《ぼいん》を押してしまった。気弱な男が泥沼に首までどっぷりつかった瞬間だ。

あとはもうくどくど書く必要はない。相手の態度はどんどん硬化する。自宅にも勤務先にも、仲間を連れて押しかける。どこで調べるのか、仕事上のちょっとしたミスまで探り出してきたそうだ。目に浮かぶようだね。そう、わたしは似たような事件を何度も持ったから。

話が逸《そ》れた。とにかく支払い金額は倍々ゲームで増えてゆき、気がつけば自宅や父親の両親が所有する農地にまで無断で抵当権がつけられていた。もちろん、脅されて正常な判断ができなくなっていた父親が勝手にやったことだ。印鑑証明つきの実印が押されているから対抗は難しい。

完全にプロの手口だ。それも陳腐とさえ呼べるほどの。だれかひとり、せめてひとりでも、多少法律に詳しい、あるいは冷静に判断できる相談相手がいたなら、ああした結果にはならなかっただろう。

いや、そもそもどうしてその過程のどこかで、警察なり弁護士なりに相談しなかったのか。蛇に見込まれたカエルとはこのことかもしれない。

この先は、思い出すだに心が痛む。

ある日、彼女が学校から帰ってくると、母親が泣き崩れていた。声をかけても会話にならない。しかたなく祖父母を捜したが、みつからなかった。あとでわかったことだが、錯乱状態の母親に代わって、祖父母が病院へ行ったらしい。彼女は、なんども母親に問いただして、ようやく父親が首を吊《つ》ったのだとわかった。発見後すぐに呼んだ救急車で搬送されたが、父親は結局蘇生《そせい》しなかった。

葬儀の最中に例の連中が来て、書類を見せた。「田舎のことだから、初七日までは待つ。そのあと、速やかに家から出て行け」と命じた。荷物はどうでもいいぞ、どうせこのボロ家はぶっつぶして、一度まっさらにするからな、と笑った。

祖父母は、彼女の母と彼女をつれて親戚《しんせき》の家に居候し、脅迫者が見落としてくれた猫の額のような土地に、家を建てた。彼女の記憶によれば、台所と六畳がふた間しかない、『クシャミをしたら潰《つぶ》れそうな』小さくてきゃしゃな造りだったそうだ。あの家に戻りたいどころか、二度と見たくもない、と一度だけ彼女がそう言ったことがある。

祖父母が、彼女の親代わりとなった。父親の死後、祖父母から、この事態はおまえの母親が招いたのだと、責められていたそうだ。ひどいと言うのは簡単だが、祖父母だって、だれかに八つ当たりでもしなければ、それこそ首でも縊《くく》りたい気持ちだったろう。

彼女は、この掘っ立て小屋で少女時代を過ごした。赤貧洗うがごとし、を地でいったような生活だったそうだ。倫理観や正義感が育つ時期に、彼女は辛酸をなめた。同世代の友人たちが、テレビや家庭用ゲームを楽しんでいるときに、ベニヤ板のような壁の向こうで延々とぐちをこぼし続ける祖父母の声を聞きながら寝た。

性的体験のことは詳しく聞けなかった。しかし大げさではなく、ケーキを腹一杯食いたくて、中年の男と寝たことがあるそうだ。幼少期の困苦欠乏が人格者をつくるばかりとは限らない。

人は悪党に生まれるのか、悪党に育つのか。正直にいえば、その両方だと思う。ただ、彼女の場合、あきらかに後者の要因が強いと思う。

ここ二年ほどは、改心したように見える。なぜだろうと考える。あることに思い至った。これは、きっとほかの人間も同じだろう。きみのおかげだ。

きみにがんがみつかって、しかもあちこちにみつかって、ほとんど手遅れだとわかったとき、彼女は泣いてくれた。彼女たちは泣いてくれた。あの日以来、まったくとはいわないが、すくなくとも書類送検されるような罪は犯していない。きみに巣くったがん組織も、思わぬ功徳を施したものだ。

ここまで書いてきて、ようやく思い出した。彼女はいま、衣田晴子と名乗っている。

第二章　計画と実行

1

——怖がらなくていいよ。

あいつの手が伸びてくる。ゆっくりとズボンの上からなでまわす。煙草臭い息が顔にかかる。すっぱいものが、口の中に滲《にじ》み出てくるが、涙ぐみながらこらえる。声が、喉《のど》の奥につまって、出てこない。

——お父さんに言うと、きっと怒られると思うよ、内緒にしておかないとね。

あいつの手が、ホックを外しチャックを下げ、ズボンをずり下げる。

——それにね、たぶん話しても聞こえなかったふりをすると思うよ。だって堂原賢吉《どうはらけんきち》に嫌われるわけにいかないからね。

——大丈夫だって。なんにも怖がらなくていいんだよ。

あいつの手が下着にかかる。息が苦しい。声が出ない。叫ぼうとしているのに、口が開かない。あいつのにやついた顔が視界いっぱいに広がる。やめて。やめて——。

「やめろ！」

ようやく叫び声が出たとき、吉井恭一は上半身をベッドの上に起こしていた。

はあ、はあ、はあ、荒い息を吐く。またあの夢だ。いいかげんにしてくれ。何度うなされたら、何夜悪夢を見たら、解放してもらえるんだ。

「ん。どうしたの」

隣で寝ていた中西広菜が、寝ぼけまなこをこすりながら、間延びした声で聞いた。

「なんでもない。夢を見ただけだ」

「りょうかい――」

語尾はうやむやになった。言い終える前に再び眠りに落ちたようだ。

恭一はもう一度深呼吸して、ベッドから下りた。

冷蔵庫からミネラルウォーターのボトルを出し、ラッパ飲みする。ごくごくと喉が鳴る。唇からあふれたひと筋が首から胸へと伝わる。冷たく澄んだ水が体に行き渡っていく。皮膚の下に残った気持ちの悪い汗を押し流してくれる。

ソファに腰を下ろし、テーブルに載った煙草をとった。ダウンライトだけの薄暗い空間に、白い煙を吹き上げる。広菜のようすを見ると、もぞもぞ寝返りを打っているが起き上がる気配はない。

悪夢と冷水と煙草のせいで、眠気はすっかり吹き飛んでいた。サイドボードに置いたもらい物のデジタル時計が、午前三時十二分を表示している。もう、朝まで眠れないかもしれない。

いったい、いつまでこの夢にうなされるのだろう――。

たちが悪いことに、しょっちゅう見るわけではない。いっそ毎夜のように現れるなら、体も対処法を覚えて意識下でブレーキをかけ、途中で目が醒《さ》めるだろう。こいつは、一年に数回、忘れた頃に突然やってくる。夢だと気づく頃には、かなり深みにはまってしまっている。どうにか浮上したとしても、ダメージが大きくて二日や三日は不快感を引きずることになる。

理由はわかっている。衆議院選挙が近づくと、あるいは、近づいたと父親が口にしはじめると、舞い戻ってくるのだ。今回はどういうわけか、まだニュースでも解散の気配すら報道していないのに、父親は一週間ほど前から「解散、解散」と言い出した。裏ではそういう動きになっているのかもしれない。

自分には関係ない、あらためてそう言い聞かせる。

頭を下げるのも、負けて土下座するのも、勝ってふんぞりかえるのも、自分とは関係ない。なのにあいつはやってくる。

当時、恭一の父親、吉井正隆は、旧通産省のキャリアの椅子を捨て、堂原賢吉という名の大物議員の秘書に就いていた。堂原賢吉はすでに七十歳を超えており、次かその次の選挙で、正隆が地盤看板を引き継ぐとだれもが思っていた。堂原自身がそう口にしていたし、彼には、選挙区を継がせる子がいなかったからだ。

あるとき、正隆は堂原の自宅に、まだ五歳だった恭一を連れて行った。おそらく「一度、長男を見せに来い」とでも言われたのだろう。「品定めしてやる」ぐらいは言われたかもしれない。

あるいは、「先生、こいつの目は死んでるでしょう」とでも訴えたくて、みずから連れて行った可能性もある。

今にして思えば、田舎の中学校の数学教師を父親に持つ正隆は、才覚で世渡りして行こうと早くから計画的に生きてきたに違いない。彼にとって結婚も家族も、そのための舞台道具程度の意味しかなかったはずだ。

堂原邸の広い門を抜け、和風の庭の奥にある車寄せまで車で乗り付けたときの場景は、まるで写真のように恭一の記憶に焼きついている。何かの文化財にでも指定されそうな、古風で重厚な造りの大きな屋敷だった。

父の後について、ひんやりとした板張りの廊下を奥へ歩きながら、恭一は緊張していた。五歳ともなれば、ぎりぎり事情が理解でき、無邪気にふるまえる歳ではなかった。

しかし、広い応接間での挨拶《あいさつ》はすぐ済んでしまい、正隆と賢吉はすぐに仕事の話を始めてしまった。

それではつまらないだろうからと、賢吉の妻がみずから屋敷を案内してくれた。とても優しい態度だった。あとから思えば、自分たちに子も孫もいないから、幼い恭一が可愛かったのかもしれない。

そしてまたあとから思えば、それこそが長い悪夢の始まりだった。賢吉夫人に悪気はなかっただろう。しかしあのとき屋敷内の見物などしなければ、いや、そもそも挨拶になど行かなければ、救われた魂がいくつかあったはずだ。

　二階にあがって、畳敷きの客間に案内された。和風のベランダとでもいうべき、一階部分の屋根の上まで突き出た縁側のような廊下があった。そこに立ち、こわごわと身を乗り出すようにして、庭を眺めたあとだった。

「さあ、それじゃ、下におりてケーキでもいただきましょうか」

　夫人にうながされて廊下を進んだ。突然ひとつのドアが開いて若い男が現れた。恭一の顔を見るなり、彼の黒々とした眉《まゆ》が持ち上がったのを、今でもはっきりと覚えている。

「あ、保雄《やすお》さん」夫人が先に声をかけた。「ちょうどよかった。紹介するわね。うちの人の秘書をなさっている、吉井さんの息子さんで恭一さんっていうのよ。よろしくね」

「どうも」

　保雄が、恭一を見つめたまま小さくうなずいた。恭一は、子供心ながらに穏やかでない雰囲気を感じて、体を強《こわ》ばらせていた。

「じゃ、行きましょう」

　夫人に手を引かれ歩きだしかけたとき、保雄が恭一の肩をつかんだ。

「ねえ。ぼくの部屋にフィギュアとかロボプラとかがいっぱいあるぜ。古いアニメのＤＶＤとかもある。あ、もちろんゲームも。ちょっと一緒に遊ぼうよ」

　嫌だと思った。アニメのＤＶＤは家にだって沢山あるし、ゲームも欲しいものはほとんど揃っている。それに、フィギュア人形やロボットのプラモになんて興味がない。そして何より、この男と二人きりになりたくない、直感的にそう思った。

「あら、いいわねえ。退屈してたのよね。遊んでもらいなさいな」

夫人はそう決めつけると、恭一の意見も聞かずに話を進めた。

「じゃあ、保雄さんにお願いしていいかしら。いま、下からケーキとお紅茶持ってくるから。保雄さんはレモンいらなかったわね」

それじゃ、よろしくと言いながら、さっさと階下に下りていってしまった。

「さあ、入りなよ」保雄がドアをあけて、にやりと笑った。


これもあとで知ったことだが、保雄は堂原賢吉が可愛がっている、孫と呼んでもおかしくないほど若い甥《おい》だった。賢吉の歳の離れた弟の次男で、当時二十三歳だった。保雄の兄は東京のメガバンクに勤めていたが、保雄は出来が悪いと親戚《しんせき》でも評判だったらしい。

大学を卒業したものの就職はせず、かといって大学院に進むわけでもない。終日部屋にとじこもって、ただひたすらDVDを見るか、今から思えば「少し高価なオモチャ」というほどの性能しかなかったパソコンをいじっていた。

親、つまり弟夫婦がもてあましているのを知り、子供のいなかった堂原賢吉夫婦が大きな屋敷にひと部屋を与え、好き勝手にさせていたらしい。早い話が無駄飯食いの居候だ。

保雄の部屋に連れ込まれたあとに起きたことは、きちんと覚えていない。何度か無理に記憶をたどろうとしたが、霞《かすみ》がかかったようにぼやけてしまっている。むしろ、映画のように鮮明に光景が蘇《よみがえ》るのは、夢の中でなのだ。ぼんやりどころか、保雄の口まわりの無精髭《ぶしょうひげ》や、色白の割に濃い眉、赤くいつも湿っていた唇などをはっきりと思い出す。それだけではない、保雄の声、息遣い、そして息の臭いや体臭までもが、昨日のことのようにはっきりと再現される。

ほとんどは、下着を脱がされかけたところで目が覚めるが、そのあと保雄に三十分近くいたずらされたことは間違いない。

恭一は、だれにもその体験を言えなかった。

保雄が怖かったからではない。口にできなかったのは「悪いことをしてしまった」という思いからだった。

その理屈はうまく他人には説明できそうもないが、自分はあの男に悪いことをされた、だから自分も悪い存在なのだ、それを、親やましてほかの誰かに話したりはできないのだ、そう思ったからだ。

そして、自分が忘れてしまえば、それでもう終わりなのだと思った。これは一生秘密にしよう。これだけは、なにがあっても誰にも絶対に言わないようにしよう。幼いながら、そう固く心に誓った。

だが、まだ幼かった恭一は事態を甘く考えていた。次からは、父が呼ばれて行くときは必ず恭一も同行させられた。

「おまえ、堂原先生に気に入られたみたいだな。一緒につれてこいとわざわざご指名だ」

指名しているのが賢吉自身ではなく、本当は誰なのかすぐにわかった。

「行きたくない」とは言えなかった。

言えばかならず「なぜだ」と訊《き》かれる。訊かれたらあのことを話すしかない。そんなことはできない。もし仮に勇気をふりしぼって話したとしても、保雄が言うように無視されるにきまっている。母親に言っても結果は変わらない。母親が苦しむ機会を増やすだけだ。

そして堂原家への同行は、二度、三度と重なることになった。堂原家へ行けば、必ず挨拶もそこそこに保雄の部屋に行くよう命じられた。

「なんだか、あの二人とても気が合ったみたい。歳は離れてるけど、保雄さんにもいいお友達ができてほんとによかったわ。外に出るきっかけになってくれればいいけど」

階段の途中で立ち尽くしているとき、階下からそんなふうに言って笑う、堂原夫人の楽しげな声が聞こえてきたことがある。幼稚園のお話の時間に聞いた、魔女の笑い声のようだと思った。

当時は、何が起きているのかすらよく理解できず、ただ、自分は汚れた存在になった、絶対に誰にも言ってはいけないのだと思った。

このころから、よく寝小便をするようになった。

母親は隠してくれていたが、あるとき正隆に知られた。どれだけきつく叱られるかと覚悟したが、正隆は叱らずに嘲笑《ちょうしょう》した。楽しくてしかたがないというように笑った。

「こいつはぬるい。いや、ゆるい。考えも、なにもかも、ゆるくてぬるい奴なんだ。だから言ったろう。おまえにそっくりだ。育てても芽は出ないだろうが、生まれちまったものはしかたがない」

そして母親の志津子の欠点をあげつらい、罵倒《ばとう》する。志津子と恭一はいつもセットでけなされ、嘲笑され、愚弄《ぐろう》された。

二年前に弟の敏嗣が現れてから、この一連の悪罵のしめくくりが変わった。

──敏嗣こそは自分の血脈であり、自分がすべてを注いで完成した人格に育て上げる。そう宣言するのを何度も聞かされた。

「希望は敏嗣だ」

母親まで一緒にけなされるのが嫌で、寝小便をしても、冷たい布団で朝まで我慢した夜が何度あったかわからない。

恭一の記憶の中に突如出現する敏嗣が、実は正隆がほかの女に産ませた子だと知ったのは、ずっとあとになってからだ。


軽く寝息をたてている広菜の寝顔を見た。

屈託のない、という表現が似合いそうだ。

もし今、この女に芽美子にする仕打ちの十分の一でもしたなら、とんでもない騒ぎになるだろう。警察、裁判、示談、マスコミによる扇動、正隆の激怒――。

できない。まだ時期尚早だ。早まればこれまでの我慢が水の泡だ。どっぷり泥沼の中へ引きずり込むまで、時間をかけねばならない。

もう少し、芽美子で我慢しよう。

明日《あした》は、いや、夜が明けたら、すぐに芽美子に連絡を入れよう。

2

葛城が救急車で運ばれてから、すでに十日ほど経った。

なかなか職場に復帰しないなと思っていたら、どうやら辞めるらしいという噂を聞いた。一度添野チーフにでも訊いてみようと思っている。

一平も、冬馬の宿題を見てやってからは、ひこばえ荘を訪れていない。さすがに、三回続けて来るなと言われては、顔を出しにくい。葛城という糸が切れてしまえば、繋《つな》がりは一気に細くなる。

いまだに、仕事中もふっと気づけば、あのアパートとその住人たちについて考えている。そして、それは夏樹の存在のせいばかりでないことにも気づいている。あのぼろアパートには、再び訪れたくなる不思議な何かがある。「魅入られる」とはこういうことを言うのだろうか。それとも、父親がよく口にするように、単なる現実逃避なのだろうか。

陽介には変化があったらしい。同じ大学に彼女ができたそうだ。それで、このところ休む日が増えてきたのだ。

陽介は「バンドがきっかけで云々《うんぬん》」と自慢げに語ったが、一平はふんふんと上の空で返事をしていた。

悪気はないのだろうが、他人のサクセスに興味はない。いや、聞きたくない。

また負けたと思った。腹の中で陽介のことを能天気な奴だなどとばかにすることもあるが、陽介はまがりなりにも現役合格の大学生で、バイトのかたわらバンド活動までしている。そしてステディな彼女まで作った。陳腐ではあるが幸せな学生生活だ。

こっちは陳腐どころかただ腐りかけている。根腐れを起こして葉が溶けかけた鉢植えのようだ。

それよりも、一平にはもっと大きな問題が目前に迫っている。

すでに五月も終わろうとしている。一平が入学したことになっている予備校は、三か月ごとに書面で保護者あてに経過報告が届くことになっている。出席状況、模試の結果、志望校の合否判定などの詳細を記したものだ。五月末がその三か月目にあたる。しかし、着くはずの書類は来ない。来るはずもない。一平が、即座に休学の手続きを済ませたからだ。経過報告が来ないことを不審に思った母親が、予備校に問い合わせれば、すべてはばれる。

それでもまだ母親はなんとかなる。問題は父親だ。ギガトンクラスの爆弾が炸裂《さくれつ》するだろう。超大型ハリケーンなみの嵐がやってくる。あの家にもいられなくなるかもしれない。今日こそ説明しよう、切り出そう、と思ううちに、とうとう期限が迫ってしまった。

自業自得なので、後悔はしていない。ただ、覚悟をするだけだ。そう自分に言い聞かせつつ、暗い気分で帰路につく。バスで駅に着き、反対側に抜けるため構内通路を歩いていると、すごい勢いで脇を走り抜けていく子供がいた。冬馬だ。血相を変えて、という表現が合いそうだ。

「おい、冬馬」

「あ、安兵衛」

立ち止まり、振り返った冬馬の顔が真剣だ。

「どうした？　家でも燃えてるのか」

首を左右に振る。息が荒い。

「はあ、はあ。また――ナオさんが」

「葛城さんがどうかしたのか？」

「イ」肩で息をしながら、自分のみぞおちのあたりを拳《こぶし》で軽く叩《たた》いた。

「イ？　胃のことか。また胃痙攣《いけいれん》か」

　こんどは縦に二度、大きく首を振った。

「アパートにいるのか？」

「うん。すごく痛がってて」

　すでに退院して、自宅療養していたということか。

「電話は？　おまえスマホ持ってるだろ」

「夏樹さんに電話したけど、まだちょっと帰れないって」

「晴子さんは？」

「繋がんない」

「救急車は？」

「ナオさんが嫌がるんだ」

「多恵さんは？」

「つきそってるけど、一人じゃ無理だから。晴子さんを捜しに行くとこ」

「捜しに行くって、どこにいるんだ？」

「パチンコ」

　顔で北口の側を指す。たしかに駅前に一軒、パチンコスロットの店がある。

「そうか。だったら、おれは先にアパートへ様子を見に行こうか」

「ええ、まじ？　助かる」

いいよと答える前に、冬馬は「さんきゅ。じゃ」と手を振り走り去った。

葛城は、この前とおなじ煎餅《せんべい》布団に寝ていた。やはり腹をかかえるようにして背中を丸めている。脇では心配そうな顔をした多恵が背中をさすってやっている。

「あ」

一平の姿を見た多恵が、わずかに嬉《うれ》しそうな顔をした。一人で心細かったからか、来たのが一平だったからか、それはわからない。いずれにしても、今日もスウェットの上下だ。

「どうも」

そんな、間の抜けた挨拶《あいさつ》をした。葛城が「うーん」と小さくうめいた。

「どんな具合？」

小声で多恵に訊《き》いたつもりだったが、葛城本人が答えた。

「だいぶ治まってきました」

わずかに頭を持ち上げ、一平の顔を見た。そして怪訝《けげん》そうな表情を浮かべた。

「失礼ですが——」

その先は「どちら様ですか？」と続きそうだ。ふざけているようには見えない。

「ええと——。ぼくは、葛城さんとバイト先で一緒の堀部ですが」

違和感というより、気味の悪さを覚えながら答える。

葛城は、細めた目を一平に向けた。数秒ほど睨《にら》んだあと、急に顔が明るくなった。

「あ、ああ。堀部さん」

ようやく思い出してくれたらしい。苦しそうではあるが、いつもの葛城の表情と口調に戻った。起き上がろうとする。

「まさか、堀部さん。わざわざ、わたしのために？」

短く息を継ぎながら、葛城が訊く。

「あ、寝ててください。起き上がらないで。——たまたまそこで冬馬に会って、ちょっと寄っただけですから。そんなこと心配しないで、安静にしてください」

多恵が、「うん、うん」とうなずいて、葛城が剝《は》いだ上掛けを戻してやった。

「迷惑、ばっかり、かけて、申し訳ない。添野さんにも、売り場の、ええと、それに……」

言葉とは裏腹に、かなり苦しそうだ。息も絶え絶えとはこういうことをいうのだろう。

「葛城さん」延々と続きそうなので、遮った。「そんなことは気にしなくていいですよ。もう、安静にしてください」

そう言って、よけいな気を遣わせないように、葛城から死角になりそうな場所に座った。

「大丈夫？　ナオさん」

叫びながら晴子が飛び込んできたのは、それから十分ほど経ってからだった。

「タクシー待たせて——あ、安兵衛ちゃん、悪いわね」

冬馬にそのあたりの事情も聞いたのだろう。

「どうも」軽く頭を下げる。「たまたま冬馬に会って……」

「今それどころじゃないから、ごめんなさいね。はい、どいて」

素早く手を洗った晴子が、一平を押しのけるようにして葛城のすぐそばに座った。体から、独特の金属臭がする。本当にパチンコをやっていたようだ。

「ごめんなさいね。どうしても外せない仕事があったから」

葛城は、うんうんとうなずくだけだ。

「じゃ、安兵衛ちゃん、よろしく」

「よろしくって、何が？」

「留守番に決まってるじゃない。あたしとナオさんはタクシーで病院行くから」

「ぼくが留守番ですか？」

「じゃあ、何しに来たのよ」

「何しに、って言われても」

異議を申し立てようとしたところで、冬馬と目があった。何を言っても無理、そう言いたそうだった。

「いいですけど、戻るのは何時くらいですか」

「そんなの、今からわかるわけないじゃない。ちょっとは頭、使いなさいよ」

一平はそれ以上の抵抗をやめて長い息を吐いた。晴子と多恵がつきそって、タクシーでかかりつけだという病院へ向かった。あとには、一平と冬馬が残った。

部屋がしんとなった。冬馬がぽつりと漏らす。

「退院してきたばっかりだったんだけど」

「それにしても、葛城さんは、どうして救急車が嫌いなんだ？」

ぼそっと口にした一平の疑問に、冬馬があまり迷わずに答える。

「嫌いっていうわけじゃないと思うよ。『自分が一台占領しているあいだに、別の必要とする人が助からなかったら申し訳ない』とか言ってたし」

方向は違うが、やはり変わりものであることに違いはない。

さてと、これからどうしたものだろうか。なりゆきとはいえ、留守番を頼まれ了解したのだから、放り出して帰るわけにはいかない。

そんなことを考えながら、うすい布団を軽くたたみ、下から現れた畳の上にごろりと横になった。冬馬は友達にでも借りたのか、漫画雑誌を読み始めた。

何ということもなく部屋の中を見回す。隅に置かれたカラーボックスの脇に、ノートのようなものが重なっているのに気づいた。なんだろう。なんとなく気にかかり、カラーボックスのところまで行ってノートを手に取った。

全部で十冊ほどあった。種類はいろいろ交じっているが、Ｂ５サイズのいわゆる大学ノートという点は共通している。どこの文具店でもみかける、ごくありきたりな製品ばかりだ。

表紙に書いてあるのは、通し番号らしき丸囲み数字だけだ。数字が古いものは、表紙にしみがつき角が擦れてしまっているものもある。⑫と書かれた最新らしい一冊を手にとり、ぱらぱらとめくってみた。どうやら日記とか日誌のようなものらしい。

なら、盗み読みしては悪いかな——。

そう思って閉じようとしたときに、ある単語に目がとまった。

《傷害事件》

冬馬の説明を思い出す。彼女たちに関係のあることが書いてあるのかもしれない。

さりげなく冬馬の様子をうかがう。漫画に夢中だ。こちらのことなど気に留めていない。ゆっくりと、冬馬の背中側、死角になる位置にノートを持って回り込んだ。

《——採用の話がいよいよ具体的になると、担当者がよほど懐の深い人でなければ「ところで何をしたんですか。参考までに」と必ず訊かれる。そこで正直に「傷害事件です」と答えると、採用先担当者の表情が変わる。目は泳ぎ、それまで好意的だった口調が一転、よそよそしくなる。わからなくはない。きっと彼女の外見から、犯罪といってもせいぜい万引きかローン返済の踏み倒しぐらいに思うのだろう。しかし実刑判決を受けるほどの『傷害』と聞いて、ほとんどの担当者は及び腰になる。「どうやったら穏便に断れるだろう」と考えているのが、露骨に顔に出るのだ》

その日の分は、そこで終わっている。固有名詞がほとんど出てこない文章だった。ただひこばえ荘の三人のうちの一人には間違いないだろう。だとすれば、そして冬馬の話が本当だとすれば、ここに書かれた『彼女』とは、夏樹のことではないか。興味が増してその先を読んだが、『ルソラル』での仕事内容に話題が変わってしまった。

ぱらぱらと、別のページをめくってみる。

《――彼は好青年だね。多少頼りない一面はあるが、それは常に若さと同居している資質だからしかたのないところだ。――ここの住人を気に入ってくれたようだ。複雑な思いもある。もう顔を出すなと、忠告したものもいるらしい。それでも来るということは、だれかお目当ての女性でもいるのだろうか。ほほえましくもあるね――》

うぬぼれるわけではないが、この『好青年』とは、おそらく自分のことだろうと思った。なんとなく気恥ずかしい思いだ。それにしても、まるで誰かに語りかけているような文章だ。手紙の下書きのようなものだろうか。もう少しほかの文章を読もうとしたとき、いきなり、ドアが開いた。

「ごめんなさい。留守番させて」

立っていたのは夏樹だった。めずらしく、少し慌てているようだった。葛城の病状のことを聞いて、急ぎ帰宅したのかもしれない。

「あ、夏樹さん。お帰りなさい」冬馬が、明るい声を立てた。「晴子さんと多恵姉ちゃんがナオさんにつきそって病院行った」

「うん、聞いてる。そんなにみんなで押しかけてもしょうがないから、わたしは帰ってきた。これから晩ご飯作るね――」

わずかに浮いていた笑みが消えた。視線は、一平が手にしているノートに向けられていた。

「あの、これは……」

夏樹が遮った。

「冬馬、ちょっと、わたしの部屋に荷物をしまっておいてくれる？」

冬馬に優しく声をかけて、すっと鍵《かぎ》を投げた。冬馬が、片手で受け取る。

「すぐに行くから」

「はあい」

冬馬は大人の感情を読み取るのが天才的にうまい。何かあると感じたのだろう。ちらりと一平を見て不思議そうに首をかしげたが、何も言わず夏樹のバッグを持って行ってしまった。

一平は、いつしか正座していた。ノートは閉じて脇に置いた。

「すみません」

「全部読んだの？」

「いえ。ほんのちょっと。ほんとです。名前は書いてなかったので誰のことかわかりません。あとは、たぶんぼくのことが少し」

「きみのことも書いてあった？」

「はい」

「ふうん」腕組みをしたまま、短いあいだ考えていた。ほどなく「ま、いいわ」と言って、腕組みをほどいた。

「それにしても、人の忠告を聞かないわね」

「いえ、本当にもう来るつもりはなかったんですけど、駅の近くで偶然冬馬に会って、そしたら葛城さんがまた、胃痛で苦しんでるって」

「ふうん」

少しだけ顔をあげると、夏樹が値踏みするように一平を見ていた。

「それも信じる」声の棘《とげ》がいくぶん柔らかくなったように感じた。「それより、そんなにここが気に入った？」

「は？」

「だってさ、毎回何かと理由をつけるけど『たまたま』っていう頻度じゃないよね」

「それはでも、なんというかなりゆきで――」

「居心地がいいの？　それとも何か目的があるの？」

「なんか、みんないい人なので――」

「いい人？」

少し驚いたように言ってから、またふうんとうなずき、腕を組んだ。そして沈黙状態になった。

一分ほど、夏樹は何かに迷い、決めかねているように、動きもせず言葉を発することもなかった。いつもの即断即決の彼女らしくない。よほど重大な話でもあるのかと身構えた。しかし逡巡《しゅんじゅん》は消えたようで、毅然《きぜん》とした口調に戻った。

「ねえ、ここでアルバイトする？」

「アルバイト？　どんなバイトですか」

「一日か二日、時間をくれればいい」

「何か、力仕事ですか？」

アパートの補修でもするのだろうか。たとえば、ペンキ塗りや雨漏りの修繕だとか。それなら、道具や材料は従業員価格で買える。

「ここの住人のために、ちょっとだけ時間を割いて欲しいんだけど」

夏樹は腕組みをほどき、靴を脱いで部屋に上がった。一平と向かい合うように腰を下ろす。細身のジーンズに包まれた長い足を折って、あぐらをかいた。柑橘《かんきつ》系の香りが漂ってくる。

「どうする。やる？」

一平の顔をのぞき込むようにして訊《き》く。

「ぼくに出来そうなことでしたら」

「お礼にチケットをあげる」

「チケット？」

「そう、こっちにもあまりお金はないからね。きみとわたしの間だけで通用するチケット」

「なんのチケットですか」

すぐに思いつくのが、例の宴会風パーティーの招待券だ。手伝うのはいいが、そんなものが目当てと思われるのは癪《しゃく》だと思った。

「百万円相当のチケット」

噴きだしそうになった。

「そ、それ、それって……」

「落ち着きなさいよ。なに興奮してるの」

「や」と口にしたところで、言葉が喉《のど》に詰まって出なくなってしまった。

やりますと言いたかった。人殺し以外なら、と。夏樹の視線が軽蔑《けいべつ》の色を帯びたように感じたが、鼓動が速まってそれどころではない。

「やるの？」

「はい」

「ありがとう。でも、この引き換え条件のことは、ほかの人には言わないでくれる？」

「言いません。死んでも言いません」

妄想が妄想を呼びそうになったので、頭を振った。何かまじめなことを考えるのだ。

日野富子《ひのとみこ》が十六歳で嫁いだ将軍の名とその年号（和暦）を答えよ——。

なんだか、眉間《みけん》のあたりが重い。

「あ」

急に鼻の中を温かい液体が流れ、手の甲に赤い雫《しずく》が垂れた。鼻血だった。あわててハンカチで押さえ、上を向く。

「大丈夫？」夏樹の声は、心配というより呆《あき》れているように聞こえた。

「やめる？」

「やめまへん」

「引き受ける前に、内容は聞かないの？」

「あ、どんな内容でふか」

上を向き、しかもハンカチを鼻にあてているので、非常に話しづらい。言葉も間が抜けて聞こえる。

「一、二か所つきあってもらうだけ」

「ほれは、犯罪の、手伝いでふか」つい、心にあったことを口に出してしまった。

「だったら、やめる？」

「いえ。やりまふ。ひむきでやりまふ」

「わかった」

本当に犯罪の片棒を担ぐのでもかまわないと思った。さすがに肉体的欲望のためだけに、そこまで理性を失ったわけではない。今まで顔を合わせるたびに「もう来るな」と言っていたのに、手のひらを反《かえ》すように「手伝いをしてくれたら、報酬として〝チケット〟をあげる」という。

　百万円分の値打ちのあるバイトとは何か――。

　この美しいが胸の内が読めない女性が、なにを企《たくら》んでいるのかに興味があった。加えて、多少自棄《やけ》にもなっていた。大学に進学するという行為に、このところほとんどモチベーションが湧かなくなっていた。刺激が欲しかった。わくわくすることがしてみたかった。陽介との差を縮めるのではなく、別の方向へ進んでみたかった。

　さすがに暗殺の手伝いではないだろう――。

「じゃあ、決まりね。また連絡する」

「はい」

　おそるおそる下を向いたが、まだハンカチは外せない。

「今日は、もう帰った方がいいわよ。シャツに血がついてるし」

　はいこれ、と夏樹が自分のハンカチを差し出した。予備のものなのか、使っていないようだ。

「返さなくていいわよ」

「ありがとうございます」押し戴《いただ》くように受け取った。「家宝にします」

「ばか」

　はい、と返事をしながら、もらったほうはポケットにしまった。一方で、チケットというのは後払いだろうか、半分前払いというわけにはいかないだろうな、などと考えていた。

「さっきの件はまた連絡するから」

夏樹が立ち上がった、もう帰れということだろう。

「あの」

「なに？」

「ごめんなさい」

「だからなにが？」

「なにっていうか。来るなといわれたのに、守らなくて。なんだか、ここは楽しくて、それに――」

ややや緩みかけていた夏樹の顔が、強《こわ》ばった。目の周囲が赤くなっていた。

「それ以上言ったら蹴《け》とばすよ。わたしに謝るくらいなら、自分の親に謝りなさいよ。勉強もしないで、こんなところで油売って。どうしようもない奴だと、自分で思わないの？」

返すことばもなく、頭を下げた。あまりに図星で涙が出そうになった。しかし、どうしようもない奴だということは前からわかっていたのに、どうして急に怒りだしたのかは理解できなかった。

「勘違いしないで。あなたに心を許したり、好きになったりしたから誘ったわけじゃない。その逆。言っても理解できない、救いがたい人間だとわかったから誘った」

「はい」

「とにかく。わたしは何度も警告したから」

そう言い捨てて、夏樹は葛城の部屋から出ていった。

3

家で父親が待っていた。

超能力があるのかもしれない。このところずっと帰宅時刻は遅い日が続いているのに、ひこばえ荘に立ち寄る日に限って、早めに帰ってリビングで待ち構えている。

リビングのこぢんまりしたソファで、今日は酒も飲まずにNHKBSのドキュメンタリー番組を見ていた。見ているというより、騒がしくない番組を探したらこれになったというのが正しいだろう。

母親は台所仕事をしている。ダイニングテーブルには、買ってすませたらしい総菜が並んでいる。あまり好ましくない状況だ。つまり、料理をする時間がないほど、母親も〝取り込み中〟だったということだ。

時計を見る。まだ午後六時を少し回ったところだ。父親がこの時刻にいるということは、そして母親と何か話し込んでいたということは、早退した可能性が高い。その理由は——。

なにくわぬ顔で、そのまま通り過ぎようとすると、やはり呼び止められた。

「おい、一平」

第一声から声が強張っている。顔つきも違う。おそらくは怒りに歪《ゆが》んでいる。五月の午後のふぬけた日差しのようだった時間が、冷たく硬くなる。

「お母さんもここに座ってくれ」

呼ばれた母親は、エプロンをはずしてダイニングの椅子に掛け、ソファの父親のとなりに腰を下ろした。ひと言も発しない。

「おまえ、予備校やめたんだってな。お母さんから聞いた」

とうとう、来るべきときが来た。

「やめたのかって、聞いてるんだ。返事をしろ」

「うん」

突っ立ったまま、父親とは四十五度ほど離れたほうを向いて返事をする。

「うん、じゃないだろう。どういうつもりだ。ほかへ移ったのか」

「ううん」

「うんうん、言ってるだけじゃ、わからないだろうが」

「うん」と「ううん」は違うぞと思ったら、多恵の顔が浮かんだ。不覚にも笑ってしまった。

「何がおかしい！」

がしん、とテーブルを叩《たた》く。母親と湯飲みがとびはねた。

「きちんと説明しろ！」

いきなり頭ごなしに怒鳴られて、説明する気がなくなった。自分がいけないことは、理屈ではわかっている。しかし、もう少し話のもっていきようがあるんじゃないか。だいたい——。

夏樹の言葉が、耳に蘇《よみがえ》った。

——自分の親に謝りなさいよ。

ダイニングテーブルの椅子を引き斜め向きに座った。リュックを足元に置く。親との距離は三メートルほどだろうか。このぐらい離れていたほうが話がしやすい。

「なんとか言え」

「正確には、やめたんじゃなくて休学だけど、どっちにしても行く気はない。行かなくても、たぶん受かるから」

「屁理屈《へりくつ》を言うな。なにが、たぶんだ。この前だって、そんなこと言ってダメだったじゃないか」

「あれは、落ちたんじゃない」

言ってしまってから駄洒落《だじゃれ》のようだと気づいたが、父親は言葉尻《ことばじり》に引っかかったようだ。

「受けないのは、落ちるよりひどいだろうが。不戦敗だ。敵前逃亡だ」

いつの時代のなんの話だよ。

「だから、こんどは受けるって」

「予備校の金はどうした」

「授業料は返ってきた。ちゃんと返す。使ってないから」

「入学金は」

「ない」

「ないって言いぐさがあるのか」

「バイトして返すよ」

「返せばいいってもんじゃ……」

ますます音量が上がる怒声に、めずらしく母親が割り込んだ。

「あのね、お父さんが働いたお金でしょ」

「だから、働いて返すよ」

「返せば済むという問題じゃない」

ようやく顔を上げて、父親と目を合わせた。

「しょうがないじゃん。こっちの意見も聞かないで申し込んだんだから」

「だからって、無断でやめていい理由にはならないだろう」

しかし、すぐに視線を逸《そ》らしてしまった。

「言えば、ダメって言うじゃんか」

「あたりまえだ」

テーブルを、がしん。

はあ、と心の中で溜《た》め息をつく。どうどうめぐりだ。いや、平行線だ。永遠に近づくことはない。これ以上返事はしないことにした。どうせなにを言っても、燃えさかる山火事に燃料を投下することになるだけだ。それに、覚悟していたことだ。嵐が過ぎ去るのを頭を低くして待つしかない。

十五分ほど、うなずきもせずに黙ってうつむいていたら、さすがに突っ込まれた。

「こら、聞いてるのか」

「聞いてる」

「じゃあ、いまおれが何を言ったか、説明してみろ」

ああ、ついに出た。何を言ったか説明してみろ。

「いいよ、そんなの。ちゃんと聞いてたって」

「言ってみろと、言ってるんだ」

がしん。

また山手線の旅が始まった。今回は五周ぐらいするかもしれない。小さく溜め息をついた。

部屋に戻り、ベッドに寝転んで今日のあれこれについて考えようとした。

しかし、一時間半近くも締め上げられたので、父親の怒鳴り声がまだ頭の中を回っている。父親の言い分はおそらくほとんど間違っていない。理屈でいえば、反論の余地はない。正論だとは認めるが、立場が対等なら一平にも言い分はあった。

そんなに世の中のしくみだとか道理を知っているなら、どうして自分は都庁の課長どまりなんだ。ふだん、愚痴をこぼす対象の、たとえば都知事さんにあんたの意見を上申したらどうだ。都民は甘えてばかりだとかなんだとか。そもそも、向こうであんたの存在を知ってるのか？

こんな東京都のいちばん端っこの分譲一戸建てのちまちましたソファセットで、息子相手にいくら高説を唱えたって、世間の誰の耳にも届かないぞ。

役職や収入のことを言ってるんじゃない。そんなに立派な考えを持ってるなら、政治家にでも、評論家にでも、社会運動家にでもなればいいじゃないか。社会に不満があるなら、息子に怒鳴らないで、外に向かって叫んでくれよ。

こんな世の中は間違ってるって、都知事にでも国会議員にでも立候補してみてくれよ。『日本人の甘えを叩き直す党』とか立ち上げてさ。そしたら、馬鹿だなとは思うけど、今よりは話をちゃんと聞くと思う。

――お父さんのおかげで、ご飯も食べられるし、学校も行けるんでしょ。

母親の、タイミングを逸した説教を思い出す。そんなことは言われなくてもわかっている。それが伝家の宝刀だと思っているところが情けない。じゃあ、もしもお金が稼げない父親だったら、ないがしろにしていいのか。

——自分の親に謝りなさいよ。

やなこった。

感情と屁理屈がどうどうめぐりして、自分でも何に腹を立てているのかわからなくなってきた。

もらったハンカチのことを思い出した。ポケットから出して、皺《しわ》をのばす。鼻を近づけると、わずかに柑橘《かんきつ》系の香りがした。白い指先を思い出す。

——返さなくていいわよ。

夏樹のことばを思い出し、触ってはいけないもののような気がして机に置いた。

甘い記憶ばかりではない。

——あなたに心を許したり、好きになったりしたから誘ったわけじゃない。

——言っても理解できない、救いがたい人間だとわかったから誘った。

つまり見放したということだろうか。見放したから誘うとはどんな危険な橋なのか。

4

翌日の午後四時過ぎ、商品棚の整理中に一平のスマートフォンが震えた。

番号非通知の電話だ。トイレに行くふりをして物陰で応答した。

「はい堀部です」

〈いま、お仕事中？　ちょっといいかな〉

夏樹の声だ。電波状況があまりよくないせいか、いつも以上にハスキーな声に聞こえた。

「大丈夫です」

〈きのうお願いした件だけど。今度の土曜日休める？〉

「大丈夫です」

つい答えてしまった。土曜は勤務予定になっている。休むしかない。添野チーフに嫌味のひとつくらいは言われるかもしれないが、土日は学生バイトが多めにくるから、なんとかなるだろう。

〈半日ぐらい、つきあって欲しいんだけど〉

「わかりました。おつきあいします」

じゃあよろしく、と言って電話は切れた。具体的な中身は一切ない。愛想のなさはいつもどおりだ。

仕事に戻り、商品整理をするが、当然頭の中は夏樹の用件に関することで満ちている。つきあって欲しいといっても、夏樹と一対一ではないはずだ。

――ここの住人のために、ちょっとだけ時間を割いて欲しいんだけど。

　どこへ行って何をするのだろう。一平に同行を求めるということは、女性ばかりでは行きづらい場所のはずだ。〝男〟でないと務まらない仕事の可能性が濃い。それは性別が重要なのか、体力的な問題なのか。

　やはり力仕事か汚れ仕事だろう。百万円の価値がある仕事とは——。

　そんなことを考えていると、急に忙しくなった。バックヤードと売り場を何往復もするうち、退勤の時刻が近づいた。

　これが最後の品出しと思って作業しているとき、すぐ脇に誰か立っているのに気づいた。見上げると、葛城の懐かしい笑顔があった。


「もう良くなったんですか？」

「最近、こんなことの繰り返しです」

　葛城が待っていてくれて、一緒に帰ることになった。

　バス停で待つあいだ、葛城の横顔をちらちらと見た。

「さっきも言いましたが、今日は退職の手続きに来ました」

「残念ですね」

「三月足らずしかいられませんでした」

　さすがに、少し寂しそうだ。

「それはやっぱり、が——」がんと言いかけて、あわてて言い換えた。

「頑張りすぎたんじゃないですか。雨が降ってる寒い日なんかも、まじめに植木の面倒見ていましたし」

「まあ、彼らも生きてますからね」

やってきたバスの中は、席の半分ぐらいが埋まっていた。二人は、どちらからともなく、一番後部のシートに並んで座った。

「それにしても、オリーブの大鉢の移動を一人でなんて無茶ですよ」

「あの日は春先特有の大荒れの天気でしたね。台風みたいな雨風で、あいにく社員さんたちも不在で――。堀部さんにはお手伝いいただき、ありがとうございました」

とんでもない、と手を振る。

「へっぴり腰で、結局鉢を倒しちゃったりして。――大丈夫でした？」

「上手《うま》く土を均《なら》したので、ほかの人にはばれませんでした」

二人で、バスの中ということもあって控えめに笑った。

「嬉《うれ》しくて、ついアパートのみなさんに話しちゃったんですよ、堀部さんのこと。だから――えーと、なんだっけな。何か謝らないといけないことがあったんですが」

「もしかして、宴会のことですか」

「ああ、それそれ。強引に誘ったそうで申し訳ありませんでした。きっとみんな堀部さんに会えて嬉しかったんだと思います」

「そうでしたか」

うなずいてみせたが、胸の中では首を傾げていた。こんな会話、前にもしなかっただろうか。

「それと、最近物忘れをするようになりました。昔のことはよく覚えているんですよ。それなのに、朝バスに乗っていて、突然『あれ、自分はどこへ向かっているんだろう？』と思ったときの不安感、そして思い出したときのショックは、若い方にはわからないでしょう」

やはり、そういうことか――。

「ぼくなんて、人生そのものがどこへ向かっているんだろうって思いますよ」

あはは、と大きな声で笑ってしまってから、葛城はあわてて周囲を見まわした。

「しまった。車内マナー違反ですな。それにしても、なかなかうまいことを言う」

「親父に言ったら、大変な騒ぎですけど」

ぷしゅう、とブレーキの音がして、停留所に停まった。乗客が一人降りて、三人乗り込んできた。ドアが閉まったのを合図に、葛城が再び話しだす。

「わたしががんだということは、聞きましたか」

あまりにあっさり切り出した。その唐突さに驚いた。

「あ、はい。なんとなく」あいまいにうなずく。

「なぜ、手術しないのか、という理由も？」

「それも、なんとなく」

本人が望まないのと、手術代が払えないからだと聞いている。

「彼女たちは、お金の問題だと思っているんです。それで、わたしに内緒でどこからか工面しようとしている」

「そうなんですね」

ついい、知らなかったことにした。弁護士だったということも、葛城のほうから持ち出さない限り、触れないことにしようと思っていた。

「しかしですね、工面と言ったって、彼女たちには担保も信用もない。つまり――」

バスが止まる。残っていた乗客が一斉に立った。終点だ。降りたものの、なんとなく別れがたくてぐずぐずとしていた。葛城がその気分を察したらしい。

「喫茶店でもいいけど、もしお時間があったら、わたしの部屋に寄りませんか。これまでのお礼にコーヒーを淹《い》れます。高い豆じゃないけど、挽《ひ》きたてはそこそこいけると思います。もっとも、少々歩きますが」

徒歩で十分ほどだ。たいした距離ではない。加えてこのあとの予定はない。そして――ひこばえ荘だ。

「はい。ぜひ。ただ、葛城さんは歩けますか」

「今日はだいぶ調子がいいので」

二人並ぶ形で、ひこばえ荘に向かって歩く。葛城が思い出したように続ける。

「そういえば夏樹さんから、あまり来るなと言われたそうですね」

「ええ、まあ」

どうして知っているのだろう。夏樹が自分で話したのだろうか。それより、バスの中でしていた話は終わってしまったのだろうか。

「もしそれがひっかかっているなら、どうぞお気遣いなく、自由にいらしてください。わたしからうまく説明しておきます」

この人は本当になんでもお見通しのようだ。

「よろしくお願いします」

その後、夏樹との間で、話が少し違った方向へ進展したことも喋《しゃべ》るつもりはない。

「その夏樹さんですけど、ちょっと恐い感じですよね」

「恐い？」葛城は意外そうな顔で一平を見たが、すぐに笑顔に変わった。「まあ、たしかに冷淡な感じがします。美人なので、かえって損してる。本当は――まあ、本当に恐いかな」

「あれ」せっかくの冗談なので、こけたふりをした。「晴子さんはどうですか」

「そうねえ、べつの意味で恐いかな」

「あ、それ、わかる気がします」

二人そろって、今度は周囲を気にすることなく、声を立てて笑った。一平は、これほど楽しそうな葛城を見たことがなかった。

葛城が、それにね、とつけ加えた。赤く色づき始めた空を背景に、ひこばえ荘のシルエットが見えてきた。

葛城は鍵《かぎ》を取りだし一〇三号室のドアに差し込んだ。ほとんど同時に二階でドアの開く音が聞こえた。誰か外に出たらしい。一平が見上げると、手摺《てす》りから身を乗りだしてこちらを見ている多恵と目があった。

「あ」

多恵のあげた声に、葛城も反応した。

「やあ、ただいま。ちょっと堀部さんと話があるので」

なにか言いたそうだったが、「うん」と言ったきり、多恵は引っ込んでしまった。

「さ、どうぞ」

葛城の部屋を訪問するのは、これで三度目だった。いままでの二度は、あまり綺麗《きれい》とは言えない布団が敷かれていたが、きょうはきちんと片付いている。部屋の中はさっぱりしていた。

「座ってお待ちください」

「失礼します」

お揃いらしいこたつテーブルに座ると、例のカラーボックスが目に入った。しかし、その脇に積んであったノート類が見えない。もしかしたら読んだ形跡に気づいたのだろうか。夏樹がいいつけたとも思えない。

葛城は、冷蔵庫からとりだした豆を旧式のミルでごりごりと挽き、ドリッパーで丁寧に淹れてくれた。湯気を立てているコーヒーの入ったマグカップが、一平の前に置かれた。香ばしい薫りが漂っている。

「砂糖とミルクはどうしますか」

「お砂糖だけいただきます」

コーヒーシュガーのポットから、スプーンに一杯だけ入れた。舌を火傷《やけど》しそうに熱いが、どうにかひとくちすする。喉《のど》から鼻へと香ばしさが抜けていく。

「ああ、美味《おい》しいです」

「それは、ありがとう」

「生意気いいますけど、ほんとにコーヒーショップのより美味しいです」

葛城は、ふふふと笑って、自分も口をつけた。ただし、わたしはこれです、と笑いながらカップの中を見せた。中には真っ白な液体が入っている。ホットミルクのようだ。胃を気遣ってのことだろう。一平のためだけに手間をかけてくれたのかと思うと、申し訳ない気がした。

「さきほどのバスの中での話の続きです」

覚えていたのか、いま思い出したのか。やはり不思議な人だ。

「彼女たちが、手術代を工面しようとしているという話をしましたね」

「はい、しました」

「わたしは、『手術をしない』と言っているんですが、彼女たちは受けさせたいらしい。

なかでも、多恵さんが一番熱烈に主張しているそうなんです」

「多恵さんが？」

「ええ。彼女、ああ見えて激情家なんですよ」

そういえば、セクハラをされたか何かして、その相手にコーヒーをぶっかけたと聞いた。

「ただね、さっきも言いましたが、みんな蓄えなどないし、借りるあてもない。さて困った」

一平の家まで借金を頼みに来たとはさすがに言えない。話を逸《そ》らす。

「彼女たち、家族や親戚《しんせき》はいないんですか？」

家族や親戚から借りろ、と主張するつもりで訊《き》いたのではなかった。特に多恵など、一平を頼ってくるくらいだから天涯孤独なのかと思ったのだ。

「いなかったり、いても縁を切っていたり、いろいろ事情はありそうですが。——彼女たちは、人はいいんですが大胆なところがある。性格は三人三様なのに、思いつめると一直線という点はそっくりなんです。だから、お金のことも、無茶をしなければよいなと思った次第です」

「なるほど。了解しました」

「わたしがこんなことを言ったことは、できれば彼女たちには内緒にしてもらえますか」

わかりましたと答える。

「もしこの先、彼女たちが安兵衛さんに、お金に限らずなにかの協力を求めても、適当にあしらってください」

「協力？　なんの協力ですか」

「もしかすると、ちょっとばかりよからぬことかもしれない。それとは気づかぬような」

なんだかもってまわった言いかただ。

「それは、なんというか、言いづらいんですけど、詐欺とかそういうことですか」

「詐欺ではありません」

「詐欺ではないけど、犯罪にからむということでしょうか」

「いずれにせよ、安兵衛さんには迷惑をかけられませんから。——あ、わたしもそう呼んでかまいませんか」

「どうぞ」

ここまで定着してしまっては、良いも悪いもない。

それにしても、葛城にはめずらしく要領を得ない話だ。そして、葛城のイントネーションに、わずかに関西訛《なま》りがあることに気づいた。ただし、どの地方かまではわからない。

「あのう、そういう話になったので、ぼくも、ひとつ、質問してもいいですか」

「なんでしょう」

「内緒にしてくれって言われたんですけど、たぶん、葛城さんには隠せないと思いますから正直にいいます。冬馬君に聞きました。ここの女性たちが、みなさん、その、なんていうか……」

「いわゆる『前科』がある?」

あまりにもストレートに返ってきた。

「はい、そうです。それって、本当ですか」

「本当です。もともと、その関係での繋《つな》がりですから」

「普通に考えると、今のお話はそのこととかかわりがあるように思えるんですが。話せる範囲でいいので、少しだけ教えていただけないでしょうか。晴子さんの結婚詐欺と、多恵さんがセクハラされてコーヒーをぶっかけたっていうのは、なんとなくイメージできなくもないんですけど、夏樹さんが何人も大怪我させたって本当ですか」

「えっ」

葛城の、ふだんはどちらかといえば細い眼が見開かれた。さすがに驚いたらしい。

「――それも、冬馬が話したんですか。しょうがないやつだな」

「あの、怒らないでやってください。内緒にするって約束したので」

「まあ、少し叱るだけにしておきます。ところで、夏樹さんに関する質問ですが、『止むに止まれず』とだけ答えておきましょうか」

「じゃあ、やっぱり本当なんですね」

「昔、夏樹さんには愛する弟がいた。その弟が、ある理不尽な不幸に襲われた。つまり、そういうことです」

　ものすごく簡略な話で、どんな状況だったのかまったくわからない。その弟のために、なにかしたということだろうか。葛城の笑顔には、「この話はここでおしまいです」と書いてあった。

「ところで、安兵衛さんのご両親はご健在ですか」

「至ってご健在です。父親は都庁の下っ端役人で、母親は不定期でパートに出たりしていますが、基本的に専業主婦です。昭和にタイムスリップしたみたいな家庭構造です。昭和を知りませんが」

　葛城はそれを聞いて「なるほど」と笑っただけで、意見は口にしなかった。しだいに、ほとんど話すことがなくなった。

「いろいろ、ありがとうございました」

　コーヒーの礼を言い、葛城に見送られて部屋を出た。

　嫌な音のする門を抜け、駅に向かって歩く。こころなしか、ゆっくりとした歩調になる。最初の角を曲がったところで、後ろから声がかかった。

「あの」

　振り返ると、多恵があわてたようすで走り寄ってくるのが見えた。

「ありがとう」

「何が？」

「ナオさんに親切にしてくれて」

それだけを言い、また走って帰って行った。

5

《今日は書くことがたくさんある》

葛城直之は、ノートにそう書いたところで一旦《いったん》手をとめた。少しのあいだ、書くべきことを頭の中で整理した。今夜はあの彼女のことから書こうと決めた。

《きみも知ってのとおり、彼女は一般的に見て、かなり『美人』の部類に入るだろう。どこかで何かの歯車が違った動きをしていたなら、まったく別の人生もあり得たのではないかという気がしている。

それが起きたのは、彼女が高校三年生のときだった。彼女には弟が一人いた。五歳違いの中学一年生だった。あるとき自分から語ったのだが、笑うと目がなくなってしまう、とても可愛い弟だったそうだ。

その弟は、気は優しかったのだが――いや、優しかったからというべきか、いじめにあっていたらしい。いじめ問題については、ほかにも悲しく痛ましい事件や訴訟がいくつもあったのを思い出す。

脱線してしまった。その話はまた別の機会に譲る。

弟がいじめられていることに、彼女も両親もうすうす感づいていていたらしい。ときどき制服がどろまみれになっていたり、ほおのあたりに、擦り傷があったりしたから。しかしまさか、そこまで深刻な事態になっているとは考えていなかった。あとで知ったことだが「近いうちに、それとなく聞いてみよう」両親もそんなふうに話していたそうだ。

しかしその「近いうち」は永遠に来なかった。弟はその年の夏、家から一・五キロほど離れたところを流れる川で水死した。警察もそれなりに調べたのだろうけれど、結局事故死ということになった。

「我々としては、思春期特有のこれという理由のない自殺である可能性が高いと考えています。しかし、残されたご家族の世間体もあるでしょうから、事故死という扱いにします」

応対した担当の警察官に、はっきりとそう言われたそうだ。争った形跡などがなく、目撃者もなく、普段から表立ったトラブルもなければ、警察は当然そう判断する。「当然」などという言葉を使ってはきみに叱られてしまうかもしれないが。

警察も学校も「決着済み」と判断した案件を掘り返し、彼女と両親がどれほどの苦労をもって、いじめの主犯格四人をつきとめたか、それを細部まで書けば長くなってしまう。

四人は弟と同学年、当時十二歳と十三歳だった。彼らは、弟を無理やり川まで連れて行き、あたりに人けがないのを確認した上で突き落とし、息も絶え絶えに岸にしがみつこうとする弟の指を引きはがした。弟の手の爪は、両手合わせて四枚も無くなっていたそうだ。コンクリートの護岸にしがみつこうとして、なんども引きはがされたんだろうね。

刑事裁判にはかけられない。やむなく、真実を知るために民事裁判を起こすことになった。主犯格四人の共同犯行として、計二億円の損害賠償を求めた。ぼくらがこの一件にはじめて興味を抱いたのは、このころだったね。裁判は長引いたが、有利には運ばなかった。

何より物証がない。いや、あったのかもしれないが、なにしろ刑事事件になっていないから、存在の有無さえはっきりわからない。民事で入手できる証拠なんて限られている。同級生たちの証言でもあればまた違う展開になったかもしれないが、それも無理だった。

もともと、いじめを受けていたころに、かばう生徒は一人もいなかったらしい。本人が、死んでしまったあとならなおさらだろう。最大の理由は、問題の四人が札付きだったことだと思う。「かばったりすれば、次は自分がターゲットにされる」という恐怖心は理解できなくもない。最近は教師でさえ、反発を怖れて見なかったことにするらしいからね。

当然、民事につきものの「和解」という道には進めず、四年近い歳月が流れた。結局、彼ら四人が死に至らしめたという明確な証拠はないということで、二審でも原告敗訴になった。そのとき、彼女はすでに二十一歳だった。進学もあきらめて、地元の電子部品の加工会社に勤めていた。

二審敗訴のあと、上告したいと弁護士に相談すると、日本の司法制度では民事の上告は事実上困難であると説明を受け、結局断念した。（この点については、きみともよく話したね）

かくて少年たちは、なんら罰を受けることも償いをすることもなかった。

そして、結審からまだ三か月も経たないうちに、またひとりの少年が溺死《できし》した。あの悲劇があった場所から二百メートルも離れていなかった。

この一件を知った彼女は、親には相談せず、自力で調べてみた。そして、今回死亡した少年は高校二年生で、例の連中と同じ中学の出身だということがわかった。四人のうち、二人は進学しなかったのと退学になったのとでぶらぶらしており、二人は一応は高校生になってはいたが、地元の悪グループとつるんでいたらしい。

この一件も事件にならなかった。彼らの立ち回りは上手《うま》くて、今回も証拠や証人が出ない。彼女は四人組の犯行と睨《にら》んで、被害者の遺族と連絡を取り、独自に調べを進めた。弟のときとおなじように、友人知人たちはみな口を閉ざして何も言わない。それでもようやく、被害にあった少年がこの四人から恐喝を受けていたらしい証言を得た。

刑事告発するつもりはなかったから、それで十分だった。

彼女は彼らがたまり場にしている何か所かを捜し回り、商店街のはずれにあるゲームセンターで捕まえた。

「やっぱり、弟を殺したのはあんたたちでしょ」

あまり人通りのない路地で、そう問い詰めた。

「このおねえちゃん、何言ってんだ」

四人はげらげら笑った。彼女はかっとなった。発火しやすいところが、彼女の最大の弱点だね。そして少年らになぐりかかった。それが過ちであることにすぐに気付かされた。ほとんど大人の体つきになっていた彼らに、ゲームセンターの裏の暗がりに連れ込まれて、もう少しで法律用語でいうところの強制性交におよびそうになった。

しかし、さすがに屋外のコンクリートの上であり、彼らにもそこまでの度胸はなかったらしい。そのかわり、屈辱的な写真を撮った。警察に言いたければ言え、そしたらこの写真をネットに拡散する。そう脅した。終始少年たちは笑っていたそうだ。

わたしはね、ときどき思うのだけれど、わたしやきみが、私生活において重い犯罪――とくに殺傷事件の被害者とならずに、ここまで生きて来られたのは、きわめて幸運なことだったのではないか。もしも、もしもだよ。この弟や彼女がわたしたち自身であったり、わたしたちの子供だったと考えてごらん。正気を保っていられるか自信がないよ。

彼女の写真がインターネットで流されたのは、それから間もなくのことだった。すぐに運営側に要請し削除されたが、すでに大量にダウンロードやコピーされたあとだった。もちろん素顔もさらした写真だ。あの美貌《びぼう》だから、そういう関係では評判になったらしい。残念ながら、わたしも裁判で見ることになった。

別の似たような事件を担当した知人に聞いたところ、そういう系統の画像や動画は、数えきれないぐらい、つまり完全に規制などできないほど存在するそうだ。一度流布されてしまうと、あっというまに増殖し広まってゆく。完全に消すことは不可能らしい。恐ろしい世の中だ。

非常な苦労をすれば最初の発信元をつきとめることはできるが、それが何になるだろう。賠償請求などしたところで、そして勝訴したところで、しらばっくれられて終わりだ。

彼女の母親は、相次ぐ不幸に寝込んでしまった。父親も、定年目前だった会社を辞めた。彼女は自分ひとりでは復讐《ふくしゅう》できないことを悟って、策を練った。少年たちと敵対しているグループの男たちに金を払って〝代行〟を依頼した。犯人の少年らは、たまり場にしている公園で襲われた。

四人全員が、両手の拳《こぶし》をこなごなに砕かれた。実行犯グループも捕まったが、彼女は自分が教唆したと自首した。実行犯側の少年達に、金を払って依頼したと自白した。世間の感情は二分されたが、特にテレビの情報番組などのスタンスは、被害少年たちに同情的だった。「私刑《リンチ》は許されるべきではない」という正論とともに。

さて――。

このあとの記録はきみも熟知しているね。わたしが国選弁護人となり、結果的に彼女は実刑判決を受けて刑務所に入ることになった。その間、彼女の両親は相次いで病死した。

彼女も、情状は酌量された。あと一年の刑期を残して、約五年前に仮釈放になった。しかし、せっかくの新しい職場でも、前のことを噂され、写真の存在を知られ、辞めざるを得なくなった。どうして彼女が、そんな目に遭わなければならないのか。理不尽というよりほかに言葉を知らない――》

6

堂原賢吉の甥《おい》、保雄のいたぶりは、恭一が小学二年生の冬まで、二年半ほど続いた。終わるきっかけとなったのは、堂原家を揺るがす事態が起きたことだ。

そして、それより一年半ほど前の夏には、吉井家を悲劇が襲っていた。つまり、恭一が保雄と出会ってちょうど一年後のことだ。

恭一の弟、敏嗣が事故死した。溺死だ。

この当時は、夏休みでも父親は忙しく、一家でどこかへ遊びに行くようなことはなかった。そして母の志津子は、一人で子供を連れて遊園地に行くようなタイプではない。

その結果、恭一たち兄弟のほとんど唯一の夏の楽しみが、水遊びだった。あまり広いとはいえない庭にビニールのプールを置き、十センチほどの水を張って遊んだ。恭一は小学校にあがって初めての夏、敏嗣は三歳になっていた。

もちろん、万が一のことなどあってはならないから、志津子はつきっきりで面倒を見ていた。ところがある日、そのさなかに電話がかかってきた。当時は携帯電話が一気に広がりをみせたころだったが、大事な用件はまだ固定電話が主流の時代だったらしい。母親がリビングで電話を受け、正隆に対するやや長めの伝言を書き留め、庭に戻ると、ぐったりとプールにうつぶせになっている敏嗣を見つけた。

志津子は意外にも冷静に救急車を呼び、人工呼吸を施すなど応急処置をとった。しかし、敏嗣の命は戻らなかった。

志津子と恭一の証言を元に警察が下した判断は「事故死」だった。

すなわち、志津子が電話を取りにいっている間に、恭一は尿意を催した。この程度の年齢ではプールの中に放尿することも珍しくないが、普段から夜尿に対する恐怖心があった恭一は、きちんと家の中のトイレへ行った。そのわずか数分のあいだに、ひとり置き去りにされた敏嗣が溺《おぼ》れた。すべって倒れ、水を飲んでしまったらしい。大人でも、水深三十センチもあれば溺死するのに充分だという。

正隆は、当然ながら半狂乱のように嘆き、怒った。それまで、どれほど罵倒《ばとう》しても手を出したことはなかったが、志津子と恭一を殴った。志津子も恭一も声を上げることはなかったが、もしも叫んで抵抗していたなら警察沙汰《ざた》になり、腫れあがった二人の顔を見た警官は、正隆を現行犯逮捕したに違いない。

恭一はこのときのことをよく覚えていない。

たしかにトイレには行ったような気がするのだが、自分から行ったのか、母親に「漏らすといけないからトイレに行ってきなさい」と言われたのか、はっきりしない。

さらにいえば、電話が鳴ったのはプールに水をためているときだったようにも記憶している。敏嗣がうつぶせに倒れてばしゃばしゃやって苦しがっているところを、見ていたような気もする。しかしすべてはぼんやりとあいまいだ。あとから想像した場面が記憶としてすりかわったのかもしれない。

ひとつだけ確信をもっていることがある。事故のあった翌日、正隆に顔が変形するほど殴られながらも、志津子は悲鳴ひとつ上げず、黙って耐えていた。やがて正隆が殴り疲れて寝室に籠《こも》ってしまったあと、志津子の裂けて血がにじんだ口元に、笑みが浮いたのを見た。それは記憶違いではない。


この悲劇から一年半後、堂原賢吉が脳梗塞《のうこうそく》で倒れ、議員を辞職することになった。

正隆は、愛するほうの息子を失ったショックから、ようやく立ち直ろうとしていた時期だった。そして、現実を受け入れようと決めたらしかった。すなわち、たとえ自分の好みに合わなくとも、恭一を後継ぎと認めるしかないという現実をだ。

堂原の辞職にともなう補欠選挙では、後継者として正隆が立った。《堂原賢吉の志《こころざし》を継ぐ》《地元奈良にすべてを捧《ささ》げた堂原賢吉の功績を忘れるな》と、まるで堂原が死亡したかのようなスローガンをかかげた正隆が、予想通りトップ当選を果たした。そして生活環境ががらりと変わった。

　正隆は相変わらず堂原賢吉を「先生」と呼んだが、あの大邸宅を訪ねる回数は急速に減っていった。恭一を連れて行くこともなくなった。連れて行かなくなった理由は聞いていないが、想像はつく。恭一が保雄の部屋に入ると、いつも小一時間出てこないからだ。堂原が引退した今となっては、さっさと用件を済ませて帰るためである。つまり、あの部屋で何が行われていたか、正隆はうすうす感づいていたのではないか。

　しかし恭一にとっては、「だからそれで終わり」ではなかった。

　暗い炎は、恭一の中だけで燃え続けた。やがて高校一年になったとき、ある事件が起きた。

　恭一が親に与えられたパソコンは、当時としては高性能だったが、インターネットに関してはアクセス制限がかけられていた。父親の職業がら、危険なウイルスなどの侵入を警戒されたからだ。詳しい友人に頼んで外そうとすれば外せたのかもしれないが、そこまではしなかった。ゲーム系は禁止されていなかったからだ。だから、海外サーバーから入ってくる〝アダルトサイト〟などはほとんど見たことがなかった。

　高校進学してまもないあるとき、友人の家に数人で集まって〝アダルトサイト〟を見よう、という企画が立った。それぞれ飲食物を持ち寄り、次々に〝サーフィン〟しては「おおーすげー」などと歓声を上げた。

恭一は初めて見るそれらの画像にショックを受け、同時に釘付《くぎづ》けになったが、ある画面が開いたときに、心臓が喉《のど》から飛び出そうになった。

髭面《ひげづら》の男が、少年と呼んでもいい体の細い男の下半身を弄《もてあそ》んでいる画像だった。動画ではなく、写真だ。

呼吸困難になりそうだったが、誰かが「これはいいから、次」と言ったおかげで、すぐに画面は男女のものに切り替わった。

友人たちはモニターに映しだされるものに夢中で、恭一の変化には気づかなかったようだ。

あの画像が、恭一の中にある何かのスイッチを押した。恭一の中で燻《くすぶ》り続けていた火が、どうにも抑えきれなくなった。ひと月ほど考え抜いて、ついに決意した。

まず、もう何年も足を運んでいなかった、堂原賢吉の家をひとりで訪ねた。

もともと土地の名家だから、物質的な困窮はないのだろう。議員でなくなっても、主《あるじ》が寝たきりになっても、落ちぶれたという雰囲気はなかった。

案内を乞《こ》うと応接間に通され、見覚えのある夫人が出て来た。あれから八年余りが経つ。正確な年齢は忘れたが、八十歳は超えただろう。しかしその年齢を加味しても、ずいぶんと老け込んで見えた。邸《やしき》の見栄えが変わらなかったこととは対照的だ。心の老いは金銭では解決できないのだろう。とにかく、最初に訪問した日に屋敷の中を案内してまわったときの明るさは、みじんもなかった。

使用人に紅茶を淹《い》れさせ、茶菓子を持ってこさせると、夫人はいきなり愚痴をこぼし始めた。

堂原賢吉は、あれ以来一度も元気を取り戻すことはなく、いまでは妻の顔もわからず、最近はますます体力が落ちて寝返りすら打てないので、床ずれができて大変なのだと。

手にしたハンカチで、しきりに涙をぬぐった。恭一は、愚痴にうなずき同情の言葉をかけながら、いかにもついでにという感じで、保雄の行方をたずねた。

「懐かしいわよね。あの子は今、一人暮らしをしているのよ」

夫人はそう説明した。議員が倒れて、さすがに居候の面倒をみる余裕がなくなった。話を繋《つな》ぎ合わせてみると、金銭面の問題というよりは、自分で洗濯すらしないただのお荷物は、さすがに邪魔な存在になったようだ。保雄には出ていってもらうことになった。しかし、保雄の実家には兄夫婦が入ってしまったので、今さら戻れない。現在は、本人の希望もあって東京でワンルームマンションを借りて一人暮らしをしているという。

そのマンションの住所を聞いてから、恭一は堂原家を後にした。一度だけ屋敷をふり返って、つぶやいた。

「懐かしくて涙がでるよ」

このクソ屋敷がいっそ全部燃えてしまえばすっきりするだろうに、と思った。

次の週末にはるばる上京し、保雄のマンションを探した。学生や一人暮らしのサラリーマンが住んでいそうな、小さくてどこかくすんだ印象を与えるワンルームマンションだった。エントランスにちゃちな防犯カメラがあったが、裏の非常階段は素通りできるし、その階段から屋内に入るドアに、鍵《かぎ》がかかっていないことを知った。かかっていたとしても、簡単に乗り越えられるフェンスだ。街をぶらついて、夜になるのを待った。

午後九時過ぎ、保雄の部屋にライトがついていることを確認し、決行することにした。革の手袋をはめ、非常階段を三階まで上り、階段側からそっとドアを開け、建物内に入る。態度は堂々と、しかし足音はできる限り消して保雄の部屋の前に立ち、チャイムを鳴らした。返事がない。しかし中にいるはずだ。

三度鳴らすと、インターフォンから不機嫌そうな声が流れた。

「はい」

体中の血が逆流しそうになる。まぎれもない、保雄の声だ。

恭一は、堂原賢吉の名を出した。

「地元で先生にお世話になっているものです。荷物をあずかってきました」

「わるいけど、そこにおいといて」

「実は荷物というのは現金です。直接お渡しするように言われました」

あえて毅然《きぜん》とした口調で答えた。すぐに返事はない。二十秒ほどで突然ドアが開いた。

ひと目で、この男はいまだに社会からドロップアウトしているとわかった。今この瞬間に地上から消滅しても、なにも変わらない、誰も困らないクズだと。

髪も髭も伸び放題でぼさぼさだ。服はスウェットの上下で、洗濯などしていないのだろう、ぷんと腐臭が鼻を突く。

「お金、どこ？」爪の伸びた右手を差し出した。

恭一は、三年前から親に頼んで空手道場に通っていた。塾帰りに変な人に声をかけられた、護身のために習いたいから、と理由をつけて。母親が翌日すぐに申し込んだ。

恭一は、革の手袋をはめた右の拳《こぶし》を、いきなり保雄のみぞおちに突き入れた。

「げほ」
二、三歩あとずさった保雄は、腹を抱えたまま体を折って、へたりこんでしまった。その顔を足の裏で力任せに蹴《け》り、仰向《あおむ》けに押し倒してからドアを閉め、ロックをした。スニーカーのまま上がる。昼間現金で買ったばかりだ。
保雄は、顔と腹を抱えるような恰好《かっこう》で廊下に転がり、うめいている。手に血がついている。鼻血が出たのか口が切れたのか。

「ひゃ、ひゃめてくれ。金はわたふから」

恭一は、四つん這《ば》いになって奥へ逃げようとする保雄の、尻《しり》を蹴飛ばした。這いつくばるような恰好の保雄の頭を、後頭部から踏みつけた。

「ふが」保雄がうめき声を上げ、もがいた。

持ち上げた足を、力まかせに踏み下ろすと、なにかがつぶれるような感覚があった。

「ぐあ」

のたうちまわる保雄を仰向けにした。口の周りが血だらけだ。鼻も変形している。

今度は、みぞおちにスニーカーの先を蹴り入れた。もはや言葉にもならないうめき声をあげ、吐いたり泣いたりしながら逃げようとする保雄を、手袋をはめた手で殴り、力まかせに蹴り上げた。凶器を使うことも選択肢にあったが、あえて自分の手足を使うことに決めた。そのほうが〝手応《てごた》え〟が何度でも味わい返せると思ったからだ。

やがてぐったりした保雄のズボンを脱がせ、このために持ってきた、保雄の好きなヒーローのソフビ人形を肛門《こうもん》に突き刺した。

「ぐえっ」

家禽《かきん》類が立てる断末魔のような音を、喉から漏らした。もう一段押し込んだ。

キッチンへ行って、なんでもいいから尖《とが》ったものを探した。最初に、洗い桶《おけ》に入ったフォークが目に留まった。それを持ってのたうち回っている保雄のところへ戻る。

人形を自分で抜いたようだ。わき腹を蹴り、左手で顎《あご》を押さえ、右手で逆手に持ったフォークを目の先に置いた。

「ひゃめて」

目の端から、血の混じった涙が流れた。

「それを抜くんじゃない。もう一度自分で押し込め。五秒以内にやらなければこれを目に刺す」

保雄は泣き叫びながら、自分でソフビ人形を押し入れた。股間《こかん》を蹴り上げると失神した。

保雄の服をすべて脱がせ、体に持参した油性ペンで《ヘンタイ男堂原保雄です。元国会議員堂原賢吉の実の甥《おい》です》と書いて、何枚も写真に撮った。テーブルに載っていた保雄のスマートフォンでも何枚か撮った。

保雄は動かなくなっていた。声も聞こえない。死んだのだろうか。しばらく観察すると、息をしていることがわかった。クズ野郎の死にぞこない。

フォークを、保雄の股間でだらんと垂れたものに押し当てた。そのまま突き刺そうとして、結局やめた。同情したからではない。あまりに汚らしい場面が、この先ずっと脳にこびりつくだろうと思ったからだ。

かわりに、だらしなくむき出しの股間を踏み潰《つぶ》したら、失神しているくせに小さくうめいた。

ドアをあけて、左右を見る。人けはない。恭一は来たときの逆をたどって外に出た。殴ったり蹴ったりしているあいだは、物音やうめき声が漏れていたはずだが、誰も訪ねて来なかった。カーテンから様子を見る住人もいなかった。

その後、保雄の噂を二度ほど聞いた。一年前に聞いたものは、実家に戻って以前にも増して引きこもっているらしい、という話だった。

「廃人」という単語を、はじめて現実で耳にした。

7

いよいよ土曜の朝となった。

歩きながら時間調整し、指定された九時ジャストに二〇三号室のドアをノックした。

ドアをあけた夏樹は、いつもより少し手間をかけたらしい化粧をしていた。とっさに視線を逸《そ》らしてしまった。

「来てもらって悪いわね。ちょっとあがって、そのへんに座ってて」

「失礼します」

「もう少しだから、ちょっと待ってて」

「はい」

夏樹がペットボトルのウーロン茶をグラスに注いでくれた。それを一気に飲み干す。

テーブルの上には、手作りらしい料理が並び、それをパックに詰めているところのようだ。から揚げ、厚焼き玉子、ウインナー、チーズ入りちくわ、ポテトサラダ、色とりどりだ。そして主食はおにぎりだ。量はたっぷり四人前はありそうだ。

支度がほぼ終わったころ、夏樹が言った。

「あのね、多恵ちゃんとデートしてあげて」

二杯目のウーロン茶が気管に入って、しばらくむせた。

「大丈夫？」

「大丈夫です。それより、どういうことですか」

「今日一日、多恵ちゃんのボーイフレンドをしてあげて欲しいの」

「ボーイフレンドって――」

「そういうことは、わざわざ頼むことじゃないのはよくわかっている。その上でお願い」

「と、言われても」

「嫌？」

「嫌というか、なんていうか、あまりに急で」

「あの子、ちょっと変わってるでしょう」

「ええ、まあ」その点は同意する。

「子どものころに、少しつらい体験をして、それで人に心を開くことが上手じゃないの」

でも、人の家まで借金しに来ましたよ。三百万がだめなら二百五十万でいいとか言って。しかし、夏樹には言えない。

「つらいって、どんなことですか」

「まあ、女の子のつらいといえば、だいたい想像がつくでしょう。わたしの口からはそれ以上は言えない。男の子と普通に遊んだことがないと思う。ねえ、楽しいっていう思い出をつくってあげてくれない？　男子拒絶反応を少しやわらげてあげたいの」

そう言われては、多恵とではあまり気乗りがしないとは言えない。

「ちなみに夏樹さんは？」

「わたしも行きたいけど、今回は遠慮しておく」

いたずらっぽい、ネコ科の目で見つめられた。

どうにでもなれと思った。


「でさ、なんでこうなるわけ」

JR上野駅の、公園口改札を出てすぐの信号を待ちながら、一平は吐き捨てるように言った。しかも、一平の気分を象徴するかのように、朝方は晴れていた空が重たくなってきた。もしかすると、ぽつぽつくるかもしれない。

少しだけ嫌な予感がしていた。そして嫌な予感はより悪いほうへ当たる――。

これまでの二十年足らずの人生で学んだことだ。

信号が青に変わり、ぴよ、ぴよ、と間の抜けた信号音が鳴る。改札口前の道路で何か工事をしている。

「あちこち工事してるな。金が余ってるのか」

べつにどうでもいいのだが、なんとなく思いついたことを腹立ちまぎれに口にした。

「来年三月、今あるこの道路はロータリー化されて、駅から歩道が繋《つな》がる」

ナレーションのように抑揚のない口調で多恵が説明した。

「へえ、そうなんだ」とうなずくが、どうでもいい。たぶん二度と来ない。

「いくぞ」丸めた漫画雑誌で、冬馬の後頭部を叩《たた》く。

「痛《い》てっ」頭を押さえて、一平を睨《にら》んだ。

「おまえは、何しに来たんだよ」

人の流れに乗って歩きながら冬馬を責める。

「っていうかさ、安兵衛が割り込んで来たんだよ。せっかく、多恵姉ちゃんとデートのはずだったのに」

食料の入ったアディダスのリュックを背負い、NYヤンキースのキャップを逆さにかぶった冬馬が、憮然《ぶぜん》とした表情で言い返す。左手に東京文化会館を見ながらメインストリートを歩く。弁当やチョコバナナを売る声が掛かる。

多恵はリュックと小ぶりのトートバッグ、一平は自分のショルダーバッグに大ぶりなトートバッグというでたちだ。大量の食料は分散して持った。

二人の間を歩く多恵は、気のせいかいつもより柔らかい表情になっている。結局、夏樹にしてやられたということだ。あれこれ理由をくっつけたが、結局のところ、多恵と冬馬が動物園へ行くお守り役ではないか。この貸しは返してもらいますよ、夏樹さん。心の中で強気に言ってみたが、面と向かえば、なにも言えないことはわかっていた。

それに、と思う。今日の多恵の恰好《かっこう》はそう悪い趣味ではない。先日とはまた別のシャツワンピースを着ている。今日は、青のストライプだ。そして同系色のカーディガン。スニーカーは白。たぶん、夏樹の見たてだろう。よれよれのスウェットを着ているときの多恵とは別人のようだ。うっすらしている化粧も、夏樹に施してもらったに違いない。

ならばなおさら、こんな小生意気な邪魔者は不要だった。

「それにしたって、どうして上野動物園なんだ。どうせ冬馬が『パンダが見たい』とか言い出したんだろう」

「違いますぅ」これ以上ないほどに、口を尖らせる。「多恵姉ちゃんのリクエストですぅ」

あわてて多恵を見る。なにも聞こえなかったような顔で、銀杏《いちょう》並木を写真に撮ったりしている。デジタルカメラを持ってきたようだ。

すぐ脇を、笑い声をたてて親子四人が追いこしていった。

「おいおい。走ったらあぶないぞ」

今にも転びそうな幼い子供二人を、若い両親が腕を伸ばし前かがみになって追いかける。

気づけば、まわりは家族連れでいっぱいだ。自分たちの世界に浸っている、若い二人連れもけっこう多い。

多恵に言い訳する。

「いや、べつに動物園が嫌なわけじゃなくて、ただ、冬馬をからかっただけだから。前から、コアラが見たいなあって思ってたし」

多恵が、どうにかわかる程度にうなずいた。

「でもさ」冬馬がすまし顔で言う。「上野動物園にコアラはいないよ」

多恵はただ、かすかに微笑んでいる。


ゲートが近づいてきた。上野動物園に来るのは、いったい何年ぶりだろう。

小学校の四年生か五年生のときに両親と来たのが、たしか最後だったはずだ。ということは、いまの冬馬と同い年のころか。こいつも将来、なつかしく思い出すのだろうか。

入口で入園料を払って、案内マップをもらった。軍資金は夏樹から預かっている。

入ってすぐ右手はパンダ舎だ。相変わらずの人気、不動のスターだ。まして今日は土曜日で、子供連れの家族も多い。それ自体が巨大生物であるかのような、長い行列だ。

「でも、今日は少ない」

多恵の説明だと、今日は午後から雨になるという予報だから、いつもより人出が少ないらしい。「いつもより」と言えるほど、何回も来ているのだろうか。

「ねえ、ゴリラ見に行こうよ」

シャツを腰に巻いて、プーマのロゴが入った黒いTシャツ一枚になった冬馬が前方を指差す。

「おれはハシビロコウがいい。なんか和むからな」

見たいわけでもないが、とりあえず反対する。

「なにそれ。ゴリラにしようってば」

「ハシビロコウがいい。いや、ハシビロコウしか見たくない」

子供の喧嘩《けんか》かと思うが、相手はたしかに子供だからしかたがない。

「じゃあ、まずルートを決めよう」

一平が提案し、冬馬も同意した。近くのテーブルに案内マップを広げて検討すると、ハシビロコウの居場所までかなり遠いとわかった。この動物園は大きく西園と東園にわかれており、入口から入ってすぐは東園だ。ハシビロコウは西園の奥のほうにいる。

順路でいえば、たしかにゴリラのほうが先かもしれない。冬馬の意見に反対するためだけに挙げた名だから、別にキリンでもカバでもよかった。

「わたしも、ゴリラが見たい」

遠慮気味に多恵が言った。

「決めた。まずはゴリラを見よう」

売店でフライドポテトを買い、ほかは素通りして『ゴリラ・トラの住む森』に着いた。重く雲が垂れ込めていた空から、ぽつりぽつりと雨粒が落ち始めた。

せっかくの日なのに、と残念に思った。

ゴリラのいるエリアは大きかった。そして雰囲気が出ていた。子供のころ来たときに、こんなふうだったかよく覚えていない。

広い飼育スペースを、人造の岩山がぐるりと取り囲んでいる。ところどころにはめ込まれた強化ガラスごしに、ゴリラの生態を観察するしくみになっている。しかし、ゴリラのほうでも人間を観察している気がする。〝見ている〟のではなく〝観察〟だ。

ガラス越しにゴリラと対面できる場所まで来たら、その場から多恵が動かなくなってしまった。

ゴリラは人気者らしく、ほかよりも客の数が多いと感じた。しかし多恵は「ゴリラは雨があんまり好きじゃないから、お客さんもそれをわかってて、今日はいつもよりかなり少ない」と説明した。事実かどうかはともかく、やけに詳しい。

たしかに、屋外飼育場に出てきているのは一頭だけだ。元気を持て余しているのか、丸太を転がしたり、藁《わら》をかき混ぜたりしている。

やがてその一頭が、一平たちのいるほうへ近づいてきた。まわりに人が集まって来て、すかさず写真を撮り始める。しかし、この黒い賢人はほかの人間には興味を示さず、じっと多恵と見つめあっている。二十年ぶりに再会した兄妹《きょうだい》のようだ。ほかの客はそれを取り囲むように、あれこれ感想を口にしたり記念写真を撮ったりしている。

一平は、冬馬の背中を突《つつ》いて少し離れたところまで連れ出した。

「彼女、ゴリラが好きなのか？」多恵のほうへ、顎《あご》をしゃくってみせる。

「そうみたい」大人びたしぐさで、肩をすぼめる。

「さっき、ゴリラを見ようって言い出したのは、多恵さんに気をつかったのか」

にやっと笑う顔がやはり大人びて生意気だ。

「安兵衛。鈍感だと女にもてないよ」

「女にもてるなら、ゲームはいらないな」

「撤回します」

「それにしても、まるで、前世で兄妹か親子だったみたいだな」

「目が好きなんだって」

「目？」

「黒くてアイシュウを帯びてるんだってさ」

「哀愁ねえ」

冬馬とそんな会話をしながら、少し離れた場所で多恵の気が済むのを待つことにした。

岩でつくったベンチのようなものがあって、お父さんやお母さんらしき人たちが何人か、手持ち無沙汰《ぶさた》な様子でぼんやりと休んでいる。まだ、濡《ぬ》れるというほど降ってはいない。ようやく多恵が来た。

「お待たせしました」

するとと冬馬が、トイレに行きたいから安兵衛ついてきてくれ、と言った。

「なんだよ、一人で行けないのかよ」

「ここのトイレ、ちょっと恐いんだよ」

「生意気言っても、やっぱりガキか」

からかいながらついていくと、たしかに、少し奥まった場所のあまり人けのないところにあった。テーマパークなどにあるように、周囲の雰囲気を壊さないようアフリカのレトロな家を模したと思われる、変わった造りのトイレだった。

しかも、入口がなんだかちょっとした迷路のように入り組んで、隣にある似た造りの休憩所との間は、通路というより隙間のようだ。

一平はしたくなかったので、冬馬を一人で行かせ、誰もいないうす暗い休憩所で待っていた。

冬馬のやつ、遅い。やけに長い。いらいらしていると、足元の影に気づいた。いつの間に来たのか、目の前に多恵が立っている。なにも言わず一平の隣に腰を下ろした。ようやくトイレから出てきた冬馬が、それを見てなぜか照れたような顔をした。

「写真、撮らせて」多恵が言った。

「ここで？」

おかしなところで撮ると思ったが、変人は今に始まったことではない。多恵のリクエストで、プロレス技のようなじゃれ合いをしながら、多恵が持参した、ズーム機能つきのカメラで何枚も撮った。写真の趣味があるというのは、今日の新しい発見だった。

その後、同じく人気のトラを見たが、多恵はゴリラほど入れ込んではいないようだった。

心配したが、雨はまた止んだ。順に、泥にまみれた象やぴくりとも動かないバイソンなども見た。

進行方向にモノレール乗り場が見えた。案内マップによれば、ようやく東園の端まできたことになる。冬馬が、モノレールに乗ろうといってきかない。たしかに西園まではそこそこ歩きそうだ。モノレールに乗った方が楽だし、運賃も予算内だ。

「今年の十一月で運休になる」ぼそっと多恵が漏らした。

「え、何が？」と訊《き》き返す。

「モノレール。今年の十一月で運休」

「そうなんだ。じゃあ乗ろう」

「やったね」

しかし人間の考えることはみな同じのようで、順番待ちの行列がすごい。並んでいると、冬馬が「腹が減った」と言い出した。

「さっき、フライドポテト食っただろうが」

「あれでよけい腹減った」

「ハシビロコウの近くに大きくて綺麗《きれい》な無料休憩所があるから、そこでお弁当を」という多恵の意見が通った。

順番がくると、真っ先に冬馬が駆け込み、そのあとに多恵、一平と続いた。普通の電車とは違い、中央にカラフルなベンチ型の長い椅子が置かれ、両側の窓に向かって背中合わせで座るような配置になっている。冬馬の隣に多恵、その隣に一平が並んで座った。

次々に客が乗ってくる。詰めて座るため多恵に体がくっついた。太ももが触れる。

冬馬は、ようやく動き出した窓の外の景色を観ながら、すげえ、などとはしゃいでいる。やっぱりガキだなと、いつもならからかうところだが、それができない。じんわり熱を帯び始めた接触部分が気になって、冬馬や景色はどうでもよくなった。

　こんなに痩《や》せているのに、体温は高いのだ。いや、体温が上がっているのは自分のほうではないか。横目で多恵の様子をうかがうと、硬い表情で外の景色を見ている。

　終点の昇降口から下りると、何か工事をしていた。

「何かできるのかな」

　工事場所を、丸めたマップで差した。

「新しいパンダ舎をつくってる」多恵が即答した。

「またパンダが来るの？」

　多恵が首を左右に振って、解説する。

「屋外型の飼育場を作って『リーリー』と『シンシン』を移す予定。たぶん『シャンシャン』は今のところに残る」

　多恵にしては奇跡的に長い発言だった。動物に関することは、やけに詳しくて饒舌《じょうぜつ》だ。はるばる訪ねて来たハシビロコウは、動かざること剝製《はくせい》のごとしだった。もともと興味などなく、三分で飽きたので、予定通りすぐ近くにある西園休憩所へ行った。

　ちょっとしたフードコートのように、大きくて綺麗だ。晴れた日なら屋外のテラス席も気持ちがよさそうだが、今日はいまにも再び降ってきそうだ。屋内の席を確保してようやく少し遅めの昼食をとることになった。窓の向こうにはカバやサイが見えて、のどかでいい。

　ドリンクだけ買って、豪勢な弁当を広げる。来るまでに多恵に聞いたところ、夏樹と晴子の合作らしい。

「うん。うまい。これは晴子さんの味だな」

　さっそくおにぎりにかじりついた冬馬が褒めた。中身は焼いたたらこのようだ。多恵はウインナーをつまんだ。一平はだし巻き玉子に箸《はし》をつけた。

「ほんとにうまい。お店で買ったみたいな味だ」

「それは、夏樹さんの得意料理」

　冬馬が箸でだし巻き玉子を指す。夏樹が焼いたと聞いて、なんだか嬉《うれ》しさが増した。

　デザートには、多恵が剝《む》いた林檎《りんご》があると冬馬が説明する。それを聞いてつい「林檎食いたいな」と言ってしまった。

　多恵が、自分のリュックから出した、大盛り牛丼の器ほどある容器の蓋《ふた》を開けると、ぎゅうぎゅう詰めに、皮を剝いて切り分けた林檎が入っていた。

　人間がランチに食べるには少し量が多い。もしも機会があったらゴリラにやるつもりだったのではないか。多恵を見ていると本気でそう思えてくる。

「この林檎うまい」ひと口かじった冬馬が、大げさに感動してみせる。

「たしかに。これは、愛《いと》しのゴリ男君にやろうと思って、愛を込めて剝いたからだな」

　一か八か冗談を言ってみた。

「ふん」

多恵が口をとがらせた。それでも、どこか嬉しそうだ。初めてのことだった。

肩をゆすられて、一平は目醒《めざ》めた。寝入ってしまったようだ。

それにしてもここはどこだ。やけに硬いベンチに座っている。そうだ、ゴリラ舎の前だ。帰る前に、もう一度ゴリラを見ようとやってきたのだった。

多恵は、再びここで一平と冬馬が一緒にいる写真をたくさん撮った。ほかの場所ではあまり撮らないのに、よほどこのあたりが好きなのか。岩でつくったベンチや、休憩所の近く、トイレの入口までついてきた。その熱心さは、ふだんのぼんやりしている様子と少し違って見えた。

「やばい、寝ちまった」

「それより、あっちのほうがやばいよ」

見れば、冬馬がめずらしく真剣な顔をしている。

「なんだ、どうした」

「あれ」冬馬が小さく指で差した先を見る。

「えっ？」

たしかに、すこしややこしそうなことになっている。二十代後半くらいの男三人が、多恵を囲むようにしている。からまれているようだ。

「なんだ。どうしたんだ」立ち上がりながら、冬馬に聞く。

「あいつらが、ゴリラを怒らせるようなことをしたんだよ。ガラスを叩《たた》いたりして。それで、多恵姉ちゃんが止めたら――」

「ああなったのか」

うん、とうなずく。

「そのあと、多恵姉ちゃんに体をくっつけたりして、なんかいやらしいこと言ったみたい」

二人で会話をしながら多恵に近づいてゆく。そろそろ夕方になるせいか、ぐずついた天気でもともと少なめだった人影はさらに減った。というよりも、巻き込まれたくなくて避けて通っているのかもしれない。一平もできることならかかわりたくない。しかし、さすがに多恵を見捨てるわけにはいかない。

あと数メートルというところで、多恵が手に持っていたリュックをぶんと振って、男の一人を叩いた。

「うわっ」

「やった」

これで、穏便には済みそうもなくなった。

「なんだ、この女」

男の一人がそんなふうに言ったようだ。

「あのう、すみませんが」誰にともなく、声をかける。

四人が一斉にこちらを見た。男たちは一様に顔が赤く目がうるんでいる。つまり酔っている。「なんだこいつ」三人の顔にそう浮かんでいる。

もしも自分ひとりだったら、全力で走って逃げるか卑屈に謝ったかもしれない。しかし、今日はだめだ。ふんばらねば。自信はないが。

「この女性の連れなんです。何か問題でしょうか」

「なんだ、連れがいんのかよ」

体が一番大きい、耳に複数のピアスをした男が、体を左右にゆすりながら言った。一平と同じぐらいの背丈の明るいブルーのスカジャンを着た男も、それより少し背は低いが半袖《はんそで》のポロシャツから伸びた腕が一平の太腿《ふともも》ぐらいありそうな男も、みんな一様ににやにやしている。遊び道具を見つけた顔だ。

何か冗談めかしてごまかすのはあきらめた。ピアス男がまくり上げた腕に、西洋風ドラゴンのタトゥーがあったからだ。

「すいません。それじゃ、ちょっと急ぎますので」

こんなときは下手に問答しないに限る。多恵の手を引いて、さっさと去ろうとした。

頼む、何事も起きるなと願ったそのとき、スカジャンが素早く行く手を塞《ふさ》いだ。間をおかず、残るふたりも囲むように立った。笑い声を立てながら知らずに近づいてきた家族づれが、不穏な気配を察して突然会話をやめ、足早に去って行く。

「まだ、なにか」

一平が問うと、スカジャンが煙草をくわえた。ここは禁煙のはずだが指摘はしない。

「なにか、じゃなくてさ。おれ、叩かれたのよね。で、すごく痛いわけ」

ぷはーと一平に煙を吹きかけた。少し咳込《せきこ》んでから答える。

「ああ、すみません。たぶん、悪気はなかったと思うんですよね。それに、これ軽いし」

多恵の手からとりあげたリュックで、自分の腿のあたりを叩いて見せた。まだ中身が半分ぐらい入っている林檎のケースやマグボトルが当たって、たしかに少し痛かった。

「痛《い》てて」と、つい口に出してしまった。

「こいつ、おちょくってんな」とスカジャン。

「ちょっと、こっちこいよ」とポロシャツ。

どんどんまずい方へ進む。しかたない。緊急避難だ。

「そろそろ帰らないとならないでしょ。きみは行っていいよ」

そうきっぱりと言って、多恵の背中をぐいと押した。冬馬が素早くその腕を取った。ませているだけあって、機転がきく。早く行けと目で合図した。

「だから、ちょっと待てっつってんだよ」ピアス男の声が大きくなる。

「最初に、その女からいちゃもんつけて来たんだろうが」

スカジャンが煙草を投げ捨てた。一平は、三人と多恵たちの間をふさぐ位置に立った。転がった吸殻をゆっくりと見つめてから答える。

「いちゃもん、ですか。実はあの子はすごい人見知りで、いまだにぼくともほとんど口をきいてくれないんです。自分からだれかに絡むとは思えないんですが」

ピアス男が、舌を鳴らした。いきなり一平の腕を摑《つか》み、強引にさらに人けのないほうへ引っぱって行こうとする。さっき見た、アフリカの古民家のようなトイレの方向だ。それはあまり望ましくない。

二人に「早く」と声をかけてから、ピアス男に訴えた。

「痛いから放してもらえませんか」

誰か助けに入ってはくれないものかと周囲を見回す。

それらしき人影はないかわりに、ポロシャツが多恵の腕を摑んでいるのが見えた。多恵がいやがって暴れている。冬馬がその手を引きはがそうとしている。

せっかくここまで楽しく過ごせたのに、一日が台無しになった。夏樹に顔向けができない。

「ここは、楽しい動物園ですし、このぐらいにして友好的にお別れしたらどうでしょう」

「馬鹿か、てめえは」

スカジャンが、手のひらで一平の後頭部を叩いた。それでスイッチが入った。

「しつこいな」

腕を摑んでいるピアス男の指を無理やりほどいた。もう一度伸ばして来た腕を払いのけた。手のひらで相手の胸を突いた。

冬馬が「だれか」と大きな声をだすのが聞こえた。

胸ぐらを摑もうとするスカジャンの腕を払いのけるため、手を伸ばした。

「てめえ」


「安兵衛のこと、見直したところだったんだよね。ちょっとだけ」

冬馬が、曲がってしまったあごの絆創膏《ばんそうこう》を貼り直してくれた。

「だった、ってどういうことだよ。あ、痛て」

「だってさ、なんかあいつらのこと、おちょくるようなこと言ってたじゃん。だから『やっつける自信あるんだ』って思った。見かけによらず格闘技かなにかやってるんだって。でさ、助けを呼ぶのが少し遅れた。──そしたら、すぐやられちゃったね」

「じゃあ、なにか。痛てて──。格闘技やってないと、何されても言い返せないのかよ」

上野公園の真ん中にある、奇抜な造形の交番からほど近い縁石に、一平たち三人は腰を下ろしていた。

右隣からは無傷の冬馬、左からはほとんどかすり傷程度の多恵が、じっと一平を見ている。交番の前に立つ若い警官が、三人をときどきちらりと見る。なんとなく「用が済んだら早く帰れよ」と言われているような気がした。

暴行犯たちを取り逃がしたから、ばつが悪いのかもしれない。

さっきの柄の悪い三人組は、トイレの陰に連れていく手間を省いて、その場で一平を袋叩きにすることに決めたようだった。いきなり、ポロシャツの蹴《け》りが尻《しり》にきまった。二メートルほどよろけたが、どうにか転ばずに済んだ。まだ尻の肉が少し痺《しび》れている。

危険を感じて一平が、顔をガードすると、交互に蹴りを入れてきた。そのまましゃがんで、アルマジロのように丸まった。

冬馬の助けを求める声は遠ざかってゆく。代わって、すぐ近くで短い悲鳴が聞こえた。多恵が加勢しようとして、はじきとばされたようだ。ますます頭に血が上ったが、立ち上がれそうな状況になかった。

やがて、「こっちです」という冬馬の大声が戻ってきた。続けて「こらあ、何やってるんだ」という怒声が聞こえた。助かった。動物園の職員だろうか。さんざん蹴りを入れていた三人は、酔っ払いにしては足をもつれさせることもなく、風のように走って消えた。

駆けつけてきたのは警備員ではなく、制服警官だった。たまたま巡回していたのだろう。しかし、少し追いかけたが逃げられたようだ。

取り逃がして戻ってきた警官に、あれこれとしつこく訊《き》かれた。どうやら、どっちもどっちの〝喧嘩《けんか》〟だと思ったらしい。たしかに上野界隈《かいわい》では、毎年花見の時季になるとうんざりするほど似たようなトラブルが発生すると聞く。見飽きているのかもしれない。

一平が訴えるつもりはないというのに、そのまま動物園を出て公園のほぼ中央にある、不時着に失敗して先半分が地面に突っ込んだロケットみたいな形の交番まで連れてこられた。「どうする。救急車呼ぶか？」と訊かれたので、大丈夫ですを連発した。

ならば、と調書のようなものをとられた。こちらは被害者なんですけど、わかってますよね、と確かめてみたくなるような扱いだ。

「はい、お疲れ様でした」

軽い調子で言われ、ようやく解放されたときには、すでに日は傾いていた。それでも『被害届』ではないから、まだこれで済んだらしい。

アスファルトに影が伸びる。喉《のど》を湿らそうと思ったが、買ったばかりの二本目のペットボトルをどこかに忘れてきてしまった。

「ちょっと座ろう」

駅まで歩く気力が湧くまで、あてつけのように交番からほんの数メートルの場所に腰を下ろしたのだった。

「ごめん」

多恵が居心地わるそうに、もじもじしている。

「気にしなくてもいいよ。注意しただけなんでしょ」

「うん。ゴリラのガラスを叩《たた》くから」

「それなら間違ってないよ」

見なかったふりをすればいいのにとは、少なくとも冬馬がいる前では口にできない。

「ほんとほんと。安兵衛が強かったら、なあんも問題なかったんだしさ」

「てめえ、ぶっ殺す」足蹴りしようとして、筋肉痛に見舞われた。「あ、痛たた」

「でも、骨が折れてなさそうでよかったね」

冬馬が他人事《ひとごと》のように言って、中の売店で買ったチョコを口に入れた。

「夏樹さんにばれたら、叱られるかな」

「笑うかもね。だって、怪我したのは安兵衛だけだし」

「あのな、学校の授業で習ったことはぜんぶ忘れても、これだけは覚えとけよ。いいか。いつの日か、おまえの身長か体重がおれと同じになったら、そのときは、絶対にぼこぼこにしてやるからな」

多恵が笑っている。ここは笑うところではない気がするが、もうどうでもいい。

「さて行こうか」

こんなところにいつまでいてもしかたない。腰を上げることにした。

「これ」

多恵が紙袋を差し出した。騒動の前に買った動物園の土産物らしい。

「くれるの？　おれに？」

「うん」

開けてみた。小さなゴリラのぬいぐるみのストラップだった。つぶらな黒い瞳《ひとみ》でこちらを見ている。

「いいの？　おれがもらって。晴子さんか夏樹さんにお土産じゃないの？」

「あげる」

「ありがとう」素直に礼を言った。

「うん」多恵はうつむいたまま、うなずいた。

帰るなり、夏樹の部屋に、報告に行った。夏樹は逆上した。

これは予想外の反応だった。冬馬が言うように、やっぱり頼りないね、と鼻で笑われる覚悟をしていた。怪我をしたのはほぼ一平ひとりなのだ。多恵も手のひらをすりむいたが、まあかすり傷というやつだろう。

しかし一平の、靴の蹴り跡がついた服や、何より絆創膏と痣《あざ》だらけの顔を見たとたん、夏樹はこれまでに見たことのない顔つきになった。夏樹のことを「恐い」と評した葛城の言葉を思い出した。やはり暗殺者《アサシン》だったのかと思った。

「どうしたの。なにがあったのよ」

玄関を上がってすぐのキッチンに、一平を立たせたまま詰問する。一平は直立不動になって答弁した。まずは、多恵と冬馬にはほとんど怪我がないことを説明すると、ようやく脇に立つ二人をじっくりと見た。目の周囲の赤味が引きはじめた。

「じゃあ、きみがひとりで立ち向かったわけね」

「はい。ほぼそのとおりです」

「相手は」

「逃げました」

「きみが勝ったということ？」

「いえ。警官が駆け付けたので。ただし取り逃がしたようですが」

腕組みしたまま、品定めするような目で一平を見ていたが、やがて「まあいいでしょう」と嘆息した。

多恵と冬馬はテーブルのそばに腰を下ろした。

夏樹は一平を立たせたまま、貴金属の瑕《きず》でも調べるように、細く白く冷たい指を一平の顔の痣に這《は》わせた。夏樹の初めて見せる心配そうな表情に心がざわつく。

「仕返ししようなんて思わないで」さっきとまるで違う口調だ。

「思いません」本心からそう答えた。

「そう――。じゃあ、ちょっとそのあたりにしゃがんで」

なにをされるのかと一瞬いぶかしんだが、命じられたまま多恵たちから死角になる位置で膝《ひざ》を折った。まさか、びんたをされることもないだろう。

夏樹はすばやく、まさに獲物を捕獲する猫のようにすばやく、一平の額に唇をつけた。柔らかく温かく湿ったものが、打撲の痕《あと》に触れた。電流が脊髄《せきずい》を貫いた。電極を突っ込まれた蛙のように体が反応した。立ち上がれなくなった。

「いつまでそうやってても、二度目はないわよ」夏樹が冷たく言った。

夏樹が淹《い》れてくれたコーヒーを一平と多恵が、冬馬がコーラをごちそうになった。ドアを開けて出ていくときに、それじゃと振り返ると夏樹と目が合った。

「今日はありがとう」

そのひと言ですべてが報われる思いだった。これで、チケット入手がまた現実味を帯びてきた。天国へのチケットだ。

いつまでも突っ立っているわけにいかず、ドアを出て、錆《さ》びた鉄の階段をゆっくりと下りた。

あの人は、こっちの気持ちを知っていて、もてあそんでいる——。

それなら、それでもいい。今からもう一度上野公園へ行って、三十人ぐらいから袋だたきにされてもいい。

額の傷痕が、まるでバーナーで焼かれたように熱かった。百万年ぐらい、顔は洗わないと決めた。

8

「両手に花、どころじゃないわね」

一平の右隣で、晴子が楽しそうに笑った。円卓に、すっかり顔なじみになった五人が座っている。

今日は土曜日だ。あれからもう一週間が経つ。三人デートがさんざんな目にあったことの残念会として、この会が催されていた。　駅前の雑居ビルの五階にある中華料理店の個室で、丸テーブルを囲んでいる。

　時刻は午後五時を数分まわったところだ。夜の営業が始まってすぐで、まだ客の入りは少ない。だから予約しやすかったのだと晴子は説明する。しかし、午後六時までの一時間は生ビールが半額と、店頭にポスターが貼ってあるのを見た。

　今日の晴子は、大胆な花柄がプリントされたワンピースを着ている。化粧もいつも以上に念入りだ。どこかの町工場が、創業五十周年記念でハワイへ社員旅行に来た、と言われれば信じそうだ。おじさん部長が「このあとカラオケスナック行くか」と声をかけそうな雰囲気だ。一平の母親とそう違わない年齢だと思うが、その一平から見ても、晴子には現実味のある色気というか、女臭さがあった。結婚詐欺をしていたのもうなずける気がする。

　そのさらに右隣で、多恵がなんとなくもじもじしている。これもたぶん買ったばかりの、ボーダー柄のニットシャツを着ている。ジーンズも新しそうだ。寝癖も直してある。いや、その前に美容院へ行ったようだ。

　さらにその右隣は冬馬だ。いつもと同じ、どこにでもいそうな小学生の恰好《かっこう》だ。ごちそうにありつけるというので、めずらしく無駄口もきかずに貧乏ゆすりをしている。

　その右隣、つまり一周回って一平のすぐ左隣には、夏樹が座っている。ラフな感じの、青いニットを着ている。今日もまたゆったりめのボートネックなので、清涼感があるのに色っぽい。避けようとしても、やはりちらりとのぞく鎖骨だとか胸のラインに目が行ってしまう。

この服装であることに夏樹が無自覚なはずはないので、一度「それは嫌がらせですか」と訊いてみたい。あっさり「そうよ」という答えが返ってきそうだが。

「まず飲み物を決めようか。〝ナマ〟の人」

晴子が声をかけ、夏樹と冬馬が手を上げ、冬馬は夏樹に頭を叩《たた》かれた。

「あれ、安兵衛ちゃんは？」

晴子に訊かれ、一平が答える前に夏樹が言った。

「だめよ。未成年だから」

「未成年っていったって、あと何か月かで二十歳でしょ」

「一年近くあります」と小声で口を挟む。四月に十九歳の誕生日を迎えたばかりだ。

「いまさらなによ。平気、平気」

「だめ。最初はゆきずりの人間だからどうでもいいと思ったけど、ひこばえ荘の客になるなら法律違反は禁止」

夏樹にきっぱりと釘《くぎ》を刺され、ようやく晴子も「たしかに。そうだね」とうなずいた。

多恵と冬馬と一緒に、一平もウーロン茶を頼んだ。

「それじゃ、今日もまた、乾杯」

晴子の音頭で食事会がはじまった。今夜も葛城の姿はない。

「いきなりお金の話題でなんだけど。今日は安兵衛ちゃんはゲストだから会費はとらないからね」

「ありがとうございます」一平はナプキンを膝の上に広げた。「なにか、企《たくら》みがあるんじゃないですか？　こんなご馳走《ちそう》になって、なんだか恐いです」

「若いのに変な気を回さないの」

晴子が白い喉《のど》を見せて、中ジョッキを一気に半分ほど呷《あお》って、くう、と声を漏らした。

「ああ美味《おい》しい。さ、そんなことより、食べましょ。このお店、結構、量があるみたいだから、配分は計画的にね」

「いただきます」

皿によそった前菜の中から、焼豚をつまんで口に入れた。甘じょっぱい味が口に広がって、胃がぐうと鳴った。ちょうど会話が止まったタイミングだったので、皆に聞かれて笑われた。

このコースはそこそこ値段が張りそうだ。彼女たちがそれほど裕福でないことは知っている。無理をさせたのかもしれないと思うが、こうなってしまったからには、遠慮をせずに食べることが一番の礼儀だろうと思った。

「安兵衛ちゃんの痣《あざ》は、まだ消えないのね」晴子が、もぐもぐしながら喋《しゃべ》る。

「はあ」ほお骨のあたりをさする。

たしかに、鏡を見る度に酷《ひど》い顔だと思う。親には嘘をついた。帰り道の人通りの少ない場所でへんな連中にからまれたということにした。

「警察は？」と父親に訊かれ「むこうがすぐに立ち去ったから、通報してない」と答えた。

また激怒されるかと思ったが「気が緩んでいるからだ」で済んでしまった。やはり公務員だから、警察沙汰《ざた》のトラブルは避けたいのかもしれない。

バイト先でも、さんざん話題になった。暴行されて三日目あたりが一番ひどくなった。赤から青黒くなり、周辺部が黄色く変色した。

一週間経つのにまだ消えない。

「医者はそのうち……」

「あたしこのピータンって大好き」晴子が嬉《うれ》しそうな声で遮った。

「なんだ、痣の心配は口先だけか」

一平がぼやくと、皆が声を立てて笑った。

話題は、行きつけのスーパーのポイント増量日や、若いアイドル歌手などへと、次々に飛ぶ。発信の七割以上が晴子だ。残りの三割弱をあとの四人で分け合っている。その中で一番少ないのが多恵だ。

「ねえ、安兵衛君」

会食が始まって三十分ほど経ったころ、夏樹が少しまじめな口調で声をかけてきた。

「はい」いつからか、そう呼ばれるのが自然になった。

「わたしたちに、曰《いわ》く付きの過去があることは感じていたわよね」

「ええ、まあ」

答えに困ったので、あわててフカヒレスープをすすったら、案の定むせてしまった。ノートを盗み読みしたことを責めるつもりだろうか。

「でも、色眼鏡で見なかったわね」

「はあ」えほえほと、今度は咳《せき》でごまかす。

「冬馬にも優しくしてくれたし」晴子が引き継いだ。「ナオさんにも親切にしてくれた。多恵ちゃんにも」

「それほどでも」

「動物園のときだって、多恵ちゃんを体を張ってかばってくれたじゃない」

「うん」

多恵がもう涙ぐんでいる。あまり得意でない雰囲気になってきた。照れのメーターが振り切れそうになって、もはや咳だけではごまかせない。どういう態度を取ればいいのだろう。

「わたしたち、感謝してるのよ」

身に余るお言葉だが、晴子が口にするとなぜか警戒心が湧く。

「でね、また企画立てたんだけど、聞いてくれる？」

ほら来たぞ。

「なんですか。こんどはサファリパークですか」

「あら惜しい。でも、いい勘してるわ。さすが安兵衛ちゃん」

「おだてには乗りませんよ。当分、ゴリラもハシビロコウも見たくないですし」

「こんどは、バーベキューなの」と夏樹が割り込んだ。

「バーベキュー？」

もう六月だ。気温的にはありかもしれない。しかし、たしかニュースのどこかで来週にも梅雨入りしそうなことを言っていた。

「いつですか」

「あさって」

「あさって？」声が上ずってしまった。

せっかくの人生二度目の北京ダックを、あぶなく噴き出すところだった。

「どうして、そんな急に」

「急に行きたくなったのよねえ」

晴子が、ほかの住人たちに同意を求めた。全員、うなずいている。しかし、あさっては月曜日だ。

「まあ、ぼくは暇だからいいですけど、冬馬はどうするんですか」

「独立記念日」晴子が得意げに箸を振る。

「違う」多恵が、首を振る。

「開校記念日だよ」冬馬が口を挟んだ。

晴子は、似たようなものじゃない、と言い、いつの間にか切り替えた紹興酒《しょうこうしゅ》のグラスを呷った。おそらく、生ビールのサービスタイムが終わったのだ。

「週末は混むし高いからさ、平日に行きたいのよ」

「べつに、いいですよ」やはり乗りかかった船だ。「で、また二人の面倒をみるんですか」

一平が問うと、急に思い出したように、晴子が冬馬に声をかけた。

「ねえ冬馬。悪いんだけど、少し外で遊んできてくれる？　隣のゲーセンでもいいから」

そう言って、財布から千円札を三枚出して冬馬に渡した。

「終わったら、呼ぶから」

あらかじめ諭されていたらしく、冬馬はすなおにうなずいて、北京ダックの残りを口に押し込み、金はポケットに押し込み、部屋を出て行った。

冬馬に席をはずさせたということは、なにか〝大人〟の話題なのか。

その直後、店に頼んで持ってきてもらった持ち帰り用のパックに、手をつける前の新しい料理を晴子が綺麗《きれい》に取り分けてゆく。冬馬の分だろう。

そういう細かい気遣いに、男は金を巻き上げられてしまうのかもしれない。

「ねえ、安兵衛君」

テーブルに両肘《りょうひじ》をのせた夏樹が、一平の目を見て話しかけた。顔が近い。かじりかけの北京ダックに視線を落とす。

「はい」

「冬馬が誰の子か、気にしてたわよね」

「ええ、まあ」

「いままで、わざとはぐらかしてたけど、わたしたちの誰の子でもないの」

「それはもう聞きました」

「ひとりぼっちでいる理由は？」

「それは聞いていません」

「あの子の両親がちょっとした有名人だってことは？」

「それも知りません。——有名人って誰ですか。どんな事情ですか」

晴子が紹興酒を呷ってから説明を始めた。

「名前は今はごめんなさい。信用しないわけじゃないんだけど、冬馬の身の上を考えると慎重を期したいのよ。事情をひとことで言えば、両親の不和かしらね。いま、家庭の環境が子供を育てるような状態にないのよ。かといって、信頼できる親戚《しんせき》もいない。それで、前から知り合いだったナオさんに相談が来たのよ。

それから少し紆《う》余《よ》曲折あったけど、結果的にナオさんがしばらく預かることになったの。学校も一時的にこっちに編入しているんだって。まあ、そんなところ。近所の人にはこまごま説明できないから、あたしの親戚の子を預かってるってことになってる。あたしほら、誘拐犯には見えないでしょ」

　信用できそうで、なんだか胡散臭《うさんくさ》くもある。

「冬馬はいい子なんだけどね」夏樹がしんみりと言う。

「でも、そのこととバーベキューは、どういう関係があるんですか。冬馬が可哀想だから思い出作りですか」

「それもある」夏樹がまっ先にうなずいた。「もちろん、それもある。でも実は、もうひとつ目的があるの」

　夏樹が、晴子と多恵の顔を見た。ふたりが、ちいさくうなずいた。

「きみに、話そうかどうしようか、もめたんだけど、やっぱり話しておいたほうがいいと思って。ここまでつきあってもらってるから」

「安兵衛君」から「きみ」に変わった。警戒信号が灯《とも》る。

「どんなことですか」

「今、冬馬をあずかるにあたって、毎月十万円の送金をしてもらっている。あ、これは冬馬には内緒よ。もちろん手のかからない子だから、経費としてはそれで充分なんだけど、それとは別に少し貸してもらえないか頼もうと考えたの。なにしろあっちは、夫婦合わせたらウン億円の資産家だからね」

　ほらきたぞ、という直感があった。葛城が言っていたのはこのことだったのか。

考えた」

「そうよ。いくらなんでもくださいとは言えない。でも、ただ貸してくださいとは切り出しにくいから、冬馬があれこれ楽しんでいるところを写真に撮って、送ってやろうと考えた」

「じゃあ、このあいだの動物園も」

多恵を元気づける、と言っていたのは嘘だったのか。だとすれば、少し残念だ。

「最初から本当のことを言ってほしかったです」

「ごめんね。写真の写りに真実味を出したくて。それと『多恵ちゃんを励ますイベント』っていうのも、嘘っていうわけじゃなかったのよ」

多恵を見ると、顔を赤らめてうつむいている。夏樹にそんなふうに言われてしまっては、引き下がるしかない。しかし、疑問は質《ただ》したい。

「でも、そんなことで三百万円も貸してくれるものですか?」

時間が停止したように感じた。会話も動きも止まり、皆が一平を見ている。しまったと思うがすでに遅い。晴子が訊《き》き返す。

「どうして金額を知ってるの?　もしかして、多恵ちゃん?」

一平に向けていた視線を、多恵に向けた。多恵はさらに顔を赤くした。

「ごめん、多恵さん」謝ってから晴子と夏樹に向かって弁解した。「話のはずみでちょっと聞いてしまっただけで、多恵さんには『内緒にして欲しい』って頼まれていました。

ごめんなさい。もちろん、ほかでは話していません。――それより、せっかくその話になったので教えて欲しいんですけど、どうして三百万円借りるのに、楽しそうな写真を撮るんですか？　そんなことで貸してくれるとは思えないんですが」

「詳しく説明すると長くなるし、それでもわかってもらえるのは難しいと思うんだけど」と夏樹が答えた。「冬馬の両親には、子供を安心してあずけられる相手なら、三百万ぐらいは貸してくれる資産があるってことにしておいて」

「そうですか。――わかりました」

完全には納得していないが、資産家には独自の金銭感覚があるのだろう。

「その仕上げが、バーベキューなんですね」

そうなのよ、と晴子がうなずく。

「おかげさまで、この前の動物園の写真をメールで送ったら、すごく喜んでくれたんだって。今回のがダメ押しね」

夏樹が補足する。

「説明が前後したけど、その金の遣い道は、ナオさんの手術代だから」

「やっぱりそうですか」それしかないだろうとは思った。

「隠していてごめんね」

彼女たちの態度の変化が理解できたような気がした。最初は、見知らぬ闖入者《ちんにゅう》を値踏みしているような雰囲気だったのが、途中からその計画に利用できないか検討していたのかもしれない。腹を立てるべきかもしれないが、不思議に沸き上がるのは充足感だ。

これでひこばえ荘の人間関係がはっきりした。彼女たち三人は、葛城に気取られないようなんとか手術費用を工面しようとしている。一方葛城は、そんな彼女たちが暴走しないか心配している。そんなバランス状態のところに、自分が闖入したのだ。

しかし、一平は本人から聞いて知っている。「三百万円必要」というのは、手術を避けたい葛城が考え出した口実なのだ。

だがそれを口にすることはできない。葛城と約束したから。

「わかりました。ぼくでお役に立てるなら、同行します。あのガキ——おぼっちゃまと遊べばいいんですよね」

「そう。よかった」

「うん」

「了解しておいてなんですが、やっぱり疑問です。どうしてぼくが行く必要があるんですか。みなさんだけでいいじゃないですか。楽しそうならいいんですよね」

「友達として、安兵衛君みたいな善良な子がいいのよ」

「どういう意味です？」

「わたしたち三人に前科があるのは聞いたでしょ」

「えっ、それは——」

あまりにあっさりと切り出されて言葉に詰まった。

「冬馬が、話しちゃったって白状した。わたしたちも隠してたわけじゃないけど、言いふらすことでもないからね」

「はい」

「話を戻すわね。三人ともきちんと償いは済ませてるけど、それはそれとして、冬馬の両親もわたしたちのことを多少は調べてあると思うの。だから、あちらにはわたしたちはお手伝い程度で、基本的にはナオさんが面倒みてるということにしてある。なので、いきなり三百万貸してくれって言っても説得力がない」

「その理屈はわかりますが、バーベキューに感動して三百万円というのも無理がありそうに思います」

「たとえばね」締めの海鮮チャーハンをかき込んだ晴子が言う。「あちらにとって三百万は、安兵衛ちゃんにとっての三千円ぐらいだと思ってもらえばいいと思う」

「三千円ですか」それほどの金持ちなのか。

「だからこそ、ぬるま湯にどっぷりと首までつかるような人生を歩んできた、安兵衛ちゃんの登場になるわけ。悪だくみしそうに見えないでしょ」

「お褒めいただき光栄です」

「うん」と多恵。

「最初に思ったより、正義感が強いみたいだし」

夏樹の言葉だけは素直にしみ込んでくる。

「それに、どことなく若い頃のディカプリオに似てるしね」へへへ、と晴子がおかしな笑い方をした。

「そういうお世辞はけっこうです」

「じゃあ、オーケーね」

「はい。あさって、何時にどこへ行けばいいか教えてください」

9

恭一は、部屋に入るなり着替えもせずに、郵便物を仕分けした。

すでに、エレベーターの中でさっと目を通してある。今日は〝写真はがき〟は届いていない。最近では、ほとんど毎日のように送られてくる。不思議なもので、届けば血が逆流するほど腹立たしいが、来なければそれもまた不安になる。

作戦を変えたのか？

そう思ったとき、封書が目にとまった。宛名《あてな》を印字したシールが、いつもと同じものだ。今日ははがきではなく封筒で送ってきた。すっと冷めた血が、一気に沸騰する。ペーパーナイフも使わず乱暴に指先で引きちぎった。

中には、二枚の写真と薄い手紙が入っていた。まずは写真に目をやる。息が止まりそうになった。一枚目は、小学生ぐらいの子供が、風変わりな建物の中へ入っている後ろ姿だ。そして二枚目は、若い男が後ろからその少年の首を絞めている構図だ。

なんだこれは――。

目を疑った。少年の後ろに立って首を絞めているのは、恭一だ。

いつ、どこで撮ったのか――。

写真を持つ指に力が入る。いや違う。よく見れば、これは恭一本人ではない。よく似た別人だ。服装も顔も、似てはいるが別の人間だ。意志が弱そうでだいぶ間の抜けた顔つきだが、ちょっと見にはかなり似ている。

頭に血が上った理由はそれだけではない。

このトイレには見覚えがある。あのゴリラエリアにあるものだ。――いや、違うかもしれない。だがよく似ている。しかしなぜ？　どうして知っている？

疑問と怒りといくばくかの恐怖でパニックを起こしそうになる。

見たくないが、写真に目が惹《ひ》きつけられる。首を絞められている少年の顔は、フレームからはずれて見えない。しかし、その指先が、男の腕を苦しそうに摑《つか》んでいる。演技だとしたら、真に迫っている。恭一は、写真をびりびりに破りたい衝動をどうにか抑えた。つぎに手紙を開いた。これもパソコンで打ってプリントしたもののようだ。

《当方からお送りする写真を、いつも楽しんでいただいていることと存じます。まだ当方の手元に多数残っており、現在処分に困っております。もしも貴殿がこれ以上はご不要ということであれば、送付先を変更いたします。御尊父やマスコミなども面白いかもしれません。それもお望みでなければ、金一千万円で当方の責任において永久に処分いたします。趣旨にご賛同いただける場合は、同封のゴリラのシールを、貴殿の郵便ボックスにお貼り下さい――》

封筒を逆さにして振ると、これも普通の文具コーナーで売っていそうな、ゴリラのイラストのシールが一枚舞い落ちた。

あまりに大胆でストレートな恐喝だった。つい、またあの脅し文句が浮かんでくる。うちの親父が誰だか知っているのか――。

普段はあの男を忌み嫌っているくせに、困ったときはすぐに頼る相手として第一に頭に浮かべてしまう。そんな自分が嫌いだし、そんなきっかけを作ったこの犯人が殺したいほど憎い。

いや、いまはそんなことはどうでもいい。もちろん、こいつは正隆の存在など知っているだろう。知った上でこんな文面を送ってくるのだし、恭一が父親に相談できないこともわかっている。こちらの腹を読んでせせらわらっているかと思うと、血管を破って血が噴き出してきそうだ。

最初は〝場所〟だけだった。だから、すぐには意図に気づかなかった。やがて顔の写っていない〝少年〟も被写体になった。そしてとうとう〝青年〟が一緒に写るようになった。しかしこれまでは、後ろ姿や遠く引いた位置からの構図か、道をあるいていたり、どこかの汚い部屋で飯を食っている場面だった。しかも、意図的に顔は切れていた。

ところが今回は、〝青年〟の顔までもはっきりと写っている。今さらながら衝撃を受けた。偶然や悪ふざけといったレベルでない。

似ている。恭一自身でさえ、一瞬自分が写っているのかと思ったほどだ。特に目のあたりが似ている。人は、目が似ていると全体の印象まで似るものだと、以前聞いたことがある。

だんだんと核心に近づいているのではない。最初からすべてわかっていてじわじわと演出していたのだ。

それにしてもこの写真に写っている若造は、いったいどこのどいつだ。どうしてこんなことをしている。自分のやっていることの意味がわかっているのか。

これは複数犯のしわざだ。グループでやっている。このままいつまでも無視はできないだろう。無視をすれば、ここに書いてあるように送り先を変えるかもしれない。この写真に説明を添えた手紙がマスコミに送られたら――。

ほとんどの社は無視するだろう。しかし、万が一物好きなやつがいたら、関心を持って突っ込んだ取材をするかもしれない。たとえば、暴露系の週刊誌などだ。

これが恭一本人でないことはすぐに証明できるだろう。その点は大丈夫だと思うが、ではなぜこんな写真を、手間をかけて捏造《ねつぞう》されたのか、そちらに関心がいくのは自然の流れだ。昔のことだろうと現在の嗜好《しこう》だろうと、知られてはまずい。たとえば芽美子が泣存在ぐらいは嗅《か》ぎつけられるかもしれない。口のうまいやつに乗せられて、芽美子が泣きながらぺらぺら喋《しゃべ》ったら——。

それは避けなければならない。大変なスキャンダルになる。今は犯罪者の家族までも許さない社会の風潮だ。自分の将来の政治家としての芽はもちろん、父親の政治生命も断たれるかもしれない。あのくそ親父の身などどうなってもいいが、親子そろって路頭に迷うのは困る。今さら、都心から離れたワンルームマンションになど住めない。いつまでもこつこつ働いて、雀の涙のような給料をもらうつもりはない。

集中しろ。どうするのだ。腹をくくって無視するか、一千万払うのか。

もし本当にそれですべてがなかったことにできるなら、一千万の金はなんとか都合をつけてみようかと思う。母親に泣きつけば、実家から調達してくれるだろう。「親父に言えない」と説明すれば、それ以上訊《き》かないだろう。しかし恐喝が一度で終わるという保証はない。一度でも払ってしまったら、際限なく続くと考えるべきだ。

だとすれば方法はひとつ——。

これを送りつけている奴をなんとしても探し出して、対抗策を打つ。二度とこんな気が起きないようにさせる。

だが、どうやって。どういう手段で探し出すのだ。探偵社を使ってみたところで、これだけの材料で犯人を探し出せるとは思えない。それに、写真の意味や場所の心当たりを聞かれても、答えるわけにはいかない。手がかりも推理の材料もなしに探し出すのは無理だ。

恭一は、ウイスキーをボトルからグラスにたっぷり注ぎ、乱暴に氷を放り込んで、ほとんどストレートに近いそれを一気にあおった。

10

イベント当日は晴れて、梅雨入り直前の絶好の行楽日和となった。

彼女たちがバーベキュー場所に選んだのは、江東区《こうとう》東雲《しののめ》にある『りんかい夢の森公園』だった。かなり広い芝生の広場、子供向けのアスレチック施設、野球場、テニスコート、植物園、そしてバーベキュー場がある。

一平も、小学生のころには何回か親に連れられて訪れたことはあるが、バーベキューは初めての経験だ。

一度ひこばえ荘に寄って、彼女たちと一緒に電車で行くことになった。

この公園の「バーベキュー広場」は、場所を貸すだけで機材の貸し出しや食品の売店などがない。そういったものをデリバリーしてくれる業者もあるようだが、彼女たちは自前の道具や食料でやりたいという。そのため、はるばると食材や飲料、ガスコンロや小ぶりの鉄板などを手分けして運ぶこととなった。

この話を持ちかけられたときに、ずいぶんと劇的で感動的な事情を聞かされたが、ようするに荷物運び要員として呼ばれただけのような気がしてきた。

そういう点に関しては、いちいち気にしないことにした。それよりも驚いたのは、今日は葛城もいることだ。

「体調はどうですか」

電車のシートで隣り合ったので、葛城に聞いてみた。

「まあまあです。今日は楽しみにしてきました。バーベキューなんて、何年ぶりだろう」

葛城と反対側に座った晴子が大きな声を上げた。

「やだ、ナオさん。去年も行ったじゃない」

「いえ、行ってませんよ」葛城が静かな口調で否定した。

「だって……」

そこで止まった。一平も気づいた。向かいのシートに座る夏樹が、目配《めくば》せをしたのだ。

あわてて、晴子が訂正する。

「いけない。そういえば、行ってなかった。最近物忘れが激しくて」

今日もちゃっかり夏樹の隣に座った冬馬が、一人前の突っ込みを入れて笑いがおきた。

「飲みすぎだよ」

最寄り駅から歩いて数分、目的の公園に着いた。

すぐに晴子と夏樹が準備を始める。

「あなたたち、遊んできていいわよ」

夏樹が、まずは多恵と冬馬に声をかけてから、一平に向かってうなずいた。よろしく、という意味だろう。またお守り役だ。今日はおかしな酔っ払いに絡まれないことを願う。

「よし、冬馬。あっちで、キャッチボールやるか」

「ゴムのサッカーボールしか持ってきてないよ」

「じゃあ、サッカーにしよう。おれがPKするから、冬馬がキーパーな」

「うわ、汚《きた》ったねえ」

そう言いながらも、冬馬が先に広場のほうへ駆けてゆく。そのあとに一平が続き、振り返ればかなり遅れて多恵が追いかけてくる。

多恵は今日もカメラを持っている。ひとつ気になることがあるのだが、上野動物園であんなに撮った写真を、一枚も見せてもらっていない。事情がありそうなので「見せて」とも言っていない。

今日と同じ目的のためだったと聞かされたが、それにしても、なぜあの場所でばかり撮影したのだろう。一平には想像もつかない何かの理由があって、ゴリラのいる場所に思い出があるのかもしれない。

しばらく、サッカーというより、足を使ったキャッチボールのようなことをしていた。そのうち、何を思ったのか、冬馬がいきなり力任せに蹴《け》った。

「冬馬選手、狙いすましてロングシュート！」

ボールは、とんでもないほうへ飛んでいった。この公園は海にも運河にも近く、場所によってはフェンスを挟んだすぐ向こうは湿地帯だ。池もあちこちにある。冬馬が蹴ったボールは、その中でも特に蘆《あし》が深く繁った池に落ちたようだ。

一平は腰に手を当てて冬馬を睨《にら》んだ。

「おまえ、何やってんだ。自分でとって来いよ」

「ええー。安兵衛も来てよ」

「やだね。この靴は新品なんだ」

「ちぇっ」

冬馬がふくれ面で池のほうへ向かう。池というより沼に見える。こんな場所にあるにしては、なんとなく不気味な印象だ。そのせいか、冬馬の足取りにいつもの勢いがない。だったらなぜあんなことをしたんだ。

周囲にあまり人の気配がない。腹は立つが、それはそれとして一人で行かせては危ないかと思ったとき、肩を叩《たた》かれた。多恵だった。顔が真剣だ。

「あれ」冬馬を指差している。危険ではないか、というアピールだろう。たしかに、池の手前で立ち止まっている。

「うん。わかってる」

一平は小走りに後を追い「冬馬」と声をかけた。冬馬がふり返った。その顔を見て、思わず立ち止まった。

「どうした――」

言いかけて途中で止まる。冬馬の顔は恐怖にひきつっていた。

何か恐ろしいもの、たとえば死んでいるはずの人が、突然にやりと笑うのを見たときのような、普通ではない恐怖を感じた顔だ。

何におびえたのだろうか。あるいは、単に体調が悪いのか。

「おれが、行くよ」

真剣な顔の冬馬の肩を叩いた。

「うん」

冬馬の声はいつもとは別人のように硬い。

「一緒に行く」

「わかった。足元に注意しろよ」

蘆をかきわけながら、先へ進む。冬馬のほうから一平の手を握った。こんなことは初めてだ。はっとして冬馬の顔を見る。強張《こわば》ったままだ。ふだんの人を小馬鹿にしたような表情はみじんもない。必死になにかを我慢しているように見える。

「おい。水が恐いなら、あっちで待っててていいんだぜ」

冬馬は、もはや言葉も出せないのか、無言で顔を左右に振った。その拍子になにかにつまずいたらしく、冬馬が転んだ。すでに足もとは湿地になっている。泥水が跳ねた。

「冬馬」

一平はあわてて助け起こそうとした。そのとき、上半身を起こした冬馬が一平の顔を睨んで叫んだ。

「来るなっ」

「え?」思わぬ言葉に、動きが止まる。

冬馬の顔は泥だらけで、表情もよくわからない。

「冬馬。何言ってんだ」

「いま、押したじゃないか」

真剣に怒っている。いや、おびえている。冗談を言っている雰囲気はない。

「馬鹿言うなよ。そんなことするわけないだろ」

「来るな。来るな」

尻《しり》をついたままこちらを見上げ、足を蹴って後ろにさがる。池に向かっている。

「馬鹿、そっちに行くと深くなるぞ」

かがみ込んで、冬馬の肩を押さえようとした。

「やめろやめろ」

理由はわからないが、パニックを起こしている。一平は安心させるため、後ろにまわって肩を抱いてやった。

「大丈夫だよ。もう、大丈夫だ」

いやいやをするように、暴れていた冬馬の体が、だんだんと静かになった。静かになったと思ったら、小刻みに震えだした。泣いているのだろうか。そんなに恐かったのか。何が？　まったく事情がわからない。

　くっくっくっ、という声が漏れてくる。最初は耳を疑ったが、笑っているようだ。恐怖が臨界点を超えて、精神に破綻《はたん》をきたしたのだろうか。冬馬が振り向いた。

「なんてね」笑ってそう言うなり、さっと立ち上がった。

「安兵衛、驚いた？」

「おまえ――いまの全部芝居か？」

「当然じゃん」

　あまりのことに、しばらく言葉が出なかった。そして猛烈に怒りが湧いた。

「どうしてそんなことする」

「だって、せっかく転んじゃったんだから、利用してなにか楽しまないと」

　こいつ、何を言ってる？

「少しも楽しくなんかない。ふざけるな」

「怒った？」

「あたりまえだ。めちゃくちゃ怒った」

「冗談だってば。ねえ、夏樹さんにうまく説明してあげるから」

「説明って、おまえ、おれのせいにする気かよ」

　ヘッドロックをかけようと思ったが、なぜかするりと通り抜けて、首を絞める恰好《かっこう》になった。

「ぎゃあ、やられる」冬馬が両手を天空にあげて、断末魔の表情を作った。

――せっかく転んじゃったんだから、利用してなにか楽しまないと。

そんな理由でとっさにいまの芝居を打ったのか？　なんだそれは。

一平には少しも面白くなかったが、冬馬なりに受けると思ったのだろうか。考えてみれば、冬馬は変わった小学生だ。大人相手に対等な口をきき、そしてそれが不自然でないほどしっかりしている。だからいつのまにか大人相手のような気がしていたが、やはり小学生は小学生だ。とんでもないガキっぽいいたずらも、ときにするだろう。

そう考えると、あまり長く怒り続けるのも大人げない気がしてきた。気がつけば、多恵がまた写真を撮っている。しかし、その表情は硬い。変だ。なんだかみんな変だ。

「冗談だってさ」

多恵にそう告げると、小さくうなずいて「うん」と答えた。

「あっち」多恵が、バーベキュー場のほうを指差す。

晴子が手をメガホン形にして、叫んでいた。

「そろそろ焼くわよー」

「なによ、冬馬。もうそんなに汚したの？」

走ってきた三人の姿を見て、夏樹が顔をしかめた。

「安兵衛が突き飛ばしたんだ」

「あ、この」あまりのことに、とっさに声が出なかった。「おまえ、またそんな嘘を」

捕まえようとしたが、すばしこく逃げ回る。

「あぶないからやめなさい」夏樹が止める。

「でも、さっきのは……」

「見てた」

夏樹が口にしたのはただそれだけだった。事情はわかっている、という意味だろう。ならばそれでいい。

「冬馬は、食べる前に、手も顔も足も洗ってきなさいよ」

晴子が声を張り上げた。見れば、アウトドア用のテーブルに載ったウイスキーのボトルがかなり減っている。

「ついでにズボンも脱いで洗って、その辺で乾かしちゃいなさい。あ、安兵衛ちゃんは脱がないでね。警察来るから」

多恵にとってはこれでも下ネタにあたるのか、真っ赤になってうつむいた。

「ヤキニク、ヤキニク」冬馬は、鼻歌を歌いながら、洗い場のほうへかけていった。

ずいぶん奮発したらしく、とても美味《うま》そうな肉だった。赤身、ロース、タンなどのほか、ホルモン系も何種類かある。腹が鳴った。

「美味そうですね」

　喜んだのも束《つか》の間、一平が焼き係に任命された。晴子が酔って、早くも正体をなくしてしまったためだ。服を丸ごと着替えたらしい冬馬が戻ってきた。いつも着替えを持ち歩いているのだろうか。そんなことを考えていたら、冬馬に肉を横取りされた。

「あ、それ、おれが食おうと思っていたやつ。焼けた第一号だったのに」

「油断大敵」

「わたしが焼くから、食べてていいよ」

「わたしウーロン茶をいただこうかな」

　それぞれ好き勝手なことを口にして、昼間の宴会が始まった。

　多恵も楽しそうだ。少々ましな仏頂面から、控えめな笑顔程度に進歩した。大きなことを成し遂げたわけではないが、一人の人間の笑顔を開かせたことがなんとなく嬉《うれ》しかった。

　気分が高揚したので、冬馬が狙っていそうな肉を、さっと奪い取った。

「あ、ひでえ、面倒見てたのに」

「ふふふ」

　多恵が笑っている。それを見た夏樹の目が細くなった。嬉しそうだ。

　親父、お袋、見たか。

　快晴の天に向かって、声を上げたい気持ちだった。あなた方がふだん役立たず呼ばわりしている息子も、こんなところでほんの何ミリか他人のために役立っていますよ。

全員の腹がふくれて、焼くものもなくなった。

冬馬は、ひとりであたりを歩き回っている。いや、正確には多恵がくっついて、写真を撮ってやっている。さぞかし親から金を引き出せるだろう。冬馬の両親の財力と人間性が彼女たちの読み通りなら、作戦はほとんど成功したも同然だ。

ただ、一平はさっきの池での冬馬の怯《おび》えかたが、まだ少し気になっていた。冗談だとごまかしていたが、顔色までが冗談だったとは思えない。心からなにかに怯えたように見えた。冬馬のことだ。絶対に本当のことなど言わないだろうから、訊《き》いても無駄だろうが。それとやはり着替えが用意してあったのが気になる。まるで、ああなることがわかっていたみたいだ。

「安兵衛さんは、おいくつでしたっけ？」

葛城が、よっこいしょ、と声に出して一平の隣に腰を下ろした。思わずその顔を見た。冗談で言っているのではなさそうだ。

四月に誕生日を迎えたと、職場で一度、バスで一緒に帰る途中で一度、少なくとも二度は教えたはずだ。しかし指摘はしない。

「十九歳です」

「十九歳か。人生でもっとも感受性が熟す時期ですね」

「熟す、ですか？」

熟すとはどういう意味なのか、わからなかった。そんな表情を読まれたらしい。

「なんだかんだと言っても、二十歳を超えると人間は急速にずるくなる。卑怯《ひきょう》という意味ではないですよ。うまく身を処すようになる。怒りの矛を納める術《すべ》を覚える。また、十五や十六では、とんがりすぎている。とげとげしさをもてあまし、凶器をそこら中に向けて、やがて自分自身にも向ける。そして、血だらけになってしまう。

十九というのは、思春期という名の果実が熟しきる時期だと思っています。本を沢山読んだほうがいいですよ。安兵衛さんが、なにかを求めようとしたときに、その答えはきっと書物の中にある。人は幸せになるために生きているんです」

一平は素直に「はい」と答えた。たとえ腹の中でも、父親に説教されたときのように「わかってるよ」とは毒づかなかった。

それにしても、こちらの年齢のことや、去年バーベキューに行ったことは忘れてしまうのに、そんなことは言えるのだ。人間の脳とは不思議なものだ。

「安兵衛君、ちょっと手伝ってくれるかな」夏樹が声をかけてきた。

「はい」

晴子はすっかりできあがってしまって、いびきをかいている。多恵は冬馬となにか花の観察でもしているらしい。

流し場で、一平はコゲがこびりついた鉄板を、夏樹は食器類を洗い始めた。

「わたしたちが、どうしてナオさんをこんなに大切にするのか、不思議に思ってるでしよ」

夏樹が突然訊いた。

どういうことだろう。彼女のほうからそんな話題を振ってくるのは珍しい。「はい」と素直に答えた。

「わたしたちは全員、罪を犯した。わたしと晴子さんは刑務所にも入った。多恵ちゃんは情状酌量されて、執行猶予がついたけど」

もう知らないふりをする必要がなくなったので、無言でうなずく。

「わたしね、四年の判決を受けて、三年ちょうどで仮釈放になったの。仮釈放っていうのは、完全に自由の身じゃないの。どこに住んでなにをしているか、定期的に報告しないとならない。その相手は、だいたい保護観察官なの。聞いたことある？」

「あります」本でも読んだし、ドラマにも出て来た気がする。

「三年も刑務所にいると、ほとんどのものをなくす。仕事はもちろん、人間関係もね。わたしも、たったの三年間で天涯孤独になった。親も亡くしたし、極端な話、住む場所にも困った。なけなしの貯金は賠償金に使った」

「親戚《しんせき》とかも、いないんですか」

「いても、接触なんてできない。頼れるわけがない」

少しのあいだ手を休めて、ふっと息を吐いた。なにかを思い出しているようだ。

「わたしが起こした事件の裁判で、弁護をしてくれたのが葛城さん――ナオさんだった。

そして、ナオさんの奥さんは都の保護観察官だった。わたしが仮出所するときの身元引受人にもなってくれた。とりあえず、住むアパートも世話してくれた。いまのひこばえ荘じゃないけどね。

仕事の紹介もしてくれた。わたし、経理の経験があったから、最初に勤めたスーパーで総務と経理兼任みたいな仕事をさせてもらった。チェーン店じゃなくて、社長さんもいい人で、働きやすかった。あるとき、仕入れ担当の男に言い寄られた。独身ならまだわかるけど、妻も子供もいた。ようするに不倫というか、そこまで重くない火遊びぐらいの感じがした」

「なんだか、もう腹が立ってきました」

言ってしまってから、おまえが口にする資格があるのかと自身を責めた。

「ありがとう。――それで、お誘いを断ると、インターネットで見つけたらしいわたしの経歴を広めた」

「なんてやつ」

すっかり洗い物も終わり、立ったまま話を聞いていた。これほど饒舌《じょうぜつ》な夏樹は初めてだった。なにが起きたのだろうと思う。足元に目をやると、誰かが落としたパンのかけらに、蟻が無数にたかっていた。

「わたし、そういうのにうとくて、気づいてもあえて気にしないようにしてたんだけど、それがよくなかったみたい。あれって、ものすごい勢いで広まるのね。わたしは、刑務所に入ってからは、スマートフォンやパソコンをほとんど使ったことがなかった。もともと詳しくない。だから自分の名前で検索するみたいなことはしたことがなかった。

そしたらある日、社長さんに小さな会議室のようなところに呼ばれた。ちょっとまずいことになってるんですって言って、パソコンで見せてくれた。SNSっていうんだっけ？　その仕入れ担当の男が参加してるサイトっていうのかな、そういう集まりみたいな場所に、わたしの過去のことがすごく詳しく書いてあった。

嘘も真実もある。相当膨らませてあったり、わたし自身がほとんど忘れていたことまで書いてある。最初に書いた人の手を離れて、情報がひとり歩きしている感じだった。

もちろん、わたしが起こした事件のことも詳しく出ていた。わたし個人のことだけだったらいいんだけど、亡くなった両親のことや、勤務先としてお店のことも書いてあった。その広めた男にとっても自分の勤め先なのに、どうかしてるでしょ。それで、職場に意味がわからない抗議や無言の電話もけっこうかかってきた。だからわたしは自分から辞めた」

そこまで一気に喋《しゃべ》って、夏樹は肩を大きく上下させた。夏樹でも、気を落ち着かせるために、深呼吸をすることがあるのだと思った。

「その不倫願望男、ぶんなぐってやりましたか」

「殺した」

「え？」

　ふっ、と夏樹が笑った。

「夢の中で何回かね。でも、指も触れなかった。そんな価値もない」

「たしかに」

「わたし今はね、お総菜屋さんで働いている。佃煮《つくだに》とか煮豆みたいな手間のかかる総菜を、スーパーや仕出し屋さんに納める会社。わたしを含めてちょうど十人の小さな会社で、毎日顔を合わせる人は限られているし、朝が早いから、アパートの近隣の噂好きの暇人たちとは顔を合わせなくて済む」

　いつも、夕方まだ日のあるうちから見かけた理由がわかった。朝が早いのだ。

「その、ナオさんの奥さんが二年ほど前に、がんで亡くなったの」

　夏樹が、風で垂れた前髪を、小指の先で上げた。一平はそのしぐさを目で追った。夏樹は遠いところを見ているようだった。

「ナオさん夫婦にお子さんはいない。自宅は、わたしたちみたいな人間の支援のために、抵当に入っていたんだけど、ちょうどいい機会だからって売ってしまったのよ。ほとんど手元には残らなかったらしい。

　だからわたしは、以前から知り合いだった晴子さんと話し合って、ナオさんの面倒をみようということになった。そして、多恵ちゃんと冬馬とも知り合った。ナオさんと奥さんから受けた恩は、忘れない。きっとみんなも」

　夏樹が一平を見た。この目にはいまだに慣れることがない。見つめられると、心臓が高鳴る。夏樹の表情からは、何かを決意したような晴れがましさを感じた。

「気づいたかもしれないけど、ナオさん、このごろ記憶が少し怪しい」

「ええ、感じてました」

夏樹が、手の甲で額を拭《ぬぐ》った。今日は暑いほどの陽気になった。

「わたしが一番嫌なことって、なんだかわかる？」

「ええと、男に馬鹿にされるとか」

本当は、安っぽい性の対象に見られること、と思ったが口にできなかった。

「そんなのはたいしたことじゃない。それはね、塀の向こう側に戻ること。晴子さんは、あっちの暮らしも捨てたもんじゃない、とか冗談で言うけど、わたしは嫌。絶対に嫌。長期刑で戻るぐらいなら、死んだ方がまし。本気でそう思ってる。だから、犯罪に二度と手を染めない、って誓った。紙屑《かみくず》一枚、道ばたに捨てたこともない。未成年のきみに酒を飲ませるのもいやだった。

だけどね、ナオさんが必要とするなら、もしも、ナオさんがそうしてくれって言うなら、わたしは戻ってもいい。ナオさんのために罪を犯して刑務所に戻るしかないなら、それはしかたないって思ってる。晴子さんも、たぶん多恵ちゃんも、おなじことを言うと思う」

そこで話は終わり、水気を切り終えた食器類をプラケースにしまいはじめた。そうか、酒を飲むなと止めたのは、こちらの身を案じてではなかったのかという、的外れな感想を抱いた。

「そうだ、これ」

夏樹が、胸のポケットから折りたたんだ紙を抜いて、一平に差し出した。

黙って受け取って、開いてみた。

やや右肩上がりの、書いた本人の印象そのままのシャープな字形だった。

《特別招待券：夏樹》

「こ、これは――」

「約束のもの。正直に言う。きみの気持ちを利用した。ごめんね」

脈が速くなり、息苦しくなってきた。熱も出てきたような気がする。

「お詫《わ》びに、一回だけきみの望みをきいてあげる。有効期限はない。とか、もったいぶるほどのものでもないけどね」

ふふっと笑った。

「そ、そんな――」

SF映画のシーンみたいに、心臓が肋骨《ろっこつ》を突き破って飛び出してきそうだった。なんと答えたらいいのか。今日すぐにでもいいのか。予約が必要なのか。いやすぐにそういう発想になるのは、あまりにあさましすぎる。

そんなあれこれを、チケットをつかんだ一瞬に考えた。鼻血に備えてポケットからティッシュを出そうかと思ったとき、背中に衝撃を受けた。

「安兵衛。スキ有り！」

「痛《い》ってえ」

背中を押さえてふり返ると、冬馬がにやにや笑っている。後ろから、おもいきり体当たりしてきたらしい。この一生に一度かもしれない重大な局面になにをするのか。

「きさま」

チケットを丁寧に胸ポケットにしまい、冬馬を追いかけた。

「殺す。絶対に殺す」

「冗談でも、その言葉はやめて」

背中に夏樹の声がかかり、立ち止まって頭を下げた。そしてただ「待て」とだけ言ってまた追いかける。

一平にはまったく理解できなかったが、さっきの池での言動には何か理由があると思っている。冬馬なりに、そのことにピリオドを打ちたいのだろう。ならば、応《こた》えてやらねばならない。ようやく追いついて、羽交い締めにすると、すぐにギブアップした。そして、だったらプロレスの技を教えろと言ってきた。

「プロレスの技か」

それほど詳しくはなかったが、いくつかポピュラーな技を教えてやった。リクエストもされた。チョークスリーパーとスリーパーホールドの違いを教えろ、などと生意気なことも言った。どちらも、背後から首を絞める危険な技だ。こうなったら、なんだってかけてやる。なにしろおれの胸には天国への招待券が入っている。いまこの瞬間、世界で一番幸せな男だ——。

一平は、興奮しながらも、技をかける真似だけをした。冬馬もふざけて、おおげさに苦しがる真似をした。それをまた多恵が写真に撮っている。しかしなぜか、その表情はやはり硬い。暴力が嫌いなのかもしれない。

プロレスごっこにも飽きたころ、そろそろ帰ろうということになった。

一平と冬馬が、荷物の押し付け合いをしているのを見て、みんな笑っていた。多恵などは、青白かった顔が日に焼けて赤くなっていた。それをからかうと、ますます赤くなった。多恵とは、知人と友人のあいだぐらいの関係だったが、夏樹にもらった招待券にどきどきしていることで、なんだか多恵に申し訳ないような気がした。

今日という日の思い出に、葛城に聞いた言葉を携帯のメモに打ち込んだ。

《人は幸せになるために生きている》

いつもなら、自分で恥ずかしくなるような文章が、輝いて見えた。

四日ほど、誰からも電話が来ないし、誰もたずねて来なかった。

個々の電話番号もメールアドレスも教えてもらっていない。これという理由が見つからず、直接行くのをためらっているうちに四日も経ってしまった。

五日目、やはりたずねてみようと思った。バイトの帰りに、ちょっと寄りましたという雰囲気で行くことにした。

着いてすぐに違和感を抱いた。なぜだろう。少し離れて立ったまま、アパート全体をながめる。なんとなく抜け殻になったような印象だ。そろそろライトを灯《とも》しても良い時刻だが、どの部屋からも明かりは漏れていない。

錆《さ》びた鉄門をあけて敷地に入った。まずは、一〇三号室、葛城の部屋のドアを叩《たた》く。最初から夏樹でないのは、せいいっぱいのやせ我慢だった。

「こんにちは、葛城さん」

返事がない。もう一度叩こうとして、名札がないことに気づいた。この前までは、ほんとうに形ばかりだが、ドアに表札代わりの小さな名札が貼ってあった。それがなくなっている。

胸騒ぎがした。となりの、一〇二号室の前に立つ。ノックしたが、やはり返事はない。

胸騒ぎを通り越して、胃のあたりが重くなってきた。鉄の階段を二階に駆け上がる。香山多恵のところも、そして──。

天野夏樹の名札もない。

ノックする。

「夏樹さん。夏樹さん。いませんか」

返事はない。人がいる気配も感じない。

いったい何が起きたんだ？

急に、このアパートが廃墟《はいきょ》に見えてきた。もともと古かったが、いってみれば血の通った温かみを感じさせてくれていた。ところがいま、ひこばえ荘はただの老朽化した木造建築でしかなかった。

「どうなってるんだ」

声に出してみる。近所の目がなければ大声で叫んでみたかった。みんな、どこへ行ったのか。

庭側に回ってみる。庭といっても、窓から垣根代わりの植え込みまで二メートルもない。雑草がぼうぼうと生えた狭い空間だ。その、名ばかりの庭側から見渡すと、どの部屋も雨戸が閉まっていた。もちろん、洗濯物など干していない。人の気配がまったくしない。

一旦《いったん》、道路に出てふたたび建物を見上げる。

「みんなそろって、いなくなった?」

以前一度だけ、夏樹から携帯に電話をもらったことがあった。しかし、非通知だった。こちらからはかけられない。

戸建てなら、隣の家に聞いてみる手はある。しかしこのアパートでは無理だろう。問い合わせ先や仲介業者の連絡先などもわからない。

少なくとも、五日前まではこのアパートに、四人の住人と一人の居候がいたのだ。まぼろしではない。夏樹の唇が触れた額にも、冬馬が握った手にも、はっきりと感触が残っている。多恵の寂しそうな瞳《ひとみ》も、晴子のなにか企《たくら》んでいそうな笑顔も、夢だとは思えない。

「そうだ」

あわててバッグの中から《特別招待券》を入れたチケットフォルダーを取り出した。

やはり夢ではない。ちゃんと証拠がある。

朽ちかけたアパートを見上げて、立ち尽くしてみても、答えがみつかるはずもなかった。

第三章　発　覚

1

港区六本木、都会の象徴のようにしてその名を呼ばれるこの地に建つタワーマンション、その二十二階に吉井恭一の部屋はある。

約五十㎡の１ＬＤＫで家賃は三十万円を超える。それでも、父親の口ききだからこの額で借りられている。いずれにせよ、その金は父親の経費になるのだから、知ったことではないが。

北東を向いた窓からは、皇居の森のほか、永田町《ながたちょう》、霞が関《かすみせき》、など日本の中枢が見渡せる。

単に展望がいいというだけでなく、気分もいい。

父親を毛嫌いしながら、気が付けばこんな展望の部屋を選んでいるのは、お笑い種《ぐさ》だが。

しかし今は、そんな夜景などにまったく関心は向かない。

そら豆の形をしたガラスのコーヒーテーブルに並べた写真を、もう十分以上睨《にら》みつけている。

全部でいったい何枚あるのか。数える気などないが、おそらく二十枚以上あるだろう。

いったい、どこのどいつが――。

堂原保雄の一件以来、だれかにここまでコケにされた記憶はない。ぶつける相手のない怒りは、どこまでも増幅されるのだと、初めて知った。

自分でも気づかぬうちに広がった鼻孔から、荒く速い息が漏れる。目の前のものをすべて引き裂いてゴミ箱に投げつけたい衝動を、ぎりぎりのところで抑えていた。

捨てたからといって、見なかったことにはできるはずもない。今後のために手掛かりは残しておかねばならない。もちろん〝法的な手段〟のためなどではない。むしろ非合法な手段で思い知らせてやるつもりだ。

しかし、今は冷静になれ。そう自分に言い聞かせる。

今、頭に血を上らせ判断力を失っては、相手の思う壺《つぼ》だ。そうだ。まさにこちらの精神状態を不安定にさせることが、相手の第一目標にちがいない。

もう何本目かわからない煙草を深く吸い、もう何本目かわからない缶ビールの中身を流し込む。小さなげっぷを吐きだし、深呼吸をする。少し気分が落ち着いた。

何が起きているのか、それを整理してみることにする。煙草をもう一度ゆっくりと深く吸い、灰皿に押しつぶした。ソファの背もたれに頭をあずけ、天井に向かって大量の煙を長々と吐き出す。

最初に届いたのは、風景写真だった。今年の三月初めのことだ。

その写真は封筒に入って届いたのではなく、それ自体がはがき状になっていた。自作と思われる、恭一の住所と氏名が印字されたシールが貼りつけてあった。差出人の名はない。

どこかの河原で撮ったようだが、特別にめずらしいものは写っていない。人物も見当たらない。鑑賞するような景色でもない、つまらない写真だった。ただ、なんとなく気になった。

このときは、仕事の関係で夜遅くに疲れて帰宅したことを覚えている。ビールを飲みながら郵便物を選《よ》り分け、このはがきをぼんやりと眺めていたのだ。

そのうち、あっと思った。場所がどこなのか心当たりがあった。

河川敷だ。それも、江戸川にかかる橋の太い橋脚の近くだ。なぜわかるかといえば、この場所に行った記憶があるからだ。そうだ。間違いない。ここは――。

急に、誰かの冷たい手で背中をなでられたような気がした。腹立ちよりも薄気味が悪くなり、後先のことも考えずびりびりに裂いてゴミ箱に捨てた。

それきりほとんど忘れていたが、一週間後、また同じようにして写真はがきが届いた。今回の被写体は老朽化して取り壊し寸前のビルだ。

これにも覚えがあった。似ているのではなく、おそらくまったく同一の建物だ。こんな偶然が続くわけがない。これはわざとやっている。知った上でやっている。

このとき初めて、一枚目を捨ててしまったことを後悔した。

とにかく、同じ人間、あるいはグループが、継続した意図のもとに送りつけているのは間違いないと確信した。

その後も写真はがきは送りつけられて、ついに人物が写り込むようになった。河原や廃墟《はいきょ》のビルに立つ一人の少年を写したものが何枚か続いた。遊んでいるわけではなく、呆然《ぼうぜん》とした雰囲気で佇《たたず》んでいる。光線の具合で顔がはっきり見えないが、小学生のようだ。死に装束のような白い着物をまとった写真には、顔から血の気が引く思いがした。そして、今回はとうとう——。

消印は芝《しば》郵便局だ。おそらく、すぐ近くまで来て投函したのだ。

なめている。日本の警察がその気になれば、シール用紙やプリンターの特定もできるはずだ。本気で足跡を残さないようにしているとは思えない。恭一が公にできるはずがないと踏んでいるのだ。だが、それ以上に父親に知られてはならない。

あの男は、今では選挙のことしか頭にない俗物だが、伊達《だて》に東大は出ていない。才覚ひとつでここまで来た人物だ。頭は切れる。怪しまれただけでアウトだ。

2

七月に入って、梅雨特有の蒸し暑い日が続いている。

ひこばえ荘の〝住人集団失踪《しっそう》事件〟からひと月ほどが経った。

そもそも、あれは集団失踪などではなく、単なる集団引っ越しなのだろう。堀部一平は、時間が経って少し熱の冷めた頭でそう考えている。たとえば、アパートの建て替えにともなう転居のように。単に、一平はそれを告げるほど大切な友人ではなかったということだ。

たしかに、あのアパートは相当に老朽化していたし、部屋の中も愛想がなかった。第一印象も、越して来たばかりか明日にも越していくところか、と感じたことを覚えている。

その筋書きは理屈としては通っているが、大いなる違和感もある。あまりに急すぎる。まがりなりにもああして暮らしていたのだから、それなりの生活基盤であったはずだ。それをふっつり断ち切って、重病人を含めた全員がまとめて転居していくということは、相当な理由がなければふん切れないはずだ。たとえば「逃げ回っていた相手に見つかった」といったような。

だとすれば、なにから逃げていたのか。すぐに思い浮かぶのは「借金」だ。手術の金が足りないと言っていたが、借金もあったのかもしれない。借りた金が返せなくなったので、あのアパートへ逃げてきた。そして見つかったのでまた逃げた。そういうことだろうか。

あるいは再び犯罪に手を染めていたのか。当局から捜査の手が伸びたので、行方をくらましたのか。

しかし、それならあんなに派手なバーベキューなどしたりするだろうか。

いくら考えてみても、妄想が膨らむばかりで結論には至らない。いままでになく、ニュースに目を配ってもいる。テレビや、新聞、特にネットのものは日に何度も目を通したが、詐欺集団の逮捕や多人数の事故という見出しはない。

ひこばえ荘にも数回足を運んだが、変化はない。代わりに誰かが入居した気配もない。もし本当に追跡するつもりなら、住民票を調べるとか、建物の登記簿から所有者を調べて、間借り人のことについて聞き出すとか、あるいは最寄りの小学校に行って冬馬の転校先を聞くとか、できるかもしれない。

だが、そんなことはしたくなかった。いや、してどうなる？

彼女たちはそれを望まなかった。一平に、さよならも言わずに越していったということは、縁を切りたかったからだろう。だとすれば、あの上野動物園の風変わりなデートや、公園でのバーベキューに誘われた理由も、信じられなくなってくる。

インターネットの検索で、彼女たちの名前を調べることは少しだけした。

犯罪歴があるなら、それが記事になった可能性はある。その名残が検索にひっかからないかと思い、やってみた。いくつかひっかかったが、あきらかに同姓同名の別人だ。夏樹が起こしたと思われる記事は見当たらなかった。

それが少し不思議だった。夏樹の説明が本当なら、いくら削除しても、噂や画像などが多少は出回っているはずだ。これほどまで完璧《かんぺき》に消し去ることができるだろうか。

あれもまた嘘だったのか。あるいは――。

あっという間に、家とホームセンターを往復するだけの毎日に戻った。突然現れて――彼らからすれば一平が現れたのかもしれないが――突然いなくなった奇妙な知人たち。喪失感というのは少し大袈裟《おおげさ》かもしれないが、ふと穴があいたような日常を埋めるのに、無趣味人間としては受験勉強しか選択肢がなかった。

七月半ばから始まる夏期講習から、予備校の講義に復帰する手続きをした。顔を見るたびに、父に叱られ母に懇願されて面倒になった。考えてみれば、そんなに意固地になるほどのことでもない。それに、問題集を解いてみたところ、わずか数か月で驚くほど学力が落ちていて、愕然《がくぜん》とした。ちょうどよい頃合いだったのかもしれない。

夜、ひとり自分の部屋にいるとき、思い出の品を引き出しからそっと取り出す。

ハンカチと〝招待券〟、そして多恵にもらったゴリラのストラップだ。ハンカチはいまでは柑橘《かんきつ》系の香りは飛び、すっかり一平の手汗がついてしまった。百万円相当の招待券は、チケットフォルダーに入れてあるのできれいなままだ。そしてちっぽけなゴリラは、微笑みながらつぶらな瞳《ひとみ》で、じっとこちらを見つめている。

これらを持っているかぎり、いつかまた、きっと彼らは現れる。そんな気がする。

3

問題集で古文を解いているときに、その歌に出会った。

いや、出会ったというのは正確ではない。中学生のときから知っているし、自分だけでなく、日本国民の二人に一人くらいは記憶の隅に残っているであろう有名な短歌だ。だから、再会したといったほうが正しいかもしれない。とにかく、あまりに有名なその一文が、このときは特別なものに見えた。

【問2】小倉《おぐら》百人一首に載った次の歌について答えなさい。

(1)次の元歌の出典をaのア〜オの中から一つ選び、b欄に作者名を漢字四文字で記載し、c欄にその原文をすべて漢字で記載しなさい。

《春過ぎて夏来たるらし白妙の衣干したり天の香具山》

出典は、迷うことなくウの万葉集にマークした。作者は持統《じとう》天皇。ここまでは〝とらせ〟の設問だ。次の原文記述は少し難しい。〝点差〟をつけるための設問だ。一平は悩みながらもどうにか書き出してみた。

《春過而　夏来良之　白妙能　衣乾有　天之香来山》

書き終えて、なにかが引っ掛かった。おそらく正解だ。引っ掛かるのはそこではない。問題文を、ぶつぶつと声に出して読み返す。わからない。外出したときに、なにかを家に忘れてきたと思うが、それがなにか思い出せない。そんな居心地の悪さだ。

とりあえず正解と照合した。合っている。もう一度元歌をながめる。最初に頭に浮かんだのは、この問題を最近解いたことがあるのではないか、ということだった。しかし少し記憶を辿《たど》ってもそんな覚えはない。一体なぜだろう、どこで見たのだ。早く思い出せ。解答にかけた時間よりも長く頭をひねっていた。そして突然、その答えが見えた。

「あっ」一人きりの部屋で、思わず叫んだ。「まさか！　いや、そんなこと」

彼女たちと出会って、首筋がざわざわするのは、これで何度目だろう。もう一度、ゆっくりと歌を読み返す。気のせいじゃない。こんな偶然あるはずがない。

この歌の中に、ひこばえ荘に住んでいた女性三人の名前がすべて入っている。音を別の字に替えたものも含めれば、ほとんど全部ある。

脈が速くなるのを感じながら、難問を解くときのように、慎重に傍線を引きながら検証する。

たとえば、「春」は「晴子」に、「夏来」は「夏樹」に、そして「妙」は「多恵」に相当する。姓も同様だ。「衣田」は「衣」から、「天野」は「天之」から、「香山」は「香来山」からだ。まるで、子どもの遊びのようだが、間違いないように思える。

ということは、彼女たちの名はすべて偽名だったのか。偽名ならば、天野夏樹という名での記事がひとつもヒットしなかったことにも説明がつく。

なぜ？　どうしてそんな馬鹿馬鹿しいことをする？　三人の偽名に、こんな統一性をもたせる必要がどこにある。しかも一時の冗談ではなく、少なくとも一平といるときはその名になりきっていた。お互いその名で呼び合っていた。冬馬までもだ。

ということは、日常的に偽名を使っているのか。前歴を隠すため？　やはり、警察やあるいはもっと別の何かから逃亡しているのか。偽名で生きる習慣がしみついてしまって、一平のことも「安兵衛」などと呼んだのだろうか。

そういえば、この歌に冬馬の名前はない。葛城もだ。あの二人は犯罪に手を染めていないからなのか。

混乱している思考を鎮めよう。なにか見落としていないか記憶をたぐる。頭の芯《しん》が痛くなるほど集中した。

三十分ほどそうしてみたが、やはりわからない。気分転換に自分で入れた、少し薄いインスタントコーヒーをすすった。

ノートパソコンを起動し、検索サイトで奈良県の地図を呼び出してみた。

さっきの歌は、持統天皇のものだ。偽名の素材としてあの歌を選んだことは、ただの偶然だったかもしれない。日本で最も有名な短歌のひとつだから、その可能性は否定できない。しかし、もしも何か意味を含んでいたら――。

持統天皇は、たしか、実質的に藤原京《ふじわらきょう》の造営をした天皇だ。いや「たしか」などと言っていてはいけない。日本史は選択科目だ。この程度は自信を持って答えねばだめだ。藤原京は、いまの奈良県にあった。奈良県のどこだ。初歩的な問題だぞ、思い出せ——。そうだ、たしか橿原《かしはら》市だった。

検索するとすぐに出てきた。やはり藤原京は現在の橿原市あたりにあった。地図を拡大し、近辺をさぐる。

「あっ」

思わず声を漏らした。そしてまた首筋がざわざわとなった。

『橿原市』とほとんど接するほど近くに『葛城市』があるではないか。なんということか、これほどあからさまに嘘をつかれていたのだ。

いや、と思い直す。これは嘘ではない——。

ほかはともかく、葛城が偽名の可能性は低い。なぜなら、『ルソラル』の添野チーフも「葛城さん」と呼んでいた。アルバイトとはいえ、あの規模の企業に偽名で採用されるとは思えない。一平も正式に契約するとき、保険証を呈示した。つまり、葛城は偽名ではなかったと考えるべきだ。

そういえば、葛城にはわずかに関西訛《なま》りがあった。地方で古くからある家は、その土地の名を名乗っていることが多い。葛城直之はこのあたりの出身なのではないか。

葛城が橿原市近辺の出身であり、葛城に寄りそう彼女たちは、それにふさわしい偽名を使った。

あのアパートの住人たちは、奈良県にかかわりがある。これで〝疑念〟から〝確証〟に変わった。

そういうことだったのだ。

わかってはみたものの、まだどこか腑《ふ》に落ちずに、せっかく開いたマップをさらに拡大して何かないかと探してみた。

葛城市の西のはずれ、ぎりぎり金剛《こんごう》山地との境あたりにそれをみつけた。

『平城サファリランド』という名の施設だ。名称からして、規模の大きな動物園のようなものだろう。以前耳にしたことがあるような気がするが、はっきりと記憶にない。

しかし「動物園」というキーワードにひっかかった。すかさず検索し、ホームページを探し当てた。

賑《にぎ》やかなトップページが開いた。どうやら、動物園と遊園地を融合した施設のようだ。

頭の中で、赤い警告灯が点滅している。動物園エリアの案内ページを開く。鼓動が速くなるのが、自分でもはっきりとわかった。

そこでは、デフォルメされたイラストの、動物のマスコットキャラが愛嬌《あいきょう》を振りまいている。さらに、詳細ページを開く。

これだ！

〝何がこれなのかは、自分でもよくわからなかった。ただ「これだ」と思った。先日見たばかりの、あの上野動物園にあるものを模倣したとしか思えないゴリラ園が、何枚かの写真で紹介されていた。つぶらな黒目のゴリラのキャラクターが「遊びに来てね」という吹き出しをつけて、手を振っている。アフリカの古民家をモデルにしたような、トイレの雰囲気までよく似ている。

すべてが、冬馬と多恵と三人で行った、上野動物園のあの場所にそっくりだった。

4

限界に近い。どうにかなってしまいそうだ。

ただでさえいらついているところへ、父親の正隆に「衆議院の解散が本当に早まるぞ。政治家は常在戦場だ」などとうんざりするほど言われて、一気にフラストレーションが溜《た》まった。

粗暴な血が、はけ口を求めようとする。南青山で北川芽美子にジャケットを買ってやった日も、危ないところだった。見知らぬ男児に手を出しそうになって、寸前で芽美子に救われた。救われはしたが、たぎった血はすぐには収まらない。

代わりに芽美子をホテルに連れ込んだ。もう、普通の行為ではすまなくなっている。最近、芽美子に対する仕打ちが、エスカレートしてきているのを感じる。

その二週間前にも、出血騒ぎにまでなったばかりだったから、多少は自制しなければという思いも頭の隅にはあった。しかし、いざホテルの部屋で二人きりになるとだめだった。あの日もまた、気がついたときには、シーツに血が広がりつつあった。何も聞いていなかったが、その前の傷が治りきっていなかったのかもしれない。

泣きながら芽美子が懇願した。

「救急車呼んで」

「馬鹿言うな」言下に拒否した。

不思議な女だった。こんなにまでされても、怒ることをしない。ただ、泣いて頼むだけだ。お前みたいな性格の人間が、おれみたいな人間を増長させるのだ。こういう結果を招くのだ。そう思うとまた腹が立った。

念のため持ち歩いているという生理用のパッドを当てさせ、タクシーを呼んで知り合いの産婦人科医へ連れて行った。

「うちじゃ、無理だ」診察室から出てきた医者が、やや青ざめた顔で言った。「前の傷口が開いたようだ。縫合しないと」

やむなく、救急車を手配してもらい、救急病院へ搬送した。当然ながら、その先は同行しなかった。夜は、父親のところへ顔を出す約束があったからだ。

「自分でやったことにしろよ」

救急車のサイレンが近づいてきたとき、恭一がまっ先に言ったことはそれだった。芽美子は、すっかり血の気の引いた顔で、泣きながらうなずいた。それを見て、この女とはこれで終わりかもしれないと思った。ここまで恭順だと、次は殺してしまうかもしれない。

なぜこんなことをされても愛想をつかさないのか、訊《き》いてみたことがある。

「だって恭一、優しいから」

何を言っているのかこの女は。

「優しい？」

「すごく」

「どこが」

「たとえば、前にわたしが酔ってタクシーの中で戻しちゃったとき、恭一は嫌な顔もしないで綺麗に後始末してくれた。運転手さんになんども謝って」

あれは、世間体を気にしたからだ。万が一何かの折に吉井正隆の息子だとばれたら面倒だから善人ぶっただけだ。そもそも、無理に飲ませたのはおれだぞ。

「だから、優しい本当の恭一に戻ってもらいたくて」

「まさか、そのあと結婚しようとか思ってるんじゃないだろうな」

違う、そんなことは考えていないと首を横に振った。

「ずっと一緒にいて見守ってあげたい」

もしも本当に選挙にでもなったら、自分はどうなってしまうのかと思っている。

新幹線の車窓を、この半年で十回目になる風景が流れ去っていく。

すぐ右手には琵琶湖《びわこ》がひろがっているはずだ。飛行機嫌いの父親につきあって、今回もまた新幹線で移動している。それでも、梅雨の最中《さなか》にしては珍しく青空が広がっているし、父親は日頃の疲れが出たのか、新横浜《しんよこはま》あたりからずっと寝たままだ。会合まではまだ半日以上あるから、缶ビールでも飲みたかったが、このあと車を運転する予定だ。法律だの規則だのはくそくらえだが、たとえもらい事故でも飲酒運転がばれるとまずい。

それにしても、このところお国帰りの間隔が短い。やはりもうすぐ選挙になるのだろう。

そのとき、窓に影がさして鏡のようになり、不快さに歪《ゆが》んだ自分の顔が映った。父親はすぐに「感情を顔に出すようでは、底が知れる」などと説教をたれる。くそでも食らってろ。いや、とっとと永眠しちまえ。

恭一の鬱々《うつうつ》とした気分をあざ笑うかのように、彦根《ひこね》市のマスコットが、看板の中で笑いかけている。兜《かぶと》をかぶった猫が、ようこそ彦根へと挨拶《あいさつ》している。無性に煙草が吸いたい。

まもなく、京都だ。父親は京都の高校を出たこともあって、京都びいきだ。奈良へ地元入りするときは新幹線を京都で降り、そこからハイヤーを使う。そろそろ起こしてやろうか。よけいなお世話だなと、こんどは苦笑を浮かべる。この男はどんなに寝不足でも寝過ごしたことがない。とにかく、手抜かりを見せたことがない。だから息苦しくなる。

今回の選挙は耐えられるだろうか。いや耐えなければならない。芽美子の怪我も大ごとにはならずに済んだ。しかし、あんなことを繰り返していればいつかは取り返しのつかない事態になる。だがそれなら、何で憂さを晴らせばよいのか。広菜や果歩は、まだ洗脳にまで至っていない。

よせばいいのにと思いながら、マンションからわざわざ持ってきた、何枚かの写真はがきをビジネスバッグから取り出す。

「くそっ」

やはり間違いない。あの公園だ。

似ているとかではなくて、間違いなくあの男児を襲った公園だ。江東区にある『りんかい夢の森公園』だ。

ここまで具体的に知っているということは、やはりこのモデル役の小僧は、あのとき池のほとりの草むらで首を絞めてやったガキだ。

だれか大人がそれをききつけ、脅せば金になるとでも踏んだのだろう。

夜まで自由にしていいと言うので、京都駅で父親と別れた。

終点の新大阪まで乗り、駅近くのレンタカー店で、乗り捨てオプション付きのコンパクトカーを借りた。恭一の趣味ではなかったが、これから行くところでは目立たないほうがいい。

近畿《きんき》自動車道を南下し、南阪奈《みなみはんな》道路に折れる。ほどなく目的地の葛城ＩＣに着く。降りればすぐに、《平城サファリランド》のばかでかい看板が目に留まる。その先は、五百メートルごとに案内板があり、迷うことなく駐車場まで誘導してくれる。

駐車料金を支払い、普通に入場券を買って入った。もちろん電話を一本入れればただで入れる。なにしろ、ここの役員だ。無料どころか、ＶＩＰ専用カートと案内ガイドもつくだろう。しかし、それでは来たことが記憶に残ってしまう。誰にも知られずに園内を歩きたかった。

チケットブースを抜けるとすぐに、ちょっとした広場がある。大きな看板があり、右が動物園、左が遊園地エリアだ。ぽーぽーとおもちゃのような汽笛が鳴り、両園を結ぶ路面機関車が、親子連れの客を乗せて目の前を通りすぎて行く。

恭一は、迷うことなく右手に進んだ。水牛やシマウマといった、やや地味めな動物が続く。ライオンは一番左手の奥まったところに放し飼いになっていて、バスでその中を一周する。これは多摩《たま》動物公園を参考にしたらしい。ライオンエリアのすぐ近くに、ゴリラ舎がある。果歩も言っていたが、こちらは上野動物園を完全に模倣している。よくも、コピーだと騒がれないものだ。恭一は、ゴリラをほんの短い時間ながめて、ぐるりと飼育スペースを回り込んだ。園のもっとも奥まったところが、岩場を模した遊び場兼休憩所になっている。その先には未開拓の森が広がり、ジャングルの密林の雰囲気を演出している。京都の寺などでよく見る「借景」の発想だ。

通路から死角になったところに、アフリカの古民家風のトイレがある。
その手前に三角コーンが並べられ、パイプが渡されている。このトイレは五年前のあの事件以来、立ち入り禁止になっていることは知っている。周囲を見まわす。まったく人の姿がみあたらない。あの事件の当時から、ここは人があまり通らない場所だった。

当時、恭一はまだ十九歳だった。東京の私大に進み、ワンルームマンションで一人暮らしをしていた。この園の開園一周年記念イベントがあると呼び戻され、父親と出席した。これというほどの珍しいアトラクションがあるわけでもなく、早々に飽きていた。その上、まだ一時間は帰れないぞと言われ、ぶらぶら園内を散歩した。トイレに入りたくなった。顔見知りの職員に見られたくなくて、わざわざ一番はずれのゴリラ舎の奥のトイレまで来た。

小さな男の子が入っていくのが見えた。おそらく五歳前後だ。我慢の限界なのか、小走りだ。その姿に血の温度が上がった。

最初は、いきなり脅して、小便を漏らすところを笑ってやろうという程度の気持ちだった。五歳ともなれば、漏らしたことも、それを知らない男に笑われたことも覚えているだろう。これほど簡単に、心に一生残る傷を負わせることができると思うと楽しくなった。

とっさに左右を見まわした。保護者らしき姿が見えない。離れた場所で待っているらしい。そう思った瞬間、発作的に男児の後を追った。男児は、ズボンをずりさげて一人前に用をたしている。恭一の視線に気づいて、こちらを見上げ、はにかんだような表情を浮かべた。気づいた時には、後ろから男児の口を押さえていた。そのまま、引きずるようにして個室に入った。和式の便器だった。脇の壁に背をあずけて立った。

当初の狙いと違っていたが、もう自分でも抑えられなかった。

「静かにしろ」口を押さえたまま、耳元で脅した。「騒ぐと殺す」

入口のあたりから、女の声が聞こえた。

「ミイちゃん、ここで待っててね。トモキ、トモキ、いるの？」

母親なのか。下の子を連れて少し遅れてついてきたらしい。声の様子からすると、一応は男子トイレなので、遠慮して入口からのぞき込むように声をかけているようだ。もちろん無視する。男児が、押さえられた口からもごもごと声を漏らした。まちがいなく、こいつがトモキだ。恭一は左手で口を押さえたまま、右腕を首にまわした。締め上げる。絶対に声を聞かれてはならない。ここで見つかったら、何もかもアウトだ。

「誰か、捜していますか？」

こんどは、知らない男の声がした。

「ええ、うちの子が入ったまま出てこなくて」

まずいぞ──。

鼓動が激しくなった。男なら入ってくる。調べられてしまう。脈が速くなる。息が荒くなる。気配を感づかれてしまいそうだ。落ち着け、神経を集中するんだ。怪しまれたら終わりだ。こんな場面を見つかってはどうにも言い逃れできない。刑務所などに行きたくない。

「じゃあ、ちょっと見てみましょう。お名前は？」

「お願いします。トモキといいます。四歳なんです」

男が入ってくる気配がした。ひと目でだれもいないのがわかるはずだ。ざっと見ただけで、すぐにあきらめて引き返してくれと願う。しかし、やはり個室のドアがひとつ使用中になっていることに気づいたらしい。足音が近づいてくる。

「誰か、います？」

続けてドアがノックされた。両手はふさがっている。コンコンと二度、足先で蹴《け》った。

「中にいるのは、トモキ君？」

恭一は、咳払《せきばら》いしてから、できるだけ低い声でうなった。

「なんすか」思った以上に落ち着いた声が出た。

「すみません。小さな男の子を見ませんでしたか」ドア越しに声がかかる。

「いえ」

不機嫌そうに短く答えて、音を消すため、首に手を回したまま、足でレバーを押した。

大きな音をたてて水が流れる。

「さっきからここにいるんで、わからないっすね」

「どうも、失礼しました」

男が出て行く気配がする。母親に説明している声が聞こえた。

「いないみたいですね。このトイレで間違いありませんか？　あっちにもうひとつありますけど」

「やだ、じゃあそうなのかしら。もう、だから先に行くなって言ったのに」

母親の声は、心配が高じてヒステリックになっている。それを聞いて、恭一はむしろ冷静さを取り戻した。

ふと、腕の中の男児を見る。ぐったりしている。やりすごすのに夢中で、強く締め付けすぎたようだ。無言で体をゆさぶってみる。ぐにゃぐにゃと骨がなくなったようだ。頬を音がしない程度に叩《たた》いてみる。やはり反応がない。首に手をあてた。胸に耳をあてた。心臓が動いていなかった。息を止めて気配をうかがう。外に誰もいないようだ。今しかない。

トモキを床にそっと寝かせ、音がしないようドアの鍵《かぎ》をずらした。開いた隙間から顔を半分ほどのぞかせてようすをさぐる。やはり誰もいない。

すばやくドアから外に出た。個室のドアは自重で開くタイプではなく、閉まったままだ。すばやく、ドアに触れたあたりをハンカチで拭《ぬぐ》う。

息を止め、気配をうかがって、すり足で外に出た。トイレゾーンから出るあたりで、若い男とすれ違った。スマートフォンをいじっているので、ほとんど恭一には注意を示さなかった。全身から、汗が噴き出した。ゴリラ舎のむこうから、トモキ、トモキと半狂乱で叫ぶ声が聞こえて来た。

母親が子を呼ぶ声に我にかえった。記憶の世界から戻る。気づけばびっしょりと汗をかいていた。深呼吸をして通路を進む。ざわざわと風に木の葉が鳴る。樹上から、トモキ、という声が聞こえたような気がした。ばかな、空耳だ。

早足でゴリラ舎のあるエリアを抜け、フラミンゴ園方面に向かった。大きなシュロの木の根元にベンチがあった。汗を拭って、腰を下ろす。

「馬鹿野郎」小さく自分をののしる。

どうしてこんなところに来たんだ。二度と近寄らないと誓ったはずではなかったか。いや、来なければずっと気に掛かっていただろう。あの時のことをもう一度ふり返ってみたかった。

やはり、ほとんど設計上のミスといっていいほど、ここのトイレの付近は、周囲から死角になっている。あのときは気づかなかったが、予算をけちったのかトイレ方向に向いた監視カメラもない。素人がいいかげんに植えたとしか思えない熱帯植物のせいで視界も悪い。そんな偶然が重なって、犯行がばれることがなかったのだ。

ならば、どうして脅迫者に知られたのだ。自分によく似た若者が、少年の首を絞めている写真が送られてきたのだ。

トイレ付近の写真が届いたあと、どうしても気になって、生まれてはじめて上野動物園に足を運んだ。ほかには目もくれず、ゴリラのエリアに直行した。やはり、写真はあそこで撮られたものだった。脅迫者は、なにもかも知っている。

上野のほうには、ところどころに目立たないよう監視カメラが設置されていた。あれに、脅迫者たちの姿が映っているかもしれない。しかし、動物園にその録画を見せてくれとは言えない。

最初にトイレで襲った男児は、てっきり殺してしまったかと思った。しかし、ニュースによれば心臓マッサージで蘇生《そせい》したらしい。ただ、酸欠状態が続き脳の一部が壊死《えし》したため、障害が残ったと聞いた。危ないところだった。殺人者にはならずに済んだ。

あれに懲りて、二度目以降はどんなに痛めつけても命にはかかわらないよう注意している。そもそも殺すことが目的ではないからだ。

恭一は、ターゲットを未就学児までと決めてきた。その理由はいくつかあって、たとえば五歳ぐらいまでなら無条件で脅しがきくと信じていたこと。そしてかりに証言する気になっても、証言能力などないだろうと思ったこと。そして何より、怖れ、怯《おび》え、涙と鼻水をたれ流しながら泣く姿に興奮したからだ。

これまで、獲物が男児ばかりだった点について、自分では偶然だと思っている。性的なことは何もしていない。ただ、脅し怯えさせ泣かせることが快感なのだ。女児も男児も関係ない。単に、親が女児から目を離すことには神経質で、男児はわんぱくで一人きりになる機会が多いからだろう。だから自分では、あのクズ野郎の堂原保雄のような小児愛の性癖はないと思っている。現に下半身を露出させたことすらない。ただいたぶり、生涯消えない恐怖の記憶を植え付けたいだけなのだ。

恭一自身は変装をする。毎回違う深めのキャップをかぶり、めがねの色も形も変え、目立つほくろをあちこちに付けたり付けなかったりする。ときに簡単なカツラをつけたりもする。

二度目以降は場所の選定にも神経を使っている。あえて都心の近くにあって、そここの人出はあるのに、周囲から死角になるスポット。そんな好条件はなかなかない。せっかく見つけ、成功しても、二度と同じところへは行けない。

恐怖に震えていた四、五歳の子に、脅した相手の特徴を聞いてみたところで、印象に残って答えられるのは帽子とめがねとほくろ程度だろう。しかも毎回内容が違っている。自分に繋《つな》がるはずがない。

あの江東区の公園の池のときも、自分とは別人のような恰好《かっこう》をしていた。

しかしこの写真は、服装ではなく顔が似ている。まさに、五年前のあのときのガキが証言しているに違いない。これほどの記憶力があるとは、油断していた。

日本刀の刃の上を、素足で歩くような危うさを感じる。いつか自分が政治家になったとき、テレビに映った自分を見て、ほかにも誰か思い出すだろうか。いっそ大掛かりな整形手術でもするか。

いままで脅した子供たちの、恐怖に怯えた目。それを思い出すと、胸のあたりで血が逆流するようだ。肋骨《ろっこつ》と肺の間にある血管が、どくんどくんと脈を打つ。生かしておくのは、もう一歩踏ん切る勇気がないからではない。やつらが生きている限り、やつらの中で恐怖が生き続けることが快感なのだ。

すべてを告白してカウンセラーにでもかかれば、恭一自身の幼児体験が大きく影響していると言われるだろう。そんなことはわかっている。わかっているが、血が瞬間的に沸騰してしまうのだ。

解決策はひとつしかないかもしれない。あの男の断末魔を見ることだ。いや、この手で演出することだ。吉井正隆の最期を。

それにしても、こんな写真を送りつけてくるくそどもを、どうやって踏み潰《つぶ》してやろうか。だがその前に、こいつらが何者なのかを知らねばならない。こいつらは、どういうわけか奈良の件まで知っているのだ。

なにか方法はないか——。

ほとんど唯一の手がかりと言えば、はっきり顔を出しているこの若造だ。しかしやはりこれだけでは、探偵事務所に頼んでも無理だろう。「この人をご存じですか」と駅前で通行人に訊《き》きまわるわけにもいかない。よく見ると、顔に痣のような痕《あと》があるが、これが手掛かりになるだろうか——。

いや、まてよ。駅前で一人ずつ訊くわけにはいかないが、不特定多数の人間に同時に訊くことはできる。そうだ、その方法があった。どうしてこんな簡単なことに気づかなかったのか。

5

「じゃあ、おれが品名を読み上げるから、一平が探してくれ」

「ふざけんなよ。交代だからな」

一平が半ば本気で怒ると、陽介が冗談冗談と笑った。じゃんけんをしたら、やはり陽介が先に読み上げ担当になった。

品出しには大きく二種類あって、ひとつは品切れになった商品をストックヤードから運んで補充する。こちらの割合は少ない。もうひとつがメインで、一日に数回、メーカーや配送センターから届いた商品をそのまま売り場へ運ぶ。

ティッシュなどの大量にはける商品は巨大な段ボール箱に詰まっているので整理も確認もしやすい。園芸用の土などはパレットに積まれていて、これはそもそもフォークリフトの出番だ。

あまり数のはけない商品は、発注数に応じて林檎《りんご》の段ボール箱ほどの折り畳めるコンテナに仕分けされ、それがカーゴと呼ぶ檻《おり》のような台車に詰められた状態で、配送センターから送られてくる。これを売り場へ運び、決められた場所へ収める。

動きが多い商品のひとつがペット関連だ。餌のドライフードは二キロ入りが普通だし、トイレ砂の『お買い得！　大容量』は、一袋で十キロ近いものもある。十五分も品出しすれば汗だくになる。若いバイトが必要な理由がよくわかる。

きついが単調な作業をしながら、ついあのことを考えてしまう。

少し深く考えてみれば、今回のことは、もともと偽名を名乗っていた集団にたまたま一平が近づいた、という構図ではないだろう。彼らが意図的に一平を巻き込み、欺《だま》したのだ。そう、まるでハリウッド映画に出てくるスパイのように、チームになって偽の住《す》処《か》まで用意して——。集団で、計画的に、一平をぺてんにかけたのだ。

頭に血が上りはじめたとき、足元にレシートが一枚落ちているのに気づいた。客の誰かが落としたのだろう。あるいは、単に捨てたのか。まったくどいつもこいつも、と思いながら拾おうと手を伸ばしたとき、ふいに思い出したことがあった。

「レシートだ！」

突然一平が上げた声に、陽介が驚いた。

「なんだよ。レシートがどうかしたか？」

「あ、いやなんでもない。——次、おれが読み上げる番だからな」

入荷リストを読み上げながら、やや興奮気味に別のことを考えている。

彼女たちのフルネームを、漢字まで正確に知っているのはなぜか。

初めてひこばえ荘を訪れたあの夜、晴子がレシートの裏にわざわざ書いて教えてくれたからだ。それも、全員の分を。

あとから思えば、あの時点ではまだ宴会に招かれるという話になっていなかったはずだ。彼女たちにとって、ひこばえ荘がかけがえのない生活拠点なら、一平という異物に、もう少し警戒したはずだ。独り身の女性ばかりの会合に見知らぬ男を引き込んで——いくら一平の見た目が無害そうでも——挨拶《あいさつ》として苗字《みょうじ》を名乗るくらいならいざ知らず、フルネームを書いてまで教えるというのは、やりすぎではないか。口では攻撃的なことを言いながら、距離を縮めようと図っていたのではないか。

まだある。遅れて登場した冬馬の態度だ。

あのとき冬馬は、一平の顔を見た瞬間に少し驚いたような顔をした。あれがもし、見知らぬ男がそこにいたという理由なら、しつこいぐらいに「この人、誰？」と尋ねたはずだ。したがって、驚いた理由は違うところにあったと考えられる。

用意された料理には、鮮魚などもあった。彼女たち自身「あまり日持ちしないだろうし」などと言っていた。だからあの夜、宴会を開くことは決まっていた。だがそれは一平を招くためではなく、本当に葛城の誕生会だったのだ。一平が訪問したのは、葛城の急病が招いた一種のハプニングだった。

冬馬が驚き「言ってくれればいいのに」と言ったのは、「今日こいつを呼ぶなら、先に言ってくれればいいのに」という意味だったのだ。皆、適当に流していたが、あれはうっかり口を滑らせてしまったのではないか。

「そういうことか！」

「はあ？　こんどはなんだ？」

「あ、いや、なんでもない。猫も高級な餌を食ってるんだなと思ってさ」

「おまえ大丈夫か？　ここんとこ、なんだか変だと思ってたけど、今日は一段とやばいぞ」

「問題ない。勉強のしすぎかもしれない」

「忙しいんだから、早退とかするなよ」

額の汗を拭《ぬぐ》って、商品を積む作業を再開した。

つまり、まとめるとこういうことになる。

彼女たちは、前科のこともあって偽名で暮らしていた。なにかの理由で一平を仲間に引き入れる必要が生じた。あの写真がかかわっているのだろうが、正確にはわからない。想像もつかない。何かの詐欺に使うのかもしれない。そして、近々一平をひこばえ荘に招く計画を立てていた。機会を狙っているうちに、葛城の急病というハプニングで、急な前倒しになってしまった。冬馬の変な驚き方の理由はそれだ。

いかにも偶然のようで計画的、計画性があるようで筋がとおらない、そんなちぐはぐさの原因はそれだったのだ。一平を安兵衛と呼びたがったり、何かにつけからかったりしたのは、話題を別のところへ逸《そ》らしたかったからではないか。

これで、ずいぶんすっきりした。本質的な解決にはならないが、もやもやはいくらか晴れた。あとは、大いなる謎が残るだけだ。

なぜ、一平でなければならなかったのか――。

ようやく推理が一段落したところで、今回の品出しが終わった。

「じゃ、行こうか」陽介が額の汗を拭《ふ》く。

カーゴを押して戻る途中、陽介が軽い口調で言った。

「そういえばおまえ、捜されてたぞ」

「捜されてた？　なんだそれ」足が止まる。

「昨日見た。『フィックス』の尋ね人コーナーで」

「『フィックス』の？」

『フィックス』というのは、いわゆるSNSのひとつだ。ごく簡単にいえば、ネットを使った数十万、数百万人単位の井戸端会議のようなものだ。それも、「自己実現、承認欲求系」ではなく、「同好の人集まろう」とか「人を探してます」の話題が多い。しかし、基本的に個人情報保護のため、自己申告以外の応答は建前上禁止されている。たとえばストーカーやDVから逃げている人の情報が漏れたら大変なことだ。だが、それも水面下では破られているという指摘が起きて、早急に規制が必要ではないかという世間の空気になっている。

そんなところで、自分が尋ね人になっている？

「おれを捜してるのか？」

「ああ。あの写真は間違いなく一平のものだった」

なんだか気味が悪い。ひこばえ荘と関係があるのだろうか。

「誰が捜してるんだ？」

「さあ、アカウント名は女みたいだったけどね。あとで、自分で検索してみろよ。たぶん、まだ出てると思うぜ」


自宅に帰るなり、すぐさまノートパソコンを立ち上げた。

実は陽介に教えられてから、トイレ休憩に行った際に、スマートフォンで『フィックス』にログインした。一平も一年ほど前に会員登録はしたが、一部のマニアのメンバー集めという雰囲気になじめず、直後から遠ざかっていた。

ところが尋ね人コーナーを開くと、一年前とは様相が変わって、ものすごい数の人捜しが行われていた。検索しなければとても探せない。

『十代後半から二十代前半の男性』という条件にして、絞り込む。それでもまだ数百という単位だ。これは仕事中は無理だと思い、自宅に戻ってから再挑戦することにした。

もしかしたらまた何かの罠《わな》かもしれないが、それはそれで気になる。

陽介は、「昨日見た」と言っていた。ならば、そのころアップされた情報を中心に検索してみよう。スクロールしながら遡《さかのぼ》りはじめると、意外に早く見つかった。昨日ではなく今日の日付だ。どうやら、毎日書き込んでいるらしい。警戒心が強くなる。

《この男性を捜しています》

そう書かれた見出しの下に載った顔写真は、まさに一平のものだった。背景を消してあるが、いつのものだかすぐにわかった。公園へバーベキューをしに行ったときのものだ。だが、そのデータを利用したものではなく、一度プリントアウトしたものを再度撮影したようで、紙の〝てかり〟が写り込んでいる。

《捜す理由》の欄を見た。

《先日、道端で足を挫《くじ》いて困っているところを、助けていただきました。お名前をうかがっても、教えていただけませんでした。あとに、この写真が落ちていました。写っているのはご本人だと思います。おそらく、かがんだときにポケットから落ちたのでしょう。ご本人がこれをご覧になったら、DMでご連絡いただけないでしょうか。よろしくお願いします（個人情報条項は必ず守ってください）》

なんだ、このうさんくさい書き込みは。それに顔写真までさらされている。いくら自己申告が原則とはいえ、こんなものを野放しにしていいのか。それにしても、だれがこんな嘘くさい理由をでっちあげて自分を探しているのか。

投稿者のニックネームは《hirorin》となっている。ヒロリン？　そんな名に心当たりがない。

『回答』のアイコンが緑色になっていて、すでに誰かから応答があったことを示しているる。もちろん、一平ではない。つまり、ルール違反だ。

まさか、正確な情報が伝わったんじゃないだろうなと心配になる。《こちら本人ですが、おたく誰？》とでも送り付けてみようか。しかし、藪蛇《やぶへび》になる可能性もある。

あれこれ考えて、結局運営側に《間違ってわたしの写真がアップされているようです。『個人情報条項』に違反する可能性もあります。迷惑なので削除してください》と要請を送った。手遅れかもしれないが、これ以上さらされるよりはましだ。

胃のあたりが重かった。いままで、個人情報問題がらみで、こういったコンテンツの善し悪《あ》しを真剣に考えたことはなかった。いざ自分が話題にのぼると、とても気味が悪い。

知らない人間が自分のことを探し、知らないあいだに誰かが答える。そんなことは、とても不気味だ。

まめに更新しながら待つと、二時間ほどでその書き込みは消えた。

6

吉井恭一は、さっきからもう何度も時刻を確認していた。

日本橋《にほんばし》にあるホテルのラウンジで、人と待ち合わせている。そして、会う前から不機嫌になっている。まだ約束の時刻より前だが、こちらは二十分も早くきているのだ。クライアントを待たせるとはマナーを知らないやつだ。

いらいらしたときの癖である、右足の貧乏ゆすりがだんだん激しくなる。正隆にみつかるとまた小言だが、今は気にしない。

待ち合わせ相手である須賀圭一《すがけいいち》は、遅刻はしなかった。時報のように正確に待ち合わせ時刻に現れた。ぴかぴかに磨き上げられたプレーントゥの革靴が立てる、こつこつという音でまず気がついた。

体に吸い付くような仕立ての濃い青のスーツと、それよりやや色の薄いシャツを着ている。ノータイにポケットチーフ、という取り合わせもいつもと変わらない。恭一も服装には気をつかうほうだが、この場には須賀のほうが似合っていそうな気がした。

「お久しぶりです」

須賀はテーブルの脇で一度立ち止まり、軽く頭を下げた。相変わらずきびきびとした動きだ。もちろん、本人もそれを意識しているのだろう。

その須賀の斜めすぐ後ろには、須賀の相棒であり部下でもある、石川《いしかわ》もついてきている。教えられていないので下の名は知らない。興味もないから訊《き》かない。百七十センチ台後半の須賀よりも、石川のほうが十センチ以上背が高い。見るからに筋肉質で首も太い。いかにも格闘技経験者という雰囲気だ。こちらはあまり高価そうではないグレーの生地の、しかし特注サイズに違いないジャケットと、黒のポロシャツだ。足には革靴風のウォーキングシューズ。機能優先なのだろう。

恭一は身振りで空いている椅子を勧めた。

「失礼」

須賀が先に座り、続けて無言のまま石川が腰を下ろした。そこそこにゆったりとした造りの椅子だが、石川の尻《しり》には窮屈そうだ。

ラウンジ内には、客はまばらにしかいなかった。午後の四時という中途半端な時刻のせいかもしれない。テーブル間のスペースが広めにとってある上に、適当なざわめきが空間に反響しており、指向性マイクでも向けられない限り、会話を盗み聞きされる心配もないだろう。

「念のため、彼のことを佐藤《さとう》君と呼びます」

ホットコーヒーを頼んだあとで、まず須賀が静かに言った。「彼」とは、今回の目標のことだ。万一、通りすがりの人間に聞かれても記憶に残らないようにだろう。

「わかりました」つい、丁寧な言葉遣いをした。

こっちは客だと思うのだが、年齢が二十歳ほど上だからという理由だけでなく、須賀にはなぜか相手にぶしつけな態度をとらせない威厳がある。

「電話で聞いたかぎりでは、すでに佐藤君の家も名前もわかっているそうですね」

「ええ。これです」

うなずいて、恭一は茶封筒を差し出す。

須賀が受け取り、中から折りたたまれた一枚の紙を抜いた。堀部一平という名前と、アルバイト先が記載されている。

『フィックス』というサイトに、例の自分にそっくりの男の写真をアップし、『連絡』を求めた。違反は承知だ。『自己申告』のルールなど、あってなきがごとし、くそくらえだ。

人間というのは密告が好きなので、報酬もないのにやはり違反を承知で、何人もＤＭで教えてくれた。中には恭一だと勘違いして《黎明レジデンスの社員です。勤務態度が悪いので注意してください》と送ってきた奴もいて、笑ってしまった。おそらく同僚か先輩だろう。

その中に『ルソラル』というホームセンターで働いている、『堀部一平』という男だという情報が二件あった。丁寧に、こっそり撮った写真までＤＭに添えてあった。

こいつに間違いないと確信した。

そのあたりの経緯を須賀に説明した。

須賀はその紙にさっと目を通すと、元通り封筒に収めスーツの内ポケットにしまった。

「で、なにを聞き出せばいいんです。電話では趣旨がよくわかりませんでした」

たしかに、堀部の素性がわかった直後だったので、電話のときは多少興奮気味だった。とにかく、そいつを締め上げてもなんでもいいから白状させて欲しい、そんなことを口走った記憶がある。

「その男には、おそらく仲間がいます。そいつらは、おれ宛《あて》に嫌がらせの写真を送って脅迫しています」

「脅迫、ですか」須賀はそこで短い間を空けた。「それは穏やかではないですね。どんな写真ですか。差し支えなければ」

迷った。おそらくそう訊かれるだろうと予想していた。できるかぎり、見せずにすませようと言い逃れも考えてきたのだが、須賀を前にすると誤魔化《ごまか》せそうもない気がした。

「これです」

最後に届いた、自分に似た男が少年の首を絞めている写真を見せた。

「ほう」

受け取った須賀が小さくうなずく。隣の石川が、ちらりと視線を落とす。ずっと無表情だった石川の目元に軽蔑《けいべつ》の色が浮かんだように見えたが、一瞬だったので勘違いかもしれない。

「それはおれじゃない」訊かれる前に言い訳した。

「だが、似ています」須賀がテーブルに写真を置いた。「言われなければあなただと思ったでしょう」

「だから問題なんです。嫌な気分です」

「そいつないしそいつらは、どうしてこんなものを送ってくるのですか？」

須賀は一旦《いったん》言葉を切って、言い直した。

「質問を変えます。どうしてこんな写真を送ることが、あなたに対する脅迫になるんでしょう」

「よくわかりませんが、似ているだけでもスキャンダルになると考えているようで」

「スキャンダルね」須賀は写真を見ながら小さく二度うなずいて、視線を上げた。「で、先方の要求は？」

そこでコーヒーが届いたため、会話は中断した。ホールスタッフがカップの向きを丁寧に揃えて、中間あたりにシュガーポットとクリームを置いて去るまで、三人とも無言だった。

「一千万円」小声で答えた。

脅迫のことも、金額のことも話すつもりでいた。砂糖をひと匙《さじ》入れてかき混ぜていた須賀の手が止まる。

「一千万ですか。個人相手の恐喝にしては額が大きい。いくら似ていても、否定すればすぐに白黒つく問題ですよね。どうして突っぱねないんです？」

もっともな質問だ。これも想定してきたつもりだったが、ストレートに訊かれるとやはりとまどう。これればかりは正直に言うわけにいかない。この男は、もともと父親の繋《つな》がりで知ったのだ。あの男に話が伝わる可能性がある。いや、父親だけではない。誰にも知られたくない、絶対に知られては困る話なのだ。

「それは――」

テーブルに視線を落としたまま言葉に詰まる。

「言いたくない？」

「その理由を訊かずに調べてもらうことはできませんか。以前父親に『事情は訊かない』と言われたので連絡したのです」

「なるほど」須賀が、無表情にうなずいた。小馬鹿にされた印象が残った。

これがもしほかの相手であれば、席を蹴《け》るほど逆上したかもしれない。しかし今は不思議なほど屈辱感がなかった。なにがどうだとうまく説明できないが、一人の人間として、この男にかなわないと思った。そんな威圧感を与える目つきと口ぶりだった。

「結構です。それではそういうことで」須賀が軽い調子でうなずく。

「すみません」つい謝ってしまい、腹を立てる。

「それで、あなたの目的はどこにありますか。一味のメンバーを全員洗い出すか、脅迫が止めばそれでいいのか」

「できれば、両方で」

「金額も高くなりますが」

「どのぐらいでしょう」

「今後の進展にもよりますが、少なくとも、この前の一件の三倍ほどはみてください」

この前の一件とは、一年半ほど前に、六本木のクラブで知り合った女子高校生に関するトラブルのことだ。ホテルに連れ込んだところで、「十万円くれ」などと急にごねだした。ふざけやがってと、一発びんたをしたら、気持ちが萎《な》えた。まだ芽美子と知り合う前で、自分の中のもやもやを、どう発散していいのかわからなかった。

追い返そうとしたところに、いきなり〝彼氏〟が現れた。丸坊主にサングラス、金のネックレスをした首にはタトゥーが見えるという、型通りの強面《こわもて》だ。典型的な手口にひっかかってしまったことに気づいたが遅い。未成年相手の不始末の落とし前に、百万円の現金か指を一本寄越《よこ》せという。

免許証やクレジットカードの入った財布を取られ、その場は帰された。明日《あした》金を持って来いと、時刻と場所を指定された。

父親に泣きつくわけにはいかない。顔だけは見知っていた須賀に泣きついたのは、そのときが初めてだった。どういう方法を使ったのかわからない。しかし男は二度と接触して来なかった。財布も中身も丸ごときれいに戻った。その後悪用された形跡もない。

しかし結局は父親の知るところとなり、最後は尻を拭《ぬぐ》ってくれた。須賀に支払った金は恐喝されたのと同額の百万円だったと聞かされた。

――きさま、自分のおかれた立場をわきまえろ。

父親にそう叱られた。だが、思ったほどには怒らなかった。素人女相手の不始末は、自身にも覚えがあるのだろうと思った。

あの程度の不始末なら、また泣きつくという選択肢もあるだろう。だが、今回は頼るわけにいかない。真相を知られたら身の破滅だ。

しかし高額だ。「この前の一件の三倍」とは、つまり三百万円だ。

「三百は、少し高くないですか」

須賀は、くくくと笑った。

「といいたいところですが、吉井先生にはお世話になっていますから、前回と同額でけっこうです」

顔には出さないが、ほっと胸をなでおろしたい気分になった。同時に、からかわれたのだと思うと腹も立つ。須賀が、しかし、と続ける。

「情報量が少ないのと、相手はプロの集団の可能性がありますから、少々手間がかかるかもしれません」

「その佐藤という男は？」

「捨て駒でしょう。調べてはみますが」

たしかに、こんなことをするわりには、あまりに簡単に本名素性が知れたと思った。

「わかりました。なんとかします」

「では、あらためて連絡します」

そう言って、須賀が伝票代わりのキャッシャープレートをつかんだ。

「あ、それは」

「この先、金が入り用でしょう」

すでに立ち上がっていた須賀が、恭一を見下ろして冷たく言い放った。恭一は返すことばもなく、うなだれた。

須賀は、石川に目だけで合図をすると、静かに店を出て行った。

7

五時の定時に仕事を終え、タイムカードを押して外に出た。

駐車場に抜ける通路の、従業員専用エリアぎりぎりに、見知らぬ男が立っていた。

「堀部一平さんですね」

男は、静かなやや低めな声で聞いてきた。首筋がざわつく。

答える前にすばやく男を値踏みした。年齢は、おそらく四十代、五十歳までは行っていなそうだ。身長は、百七十三センチの一平よりも数センチほど高い。

着ているスーツは明るいグレーで、一見して高級品とわかる仕立てだ。この店の客にはあまり見かけないタイプだ。体つきは痩《や》せているというより、ひきしまった印象を受ける。顔つきにも精悍《せいかん》さが出ている。

「あの、失礼ですけど」

「わたしは、スガと申します。探偵事務所の人間です」

すっと名刺を差し出した。つい、受け取った。

視線を落とす。男の名は須賀圭一。『佐藤探偵事務所』というところの所員らしい。

探偵なのだろうか。だとすれば人生で初体験だ。

「少しだけ、お話をうかがえませんか」

「どんなことでしょう」警戒しつつ訊《き》き返す。

「その理由も含めて、すぐに済みます。なるべくことを大袈裟《おおげさ》にしないで済ませたほうが、あなたにとってもいいでしょう。将来のある身だし」

ほとんど無表情で喋《しゃべ》るのが、気味悪かった。

「すみません。このあとちょっと用事がありまして」

一平がそう答えると、須賀は無言のまま胸ポケットから一枚の写真を出し、それを一平に渡した。

おもわず「あ」と声に出してしまった。

心当たりがある。冬馬とふざけているところを撮った写真だ。冬馬の顔は写っていないが、一平の顔ははっきり写っている。まちがいない。あのバーベキューの日に多恵が撮ったものだろう。同時に、ネットで人捜しに使われた画像の元になった写真もこれだと、すぐに気づいた。

いや、それより問題なのは、この写真だけを見ると、一平が本気で冬馬の首を絞めているように見えることだ。憎悪や殺意といった雰囲気さえ感じる。もちろん、そんなことはないので、何枚も撮った中の一枚が、たまたまそんな表情だったのだろう。

「心当たりがありそうですね」

「知らないあいだに撮られたんです」

「しかし、写っているのはあなたですね？」

やはり、ひこばえ荘の住人たちは、何かまずいことにかかわっていたのだ。

「ぼくは何も知りません。かかわりありません」

中途半端に事情など話さないほうがいいと本能で感じる。

「知りませんでは、済まなくなっているんですよ」

須賀が一平に目を据えたままゆっくりと口にする言葉には威圧感がある。

「駐車場に車を停めています。立ち話もなんです。そちらへ移って話しましょう」

須賀が手で示したのは、白いレクサスだった。

「それとも警察へ行きますか」

即答できない。しかし探偵事務所の名刺を出したのだから、まさか監禁だとか拷問だとかいう違法なことはしないだろう。それに、もやもやと燻《くすぶ》り続ける疑問のあれこれに白黒つけたい気持ちもあった。

気がついたら「わかりました」と答えていた。

車に近づき、須賀が助手席のドアを開けた。素直に乗り込む。いま、いったい何が起きているのか。それだけを考えて、ぼんやりとコントロールパネルのあたりを見つめていた。

気づけば、さっき須賀に渡された写真をまだ手に持っていた。ふたたび、視線を落とす。

心拍数がゆっくり上がっていくのがわかる。なんで探偵事務所の人間が、こんな写真を持っているのだろう。もしかして、この行為が問題になっているのだろうか。冬馬が誰かに襲われて、自分が容疑者になっているのか。だったら警官が来ないのはどうしてだ。それに――。

「わたしは、あるかたの依頼を受けて調査しています」

一平の妄想を、須賀の静かな声が停止させた。

「調査って……」

「その前に確認します。その写真に写っている、少年の首を絞めているのはあなたですね」

「ええと、本気で絞めているわけではないんです。これは、ふざけて……」

「わかっています」

須賀は一平の言葉を遮り、満足したように短くうなずいた。

「その写真は、わたしの依頼主のもとに届いたものです。ある理由から、これはひどい嫌がらせであり、脅迫行為を伴っています」

「脅迫?」思ったより大きな声が出た。

「あはん」

背後から、突然小さな咳払《せきばら》いが聞こえた。

「うわっ」

一平は驚き、短く叫んでのけぞった。半分ほど振り返った恰好《かっこう》だったので、後頭部をウインドーガラスで強く打ったが、痛みは感じなかった。

いつのまにか、後部座席にもうひとり見知らぬ男が座っていたのだ。いや、いつのまにかではなく、もともといたのにその気配に気づかなかったのだ。大きな顔と体をした、格闘技でもやっていそうな男だ。体つきのわりに小さめな目で、無表情に一平を見つめている。

「石川といいます。仕事のパートナーです。彼は、口を挟みませんから」

ちらりと後ろをふり返った須賀が、そう説明してまた前方を向いた。

「それより、話を続けましょう」須賀が冷静に言う。「これは、明確な脅迫、恐喝行為です。こんな写真がまだたくさんある、買い取ってもらえないか。そう言ってきています。ある事情があって、そのかたにとっては、見るのも辛《つら》い類《たぐい》の写真です」

「誰が、そんなことを？」

「おかしなことを言いますね」

「は？」

「まっ先に、これを撮った人だと考えるのが普通ではないでしょうか」

そこで止めて、一平の答えを待っている。沈黙が息苦しかった。以前観たマフィア映画を思い出した。後ろの席の殺し屋が、いきなり助手席に座った男の首を絞める。喉《のど》がむずがゆくなった。

「でも。まさか――」

口ではそういいながらも、彼女たちの「前科」のことを思い出す。

「これを撮ったかたの名を教えていただけませんか。お住まいや電話番号なども。少年のほうでもいい。まさか、名前も連絡先も知らない人と、こんな趣味の悪い写真は撮りませんよね」

静かだが、有無を言わせない口調だ。バックシートで石川が身じろぎする気配がした。尻《しり》のあたりから力が抜けていく感じがする。やはり、さっき声をかけられたときに、振り払って逃げればよかった。

「な、名前は知らないんです」

「ほう、知らない？」須賀の目が細くなった。「名前も知らない相手にこんなことをして、写真を撮ったのですか？　いよいよのとき、警察が信じますかね」

「警察ですか」

声が裏返りそうになる。

「それはそうです。恐喝ですからね。依頼主としては穏便に済ませたいとお考えですが、どうしても埒《らち》が明かないとなればいたしかたありません」

こめかみを汗が伝った。気づけば脇の下や背中もじっとり濡《ぬ》れている。

「その、なんていうか、知ってはいるんですが、本当の名前は知らなくて――。たぶん偽名なんです」

話しながら、自分でも嘘くさい言い訳にしか聞こえないと思った。苦し紛れに疑問をぶつける。

「あの、それよりその、脅迫とか恐喝ってどういう意味ですか。どうしてこの写真を送ることが犯罪になるんですか」

須賀はふっと息を吐いた。

「そのかたは数年前に、お子さんを幼くして亡くされました。それも、その写真に写っているような残虐な犯罪の被害者として。その傷さえ癒《い》えぬところへ、まるで事件を再現するかのような写真を送りつけてきて『見るのが辛ければ金を寄越《よこ》せ』とはあまりに非道です。そうは思いませんか」

一平の同意を求めるように、一拍間が空いた。

「たしかに、ひどいです」

「依頼主は非常に心を痛めておられます。金の問題よりも、亡くなった幼子を強請《ゆすり》のネタにされていることにショックを受けておられます。しかしながら今のところ、差出人がどこのだれなのかすらわからない。非情にして卑怯《ひきょう》な犯人です」

ふいに、須賀が一平を見た。もしもおまえが仲間でないというなら、今すぐに吐いたほうが身のためだ。須賀の目はそう語っていた。

「もしあなたが共犯なら、とんでもないことになりますよ」

「でも、ぼくは、そんな脅迫のことは全然知らないんですよ」

「まったく何も知らされずに撮られたと？」

「そうです」一平は、あわててうなずいた。「本当です。恐喝だとか、事件だとか、そんなことはまったく知らずに撮られました」

「なるほど。もしそれが事実なら、あなたもある意味、被害者ということになる。お話をうかがってよかった。この写真を持って警察に告発するところでした」

「いや、それはちょっと」

「お困りですよね。お見かけしたところ、まだお若いようですし。学生さんですか」

「はい、そんな感じです」

「そうですか、未来はこれからですね」

須賀は、明るめのトーンに変えた声をすぐに重くさせる。

「しかしながら、あなたがご存じなくとも、脅迫がなされた事実には変わりありません。どうしてこの写真を撮るに至ったか、その連中と知り合った経緯《いきさつ》や、連絡方法などを詳しく教えていただけませんか。そうすれば、警察には、あなたの名は出さずに告発します」

黙っていれば、すべて一平がかぶることになる。

おかしな事件に巻き込まれてしまった恐ろしさの一方で、別のことも考えていた。もし、ほんとうにこの写真を使った脅迫がなされているなら、犯人はひこばえ荘の住人たちということになる。一平を欺《だま》した理由は、脅迫の片棒を担がせるためだったのだ。こんな写真を撮って利用するためだったのだ。にわかには信じがたいが、こうして探偵社まで出てきたのだから、本当なのだろう。

ひこばえ荘の住人たちの笑顔を思い出しつつも、なぜこんなことに巻き込んだのかという腹立たしさが渦巻いている。

「わかりました。最初からお話しします」

はじめて、石川が呼吸する音を聞いた。

一平は、結局、葛城との出会いから話しはじめた。

須賀という男の、いかにも芝居がかった、驚いたり感心したりする表情をなるべく見ないように、淡々と説明した。話すうちに、一平自身の中でいままでもやもやとしていた疑問が晴れていくのを感じた。

偶然で片付けるには、あまりに状況証拠が揃いすぎている。彼らが一平を欺す意図で仲間に引き込んだ、とは考えていた。しかし、どうしてそんな手の込んだ悪戯《いたずら》をしたのか、その動機がずっと謎だった。悪戯などではなかった。犯罪だったのだ。

被害者が誰なのかわからないが、とにかく彼らは、恐喝するために子どもの首を絞める役のモデルが必要だった。しかもその恐喝の内容が、相手の過失や犯罪に付け込むのではなく、傷をえぐるような行為だった——。

須賀の言うことをすべて信じるわけではないが、あんな意味のわからない写真を撮った説明として納得がいく。

事件を再現するにしても、自分たちは顔を出したくない。そこで一平に白羽の矢が立った。葛城は世間知らずの若者を探して、比較的アルバイト人数が多そうなあのホームセンターに目をつけ、自分から売り込んで職を得た。すぐにお人好《ひとよ》しの標本のような一平がみつかった。そしてあの作戦が立てられた。もし一平がいなければ、陽介がターゲットになったかもしれない。

初めから使い捨てのつもりだったのだろう。調べてみればわかるだろうが、あのアパートだって無人だったところに勝手に入り込んだのかもしれない。だから、散らかってはいたが、物は少なかった。特に家具類が。あそこは、犯罪のためのアジトだったのだ。

彼らとの間に起きたことは、須賀にほとんど正直に話したが、ノートを盗み見て知った内容と、もちろん夏樹にもらった招待券のことは言わなかった。

「ご協力、ありがとうございました」須賀は、ずいぶん丁寧に礼を述べた。

「お役に立てれば」

そう言いながらも、なんとなく彼らを裏切ったような気分で後味が悪い。いや、そもそも欺したのは向こうなのだ。そんなことを気にするお人好しだから利用されるのだ。

「もしかすると、またお話をうかがわせていただくかもしれません」

「え」終わりではないのか。

「たとえば、故意にではないにしても、何か話し忘れていることがあるとか」

「な、ないです。全部話しました」

「だと、いいですね」

須賀が、手元でドアロックを解除した。

「それじゃ、長い時間おひきとめして申し訳ありませんでした」

口とはうらはらに、目は少しも申し訳なさそうではなかった。降りるときは、自分でドアをあけた。

駐車場のアスファルトに降り立ったとき、めまいを感じた。須賀は小さく会釈して、車を発進させた。後部シートの石川が、じっと一平を見ていた。

そういえば、また話を訊《き》くかもしれないと言いながら、一平の電話番号も住所も訊かなかった。訊き忘れるほどの間抜けとは思えないから、もう知っているのだ。

ひどく疲労を感じて、しばらくその場に立っていた。

8

「それで、その葛城とかいう男の身元はわかったんですか」

吉井恭一は、このラウンジの席についてから、すでに二回、煙草を口にくわえてはまた箱に押し込む、という動作をした。いらいらのせいで、須賀に対する口調も前回よりぞんざいになった。

「まだわかりません」

一方の須賀は、相変わらず淡々と答える。特段、申し訳なさそうな響きも、かといって開き直った印象もない。

「アパートは？　短期間とはいえ、生活していたなら痕跡《こんせき》はあるでしょ。住民票とか電気とかガスとか」

「そういうレベルの話ではなさそうです。そこの大家というのが、とぼけた夫婦でしてね」

「口を割らない？」

「割るも割らないも、そいつらの正体を知らないというのは本当のようです。報告書にも書いておきましたが――」

須賀が少し前屈《まえかが》みになって、A4サイズの茶封筒を顎《あご》で示した。恭一が、無理に中間報告を求めておきながら、郵送したレポートを精読してこなかったことを、遠回しに皮肉っているのがわかった。

「あのアパートは、住民票上は一年前から無人です。古すぎて大改修するか建て直さないと間借り人を入れることができなくなったからです。夫婦としては、どちらか相手が死んだらあの土地を売って、その金で終身の老人ホームに入ろうと決めているようです」

「ということは、そいつらは勝手に入り込んで住んでいた？　いまどきそんなことができるんですか」

また貧乏揺すりが始まった。フラストレーションがたまると出てしまう。

「無人だとは思っていなかったでしょうね。最近は空き家に対する行政の目が厳しくなっていますから、大家もまったくの野放しというわけにもいかず、不動産会社に最低限の管理は頼んでいたようです。草野《くさの》不動産といって、大家とは古い知り合いの小さな不動産屋です。そこの草野社長から『数か月間、工事現場作業員の宿泊所に使いたい。畳だの壁紙だのの改装はいらないかわりに、建物まとめてひと月五万に負けてくれ』と頼まれて、了解したようです。草野社長のことは全面的に信用しているので、どこの誰とも聞かなかった、と言っています。おそらく本当でしょう。わたしも現地へ行きましたが、たとえ五万でも、あの汚いアパートに借り手がついたなら、断る手はない。だからどこの誰とも知らないというのは、本当のようです」

そこまで喋《しゃべ》って、ようやく須賀はコーヒーに口をつけた。砂糖もミルクもなしだ。

「ならばもちろん、その草野とかいう不動産屋も当たってもらえましたよね」

「ええ。こいつが少しやっかいです。えらく頑固な男です。わたしの勘では、仲介した相手のことを知っている。しかし、がんとして吐かない。脅しても頼んでも、ますます口を堅くするばかりでしょう」

なんだ、手掛かりがあったのか。

「そいつ、なんとかしてくださいよ。脅すなりなんなりして」

どうして手をこまねいているのか。腹立ちでますます貧乏揺すりが激しくなった。テーブルのグラスが、小さくかたかたと鳴っている。

「お父さんからどういうふうに聞いているか知りませんが、わたしは手荒な交渉はしません。多少、遠回しな脅しぐらいのことはしますが、あきらかな脅迫はしませんし、まして暴力は使いません。それでは、その手の連中と同じになりますから」

無能な人間の言い訳だと、面と向かって罵倒《ばとう》してやりたいが、どうにか堪《こら》えた。

「そこを交渉してもらうために高い金を払っているんでしょう」

「高い金ね。――吐かせることが最終目的なら、方法はいくつかあります。しかし、その後の口封じは難しいでしょうね。つまり、吐かせたことがこの犯人たちに伝わる。それはあまり良い手とはいえません。むしろあきらめたと思わせて油断させたほうがやりやすい」

こいつは犬どころか豚だ。しょせんは、親父の手足になってゴミ箱の中をのぞいてまわるような仕事しかしていないのだろう。残飯漁《あさ》りはできても、自分で狩りなどできないのだ。

腹の中で毒づきながらも、ほかに依頼できる相手がいないことも事実だ。ネットで探した初対面の相手になど頼めない。しかたなく、細かいところに食い下がる。

「電気やガスはどうですか。手続きしなければ使えないですよね」

「ガスや水道は封を切って元栓を開けるだけですから、無断使用もできなくはない。しかし、彼らは合法的にやっていますね。集中管理——といえば聞こえはいいが、古いアパートによくあるタイプのやり方で、それぞれのメーターを集計して、管理会社のところへまとめて請求が行く。それを管理会社が賃借人から徴収するシステムです。どこの誰なのか、管理会社しか知らない」

「つまり、無理だと——」

須賀がうなずいた。

「それに、その管理委託されている不動産会社が、仮に正直に話したとして、彼らの実態に迫れるとは思えません」

「どういう意味です」

「持ち上げるわけではないが、仮にも吉井正隆の息子さんを脅迫するんです。そのぐらいの安全策は講じているでしょう」

なんだこいつは。さっきから聞いていれば、奴らの肩を持つようなことばかり言いやがって。

「つまり、手の打ちようがないってことですか。そのぼろアパートで四人も五人も生活していたのに、しっぽもつかめない——」

いらいらが限界に近い。自分の頭をかきむしった。短めの髪が何本も指に絡みついて抜けた。

「そうだ。あのガキだ。首を絞められていたガキはどう見ても小学生ですね。近くの小学校を当たればわかるんじゃないですか」

「もちろん当たりました。今はかなり学校もガードが堅いのですが、自分の子供が世話になったからと口実を設けて。『冬馬』という名前で問い合わせましたが、わからないということでした。念のため、登校する児童も見張りましたが、服装や体格が該当しそうな子はみつかりませんでした。あのアパートのある学区ではない可能性があります。となると、調べるのは困難です」

恭一は手のひらを向けて、もうわかったと伝えた。須賀は、スイッチを切ったように突然黙った。

わけのわからんじじいと、怪しげな女三人組と、小学生らしいガキと、そしてそいつらに欺《だま》されたとかいう間抜けな若造と。そんな奴らにいいように馬鹿にされて、なにもやり返せないのか。諦《あきら》めきれずに未練がましく訊いた。

「向こうもすぐに次のステップに出ることはないでしょう。金が目的なら、持久戦になるかもしれない。もう少し探りを入れてみますから、軽挙は謹んでください」

わかったと声に出す気力もなく、黙ってうなずいた。

9

陽介は添野に頼んで勤務日を減らしたようだ。

　このところ、週に三日ほどしか顔を出さない。一平からはあまり詳しく聞かないし、向こうでも言わないが、いろいろな意味で忙しくなってきたらしい。

　バンドの練習用に借りたスタジオまで、彼女とその友人が、差し入れを持って見学にきてくれるのだと聞いたことがある。「バンドの連中、急に張り切っちゃってさあ」と陽介が困ったような顔で言ったが、一番張り切っているのは陽介に違いなかった。

　それに引き換え、こちらは踏んだり蹴《け》ったりだ。

　たとえば、あの須賀とかいう不気味な男と、その相棒の石川とかいう狂暴そうな男のことだ。あれ以来、どういう進展があったのか一平にはわからない。接触がないからだ。葛城や彼女たちの居場所を突き止めたのだろうか。何かひどいことをされてはいないか。今でも、ついそんなふうに考えてしまう。

　いけね、また仕事の手がとまっていたと、自分で反省したときだった。

「相変わらずさぼってるな。安兵衛」

　空耳でないことを願いながら、すっかり聞き慣れた声のほうへ顔を向けた。

　前回と同じ中華料理店で、また円卓を囲んでいる。座る位置も同じだ。

　あのときと大きく違うのは、生ビールのサービスタイムが終わってしまったことと、多恵の雰囲気が変わったことだ。

　たしかに、前回冬馬と『ルソラル』に現れたころから、多恵の服の趣味は変わりつつあると感じていた。夏樹にもらったかアドバイスされたのだろうと思っていた。事実、ブルーのシャツワンピースは夏樹にもらったのだと冬馬から聞いた。

それが今日は、おそらく多恵の趣味で選んだワンピースだ。最初は花柄だと思ったが、実は赤、黄、緑、色とりどりの小さな林檎《りんご》の模様であることに気づいた。バッグも真新しい。さっき冬馬と『ルソラル』まで〝お誘い〟にきたときの服装だ。

「安兵衛ちゃん、多恵ちゃんのこと、見とれてるでしょ」

右隣に座る晴子が、にやにや笑っている。彼女の服装は、一平の趣味からは更に遠のいた。マチスの絵を象が真似して描いたような、意味不明でどぎつい色と柄のワンピースを着ている。化粧も化粧品の匂いも、いつもよりきつかった。やはり、和風ラテン系だ。左隣に座る夏樹だけは、ほとんど印象が変わらない。白いTシャツの上から、ブルーの麻のジャケットを羽織っている。少しだけ、以前より暗殺者《アサシン》っぽさが減っただろうか。そして冬馬は、まったく変化がない。

またちらりと多恵を見ると、一瞬目が合い、少し顔を赤らめてうつむいた。中身は変わっていないらしい。一平はなぜか少しほっとした。あの恥じらい方まで自分を欺《だま》す演技だったとしたら、人間不信から立ち直れないぞと思っていたからだ。

「あのですね」意図的に声の調子を硬くして、晴子を見た。「そういう冷やかしを言う前に、なにかぼくに言うことはありませんか」

「それ、それ」

晴子は、飲みかけていたビールのグラスをあわててテーブルに置き、上唇についた泡をおしぼりで拭《ぬぐ》った。

「そのことについて、今日はゆっくり説明しようと思って。ねえ」

ほかのメンバーに同意を求めたようだが、冬馬が苦笑いをしただけだった。

「ぼくのところに、探偵だか調査員だかが来ましたよ」

「ほんとに？　恐そうだった？」

今日だけは、冗談で丸め込まれないぞと腹に力を入れた。

「みなさんのやっていることは犯罪じゃないですか」

晴子もようやく神妙な顔つきになった。ほかのメンバーも口を開かない。

「『佐藤探偵事務所』の須賀と石川という男たちがバイト先まで来て、半分拉致《らち》みたいな扱いを受けて、根掘り葉掘りあなたがたのことを訊《き》かれました。これは犯罪だから警察に通報すると言われたんですよ。へらへらしている場合じゃないです」

「ほらね。やっぱり怒ってる」

晴子がほかの三人を見まわして、ちろりと舌を出した。彼女にダメージを与えても、数秒しかもたないらしい。

一平もほかのメンバーを見まわした。さすがに、笑みを浮かべているものはいない。しかしだれも一平とは目を合わせようとしない。

「その男はしつこく何度も来た？」

結局、再び発言したのは晴子だった。答弁は晴子に任せているのかもしれない。

「いいえ。今のところは」

「そう。それはよかった。——迷惑をかけたことはお詫《わ》びします。ただ、あたしたちは道義的に間違ったことはしてないと思っている。安兵衛ちゃんにもきちんと話せばよかったんだけど、いろいろと事情があったから」

「あなたがたの話すことは嘘っぱちばかりだ」

さすがに声が荒くなった。

「本題に入ったほうがいいんじゃないかな」

夏樹が晴子に促した。

「そうね、そうしましょう」出会って以来おそらく初めて見る、晴子の真剣な眼差《まなざ》しだった。「なにはともあれ改めて、欺してごめんなさい」

全員そろって、一平に向かって頭を下げた。夏樹までも。

「その前に、安兵衛ちゃんはどこまで気がついたの？」

晴子がテレビドラマの感想でもたずねるように聞く。殊勝だったのはまたも一瞬だ。もう慣れた。

「あの探偵たちが来る前から、ある程度の仮説は立ててました」

一平は、自分なりに推理した内容を話した。持統天皇の歌から、みなの偽名に思い至ったこと、奈良県との関連性を思いついたこと、葛城があのあたりの出身なのではないかと考えたこと。

「あらあ、すごい」晴子が、話の途中で何度も感嘆の言葉を挟んだ。目をむいて驚いている。

「安兵衛ちゃん、さすが。見込んだだけのことはある」

「おだてには乗りません」

「この前、夏樹さんも『安兵衛君って賢いわね』って褒めてたし」

「お世辞は結構です」

夏樹の醒《さ》めた目を見れば、すぐに嘘だとわかる。油断も隙もない。

そう、夏樹は相変わらず無表情だ。申し訳ないと思っているようだが、それと愛想よく振舞うのは別なのだろう。それが、彼女の生き方なのだ。あの日、一緒にバーベキューの後片付けをしたときの饒舌《じょうぜつ》さは、ほとんど幻に近かったのだ。

多恵は——一平の思い違いでなければ——時折こちらを見る視線は、動物園に行ったときと変わっていない気がする。

「まだ気づいたことはあります」気を取り直して続ける。「たぶん偶然ではないと思います」

「なあに？」晴子が代表して訊き返す。

「ゴリラです」

声に出したのは晴子だが、テーブルの上で指を組んでいる夏樹が、小さく眉《まゆ》をあげた。多恵も両手の指を組んでいる。

「正確には『ゴリラ・トラの住む森』のゴリラの住みかですね。奈良にある平城サファリランドのゴリラ舎は、上野動物園のものとそっくりです。ぼくは、あそこでしつこいくらいに写真を撮られました。それもゴリラの前ではなくて、トイレとか休憩所などの、なんの面白みもない場所で。——ここから先は、友だちや家族に話しても、きっと馬鹿にされるだけでしょう。熱があるのかと、心配されるかもしれません。でも、とても信じがたいのですが、ぼくはこう考えています」

四人の目が一平に集まっていた。誰も何も言わず、続きを待っている。舞台の主役を務めているようで多少気分がよかった。みなが突然消えた後で味わった、喪失感、屈辱感、その他もろもろの不愉快な気分が、幾分か晴れるような気がした。

「みなさんは、ぼくの写真を撮るために——正確には、ぼくと冬馬が一緒にいる写真を撮るために偽名を使い、葛城さんはしばしば胃痛の発作を起こすほど体調が悪いのに、慣れないアルバイトをし、わざわざアパートまで借りて、ぼくに近づいたんです。ぼくが疑わずに写真を撮らせるように、仲間であるかのような、錯覚を抱かせるために、二週間もかけて」

「ゴリラ？」

四人の顔を順に見まわした。だれも、なにも答えない。

「残るは、理由だけです。どうして、そんな手の込んだことをしたのか、教えてくださ い。いえ、教える義務があると思います」

　夏樹が、長く息を吐いた。

「そこまでお見通しなら、話が先に進めやすいわね」

「否定はしないんですね」

　夏樹が、して欲しいの？　という表情をした。一平が視線を落とすと、何事もなかったように先を続けた。

「いまここでサヨナラして、二度と会わなければ、この先どういう展開になっても、あなたは傷つかない。利用させてもらったことは申し訳ないけど、たとえことが公になっても、あなたは『欺されました』で済むでしょ。むしろ被害者でいられる。だから説明しなかった、ということもあるの。知って協力したら共犯になってしまう。――これは信じてもらえないかもしれないけど、いずれことが終わったあとで、事情が許すなら、すべて説明して償いはさせてもらうつもりだった」

「招待券ですか」

　つい口をついて出てしまった。全員が一平を見た。夏樹は無感動な瞳《ひとみ》を向けている。感情を押し殺せる人間なのだ。

「招待券ってなんの？」晴子が代表して聞く。

「いえ。ぼくの、勘違いでした」

一平が否定すると、夏樹は小さくうなずいて続けた。

「ただしここから先を聞いたら、あとには引き返せない。共犯になるか、わたしたちを警察に通報するか、どちらかの道しかない。それでも聞く?」

迷った。当然迷う。だが結論はわかっていた。

「聞かせてください」

「了解」

一平がそう答えるのを予測していたかのように、即答だった。

「実はね、以前話した冬馬の身の上話も、本当はぜんぜん違うの。まずはそこからね」

突然名を出され冬馬が表情を硬くした。

「どうする、冬馬。まだここにいる?」

「ここにいる」そういった冬馬の顔は真剣だった。

「そう」小さくうなずいて、夏樹が続ける。「そもそもは、冬馬が偶然安兵衛君を見かけたことから始まった。それは本当。最初に安兵衛君を見かけたとき、冬馬はちょっとしたパニックを起こして大変だったそうよ」

「うん」

多恵が消え入るような声を出し、うなずいた。多恵と一緒にいたときの出来事のようだ。

「パニックとはどういう意味ですか」

「安兵衛君が、冬馬の知っている、ある人物に似ていたのよ」

「どこの誰です」

さっきまでとは変わって、夏樹が話の主導権を持っている。

「それを話す前に、説明を進めましょう。実は冬馬は、五歳のときにとても酷《ひど》い目に遭った。あなたも行ったあのバーベキューをやった公園で。そのとき冬馬は家族と遊びに来ていたんだけど、家族と離れて、ひとりで公園内の探検をはじめた。そして、このあいだ安兵衛君とふざけて泥だらけになった池の近くで、襲われた」

「襲われた？」

冬馬を見る。顔は伏せたまま、取り皿に残った料理を箸《はし》でつついている。食べたいようには見えない。

「そう。ここに本人もいるし、いまは……」

「ちょっと待って」晴子が割り込んだ。「そのまま、待っててね」

晴子がすっと立って個室を出て行き、数分後に戻るまでだれも口を開かなかった。戻った晴子は冬馬の背中に回り、肩に静かに手を置いた。

「向こうに小さな部屋を用意してもらったから、多恵ちゃんとしばらくそっちにいて」

「でも」抗議するように上げた冬馬の顔は、青白かった。

「あなたは頑張ったわよ。つらい思い出を聞かされることまで、予定には入っていないから」

「そうしよ」冬馬の隣で多恵が声をかけた。

冬馬はうなだれるようにうなずいて、ナプキンをテーブルに載せた。悲しそうな目で一平をちらりと見たあとで、多恵に手を引かれて出て行った。

晴子が、おそらく冬馬に渡す分だろう、料理を取り皿に分けながら話す。

「実はあたしにも男の子がいるのよ。いた、っていう方が正確かもしれないけど。その子が三歳のときに刑務所に入ったから、施設に取り上げられた。父親はもとからいないし。最近ようやく面会できるようになったけど、子供のほうであたしを嫌ってるの」

ふっと息を吐いて、なにかをふっきるように首を振った。

「絶対会いたくないって、言ってるらしいの。だから冬馬を見ると――。この料理、ちょっと向こうにおいてくるわね」

夏樹と二人きりになったが、晴子が戻るまでどちらも口を開かなかった。

「おまたせ」さばさばした表情で、晴子が戻った。

「ねえ、どうせなら、そもそもの最初から話さない？」

夏樹の提案に、晴子は皿にのこったカシューナッツをつまんで口に入れながら、そうね、と答えた。

「五年前の春、奈良にある『平城サファリランド』で、一人の男の子が襲われた」

語るのは夏樹のようだ。

「その子は四歳だった。きみがいうとおり、場所は上野動物園にあるものによく似たゴリラ舎近くのトイレ付近で。急に姿が見えなくなったので、親が職員と一緒に捜したら、個室の中でぐったりしているその子をみつけた。あとからわかったことだけど、後ろから腕で首を絞められていた。そう、上野動物園で撮った写真の中で、きみが冬馬にやっていたように。あの恰好《かっこう》はそういう体勢になるように冬馬のほうから仕向けたのよ。——まって、理由は順に話す。

男の子はすぐに緊急搬送されて一命は取り留めたけど、脳の酸欠状態が長かったせいで障害が残った。その子の親が、ナオさんの知人だった。友人というほど親しくはなかったけど、ナオさんの実家の近くに住んでる人で、面識はある人だった。君が推理したとおり、ナオさんは平城サファリランドがある、葛城市の出身なの。

ナオさんは、当時すでに東京で仕事をしていたけど、このニュースに関心を持った。以前から小さな子供に対する犯罪に関心があったから。だからこの事件のご両親と連絡を取り、話を訊《き》きに行った。残念ながら、男の子自身ははっきり証言できるまで回復していなかった。

ただ、どうやら犯人は若い男で、トイレの中でいたずらしようとしたら抵抗されたので、首を絞めたらしい、ということはわかった。でも、証拠もほとんどなく目撃者もなく、犯人はみつからないままだった。それ、どういうことかわかる？　こういう犯罪は繰り返される率が高い。つまり似たような事件が起き、同じような被害者が出るっていうこと。

母親はまさかこんなところでと思い、あまり厳重には見守っていなかった。そのことでずいぶん自分を責めていたそうよ。ナオさんとしては歯嚙《はが》みしたいような気持ちだったけど、どうにもならない。ご両親を慰めるぐらいしかできなかったって、悔しそうに言ってた。

そして冬馬と出会った。会ったのは一年ほど前。冬馬は、その男の子と同じような体験をしていることを知った。被害にあったのは、奈良の事件と同じ年、数か月後ね。

　冬馬のご両親は、この前説明したみたいな『有名人』じゃないけど、それなりに社会的地位がある夫婦よ。まあ言ってもいいと思うけど、どちらも大学の先生。父親のほうは刑法学が専門だそう。もちろん両親は警察に届け出たけど、なんにも証拠がなく、そのあたりに防犯カメラもなく――ないからその場所を選んだのだろうけど――進展はなかった。ここまではいい？」

それなりに、という意味で小さくうなずいた。夏樹もうなずき返す。晴子は静かに飲んでいる。

「ナオさんは、冬馬の体験を聞いた。そして、奈良のサファリランドで起きた事件の模倣犯じゃないか、いや、もしかすると同一犯じゃないかって直感した。公園のひと気のない場所で、カメラもないことも確認済みで、たぶん犯人は何回も足を運んでチャンスを狙っていたんだと思う。小さな子が来るのをね。

抵抗されたとかじゃなくて、出会い頭にいきなり冬馬を殴りつけたらしい。冬馬は恐怖で凍り付いたようになって、声も出せなかった。あたりまえよね、当時まだ五歳なんだから。犯人は冬馬の首に腕を回して絞め上げて、背の高い草に囲まれた中へ引っぱり込んだ。そして水たまりに倒した冬馬を蹴《け》った。馬乗りになって殴った。ほお骨とまだ乳歯だったけど前歯が一本折れたそうよ。そして、水たまりに冬馬の顔を押しつけた。何度も」

夏樹が、ひと息入れるために、ジャスミン茶をあおった。冬馬を退席させた理由がようやくわかった。本人の前ではとても語れない内容だ。

「そして、泥水を飲んで、息も絶え絶えの冬馬に、そいつはこういう意味のことを言った。『おれは、おまえがどこの誰だか知っている。どこに隠れてもきっと見つけ出す。おれのことを人に話したら、おまえとおまえの家族を全員殺す』って」

「ひどい、ですね」

そんなありきたりの感想しか言えず、少し情けなかった。

「冬馬が、親以外の大人と口をきけるようになるまで、二年かかった。そのつらい体験をようやく話すようになったのは、さらにそれからしばらく経ってから。証拠がほとんどない上にそれだけ時間がかかったから、犯人がつかまらないのも当然かもしれない。というより、その犯人が子供をとことんひどい目に遭わせるのは、辛《つら》すぎて思い出させないようにするためかもしれない」

「ぶっ殺してやりたい」

「それはダメだと言ったでしょ」

夏樹に釘《くぎ》をさされ、素直に謝った。

「冬馬は、小学校に普通に通学なんてできない。その上両親が『あんなことに巻き込まれたのはどっちのせいか』とか『もっと積極的にカウンセリングを受けさせるべきだった』とか、その後に意見の違いで揉《も》めて喧嘩《けんか》が絶えず、とうとう離婚した。そしてここがちょっとひどいと思うんだけど、どっちも引き取りを拒否した。普通、奪い合うでしょって思うけど、他人にはわからない事情があるのかもしれない。で、結局冬馬は児童養護施設に引き取られた」

同情しながら、自分ならどうだろうと考えてしまう。小学校低学年のころ、両親が不仲で離婚することになったら、自分を奪い合ってくれただろうか。「心に傷ができた子供なんていらない」と口論しているのをもし目撃したら、それこそ一生の傷痕《きずあと》だ。

「犯罪も悲劇も連鎖するのよ。収容されたあと、冬馬自身が問題児になった。粗暴になって、少しでも気にくわないことがあると、物を壊したりまわりの児童に暴力をふるったりするようになった。そんな冬馬が最初に心を開いたのは、同じように施設に入っていたことのある、多恵ちゃんだった。

彼女、その当時は里親の家に身を寄せてたけど、しょっちゅう施設にボランティアとして来て、小さな子たちと遊んでいた。というか、多恵ちゃん自身がまだ大人、特に男性と普通に接することはできなかったらしい。同じ痛みを知っているものどうしで、わかり合えるものがあったのかもしれない。

それ以前から、多恵ちゃん自身もちょっと問題を起こしたりしてた。冬馬はまだ刑法で罰せられないけど、多恵ちゃんは違うでしょ。その関係で〝弱き者の味方〟のナオさんと多恵ちゃんは知り合いだった。つまり、多恵ちゃんを介してナオさんは冬馬と知り合ったわけ。そうしたら、最初に話した奈良の事件と似ていると直感して詳しく話を聞いたりしているうちに、いつしか保護者みたいになった。まあ、そういう「救いの連鎖」もあるのね。

ここしばらく冬馬は、ナオさんが一時的に身元を預かる形になって、住民票は施設にあるんだけど、実際はひこばえ荘から小学校に通っていた。何度も転校を繰り返したくないから、前の学校にね」

夏樹はそこでようやく間を取り、茶碗《ちゃわん》のジャスミン茶を含んだ。

一平も茶を飲みながら、後悔していた。あの、小憎らしくて、いつもふざけていて、一度でいいから泣かせてみたいと思っていた冬馬に、そんな過去があったとは。たとえふざけてでも「ぶっ殺す」などと口にしてはいけないと、夏樹が怒った理由がわかった。

部屋の担当が来たので、晴子が、冬馬たちがいる部屋とここにデザートを持ってきて欲しいと注文した。夏樹が本筋に話を戻す。

「今年の一月最後の日曜日に、冬馬はその犯人を見た。さっきも言ったけど、その瞬間、パニックになった。とうとう、あいつを見つけたって」

「まさか、その『あいつ』というのが、ぼくだったんですか？」

二人同時に深くうなずき、夏樹が単なる事実として宣告する。

「そういうことね。あなたは冬馬を襲った犯人に、瓜二《うりふた》つといっていいぐらいそっくりなの」

「嬉《うれ》しくないですね」

「でしょうね」と晴子が未練がましく残った北京ダックをほおばる。

「それで、場所はどこですか」

「月島《つきしま》のもんじゃ焼き店が並んでる通り」

「それって——覚えているかもしれない」

センター試験が終わったのを期に、友人らが「一平をはげまそう」と月島への「もんじゃ焼きツアー」を企画した。一平のことは口実だったし、ツアーと言っても、集まって電車に乗って行って帰ってくるだけだ。

そうか、あのときかと納得する。

「でも、それは偶然？」

「偶然なわけないでしょ」と晴子が身も蓋《ふた》もないことを言う。

夏樹が、ふふっと笑ってその先を説明する。

「たしかに、幸運もあるんだけど、まったくの偶然じゃない。わたしたちはあいつを捜していた。例の『りんかい夢の森公園』にいたということは、あのあたりに土地勘のある人間じゃないか、そしてまたあの近くでやるんじゃないかと考えた。

それで、江戸川区、江東区あたりの、くさむらや池がありそうな公園を探し回った。あの日も冬馬と多恵ちゃんが、三か所の公園を見て、でも無駄足だったので、気晴らしに月島でもんじゃ焼きでも食べようか、ということになった」

「そして見つけた」晴子が自分のことばにうなずく。

「そういうことだったんですか。——でも、バイト先はどうしてわかったんですか」

「え？」

「その日、あなたのあとをつけて行った」夏樹がさらっと言う。

「だって、やっと探し当てたんだもの。見逃す手はないでしょ。その日のうちに、家は簡単につきとめた」

「こわいな」

まったく気づかなかった。

でもね、と夏樹が続ける。

「さっそく、ナオさん以外のみんなで見に行ったんだけど『これは犯人じゃないな』というのが、全員一致の意見だった。年齢もちょっと合わないしね。冬馬自身も『すごく似てるけど、やっぱり別の人だ』って認めた。だけど、これでだいたい本当の犯人の人相がわかった。こっそり写真を隠し撮りしてナオさんにも見せた。そしたら、ナオさんはどこかで見たことがあると気づいた」

「まさか、またディカプリオとかいうんじゃないでしょうね」

照れながら一平が口にした言葉を、夏樹が真面目に否定した。

「そういうことにしてもいいけど、実際は、ナオさんの地元、奈良県選出のそこそこ大物の国会議員の息子だったのよ」

「誰ですか」

「吉井正隆って知ってる?」

「名前だけは聞いたことがあります」

政治のことにはほとんど詳しくないが、たしか与党の議員で、大臣にもなったことがあるのではないだろうか。

「そいつの息子」

「息子ですか」

「そう。名前は吉井キョウイチ。これが写真。裏に名前が書いてある」

夏樹が、一枚の写真を出した。一平は手にとって、ながめる。都心の交差点で信号が青になるのを待っているところを撮ったようだ。望遠レンズを使って、道路の反対側から盗み撮りしたらしい。たしかに似ている。ここまでの流れがなければ、いつ隠し撮りされたのだろうと考えてしまうかもしれない。

裏を返して《吉井恭一》と書くのだと知った。これが、もう一人の自分の名か。

「こんなことって、あるんですね」

「その写真の表情は特に似ている」

「だけど葛城さんも、よくこんなやつの顔なんて覚えてましたね」

「その二年くらい前に、その息子がちょっとしたスキャンダルを起こして、女性週刊誌がすっぱ抜いたことがあったんだって。同郷の弁護士仲間にそれを見せられて、ちょっとした話題になったことを覚えていた」

「一度見ただけの顔を、覚えていられるんですか」

「あんなふうになる前のナオさんの聡明《そうめい》さを、あなたは知らないから。――とにかく、わたしと晴子さんとは以前から知り合いで、冬馬の安兵衛目撃事件の頃は、ナオさんが独り身になって不自由しているのでときどきマンションに洗濯や掃除に行っていた」

「それで役者が全員揃うわけですね」

多少気の利いたことを言ったつもりだったが、夏樹はにこりともせずうなずいて続ける。

「ナオさんは個人的な関心から、すでに類似の事件のことを相当調べていた。そこへ吉井恭一の名が浮上した。素性がわかれば、住んでる場所をつきとめるぐらいは、そう難しくない。細かいところは端折《はしょ》るけど、あれこれ勘案してみると、吉井恭一は似た手口の事件、少なくとも四件にかかわっている可能性が高くなった。つまり、最初に話したサファリランドの子と冬馬のほかに、あと少なくとも二件やってる。河川敷と廃墟《はいきょ》ビルの中で」

「最初にバレなかったから癖になったんでしょうか」

「そういうことね。だけど、父親がもとキャリア官僚で現大物国会議員じゃ、警察に話を持って行っても門前払いでしょ。ナオさんが現役ならともかく〝元〟だし——。だからみんなで相談して、そいつにある手段でゆさぶりをかけて、しっぽを出させようということになった。どういうことかといえば、おまえのやったことは全部知っているぞという脅し。最初は犯行現場の写真を使った。河川敷とか廃墟ビルとかの。『平城サファリランド』まで行ってゴリラ園周辺で写真も撮った。冬馬に白い襦袢《じゅばん》を着せてそれっぽく見せた写真もね。それで《この写真を処分して欲しければ、一千万円を用意して、集合ポストにゴリラのシールを貼れ》みたいな文章を同封した」

「反応は？」

「それが、悔しいんだけど無反応。だけど、もし本当に無関係なら、それはそれでリアクションがあるはずでしょ。ゴリラのシールを貼って、誰が見に来るか確かめるとか。まったく無反応ということは、思い当たることがあってしらんぷりを決め込んでいる。そう判断した。そしてもうひとゆさぶり欲しくなった」

「それで、ぼくに白羽の矢が立った」

「ピンポン」晴子が杏仁《あんにん》豆腐をあわてて飲み込んで言った。

これでようやく、全体像がわかった。

「そして、葛城さんがあのホームセンターにアルバイトに来たんですね」

「そういうこと。別人だとわかったけど、せっかく見つけたこんなそっくりさんを、なんとか利用できないかと考えたわけよ」

さっきから、晴子があたりまえのようにうなずくことに少し腹が立ってきて、抗議を試みた。

「初対面のぼくを、いきなり宴会に誘ったり──」夏樹さんが思わせぶりな態度をとったり、招待券なんかくれたり、という言葉は飲み込んだ。「──とにかく。ぼくを巻き込んだのはシナリオ通りだったんですね。ぼくの気持ちなどおかまいなしに」

抗議の矢は晴子にはかすりもしない。

「だって、いきなり『お願いですから、この子の首を絞めてる写真を撮らせて』って頼んでも、ああそうですかって言わないでしょ。事情を説明したらしたで警察に通報されるだろうし」

「それにしたって──」

夏樹が手のひらを合わせて軽く振った。

「でもね、ひとつ信じて欲しい。たしかに、あなたをモデルにして再現写真を撮ろうと決めたときは、みんなちょっとした興奮状態で、どんどん計画が進んだ。ちょうどみんなで一緒に住める物件を探していたところだったし、だったらあの近辺で適当なのがないだろうかっていう話になった。雨風がしのげれば贅沢《ぜいたく》は言わないっていう条件でアパートを探したら、ナオさんの知人の紹介で、あの『ひこばえ荘』にもぐりこめた」

「だけどさ、いくら贅沢言わないっていっても、あれはないわよね」晴子が顔をしかめて割り込んだ。「シャワーもないのよ」

「かび臭くてまいったけど、まあしょうがないでしょ」と夏樹が苦笑する。

「そうか。急ごしらえだったから雑然とした雰囲気だったし、みんな同じ型の新しいこたつテーブルだったんですね」

一平が納得すると、晴子が苦笑してうなずき、夏樹が先を続けた。

「でもね、いざあなたを巻き込む段階になって意見が割れた。やっぱり、正直に説明して、多少のギャラを払ってでも協力してもらおうという話にもなりかけた。そうしたら、ホームセンターにさぐりに行ったナオさんが『あの青年は好青年だから、いかなる形でも巻き込みたくない』って言いだした。もめたけど、結局『ナオさんがそう言うならあきらめようか』と話していたところに、あなたのほうから現れた」

「葛城さんを初めて送っていって、パーティーに加わった日ですね」

夏樹が、そう、とうなずいた。

「あのとき、根掘り葉掘り訊《き》かれて鬱陶《うっとう》しかったと思うけど、あなたの人柄を知るためだった。そして合格してしまった」

「だから最後に、『もう来るな』って警告したんですね」

「そうよ。でもあなたは懲りずに来た。そこでまたわたしたちの意見が割れた。ナオさんの意思を尊重してあなたには触れない、という意見と、こうなったら、あとでなんとでも詫《わ》びる覚悟で協力してもらう、という意見ね。ちなみに、否定派は多恵ちゃん、推進派は晴子さん」

「あの、夏樹さんは？」

その問いに対して、夏樹は小さく笑っただけだった。

「いずれにせよ、本当のことは言わないようにしようと決めた。あくまで欺《だま》す。さっき言ったように、いざとなったとき、あなたは『欺されただけです』と主張ができる。——それが事実関係」

晴子が割り込む。

「それと、何かの拍子にうっかり名前を出してもいけないから、あなたがいないところでも『安兵衛』って呼んでた」

「どうりで示し合わせたみたいに、みんなしつこくその呼び方をすると思いましたよ」

あたしの作戦よ、と晴子が自慢げに自分の胸を指した。

「途中まではほぼ成功だった。わたしたちが、どこのだれだかわからなかったでしょ」

「たしかに」素直に認めた。

夏樹が小さく首を左右に振った。

「だけどね、多恵ちゃんが、『このままでは後悔する。どうしても、安兵衛君に本当のことを話して、お詫びしたい』ってきかないから」

そうだったのか。計画通りにことが運んで無事姿を消したのに、またこうして現れて、事情を説明したのは、そういう理由があったのか。

「これで、およその説明は終わり」と夏樹。

「――だから、これ以上つきあわなくていいわよ。あなたにはまだ無傷の将来があるから。これから大学の受験も待っているし」

夏樹の言うとおり、まだ社会人としての人生のスタートラインにも立っていない。ここで、なんらかの犯罪に巻き込まれては、いきなり相当なハンディキャップを負うことになる。自分がその吉井恭一とかいう男に似ていることには、何の罪もない。利用されたことで、彼女たちには感謝されこそすれ、罪悪感を持つ理由もない。ただ、二つだけ聞きたいことがあった。

「ものすごく、根本的なことを訊かせてください。その吉井恭一とかいうやつが、冬馬たちに暴行を働いた犯人で間違いないんですか」

間髪を容《い》れずに、晴子が小さくうなずいた。

「根拠のひとつは、すでに二十枚以上写真を送りつけてるし、あきらかに脅迫の手紙まで送ったのに、なにも反応がないこと」

「いいえ。あったじゃない」と夏樹が否定する。「安兵衛君のところに探偵が現れて、脅したっていうのが、後ろめたい何よりの証拠」

「そうそう。それが言いたかったの」

「でもどうするんですか。これ以上同じことを続けるんですか」

「もうひと押しが欲しいけど、方法は検討の余地があるわね。脅した目的は二つ。まずは、これ以上の犯行を抑止する。そして、追い詰めてしっぽを出させ、断罪する」

「二つ目のほうが、いま一歩なんですね」

　夏樹がうなずく。

「第一の『抑止』にはなっていると思っている。いつもおまえのことを見張ってるぞ、というのは相当な抑止力になると、ナオさんが言ってた。現に、最初の写真を送って以降、把握している範囲では似た事件は起きていない。第二の『断罪』がまだどうにもならない。仮にいま刑事告発しても、物証がないから有罪にはもっていけないでしょ。冬馬の記憶しか根拠がないんじゃ、相手に逆に利用される。堀部一平とかいう似た男がいる。ほかにもまだいるかもしれない、とか」

「それに」晴子が悔しそうに引き取る。「家庭不和だったりネグレクトされたりして育った子供は、嘘をつく可能性が高い、って世間では思われてる。安兵衛君だって、この話を聞くまで、冬馬を『小生意気なガキ』ぐらいに思ってたでしょ」

「たしかに」

　そんな過去があるなどとは、想像もしなかった。

「でもね、もうこれ以上協力してくれとは頼めない。それどころか、店を出たあと、その足で警察に駆け込まれても恨まない」

「そんなことはしません」

「さてと、そろそろ二人を呼び戻そうかな」

晴子が、グラスに残った最後のビールを名残惜しそうに飲み干した。

「事情を聞いてしまった以上、この先協力すれば、共犯になるってことですね」

「そうよ。たとえ相手が犯罪者だって、脅迫は脅迫、罪になる。万が一裁判にでもなったときのことまで考えたのよ。『客観的に見て、一緒に遊びに行っても不自然ではない』っていう関係性でないと、あなたも共犯になる。『容易に真相を推察できる立場にありながら、被告等《ら》の不自然な依頼になんら疑問を挟むこともなく――』とかなんとか言われてね」

「でも、そんなことは、いくらでも口裏を合わせればいいと思うけど」

ふたりが、ほとんど同時に「とんでもない」と口にした。夏樹が続ける。

「裁判なんて、そんなに甘いものじゃないわよ。あなたが協力的でないと判断した途端、検察は、あなたが週に何回ぐらい、どっちの手でマスターベーションをするかまで、裁判で暴露するから」

「げっ」

一瞬にして顔が真っ赤になった。夏樹の口からそんな単語が出るとは思わなかった。狼狽《ろうばい》をごまかすために、ずっと聞きたかったことを、つい口走ってしまった。

「招待券は、どうなりますか」

テーブルの上で両手を組んでいた夏樹が、ああ、と笑いを漏らした。

「まだ有効ってことでいいわよ」

「ほんとですか」なまぬるくなったウーロン茶をあおった。

「あれを駆け引きに使いたくない。今後協力してくれなくても、有効でいいわよ」

夏樹が笑いながら身をわずかにひねった。鼻血が出ないのが不思議なぐらい血がたぎっていた。

「わかりました。心は決まりました。もしも、皆さんのしようとしていることが、法に触れることであっても、社会正義に反しないなら、お手伝いさせてください」

夏樹の目を見た。

「招待券とは別です。関係なく手伝います」

気取った口調でおれは何を言ってるんだと自分でもあきれると、晴子が突っ込んだ。

「ねえ、さっきから言ってる、その招待券とかってなによ」蚊帳《かや》の外に置かれたので口を尖《とが》らせる。「映画かなにかの券?」

「秘密」夏樹が少しだけ肩をすくめ、一平を見る。「ね」

「はい」

「もしかして、まだ、持ってるの?」

「肌身離さず」

夏樹の口が、ばか、と動いた。血が瞬間沸騰した。いま体温を測れば、七十度ぐらいはあるはずだ。

「ぼ、ぼくは——」

「ちょっと、安兵衛ちゃん」

せっかくいい場面なのに、またしても晴子が口を挟んだ。早く冬馬を呼びに行くなりなんなりして、少し引っ込んでいてくれないか——。

一平の願いをよそに、晴子は一平の首のあたりを叩《たた》いた。

「あんた、大丈夫？　鼻血が出そうな顔しているけど」

第四章　報　酬

1

「一平。お前、なにかやらかしたのか」

父親にいきなり聞かれた。めずらしく顔を合わせた晩飯どきに、ダイニングテーブルでだ。

夕刊を読んでいると思って油断したが、声をかけられたことよりも、その内容にどきりとした。

「どうして？」と聞き返してしまった。

顔の痣《あざ》はそろそろ目立たなくなってきたところだ。それでも、顔をあげたようなあげないような、中途半端な位置で止めた。

「最近、おまえが何だか毎日にやにやしてるって、お母さんが心配してたぞ。勉強しすぎかもしれないとかな。馬鹿なこと言うなと言っておいた。変なことしてないだろうな」

「べつに」と答えて、こっそり安堵《あんど》の息をつく。てっきり、あの脅迫騒ぎの一件がばれたのかと思ったのだ。親が事実を知ったら腰を抜かすぐらい「変なこと」をしている。

どういう表情をしてよいかわからず、リュックに残っていたペットボトルのジャスミンティーを飲み干した。唇からこぼれた雫《しずく》を手の甲で拭《ぬぐ》う。

「とにかく、犯罪に手を染めたり、世間に顔向けのできないことだけは、してくれるな。――おおい、母さん。風呂《ふろ》沸いたか？」

洗面所のあたりから「はあい」という返事が聞こえた。

「予備校戻るなら、しっかりやれ」

そう言い残して行ってしまった。

終わりか？　拍子抜けだ。肩の力が抜けた。母親相手に、ちらりと「予備校に戻ろうと思ってる」と口にしたのを聞いたらしい。

この隙にさっさと自分の部屋へ引き上げた。


見開きでA３になる英語の問題集を広げた。しかし、目は文字を追わない。単なるデスクマット代わりになっている。コーヒーのしみだとかポテトチップスのかけらだとか、ひこばえ荘に関する落書きだとかで、とても人に見せられたものではない。

中華料理店の円卓で、彼女たちに頼まれたことは、またも写真撮影だった。もちろん、また脅迫の材料として使うためだ。

どうして了解したのか、自分でもわからない。ただ、法律的にどうあれ、彼女たちはそれが正しいと思ってやろうとしている、それで充分な気がした。彼女たちは、癖はあるし、たまに順法精神もどこかへ押しやるが、けっして悪人ではないと思っている。

招待券も魅力だが、夏樹が言うように、自分もこの一件とは切り離して考えたい。

今回も、撮影場所は上野動物園のゴリラエリアの近くらしい。ただ、前回より露骨なシーンを再現するのだという。この前は意図を隠していたので思うような画《え》は撮れなかったが、今回は多少演出を加えたいとまで言われた。

具体的には、トイレの中で実際に冬馬の首を絞める。それを、顔が見えるように正面から撮る。しかも彼らが用意した衣装まで着るそうだ。いままでの写真は、ふざけているところを隠し撮りされたんですで済んだだろうが、これはあきらかに積極的に協力している。犯罪として立件されれば共犯だ。

そしてそれは同時に、こちらの本気度を示すことにもなる。

やると決めたものの、正直なところまだ逡巡《しゅんじゅん》はある。

問題集の隅に《どうする？》《やる？》《やめる？》などといくつも書いてある。書いてはみたが、答えが決まっているのは自分でわかっていた。いってみれば、バンジージャンプの飛び込み台でためらっているだけで、キャンセルして引き返すつもりはないのだ。

高校まで、自分はずっと〝その他大勢〟だった。もしも何か事件の加害者になったら、元クラスメイトや教師はきっとこう証言しただろう。

「堀部？　あんまり目立たないけど、とにかく、こんなことする奴には見えませんでした」

センター試験の朝、病院で手当てを受け、ギプスを巻かれた腕をさすりながらふと思ったことが、頭に寄生してどうしても離れてくれない。

「頑張ったからってどうなる」

この国で、この社会で、頑張ったからってどうなる——？

あくせくやったってたかが知れてるし、いいかげんに生きたってなんとかなる。いや、真面目に頑張るやつほど搾取されて損をする仕組みになっている。

毎日流れるニュースは、この国がいかに不公平にできているかの証明ばかりだ。社会の一員としての自覚なんてものを、若者に説教できる会社のお偉いさんや国会議員がいるのか。

やる気がおきない理由を、ぼんやりとだが、そんな風に自己分析していた。

しかしいま、一平には所属するコミュニティがひとつできた。ひこばえ荘一座だ。彼らの中で、一平は〝主役〟とはいわないまでも〝特別出演〟ぐらいの肩書きはもらえそうだ。日本社会の一員としてなんかこれっぽっちも頑張りたくはないが、彼らのためなら、少しくらいは気張ってみてもいい。そんな気分になっている。

2

次の土曜に、一平はひこばえ荘の住人――正確には〝元住人〟――たちの転居先であるアパートを訪ねることになった。

数日前から、予備校の夏期講習が始まっており、これには真面目に出席すると決めた。だから、以前ほど自由に時間がとれなくなっている。土曜日ならと、初めてこちらから条件を出した。

晴子に「こんどのアパート」と言われただけで、詳しい説明は聞いていない。いままで使っていた駅から、二つほど上り方面へ乗った駅で降りた。やはり十分ほど歩くらしい。渡されたのは道順を書いたメモだ。住所を教えてくれれば勝手に検索して行くと伝えたのだが、それはしたくないという。

商店街を抜け、いくつかの交差点を右に左に曲がり、幼稚園の裏を通り、とても「十分ほど」とは思えない時間を歩くと、ひこばえ荘を連想させる古ぼけたアパートが突然現れた。

《高田《たかだ》アパート》と看板が出ている。名称まで地味で目立たない。

一平はできるだけさりげない動作で左右を見まわした。怪しげな人影はない。入っていいんだろうか、と迷っているとスマートフォンが鳴った。番号は非通知だ。

「はい」

〈キョロキョロしてないで、さっさと入って〉

夏樹の声だった。振り返ると、ずっと跡をつけてきたらしい夏樹の姿があった。

一平がつけられていないか、尾行していたようだ。

古さはひこばえ荘といい勝負だったが、こちらはひと部屋多かった。居間としての六畳間の隣に、四畳半の部屋がある。

招かれた部屋にはすでに多恵と晴子がいて、すぐあとから夏樹が入ってきた。

「大丈夫そうね。つけられてないと思う」後ろ手にドアを閉めながら、夏樹が言った。正直なところ、一平はそこまでは警戒していなかった。

「今度はここに住むんですか？」

さっきちらりと見た限りでは、表札らしきものはなかった。夏樹がうなずく。

「とりあえず三人ね。ここがナオさんと冬馬の部屋、隣が多恵ちゃんの部屋」

「晴子さんと夏樹さんは？」

「ひ、み、つ」と晴子が立てた人差し指を振った。

「でもねえ。ナオさん、帰ってこられるかしら」

「やだ」多恵が、顔を手で覆う。

「あ、多恵ちゃん、ごめんごめん」晴子が手を振った。

彼らの偽名ごっこは、そのまま続いていた。本名を聞いてみても教えてもらえないだろうし、むしろ聞かないほうがいいと思っている。

「さて、さっそく安兵衛ちゃんには着替えてもらおうかしら」

晴子がそう言って、紙袋から洋服を取りだした。

黒いTシャツにカーキ色のベスト、下はごくありきたりのウォッシュドジーンズ。どれも、あきらかに古着だ。いや「古着」というより「着古し」といったほうが似合う。両手でTシャツを持ち上げてみた。

「これ、着るんですか？」

「そ。わざわざ買ってきたんだから。多恵ちゃんと冬馬と一緒に古着屋さんで」

一平は、Tシャツに鼻を近づけてくんくんと嗅《か》いだ。

「なんだか、臭いませんか？」

「そうお？」晴子が、不満そうな顔で匂いを嗅いだ。「大丈夫でしょ。洗ったし」

にやにやしているので、嘘だとわかった。

「まあ、いいですけどね」

「それと、これね」

晴子が、紙袋の底をさらって、なにかじゃらじゃらしたものを取りだした。シルバーと革でできた装飾品だった。手にとってみると、ネックレスが二本と、ブレスレットがひとつあった。

「まさか、これもつけるんですか」

「せっかくだからさ」

「ひとつ疑問なんですが」

「なによ」晴子の目は、文句があるかと言わんばかりだ。

「その吉井恭一とかいうターゲットに似た服装をするためですよね」

「そうよ。だから何？」

「この前聞いた話だと、そいつは大物国会議員の息子で、たしか六本木のタワマンに住んでるセレブなんですよね。こんな恰好《かっこう》をするでしょうか？」

「そいつの普段着というわけじゃない。そいつなりに、犯行のときはわざと普段と違う見かけにするんでしょう」

夏樹の説明であっさり納得がいった。吉井恭一が変装した恰好に似せるのだ。

それこそストックヤードのように、開きかけの段ボール箱が散らばる四畳半で着替え、居間に戻ると冬馬の顔があった。

「よう」と気軽に声をかけようとして、飲み込んだ。着替え終えた一平を見た冬馬が、ぎょっとした顔をしたからだ。自分が指定した服装のはずなのに、こんな表情を浮かべる理由はひとつしか考えられない。冬馬を襲った犯人にそれほど良く似ているのだろう。

あまりいい気分ではない。

「どう、冬馬。似てる？」晴子が訊《き》く。

「うん――。たぶん、こんな感じだった」

たしかに、五歳でしかもそんな場面であれば、相手の服装など覚えていられるわけもない。具体的にここまで説明できただけでもたいしたものだ。

「さて、それじゃ仕上げをしましょう」

晴子が、バッグから髪を切るハサミを取りだした。

「ちょ、ちょっと待ってくださいよ」

「大丈夫よ、刈らないから」

そう言いながらもシャキシャキ鳴らしている。

「じゃあ、どうしてハサミを持ってるんですか」

「だから、刈らないって言ってるでしょ。なによ若いくせに髪の毛ぐらいで。どうせあと三十年もしたら、きれいさっぱり無くなるわよ」

晴子が一平の背中をどやしつけた。みんなが笑った。冬馬も笑った。

みなの緊張をほぐすための、晴子の冗談なのだと、ようやくわかった。


タクシーを呼んで上野動物園へ向かうと聞かされた。

その理由を夏樹が説明してくれた。

「あいつが普段電車を使うか疑問だけど、生活圏は若干重なっている。万が一ばったり出会ったりしたらすべておじゃんになる。だから、ぼやーっと電車に乗っていくのは無理」

「わかりました」

自分の髪は刈られずに済んだ。完璧《かんぺき》を期すためにカツラをかぶることになっていて、その長さを調整するためにハサミを使った。全体にぼさぼさで清潔感がない。吉井恭一も、変装にカツラを使ったのだろうか。

タクシーはワンボックスタイプを指定したので、あまり窮屈な思いをせずに移動できた。

冬馬は、いつものようにはしゃいでいない。五歳のときの悲惨な体験をいまだに忘れることができず、心の傷として抱えている。それだけではない。その事件がもとで両親が離婚する際に、どちらの親からも引き取りを拒否された痛ましい記憶を抱えて生きている。

その傷を与えた張本人である〝犯人〟に、服装やアクセサリーだけでなく、髪形まで似せた一平を見て、ふたたび顔色を変えた。少なくとも、五歳の冬馬の脳裏にこびりついた犯人像そのままであることは、間違いないだろう。

上野動物園に着いて、まずはゴリラのいるエリアをめざす。もう誰も、晴子でさえ冗談を言わない。

ゴリラは相変わらず人気ものだから、撮影の機会をうかがわなくてはならない。一平は、向かう途中のトイレでかつらを調整し準備を整えた。

夏樹は、普段の趣味とはがらりと違う服装をしている。黒地に英字がプリントされたTシャツの上にチェック柄の男物のシャツを羽織り、下はカーキ色のカーゴパンツだ。髪はアップにして、目深にかぶった黒いキャップの中に押し込んでいる。

つまり、ちょっと見には、若い男に見えなくもない。

いよいよ〝現場〟についた。

「今日は結構人出があるね」晴子が腰に手をあててぼやいた。

たしかに、家族連れやカップルで賑《にぎ》わっていた。トイレのあたりも人が途切れない。前回三人で来たときは、ときおり小雨がぱらついて「何もこんな日に動物園に行かなくても」と思いたくなるような天候だった。思えば、あれは撮影という点において、幸運だった。

それでも、周囲に比べればやはり人けの少ない、例のトイレの近くで夏樹が言った。

「少し待って様子をみようか。多恵ちゃんは、ゴリラを見てていいわよ」

多恵が、少し照れたようにうなずくと、飼育スペースが見える展望ガラスのところに行った。前から思っていたことだが、多恵は、この企てに関係なくゴリラが好きなようだ。

冬馬も一緒に行きたがったが、主役なのでそれはだめだ。一瞬、人の波が途絶えたところで素早く撮るのだと、指揮官の晴子に念を押されていた。

「防犯カメラがある。あそことあそこ」

夏樹が指さした先、天井のあたりに、雰囲気を壊さないようにとの気遣いだろう、指摘されなければわからない位置にカメラがあった。

「あ、ほんとうですね」

「あれに注意して撮るから」

まず、トイレの出入口の付近で何枚か撮った。冬馬が中に入るところ、それを追って一平が入る姿などだ。素早く済ませる。さすがにトイレの中には監視カメラはないだろうが、出入口あたりであまり不審な行動をとれば目立ってしまう。

「この前のときは、カメラなんか気にしなかったけど」

一平の疑問に、夏樹が苦笑で答えた。

「一応忠告はしたんだけど、ここへ来たら気持ちが入ってそれどころじゃなくなったみたい」

吉井本人が訴えないかぎりは、表に出ることはないだろう。

夏樹と晴子が、あたりを見回りに行った。残された一平が、少し離れた場所でぼんやりゴリラを見ている多恵を見ていると、冬馬がTシャツの裾《すそ》を引いた。

「なんだ?」顔を見ないようにして、あえてぶっきらぼうに答える。

「多恵姉ちゃん、ほんとにゴリラが好きみたいだね」

「そうだな」

「ねえ、どうしてかな」

「さあな。本人に聞いてみな」

ヒュッ。小さく口笛が鳴った。夏樹の合図だ。そばにいた冬馬もぴくりと反応する。

「チャンスよ」

夏樹が抑えた声を上げる。見回すとたしかに人の気配はない。

「早く、トイレに」夏樹が手のひらを振る。

一平は冬馬の背中を軽く押して、トイレに入った。夏樹が続く。男性っぽい服装はこのためのカムフラージュだったのだ。たしかに、誰かに見とがめられそうになったら、キャップで顔を隠して便器の前に立てば、疑われることはなさそうだ。

晴子が表の見張りに立つ。多恵は呼びにいかず、すぐ撮影に入るようだ。

「じゃあ、そのあたりで、後ろから冬馬の首を絞めて」

さすがに、夏樹の声も強《こわ》ばっている。

「こうかな」

冬馬の後ろに立ち、首のあたりに指をかける。ふざけて技をかけるときは、かなり本気でやっていたが、いざあらためてとなるとむしろ力が入らない。

「だめ。迫力が足りない」夏樹が首を左右に振る。

「迫力といわれても、やったことないし」

「いまさらグズグズ言わないでよ。本気で絞める気持ちでやって。冬馬もいいね」

首に手をかけられたまま、冬馬が一平をふりあおいだ。

「本気でやって」

一平がうなずき、もう一度手をかけようとしたときだった。

「はっくしょい」

晴子の、わざとらしい大きなくしゃみが聞こえた。合図だ。

「早く」

夏樹と冬馬があわてて、反対の出入口から外へ出た。

同時に、二人連れが入って来た。一平は小便器の前に立つ。現れたのは、五歳ほどの男の子とその父親らしい。

「なあ、ひろ君。そろそろお弁当にしようよ」

「モノレールは？」

「お弁当のあとで乗るから」

「ほんと？」

仲良く用を済まして、手を洗い出て行った。

「オッケーです」

外で身をひそめるようにしていた二人に小さく声をかける。

「それにしても、こんなに手間をかける必要があるのかしらね」

よりによって晴子が、そんなことを言いだした。一平が反論する。

「今さらなにを言ってるんですか。こっちの本気度合いを見せつけるためにこそ、ばからしいほど手間をかけるんじゃないんですか」

首を絞めるという大役に、興奮していることに自分で気づいた。

「そうだったね。ごめんね」晴子が素直に謝る。

また、人通りが絶えた。チャンスだ。晴子が出入口脇の見張りに立つ。

「じゃ、再開で」

再び冬馬を前に立たせ、後ろから手をかけた。

「悪いな。少しだけだから。苦しかったら、ギブの合図をしてくれ」

冬馬が軽くうなずくのを待って、首を絞めた。本当に息が絶えるほどにきつくはないが、遊びではない程度に。

冬馬は、打ち合わせどおりがくりと首を前に折った。顔を全部は見せないためと、真実味を出すためだ。しかし、芝居とはいえ冬馬はどんな感覚だろう。どんな目的があっても、こんなことが許されるのだろうか。今、冬馬の心の傷口を確実に押し広げている。この人たちはいい人たちだとは思うが、こんなことが道義的に許されるのか。晴子にはああ言ったが、今さらそんな疑問が湧く。

「撮れた」夏樹が小さく親指を立てた。

まっさきに、夏樹が外へ出た。冬馬も続いた。一平は手を洗いながら、深く静かに呼吸を整え、最後にゆっくり出た。

「けっこう、よく撮れたと思う」

すばやく液晶を確認した夏樹が、ハンカチで額の汗を拭《ぬぐ》った。

「少し涼しいところに行って、もっとちゃんと出来を見ようか」晴子が提案する。「生ビールが飲みたくなったし」

人の気配を感じ、そちらを見ると多恵が立っていた。胸の前で両手を組み、心配そうな顔をしている。

「終わったわよ」夏樹が声をかける。

「うん」多恵が小さくうなずく。

そこでようやくわかった。多恵をわざとゴリラたちのほうへ行かせたのだ。待てなかったのではなく、待たなかったのだ。あの辛《つら》い場面に立ち会わせないために。この人たちは、やはり優しい人たちなのだ。

一平はつい、多恵の肩を軽く叩《たた》いてしまった。他意はなかった。ただ、済んだよ、というつもりだった。触れた瞬間、多恵の体がびくっと反応した。驚いてすぐに手を引っ込めた。

だがすぐに、だらりとたらした一平の手を、多恵のほうから握ってきた。手に、なにかを押し付けられた。見れば、またゴリラのストラップだった。しかし前回のとは違って、手作りのようだ。素人くささはあるが、意外に器用にできている。

「これ、多恵ちゃんが作ったの？」

自然に「ちゃん」と呼んでいた。多恵が無言でこくりとうなずく。

「ありがとう」

「うん」

照れるふたりを、だれも——冬馬さえも、冷やかさなかった。晴子が小さく咳払《せきばら》いした。

「じゃ、行こうか。生ビールのあるとこ」

「北京ダックじゃないの？」

夏樹が冷やかして、ようやく皆が笑った。

冬馬、晴子、夏樹の順に通路を進む。最後尾を、自然に手をつないだ多恵と一平が行く。多恵のほうから握ってきたのだ。

一平はとまどっていた。照れるとか興奮するという感覚はなかった。ただ、多恵とつながっている手が汗ばむのを感じた。

一度、夏樹がふり返った。一平と目があった。相変わらず無表情だったが、一平はなんとなく、夏樹が胸の内で優しく微笑んでいるような気がした。

3

吉井恭一は、その写真を見るなりスマートフォンを手にとった。

しかし、通話ボタンを押す前に躊躇《ちゅうちょ》した。もう一度写真に目を落とす。この迫力は今までのものとは別格だった。これまでは、アングルに無理があったり、ひどいときには関係のない誰かの背中が一部写ったりしていたが、これは違う。

今回は三枚あって、一枚はあのゴリラ舎にそっくりのトイレに子供が入る後ろ姿、二枚目は、それに続く若い男の後ろ姿だ。振り返ったその横顔は、恭一に似ている。もちろん堀部一平だ。そして三枚目は、その堀部一平がうつろな――いや、認めたくないがどこか恍惚《こうこつ》とした表情で、少年の首を絞めている。少年は気を失ったか、おそらくはそう見せる演技だろうが、がくりと首を垂れている。

それがはっきりと正面から撮影されている。

それだけではない。この服装は、恭一が犯行に及ぶときの恰好《かっこう》にかなり似ている。もちろん細部は違っているが、全体の雰囲気としてよくとらえている。ネックレスやカツラまで。万が一目撃されたり、子供が証言したりしても、自分という人間に行きつかないよう、普段の趣味とは対極の恰好をした。

それをここまで再現している。

可能性があるとすれば、やはりあのときの公園のガキが証言したのだ。これが最近撮ったものだとすれば年齢は合う。ということは、五年も前のことを、しかも当時五歳前後だったにもかかわらずここまで記憶しているということか。

ならば、裁判で証言の信憑性《しんぴょうせい》が評価されるかもしれない。裁判官の判断がどうなろうと、週刊誌あたりは喜んで突っ込むだろう。

こいつらも本気なのだろう。この堀部とかいう若造も、すでにこれが恐喝のためだと知っているはずだ。その上で協力したのだから、もう「知らなかった」では済まされない。

あらためて佐藤探偵事務所の須賀に電話をかけた。相変わらずそっけない声が返ってくる。

〈はい、須賀です〉

こちらも挨拶《あいさつ》はせず本題に入る。

「また、写真が来ました。こんどはかなりエグいのが」

〈エグい？〉

恭一は、写真の雰囲気と印象を説明した。

〈確認します。そこに写っている若い男は、今までと同じ人物ですね？　堀部一平〉

のんびりした反応に、少し嫌味を言いたくなった。

「間違いない。須賀さん、警告したとか言ってましたけど、あいつら、むしろ今までよりやる気を出してる」

〈そうですか。あの青年が――〉

不手際を弁解するつもりだろうか。

「信じられませんか？　写真に撮って送りますか？」

〈あとで念のためお願いします。ただ、わたしが今考えたのは、あの小心者を翻意させるとは、向こうも本気だなと。これは多少のことでは手を引かないかもしれないですね。

――なにか文面は？〉

「かたかなで、シキュウダイキンノゴヨウイヲ、とだけ」

〈ふむ〉

数秒の沈黙があった。なにか考えているのかもしれないが、なんとなくじらされているような気がして気分はますますささくれ立つ。そんないらいらを弄《もてあそ》ぶかのように、須賀の声はむしろ静かになってゆく。

〈方法は三つしかないでしょうね。――金を払う。警察に届ける。無視する〉

「無理。三つとも無理。それができれば、あなたに依頼していない」

〈ならば、たかが写真でしょう？　無視すればいいじゃないですか。見るから気になる。見なければいい〉

こいつ、今さら嫌がらせのつもりか。もちろん、そんなことはこれまでに何万回も考えた。それができないから相談しているのだ。このくそ野郎。

「無視をしたら、きっと親父の所に写真が行くと思う。しかも、ただ写真だけが行くとは思えない。説明文が一緒だ。親父はずぼらなようで相当細かい。絶対に裏を取る。下手をしたらおたくたちを使って」

「先生に見られたら困る写真なのですか？」

言葉に詰まった。墓穴を掘るところだった。

「あなたも知ってると思うけど、親父は中身に関係なく、トラブルが表面化することを嫌う。そういう意味で避けたい」

苦しい言い訳だと思ったが、須賀はそれ以上追及せず、電話の向こうで、かすかに笑ったようだった。暗い炎がますます燃え盛る。

「この写真に写ってる若造、こいつをとっちめてもらえませんか」

〈とっちめる？〉

こいつは馬鹿なのか。それとも、何かの理由があって馬鹿のふりをしているのか。あるいは単にじらして楽しんでいるのだろうか。

「こいつの名前も家もわかっているんだから、放っておくことはないでしょ。この前みたいにぬるいことしないで、今度はきっちり締め上げて、仲間を吐かせてください」

〈ぬるいことをしたつもりはありませんが〉

「だったら、きっちり片をつけてくれませんか。ギャラは払うんだし」

偉そうに言う割には、あんな若造にだまされたじゃないか。そう思うが、さすがに口にしなかった。須賀も感情的になるかと思ったが、意外にも落ち着いた声が返ってきた。

〈もう一度会って話を聞きます。ただし、前回も言いましたが暴力的にとっちめたいならご自分でどうぞ。指一本でも触れたら向こうの思う壺《つぼ》だ。あっちは刺し違えるつもりでやっている。わたしはこんなことで――ああ、失礼、この程度のトラブルで、仕事を失いたくない。探偵は禁錮《きんこ》以上の刑が確定すると、何年も干上がるんです。その間、食わせてくれますか？〉

「しかし……」

〈まあ、何か手を打ちますよ。だって、あなたは悪いことを何もしてないんですよね〉

「してない」思わず吐き出すように言ってから、言い直した。「心当たりがない。とにかく、至急善処願います」

かすかに、須賀の鼻息がもれて電話が切れた。笑われたのかもしれないと思ったら、全身の血が逆流した。

くそう――。

やり場のない怒りに、眼球から出血しそうなほど、血がたぎっていた。いつかあいつにも泣きを入れさせてやる。

4

きのう、模擬試験の結果が届いた。

「まあ、こんなもんだろ」

自分の部屋で自分の机に座り、声に出して自分自身にそう言ってみた。

今回試験を受けた理由は、悲惨な実力を再認識して、奮起する材料にするためだ。予備校に通い続けるためのモチベーションにするためだ。ショック療法だ。計画はうまくいったじゃないか。それより――。

先日の動物園での撮影会の成果も教えてもらっていないのに、こんどは多恵と一緒に映画を観にいってくれと頼まれた。しかも今度こそふたりきりでと。電話をしてきたのは晴子だ。

「それって、吉井恭一の一件と関係がありますか？」

〈いいじゃないの。若いんだから〉

「若さの問題じゃないと思いますが」

いや、それ以前にあんな写真を撮って脅迫だか恐喝だかしているくせに、そんなことをやっている場合なのか――。

〈だってさ〉晴子が濃いため息を吐いた。〈多恵ちゃんが、映画を観たいんだって。だけどね、暗がりが苦手なのよ〉

「あのですね」鼻息が多少荒くなるのはしかたない。腹立ちを抑えている。「もしかすると勘違いされているかもしれませんが、ぼくは暇を持て余している便利屋ではありません。電球をＬＥＤに替えたいから来てとか……」

〈冷たいのね〉

晴子が突き放すような声で遮った。鼻にかかった、どこか色っぽい声だった。実物の晴子を知らなければ欺《だま》されそうだ。

「温かいとか冷たいとか関係ありません。暗がりが嫌いなら、なにも映画館へ行かなくても……」

〈多恵ちゃんのＬＥＤ電球になってあげてよ。いつでもちゃんと足元を照らす〉

意味はよく理解できなかったが、しかたがない、映画ぐらいならいいだろうと納得した。

「わかりました、行きます」

〈だから好き、安兵衛ちゃん。みんなに内緒で、あたしの部屋の合い鍵《かぎ》渡そうか〉

「遠慮しときます」

待ち合わせは高田アパートの最寄りの駅近くのコンビニの前だった。

少し早めに行くと、すでに三人が立っていた。晴子と夏樹とそして多恵だ。

「おはようございます」

「あ、安兵衛ちゃん、おはよ。やだあ、今日はめかし込んじゃって」

晴子に、思いきり肩のあたりを突き飛ばされた。

「べつにめかし込んでません。いつもと同じ恰好《かっこう》です」

本当は、この日のためにシャツだけは新しいのを買った。あとは、これ一着しか持っていない春夏用のジャケットと、多少ましなジーンズだ。

「多恵ちゃん。何隠れてるのよ」

晴子に促され、二人の後ろに隠れるように立っていた多恵が、一歩前に出た。相変わらず、恥ずかしげにうつむいている。先日とはまた違って、花柄のワンピースだ。花びらだけでなく、茎から伸びた数本の花を描いたデザインだ。

「可愛いでしょ。スイートピーっていうのよ」

晴子はそう言って、有名な歌の一節を口ずさんだ。

多恵はそのワンピースの上から、ほとんど真っ白のカーディガンを羽織っている。新しいバッグも雰囲気に合っている。誰の指導かわからないが、先日よりさらに雰囲気がいい。自分はこういうのが好みだったのだと、教えられたような気がする。

「ぼやっとしていないで、なんとか言いなさいよ。青年」夏樹が笑った。

「あ、可愛いです」

多恵以外の二人が楽しそうに声を立てて笑った。多恵も微笑んでいる。

葛城のことが気になったが、「調子はどうですか」とは、この場では訊《き》けなかった。

二人に見送られて、改札を抜けた。

今日は、少し遠いが渋谷に出る予定だった。電車と人混みは大丈夫だろうかと多少心配だったが、多恵はいつもどおり口数が少ないだけで、あまり変わったところはなかった。ただ、電車内で揺れたとき、とっさに多恵が一平の手を握った。はっとして顔を見た。目が合った。多恵ははにかんだような表情で、窓の外に視線を向けた。

以前も気になったのだが、男性が苦手だったり、奥手だったりするのに、あっさりと手を握ってくる。その落差はなぜだろうと考えた。おそらく、小さな子供が親の手を握るのと同じなのだ。電車が揺れたとき、とっさに吊革《つりかわ》につかまるのに似ているといえばいいだろうか。

映画館のロビーで、多恵を椅子に待たせたまま、チケットとポップコーンを一個、ブラックのアイスコーヒーを二カップ買ってきた。軍資金は晴子と夏樹から預かっている。

「ありがとう」

受け取る多恵の顔がほころんだ。早めに着いてしまったので、上映時刻まではまだ間がある。椅子に二人並んで座り、多恵がポップコーンをひとかけらずつつまんで口に入れるのにつきあった。

「食べる？」

「おれはいい」

「そう」

これがデートと呼べるものだろうか——。

《近日上映》のチラシを見ながら、多恵をちらちらと見る。薄く化粧しているのが似合っている。さっき電車の中で聞いたら、夏樹がやってくれたと言っていた。二十歳になったのに。しかし、冗談にする気分にはなれない。

ひこばえ荘に出入りするようになって、夏樹の圧倒的な魅力に惑い、地味な存在の多恵をきちんと見ていなかった。しかし今日の多恵は——いや、本当の多恵は、かなり可愛い。

一平の視線に気づいて、多恵がこちらを見た。目が合うと、恥ずかしそうに微笑んだ。

「わたし、映画館、初めて」

「えっ、映画館に入ったことなかったの?」

多恵は、ポップコーンの容器を脇に置き、両手にハンカチを握ってうなずいた。

「うん。中、暗い?」

「暗くないと、映画が見えないじゃん」

「怖くない?」

「べつに、怖くはないよ」

「途中で帰らない?」

「おれが?　多恵ちゃんを残して?」

笑いかけてやめた。多恵が真剣な顔でうなずいたからだ。こんなことをいちいち真剣に訊かないと不安な人生だったのだ。

そのわずかに潤んだ目を見るうちに、心配するなよ、と肩を抱きよせてやりたくなった。思いきり抱きしめたら折れてしまいそうな、華奢《きゃしゃ》な体が痛々しかった。

いつもおどおどしている彼女に、胸を張って顎《あご》をあげて歩くことを、誰か教えてあげなかったのか。この自分でさえ、試験の結果を見た直後以外は、卑屈になっていないのに——。

いや、あの晴子や夏樹や冬馬でさえ、その前に葛城でさえ、できなかったのだ。

もしかすると、と思った。夏樹や晴子は、一平ならそれができそうだと見込んでくれたのかもしれない——。

「大丈夫だよ。最後までずっと隣にいるから、安心して観てていいよ」

「ありがとう」

「心配なら、手を握ってあげるよ」

「うん」

笑みが浮かび、大きな目が細くなった。

「そろそろ始まるから、行こうか」

先に立ち上がり、無意識に手を差し出した。多恵は驚くほどすんなりと握り返してきた。


映画は、誰の趣味なのか訊かなかったが、ハリウッド製コメディタッチの恋愛ものだった。期待していたよりかなり面白かった。

途中、笑わせながら泣かせるシーンがあって、多恵の指先が一平の手に触れた。きっかけは偶然だったかもしれないが、多恵は手を引こうとしなかった。

一平もそのままにしていると、しだいにしっかりと握ってきた。生温かくわずかに汗ばんでいた。横顔を見た。多恵はスクリーンを見たまま泣き笑いしていた。素直に可愛いと思うのは、今日だけで何度目だろう。だが、その感覚を行動で表す自信がない。これは単なる暗がりに対する条件反射で、多恵が自分に恋愛感情を抱いているかわからないからだ。

——LED電球になってあげてよ。

晴子の言葉が蘇《よみがえ》る。LED電球を例に出せば新しいと思っているところがおばさんなのだ。しかし、気持ちはわかる。スポットライトとか電飾とか言われるより、そのほうが現実的だ。

柔らかい女性の手の感触に、熱い血が集まりかけたが、すぐに収まった。一平は、振りほどきも握り返しもせず、多恵が握りたいようにさせていた。

次第に、握っている多恵の手が、熱を持ってきた。汗でじっとりしている。多恵は気持ち悪くないのだろうか。再びそっと横顔をうかがうと、多恵のほうでもこちらを見ていた。ちかちか光るスクリーンの明かりが、多恵の顔に陰影をつくっていた。大きな瞳《ひとみ》に星が点滅していた。多恵の唇がかすかに動いたように見えた。一平は小さな声で、え、と聞き返した。

行かないで——。

そう動いたように見えた。その瞬間、なにも考えられなくなった。よく父親に、おまえは何も考えていないと説教されるが、そういう意味ではなく、本当に頭が真っ白になった。

おれはどこにも行かないよ、映画館の真ん中でそう叫びたかった。

我慢できないほど、愛《いと》おしくなった。

一平は、多恵の手を握り返し、ぐい、と引いた。多恵の上半身が倒れかかってきた。

シャンプーだかコンディショナーだかわからないが、いい匂いがした。たった今、映画の中の主人公がやったように、多恵の唇に自分の唇を押し当てた。さっき多恵が食べていたポップコーンの香りと、かすかにキャラメルの味がした。

後ろのほうから、いくつか咳払《せきばら》いが聞こえたが、気にならなかった。

たった今から、この子はおれが全力で守る――。

誰にたずねられたわけでもないのに、心の中でそう繰り返していた。

5

大量の酒に頼って、眠るというよりは意識を失っていた夜があけた。

会社になど行きたくないが、それ以上に自分の部屋にいたくない。それに、ずる休みをすると、そんな日に限って、まるで見ているかのように、父親が会社に電話をしてくるのだ。翌日出社すると《お父様からお電話がありました》というメモが、机に貼ってある。スパイなどという大げさなものではなく、自動的に報告が行くシステムになっているのだろう。

会社の連中はあきらめて無反応なのに、親父だけが小言を言ってくる。

もちろん、息子の身を案じてではない。不祥事をしでかして、自分の政治生命に傷がつかないか、ただそれを怖れている。大きな期待はしていないが、一人息子だから勘当することもできない。敏嗣を亡くしたことがよほどショックだったのか、それ以後、妻ともほかの女とも子供は作っていない。

最近気がかりなのは、〝政治的後継ぎ〟としての恭一を見限って、秘書に地盤を継がせたりしないだろうかということだ。政界ではたまにある。

そうなったら、こちらにも考えはあるが――。

ささくれ立った胃に栄養ドリンクを無理やり流し込んで出社した。相変わらずどうでもいいようなデスクワークを片づけながら、なぜか犯人たちのことよりも、須賀のことを考えていた。

いつも、あの男が持つ不思議な威厳のようなものに威圧されて、言いたいことが言えないでいる。普段の自分からは考えられない。しかし、いまの自分にはあの男を頼るしか術《すべ》がない。第一、恐喝のことを話してしまっているのだ。なぜあの写真を送り付けることが脅迫になるのか。その理由までは話していない。しかしあの男のことだ、勘づいているか、ひょっとすると調べ上げているかもしれない。

だとすれば、致命的な弱みを握られてしまったことになる。さすがに、マスコミに流すようなことはないだろうが、父親に報告されてはやっかいなことになる。もしかすると、ネズミを退治しようとして、飢えた野良猫を飼い入れてしまったのかもしれない。

携帯が震えて、飛び上がるほど驚いた。しかし、父の正隆からだった。

〈一緒に昼飯どうだ〉

これまでも、月に一、二度は昼食を共にすることがあった。しかし、恭一にとってあまり楽しい時間とはいえない。食事のあいだに出る話題が、銀座《ぎんざ》のホステスの品評ぐらいならまだいい。たいていは独自の政治哲学とでもいうのか、「途中の手段は問題ではない、最後に笑ったやつが勝ちだ」といった話題ばかりだ。

「あまり食欲がないんですが」

〈そんなことでどうする〉

午後の予定が空いたから、おまえの会社の近くまで行く、すでに行きつけの和食レストランに予約を入れた――。そこまで言われては断れない。

案内されて個室に入ると、正隆は一人で瓶ビールを飲んでいた。

すぐ近くに秘書や警備担当の姿はない。「メシがまずくなる」という理由で、正隆が食事中は人払いするからだ。それ自体は別にかまわないのだが、代わりに恭一を使用人のようにこき使うので、それが面白くない。

「失礼します」

軽く会釈して、向かいの席に腰を下ろした。

「まあ、一杯やれ」

そう言うなり、正隆はビールの瓶をみずから持って傾けた。正隆は瓶ビール派だ。どういう根拠か知らないが、生ビールはうすめてあるから損だ、というのが持論だ。

新しく持ってこさせたばかりだろう、瓶には水滴が浮いてよく冷えていそうだ。ビールなど飲んでは話が長くなりそうだと思いながらも、面倒なのでグラスで受けた。まだ多少昨夜の酒が残っているから、迎え酒にちょうどいいかもしれない。

「で、今日は何か？」

「おまえ、何かおれに隠していることはないか」

グラスを傾ける短い時間に、気持ちを整えた。目をみないようにして誤魔化《ごまか》す。

「なんですか、いきなり。別にそんなものありません」

これは偶然だろうか。昔から勘が鋭い男だった。それともまさか、須賀が裏切って報告したのか。しかし、強い確信があって口にしたわけではなかったようだ。

「そうか。ならばいいが、マスコミに突っ込まれるようなことはするなよ。野党の連中は抜け作ぞろいだから怖くはないが、マスコミに何か嗅《か》ぎつけられると、とことん追われるからな」

「大丈夫です」

正隆は、鷹揚《おうよう》にうなずき、ビールを呷《あお》った。空いたグラスに注いでやる。

「それから、一昨日《おととい》も言ったが、いよいよ解散も秒読みだ。いまうちはやや逆風だからな。隙は作るなよ。蟻の穴ほどもな。最近は議員本人だけじゃなくて、秘書や家族のスキャンダルまで叩《たた》きやがるからな。馬鹿どもが」

「わかりました」

どうせそんな用件だろうとは思った。こちらも冷たいビールを流し込む。

「川内《かわうち》、覚えてるだろう。経産省の政務官をやってる川内だ。家にも何度か来ただろう」

「もちろん、覚えてますよ」

正隆は、さすがに与党内最大派閥の領袖《りょうしゅう》にまでは上り詰めていないが、ナンバー3あたりの位置にいるようだ。派閥内もさらにいくつかのグループに分かれているが、川内はその中で正隆の一派らしい。一時将来の総理候補などともてはやされた時期があった。

「あいつなんていい例だ。この一か月ぐらい、公設秘書が芸能人と不倫したとかいう理由で叩かれまくってる。あいつは有名な恐妻家でホステスの手を握ったこともないんだ。ただ、ぶら下がり会見で口を滑らせた」

もちろん、その一件は知っている。マイクを向ける記者たちにむかって『わたしのところは、元気のいい秘書ばかり揃えてますので』と言ってしまったのだ。テレビやネットを中心に袋叩きにあっている。

「馬鹿は生き残れんのだ」

吐き出すように言ったところに、正隆の好物である地鶏《じどり》の親子丼が届いた。もちろん、ほかに前菜類も彩りよく出されるが、正隆の目当てはこの親子丼だ。この店ではメニューも見ずに注文する。恐らく店側も、予約の入った時点から準備を始めているのだろう。

特別契約の生産者が手間を惜しまず育てた鶏肉を、軽く炭火であぶってからさっと煮る。肉はほどよく硬くて、嚙《か》むほどに味がしみ出る。卵も同様の贅沢品《ぜいたくひん》だそうで、たしかにコクがあって一度食すると忘れがたい。正隆は、湯気をたてている丼《どんぶり》にスプーンを突っ込んだ。「どこの馬の骨ともしれんやつと同じものがくわえられるか」という理由で、専用のスプーンがキープしてある。

宮内庁御用達だとかいう、漆塗りのスプーンに掬《すく》われた半熟の卵と白米が、てらてらと光っている。それをさっと口に押し込んだ。

「うん」もごもごと噛みしめながらうなずく。「やっぱりうまいな。週に一度は食わないと恋しくなる」

恭一は、そりゃそうだろう、単品ではメニューに載っていない特注の親子丼なんだから、と腹の中で笑う。値を付けるとしたら五千円ほどらしい。たかが親子丼がだ。

これでは、スーパーの安売り卵が十個入りひとパック九十八円だったのを、百二十円に値上げせざるを得なくなったとかいうニュースを見ても、何がどう問題なのか理解できないだろう。

恭一は、自分の前に置かれた和牛ステーキセットに箸《はし》をつける。霜降りのほとんどレアの肉が口の中で溶ける。舌に残った脂をビールで流し込む。もう、午後の仕事などどうでもよくなってきた。

「おまえは、大丈夫だろうな」

スプーンを持った右手の親指で、口の端についた米つぶをこすりながら正隆が聞いた。

「なにがですか」

「だから痴情関係だ。下半身だ」

しつこいぞ、くそ親父。

「ありませんよ」

「この前みたいな不手際はしてないだろうな」

「大丈夫です。注意を払っています」

本当は、不手際なんて生やさしいものじゃないぞ。

全部話して、いまここで心臓を止めてやろうかと思う。いいか、天寿を全うするまで政治家でいられるなどと思うなよ。長くてもあと十年だ。誓ってもいい。それまでに、おまえは事故か原因不明の急病か暴漢に襲われるか、とにかく、一巻の終わりだ。

腹の中でせせら笑いをしかけたところで、こちらを見る正隆と目が合った。

あわてて、ついでにという口調で訊《き》いた。

「トラブルといえば、『佐藤探偵事務所』とかいうところの、須賀っていうのがいますが、あの男は信用できますか」

「須賀？　ああ、あいつはただの犬だ」

「使える犬ですか」

具と白米をごっそりスプーンに載せて、口にほうり込んだ。もぐもぐと嚙みながら答える。

「まあまあだ。度胸は据わっている。それに」

ずずっと音を立てて、味噌汁《みそしる》で口の中のものを流し込んだ。印象がどうだとか評判がどうだとか、口癖のように言う割に、自分の品性はおかまいなしだ。

「──そこそこ、鼻が利くから使い勝手がいい。金で多少汚いこともする。もっとも、ある一定以上のことはしないがな」

丼の中身はもう半分も残っていない。そして、これも特注品のクレソンだけのサラダを、もりもりと口に押し込んでいる。クレソンは体の毒素を排出してくれると、後援会のだれかに聞いたらしい。

「あいつには、おまえも一度、世話になっただろう」

須賀の話題は続いているらしい。嫌な話を蒸し返された。核心をずらして答える。

「なんだか薄気味悪いやつらですね」

あまり関心はないが、という含みを持たせて探りを入れる。クレソンを飲み込んだ正隆が、くくっと楽しそうに笑って、ビールを呷った。

「元は警官だからな。そりゃ癖はある」

「警官！」

つい大声をあげてしまった。

「ばかもの。いちいち簡単に驚くなと言ってるだろうが。相手に値踏みされるぞ」

「すみません。でも、警官という雰囲気ではないですね」

丼の中身はあらかたかきこみ、京風の漬物をぽりぽりと噛んでいる。

「ただの警官じゃないぞ。ＳＡＴだ」

「サット？」

「ああ、警視庁特殊部隊のエリートだ。いってみりゃ『狙撃手《そげきしゅ》』だ」

「狙撃手？　それが、どうしてあんな仕事を？」

正隆がお茶を頼んでくれ、と言った。恭一は内線でホットの黒豆茶を頼んだ。正隆は、最近こればかり飲んでいる。これもまた体にいいとだれかに勧められたらしい。歳のいった美食家の例にたがわず、へんなところに健康志向がある。

正隆は爪楊枝《つまようじ》で歯をせせりながら説明を始めた。

「たしか、十年ほど前だな。板橋《いたばし》のほうで立てこもり事件があったのを覚えてないか」

「そういえば、たしかそんな騒ぎがありました」

正直をいえば覚えていない。似たような事件が多すぎるし、そもそも他人のことに関心がない。

「犯人は覚醒剤《かくせいざい》の常習者だった。通りかかった民家に押し入って、いきなり母親を刺し、五歳の女の子を人質に取って立てこもった。首に包丁をつきつけてな」

正隆が、スプーンの柄を握って自分の首に突き立てる真似をした。

「かなり、危険な状態だった。母親も手当てしないと手遅れになる。須賀は犯人狙撃の許可を求めた」

射殺して退職か。

「──しかし撃てなかった」

「びびったんですか」

「隊長が、というより警察幹部が許可しなかった」

「なぜ？」

「広島のシージャック事件を知ってるか。船を乗っ取った男を、警官が射殺した事件だ」

その事件は、ずっと前、まだ奈良に住んでいたころ『昭和の事件簿』というようなテレビ番組で見た。日本の警察でも、あんなことをするのだと驚いた記憶がある。正隆が続ける。

「あのあと、警察を非難する風潮があった。警官による殺人事件として告発するものまで出た。一方で、あの状況下で発砲できないなら、はじめから銃器なんか持たせるな。税金の無駄だという意見もあった。とにかくあれ以来、警察は及び腰になって狙撃にはものすごく臆病《おくびょう》になった」

この父親の口から、選挙のことと立ち居振る舞いに関する説教以外の話を聞くのは、久しぶりだった。

「で、板橋の立てこもり事件は？」

「五時間も説得したあげく、犯人は投降した。しかし、手当てが遅れた母親は死んだ。というより、投降の一時間も前に死んでいたようだ」

「それで？」

「須賀は辞めた。その日のうちに辞表を出したそうだ。本人に聞いたわけじゃないが、まあ理由は想像がつくだろう。そして、今の探偵事務所に入った。前の佐藤という社長が病死したのでそのまま引き継いだ。一種の居ぬきってやつだ。看板だのなんだのめんどくさいから会社名はそのままだ。不愛想だが信用はできる」

なるほど、そんな事情があったのか。修羅場は何度かくぐっているということだ。しかし今の話通りなら、まだ人を殺したことはないだろう。

「石川とかいう、一緒にいるでかい男は何者ですか。あいつもＳＡＴ？」

「ああ、あいつか」正隆は置かれたばかりの黒豆茶に口をつけ、ずずっとすすった。少しも熱そうではなかった。この男は口や胃の皮も厚そうだな、とまた腹の中で笑う。

「あいつもたしか元警察だ。しかし、須賀の部下ではなかったと思ったがな。詳しくは知らん」

そこへ届いた、特製の『抹茶ぜんざい』を正隆が嬉《うれ》しそうに口へ運んだ。

恭一は、黒豆茶をゆっくりすすり、思った。ようやくあの男に関する情報が手に入った。たいしたものはないが、ゼロと一とでは大きな違いだ。そして、警戒が必要なこともわかった。

須賀が元警官で、やめた理由がそういうことであれば、丸々信用はできない。やっかいなものを持っている可能性がある。妙にねじれた正義感であったり、自分を見捨てた社会に対する敵愾心《てきがいしん》であったりだ。

今はどんなに泥をかぶっていても、心の奥にそんな熾火《おきび》を持つやつは要注意だ。餌をもらっている飼い主の手に噛《か》みつくかもしれない。人間の本性は変えられない。金や多少の恐怖心では変えることができない。それは自分自身を見てよくわかっている。

ふとしたきっかけで、小さな火が突然劫火《ごうか》となる。自分も他人も焼き滅ぼす危険な炎だ。我が身を焼き尽くすまで、自分自身ですら鎮火できない。打算の垣根を越えてしまう。

須賀には、必要以上のことを絶対に知られてはならない。

そろそろ不愉快な食事もお開きかと思ったとき、正隆が言った。

「いいか、言っておくぞ。努力もせずにうまくことが運ぶときは用心しろ。肥えてゆく豚は幸福ではないという言葉がある」

耳にたこができるほど聞かされたが、素直に「はい」と答える。

「それと、今の会社がおまえは不満らしいが、なんの努力もせずに上場企業に入って、ろくに仕事もしないのに席がなくならないのは、おれの息子だからだ。いや、将来的におれのあとを継ぐと思われているからだ」

「わかってます」

「しかし、完全にそうと決めたわけじゃない」

再び、「えっ」と声が出そうになった。やはり、そういう腹づもりか。

「どうしても半人前の気分が抜けないなら、秘書の一人か、若手で有望なやつに譲る手もある。そのほうが将来の見込みが立つ。議席を野党に持っていかれたら、堂原先生に顔向けができないからな」

そこで一度にやっと笑った。

「いいか、忘れるな。敏嗣があんなことにならなければ、あいつが後継者と決まっていた。おまえは、代替品なんだということを忘れるな。それも、かなり質の落ちる粗悪品だ」

顔が上気するのが自分でもわかった。血管が切れそうなほど血が上っている。あまりのことに、ひと言も発せない。

「帰る」正隆が言い放った。「寄こしてくれ」

スマートフォンで運転手に連絡を入れ、迎えに来るよう命じた。

「おれは夜の会合まで一度家に戻るが、お前はどうする？」

「仕事に戻ります」

感情を殺し、ようやくそれだけ答えた。

6

映画を観終えると、午後の一時近かった。このあとは多恵と二人で食事をする予定だ。その費用も預かってはいるが、一平のポケットマネーでもなんとかなる店を予約した。

道玄坂《どうげんざか》の雑居ビルの二階にある、カジュアルな雰囲気のイタリアンレストランだ。入ったことはないが、ネットの評判と写真の雰囲気で選んだ。

　人気店らしく、平日でしかも昼食のピークは過ぎている時間帯なのに、ほとんど満席だった。若者比率が高い。予約しておいてよかった。

　しかし、何しろ多恵の口数が少ないので、メニューから選ぶのにも一苦労した。

　ドリンクは、二人ともアルコールではなくフレッシュジュースにした。

「それじゃ、なんにしようかな——そうだ。さっきの映画に乾杯」

「乾杯」

　多恵がぎりぎり聞き取れる声で言って、小さくカチンとグラスを鳴らした。

　サラダのクレソンをフォークでつつきながら、さりげなく切り出す。

「さっきのこと、怒ってる？」

　カボチャのピクルスを細かく切って口に運んでいた多恵が、あわてたようすで首を左右に振る。目のまわりが赤くなっている。

「そう、よかった。——ねえ、このドレッシング美味《おい》しいね」

「うん」

「映画、結構おもしろかったよね」

「うん」

「ただ、後半はあんまり覚えてないけど」

思わせぶりなことを言うつもりはなかったのだが、意味するところにはっと気づいて多恵を見た。逆立ちしたあとのように、首まで真っ赤になっていた。つられて一平も顔が赤らむのを感じた。周りの席はカップルやビジネスランチ風の人でほとんど満席だ。

渋谷道玄坂のカジュアルレストランで、赤い顔をしてもじもじしている二人は、相当奇異にうつるだろうなと思った。お見合いじゃないんです。住所もぎりぎり二十三区内です。先日、パンダも見ました、いや本当は見てないけど。そんな言い訳をしたくなる。

パスタが置かれた。一平はがっつくように、ボロネーゼを口に突っ込んだ。噛みきれなかった一本が、たらんと垂れて揺れた。あわててすすりあげるとき、跳ねて鼻に当たった。

「いけね」

それを見ていた多恵が、ようやくくすりと笑った。

「この前の高田アパートとかいうところ、ひこばえ荘に近い古さだね」

「うん」

スプーンの上で、カルボナーラをぐるぐると回し続けていた多恵が、そう答えてからようやく口に運んだ。

「でも部屋が二つあるし、ユニットバスもある」

「じゃあよかったね。——葛城さんは入院したまま？」

「うん」

「夏樹さんと晴子さんは？」

「よくわからない」

よくわからないという説明こそ「よくわからない」が、謎の多そうな人たちなので、これ以上追及しても無駄だろう。何か話題を変えよう、何がいいだろうと迷っていると、多恵の方から変えてくれた。

「わたし、両親がいないの」

「それはなんとなく聞いた」

「小さいころには、お母さんはいたの。お父さんは覚えていない」

「お母さんはどうしたの？　もし聞いてよければ」

「知らない」

知らないとは、どういう意味だろう。いまの居場所を知らないという意味か、幼い頃別れて記憶にないという意味だろうか。それとも「あんなやつ、知らない」という意味なのだろうか。

「わたし、名前が三つあるの」

「え、三つも？」

「ひとつは、香山多恵」

「ぼくを欺《だま》すための偽名」

「うん」

冗談のつもりだったが、あまりにあっさりと認めて、しかも多恵は笑わなかった。恐縮しているようだ。

「ごめん。もう、怒ってないからさ、続けて」

「うん」

まだ残っているパスタを数本ずつ口に運びながら、多恵がゆっくり語る。店員がグラスに水を注《つ》ぎ足しながら、次の料理のタイミングをうかがっていく。

「小さいときは、お母さんと暮らしていた。古いアパートだった気がする。小学校に上がる前に、お母さんがいなくなった。一緒に東京に来て、ゲームセンターで遊んでるときにいなくなった」

「いなくなった？　なんていうか、言いにくいんだけど、はぐれたっていうか……」

「置きざりにされた」あっさりと自分で言う。

「お母さんとはそれっきり？」

「うん。一人になって泣いていたら、大人が来て、あちこち連れていかれて、最後に施設に行った。そこで育った」

「変な話だけど、住民票とかは？」

「新しく作ってもらった。どこのだれだかわからないから」

「でも、名前からなんとか調べられるんじゃない？　当時だってコンピューター処理はしてたんじゃないかな」

「言わなかった」

「言わなかった？　自分の名前を？」

　こくりとうなずく。

「お母さんが置いていったということは、もう会いたくないんだろうと思ったから。――だから、お母さんを困らせたらいけないから、名前も住所もぜんぶ忘れたことにして言わなかった」

　そういうことだったのか。小学校に上がる前でも、名前やざっとした住所ぐらいは言えるのではないかと思っていたが、言わなかったのか。どうしていいかわからないときは口をつぐむ、それが彼女が身に付けた処世術だったのだろう。

「あのね、そこで新しくもらった名前は――聞きたい？」

　多恵が顔をあげた。一平は、首を左右に振った。

「多恵ちゃんでいいよ。もっと、本当にぼくを信じてくれたら、そのとき聞くよ」

「うん」

「それはそれとして、その二番目の名前が、現在の本名ってわけだ」

「うん。所長さんがつけてくれた。戸籍も作ってもらった」

「じゃあ、生まれたときにつけてもらった本当の名前も、別にあるんだ」

「うん」

　その第一の名は、多恵の心の奥底に母親の記憶とともに封印されているのだろう。

店としては回転のことを考えたらしく、多恵がパスタを終える前にメインディッシュが登場した。一平は牛ほお肉のシチュー、多恵はスズキのワイン蒸し。ランチとはいえ、自腹でコース料理など食べるのははじめてだった。だから比較はできないが、五千円プラス税のコースにしては、充実しているなと思った。

「これ、うまい」さっそくほお肉をほおばりながら、一平が笑みを浮かべた。「そっちはどう？」

多恵が、切りほぐしたスズキを口に運んだ。

「うん。おいしい」

多恵がものを食してうれしそうにしたのを、はじめて見た。

「うまいなあ。こういうの毎日食いたいなあ」

「ふふ」

一平がパンをシチューに浸したりしながら、うまいうまいと口に押し込んでいるので、多恵もしばらく食事に専念していた。パスタもようやくなくなった。

「冬馬とは、その施設で知り合ったんだよね」

「うん。二年前、入ってきた」

そして、中華料理店で多恵と冬馬が席をはずしているときに、夏樹たちから聞いた話を繰り返した。一平は「知ってる」とは言わずにうなずきながら聞いた。

「ひどい話だよね」

「うん」

「多恵ちゃんは、施設の暮らし、どうだった？」

「優しくしてもらった」

「じゃあ、そこそこ楽しかった？」

言ってしまってから、また後悔した。多恵の顔がみるみる曇ったからだ。しかし、いまさら取り消すことはできない。

「所長さんとか、職員の人は優しかった。でも、近所の中学生たちに脅されて、家に連れていかれて、それで――」

その先も遠回しにだが聞いている。腹の奥で怒りの炎が点《とも》った。夏樹の言った「男性不信になる出来事」があったのだ。

「もういいよ。ごめんね、変なこと聞いて。料理食べようよ、冷めちゃったし」

さっきから、話してばかりであまり料理が減らず、進行の遅いテーブルとしてチェックされてしまったようだ。気づけば店員がちらちらとこちらを見ている。

しかし多恵はおかまいなしに続ける。

「言うことをきかないと、施設にいる小さい子を殺すって脅されて――」

「わかった。もういいよ。思い出さなくていいよ」

多恵の言葉は止まったが、話すのをやめたというよりは、泣きじゃくって言葉にならない状態だ。当然、周囲の客も店員も、気づいた人間はひとり残らず一平たちを見ていた。

「多恵ちゃん」顔を近づけて、ささやくように言った。「もう泣くのやめよう。もうお腹いっぱいなら、店を出てもいいよ」

本当はまだシチューが少し残っているが。

「まだ、食べる」

鼻水をずるずるすすり上げながら、少しずつ口へ運んでいる。

多恵が気にしないならと、多少は意地もあって最後までいた。多恵は「選べるドルチェ」に「林檎《りんご》の焼き菓子」を頼み、一平はごく普通のアイスクリームにした。アイスは美味《うま》かったと思うが、よく考えてみるとバニラだったかチョコだったかも覚えていなかった。

7

今日は有給休暇を取ったのだが、職場の上司も先輩も誰も何も言わなかった。父親に密告される恐れはあるが、この際背に腹は代えられない。

須賀のことが信用できないので、時間をかけて自分で調べてみるつもりだ。

カーナビを頼りに、ひこばえ荘のすぐ近くを一度通り抜けた。自分の車である赤いアウディに乗ってきたが、このあたりの路上に停めると目立ちそうだ。しかたなく少し離れたコインパーキングに停め、五分ほど歩くことにした。歩くうちにまた怒りがぶり返してきた。誰ということもなく、すべてのやつらに対してだ。どいつもこいつもめちゃくちゃにしてやる——。

トイレの中で撮られた写真が、頭にこびりついて離れない。もう限界だ。いろいろな意味で限界が迫っている。決着をつけなければならない。さもなければ、しばらく我慢してきた、次の標的に手を出してしまいそうだ。

細い私道の突き当りに、問題のアパートが見えた。須賀に写真は見せてもらっていたが、確かに古い。

須賀の情報では連中は引っ越したという。そして手掛かりは何もないという。ほんとうに調べたのか。さっと見て、誰かが住んでいる気配がないから「引っ越したようだ」などと言っただけではないのか。仮にほんとうだとしても、あわてて越したなら手掛かりが残っているはずだ。

さらには「管理会社が強情だ」とかなんとか言っていたが、それもまたできない口実だろう。あんな人目につかない場所に建つボロアパート、鍵《かぎ》を破れば入れるだろうが。

ただ、公道から私道に入っていくのには少し注意が必要だ。地元住人に「その先は行き止まりですよ」などと声をかけられ会話をすれば、相手の記憶に残ってしまう。今日はつけぼくろと太いセルフレームのメガネをかけた以外、ほとんど変装らしい変装はしていない。あまり怪しげにすると、それはそれで目立ってしまう。

左右を見回す。平日だが、学校はもう夏休みに入っている。ときおり子供を自転車に乗せた母親が通り過ぎる。

 やや警戒しながら、ゆっくり私道を進み、アパートの入口に立った。さりげなく周囲を観察する。誰も見ていない。次に対象物件だ。

汚いブロック塀に囲まれた土地だ。もとは二棟あったうち、一棟は解体され、一棟だけ残った。それが《ひこばえ荘》だ。少し強い台風でもきたら倒れそうな古さだ。

夜の人通りは絶えると見た。道路に向けた監視カメラなども見当たらない。こっそり隠れて暮らすのに向いているということは、忍び込むのにも絶好の立地ではないか。

しばらく観察したが、生活の気配は感じられない。

どうする――？

たしかにもう住んでいないようだが、万が一、連中が戻ってきたら、向こうは恭一の顔を知っているはずだ。こちらは知らない。一方的に不利だ。あまり長い時間ここに突っ立っているわけにはいかない。

目の前の、古い金属の門に目を落とす。押せば開くだろう。そして、あっさりと敷地に入れるだろう。簡単だ。とても簡単だ。

簡単なことなのに心臓が激しく脈打っている。びっしょりと全身に汗をかいている。

どうする――？

行け、という声が聞こえた。視界が狭くなり、門のほかは見えなくなった。古いアーム式の錠を半回転させて持ち上げる。やはりロックもかかっておらず、かすかな音を立てて回った。

顔を上げ、素早く周囲を見回し、門を押し広げ、敷地に入った。公園で子供を襲うときに似た、緊張感と高揚感があった。

足早に庭の側にまわって、雑草だらけのそのスペースに身を入れる。これで、周囲からは見つかりにくくなったはずだ。

隣接した民家との目隠しの意味だろう。生け垣として植えた針葉樹が伸びて、二階の屋根ほどの高さになっている。これで、どこからも見られる心配がない。久しぶりの幸運だ。

あらためて、各部屋の窓を見るが、すべての雨戸が閉まっている。もちろん洗濯物など干してはいない。生い茂る雑草と、手入れをしなかったため大木になった庭木以外に、植物も装飾もない。まさに、人のいる気配が感じられなかった。

一番手前の部屋の雨戸に手をかけた。動かない。少し力を込めてみたが、開きそうもない。その隣、真ん中の部屋も同じだ。さらにその隣、三室並ぶうちの一番奥の部屋も試してみた。するとガタンと小さな音が立って、また心臓が跳ね上がりそうになった。

動いたのか——？

慎重に、力を込めてみる。わずかにこするような音をたてながら、雨戸が少しずつ開いた。

どうする——。

中に人がいれば、終わりだ。その先を想像もしたくないほどの終わりだ。しかし、破裂しそうなほどの心臓の鼓動が快感でもあった。

やれ。やってみろ——。

誰かの声が聞こえた。子供を襲う時に聞こえるあの声だ。

そっとそっと横に引くと、五センチほど開いた。ガラス窓の下半分はすりガラスになっていて、向こうは見えない。しかも、カーテンが引いてあるようだ。少なくとも部屋の明かりはついていない。カーテンを外す間もなくあわてて逃げたのだろうか。

だが——。

聞こえる。何かが聞こえる。人の会話だ。笑っている。あわてて姿勢を低くした。雑草の先が顔に当たる。どうする。走って逃げるか。しかし、もう少し様子をうかがうことにした。なんとなく変だ。

この部屋にいる人間の会話ではなかった。テレビだ。テレビの音が流れている。たしかにあれは、聞き覚えのある栄養ドリンクのCMの叫び声だ。

どうする——。

さすがに、テレビをつけたまま夜逃げはしないだろう。誰かいる。まだいるぞ。

だが、どうする——。

立ち上がってカーテンの隙間からのぞく勇気はさすがになかった。

開けたときよりもゆっくりと雨戸を閉め、腰を曲げ姿勢を低くしたまま、来たルートを戻った。庭の端で門扉までの距離を測る。周囲に人の気配はない。足早に一気に進み、門を出て、アーム錠をおろしたとき、ほっと安堵《あんど》の息が漏れた。夕立にでも降られたように、全身にびっしょりと汗をかいていた。

さて、どうする——。

この場所に長くとどまっているわけにはいかない。

ハンカチで顔や首筋を何度も拭《ぬぐ》いながら、来た道を引き返した。次第に脈が落ち着いてゆくのが自分でもわかる。公道に出た。これでもう安心だ。親子らしい四人が乗った乗用車が、脇をすりぬけていった。

建設途中の戸建てがあった。今日は作業がないのか、誰もいない。恭一は敷地の一部に足をかけて、煙草をくわえた。ゆっくりと煙を吸って、吐く。五十メートルもないところに、ひこばえ荘の屋根が見えている。

そのあたりを歩いている小学生に小遣いをやって、あのテレビの音が聞こえた部屋に〝ピンポンダッシュ〟をさせてみようか。それを離れた場所から見ていれば、どんな奴が出てくるか確かめられる。

しかし、これ以上は危険かもしれない。ここまでは運が良かったのだ。やつらはこっちの顔を知っている。こちらは堀部一平以外の顔を知らない。ガキの顔もうろ覚えだ。

危険すぎる。その危険を誰かが冒すとすれば、須賀だ。あとは奴にやらせよう。

吸殻をアスファルトに踏み潰《つぶ》し、パーキングまでの道を引き返しはじめた。

すぐに、向こうの角をまがって人影が現れた。大人の女と小学生くらいの男子だ。直感が危険を知らせた。あわててしゃがみこんだ。そちらに背中を向けるようにして、靴《くつ》紐《ひも》をいじる。わざとほどいてから、ゆっくりと結び直す。

二人は恭一の正体に気づかぬまま、近づいてくる。

「――とか、言ってるんだって」少年の声だ。

「――――」

何か答えたが聞き取れなかった。

「こんど、ハルコさんが一緒に行ってよ」

「考えとく」

「え、ほんと？」

「宿題済ませたらね」

女の返事は、終始ぼそぼそと小声だった。

「なーんだ。じゃ、ヤスベエに頼もうかな。あんなんでも、いないよりましだし」

脇を通り過ぎていく。顔を上げることができない。全身が強《こわ》ばっている。間違いない。おそらく例の小僧だ。そして「ハルコ」と呼んでいた。須賀の情報によれば、堀部という若造を欺《だま》した一味の中に、たしか四十歳ほどの晴子という女がいたはずだ。

とうとうみつけたぞ――。

静まった脈が、急激に速くなる。アドレナリンが放出されるのを感じる。

こいつらは親子なのだろうか。しかし「ヤスベエ」とは誰だ？　リストにはなかった。まだ、ほかに仲間がいるのか。名前からして年寄りのようだから、元弁護士の知り合いかもしれない。やつらをつぶすどころか、仲間が増えているじゃないか。須賀はなにをやっているんだ。

声が通り過ぎてからゆっくり五秒数えて、そっと立ち上がった。なにげない動きを装って、二人の後ろ姿に目を向ける。手をつないで歩いている。晴子の顔は見えないが、体つきは中肉中背といったところか。ふりむく気配はない。その場に立ったまま、周囲の家を眺めるふりを続けていると、二人は私道へ入って行った。

やっぱりビンゴだ！　みつけたぞ――。

素早く戻り、私道へ折れるT字路をゆっくりまっすぐ抜けながら、視線だけを左に向けた。ひこばえ荘の門を開けようとしている。

ついにみつけた！

興奮でめまいがした。心臓が高鳴る。下半身が勝手に緊張しはじめた。これほどの快感は味わったことがない。

どうする？　いますぐ乗り込んでけりをつけるか。黒いボディバッグの中には、先週、変装をして秋葉原《あきはばら》の怪しげな店で買った、特殊警棒が入っている。身分証が不要な代わりに、通常の三倍の代金をふんだくられた。

せっかくだから、使わない手はない。あの二人なら一瞬でぶちのめせる。あの二人だけなら、自分ひとりで大丈夫だ。

そして、洗いざらい吐かせる。まるで現実であるかのように、その場面が脳裏に浮かんだ。血の流れが速くなるのがわかる。強い酒に酔ったときのような、浮遊感がある。

いや、だめだ――。

テレビの音がしていたことを思いだした。さすがに、男でも女でももう一人大人がいたら、一瞬での始末は無理だ。助けを呼ばれてしまう。決定的な墓穴を掘ることになる。

背後から自転車の少年が通り過ぎていった。意味もなく鳴らしている、ちりちりというベルの音に、我にかえった。来た道をこんどこそ、後ろも振り返らずに足早に歩いた。

ようやく赤い愛車に戻ったときは、立っていられないほど疲れ切っていた。

まあいい――。

車のシートにぐったりと身をあずけ、煙草を深々と吸った。

今日のところは引き上げよう。またここへ舞い戻っていることがわかっただけで大収穫ではないか。さっそく須賀に次の手を打たせよう。

どいつもこいつも、まとめてぶっつぶしてやる。

自宅に戻りたくなくて、芽美子を呼び出した。

つきあい始めのころは、まがりなりにもレストランやバーに席をとったが、しだいに手頃な店に落ちて来た。会社帰りの勤め人で混み合っている、スペイン料理のバルで腹ごしらえをした。周囲のサラリーマンが、ときおりこちらを見ている。芽美子は体は細く、髪形や服装も中性的だが、その端整な顔つきは普通にしていても男の目を引く。

この女はおれのものだ。好き勝手にできるんだ。何をしてもいいんだよ。それこそ、なんでもだ——。

そう教えてやりたい欲望にかられる。

「なあ、なんで別れないんだ」

手の甲で生ビールの泡を拭《ぬぐ》いながら、すっかりお約束のようになったいつもの問いをぶつけ、芽美子の目を睨《にら》む。芽美子は、握ったジョッキをテーブルにそっと置いて、照れたように答えた。

「恭一って、優しいから」

芽美子の答えも、いつも同じだ。

「よく考えてみろよ。優しくなんてないだろう」

「ううん。優しいよ」小さく顔を振った。「この間だって、夜中なのに病院に連れていってくれたし」

思わず、ビールを噴き出しそうになった。やはりこの女は思考回路がどうかしている。こいつも病気だと思った。自分という人間も、かなり壊れていると自覚している。しかし、この女もそれに負けず劣らず普通じゃない。虐《いじ》められること自体を楽しんでいる様子はない。ならば、虐められた後で優しくされることに悦《よろこ》びを感じているのか。こういう女がおれのような男を作るのだ。こいつこそ、自業自得だ。

まあ、いい。それなら罪悪感なく好きなことができる。もっとも、最初からほとんどそんなものはないが。


「きょ、恭一……」

芽美子の手が弱々しく、恭一の腕を叩《たた》いている。深紅のカーテンに覆われた視界が晴れてきた。目の前に横たわる芽美子の顔が歪《ゆが》んでいる。赤紫に変色している。誰かに首を絞められている。絞めているのは自分の手だった。

「あ」

思わず、のけぞった。その拍子に芽美子の体から離れた。

「あはっ、あはっ」芽美子が激しく咳込《せきこ》んでいる。「げほん、げほん」

バルでしこたま飲んで、すぐに予約してあるホテルに連れ込んだ。

さっさとシャワーを浴びて来いと命じた。ムードなど知ったことではない。

シャワーを終えて、はにかむような顔つきで出て来た芽美子の、バスタオルをはぎ取った。そのあとの記憶が飛んでいる。

殺すつもりはなかった。しかし危ないところだった。もう少し我に返るのが遅かったたら、手遅れだったかもしれない。これはまずい。殺してしまってはさすがにまずい。

「大丈夫か」

芽美子はまだ、喉《のど》をひいひいと鳴らして、呼吸をしている。よほど苦しかったらしい。はあはあ言いながらも、なんとか答えた。

「だい、じょうぶ」

死なないとわかったら、急に腹が立ってきた。

「大げさに、苦しがってんじゃねえよ」

ベッドから下り、冷蔵庫からミネラルウォーターのボトルを抜いた。体を覆うことも忘れて横たわる芽美子にも投げてやった。

「ありがとう」

ベッドから、潤んだ視線を恭一に向ける。やっぱりぶっ壊れている。

さすがに少し怖くなった。被虐性などではなく、心のどこかで殺されることを願っているのかもしれない。だが、こちらは、生に執着心のある奴を苦しませて、もがきあえぐところを見るのが好きなのだ。

この女とつきあっていると、いつか殺してしまうかもしれない。生存欲という歯止めがなければ、どこまでも行ってしまう。そろそろ別れどきか。〝次〟の女たちを、早く躾《しつ》ける必要があるかもしれない。

だがその前に、あの脅迫写真の連中を血祭りにあげないとならない。

8

イタリアンレストランは、さすがにランチタイムにしては長居しすぎかと思い、カフェに場所を移した。

オープンテラスの席で、熱のこもった風を受けながら、しかし誰かに聞かれる心配もなく、多恵の身の上話の続きを聞いた。

林檎《りんご》にまつわるエピソードだ。

多恵が近所の中学生たちに呼び出され、性的な暴行を受けたのは、一度や二度ではなかった。多恵は誰にも相談できず、ただ耐えていた。いっそ死んでしまったほうが楽だと思ったが、どうやって死ねばいいのか相談する相手がいなかったから生きていたと、真面目に言う。

しだいに、多恵の喉《のど》を食物が通らなくなった。とくに、肉や魚を受け付けなくなった。原因がわからぬながらも、食欲をなくしてみるみる痩《や》せていく多恵を気遣って、女性の職員が林檎をすってくれた。それさえも口にしようとしない多恵に、その職員のお姉さんが自分の過去を話してくれた。

小学校の高学年あたりから、彼女は〝悪い子〟になった。同級生を叩《たた》いたり蹴《け》ったり、持ち物を壊したり、お店から物を盗んだりした。親や先生の説教は、されればされるほど逆らった。

——そうしたらね、とうとう「おまえは学校へ来なくていい」って言われたの。なんでだと思う？　もちろん、わたしを心配してじゃないわよ。「腐った林檎は取り除かないと、周りも腐るから」だって。つまり、ほかの子に悪い影響を与えるから、もう来なくていいって。

そのお姉さん職員は続けた。

そう言われて当然だから、恨んではいない。今では反省してる。だけどね、知ってる？　と、そこで笑ったそうだ。

——林檎はなかなか腐らないの。蜜柑《みかん》や桃やバナナのほうがよっぽど早く腐って周りに影響を与える。林檎なんて、めったに腐らない。どこのどいつがそんな諺《ことわざ》を考え出したのかしらないけど、ちっとも世の中のことをわかってない。そんなことに疑問も抱かずに、鵜《う》呑みにしてありがたく説教に使っている親や教師もたいしたことはない。だったらいい。わたしは林檎でいい。最後まで腐らない林檎でいてやる。そう決めて生きて来た。だから、林檎は大好物なんだ。

そのお姉さん職員の話を聞いて、多恵は林檎のすり下ろしを飲んだ。翌日から、量は少ないながらなんとか食べられるようになった。そして、多恵も林檎が好物になった。体重がほとんどもとどおりになったころ、多恵は中学生たちにされていることをお姉さん職員に打ち明けた。大変な騒ぎになったが、何がどうなったのかよく覚えていない。

ただ、多恵は施設を移ることになった。中学生たちは叱られたかもしれないが、そのままその土地に住んでいたようだ。

しかし、施設や環境が変わったからといって、いきなり別人のように明るく社交的になったりはできない。それまでと同じように、人見知りで引っ込み思案な性格のままだった。その施設で、ほとんど何も記憶に残っていない時間が過ぎ、里親がみつかって引き取られ、やがて冬馬に出会うことになる。

一平は思い出していた。引っ越してきたばかりのようになにもないアパートのキッチンに、林檎だけがいくつも置いてあったことを。

カフェを出たあと、デパートのアクセサリー売り場に行った。もちろん、事前に多少の下調べはしてあった。

ホワイトゴールドのチェーンの先に、小ぶりのムーンストーンがついているものを選んだ。二万円台で、なんとか予算に収まった。店員に包装してもらい、一平が支払いを済ませるあいだ、多恵はただ不思議そうに見ていた。

店を出て、建物の陰でそれを多恵に渡した。

「ムーンストーンは、六月の誕生石だよね。遅くなったけどおめでとう」

「えっ」

「来年は、真珠にする」

「えっ」

多恵は泣きだした。泣きながら受け取った。しばらくしてようやく口を開いた。

「ありがとう。一生大事にする」

カフェインレスコーヒーを飲みにキッチンに下りたら、いまだに紙の家計簿をつけている母親に捕まった。

「あのね、機会があったら言おうとおもったんだけど」

「何?」嫌な予感がする。

「お父さんにあまり突っかからないで、話を聞いてあげて」

「聞いてるじゃん」

うんざりするほど聞いているつもりだ。

「お父さんね、一平のことが心配でしょうがないのよ。いつも、遅くに帰ってきても『一平はどうだ。予備校は行ってるのか』って」

「そればっかりなんだよな」

「でもね、『おれが口うるさく言うから、お母さんはよけいなことを言わなくていいから。あいつも救いがなくなると可哀そうだから』って。憎まれ役、買って出てるのよ」

「趣味で言ってるとしかおもえないけど」

「不器用なのよ。あなたにそっくり」

それには答えず、部屋に戻った。階段を上りながら、「不器用なのよ」とつぶやいた。

9

一平は葛城の見舞いに行きたいと思った。

しかし、入院先の病院を教えてもらっていない。映画デートしたとき、多恵に訊《き》いたが「知らない」と答えた。おそらく、多恵は一平にしゃべってしまうと思って、晴子と夏樹が教えていないのだ。

その多恵を通じて、葛城を見舞いたいのだと、再度彼女たちに頼んでもらった。

多恵とのデートの二日後、やはり多恵経由で返事があり、夏樹と会うことになった。高田アパートへきて欲しいという。指定されたのは一〇二号室、葛城が暮らす予定の部屋だが、現在は晴子や夏樹がたまり場のように使っているらしい。指示通り、軽くドアを二回叩くと夏樹が開けてくれた。簡単に挨拶《あいさつ》を交わして部屋に入る。

ひこばえ荘のときと似ていた。いや、むしろあのころより物はたくさんあるのに、相変わらず生活感がない。集会所——というよりは、倉庫かアジトとして使っている印象だ。

「そっちの椅子に座って」

六畳ほどのリビングは、はめ込みのカーペット敷きになっていて、四人掛けの小さなダイニングセットがあった。椅子に腰を下ろすと、みしっと鳴った。

「多恵ちゃんから聞いた。どうもありがとう」

「ああ、はい」

「あんな純真な子、どこにもいないと思うよ」

そのことで、言いたいことがあった。

動物園での再撮影行為に、どうして多恵を巻き込んだのだろう。これまで見てきて、この企ての役にはほとんど立っていないように思える。冬馬はある意味必要不可欠かもしれない。本人自身の傷の救済になるという大義名分も立つかもしれない。しかし、多恵を巻き込む必要があったのか。

そのことを、言葉を選びながらたずねた。ペットボトルからウーロン茶をついでくれた夏樹が、話を逸《そ》らした。

「今日は、蒸し暑いね」

「ええ」

たしかに、じとじと汗ばんでいる。夏樹が、首のあたりに浮いた汗を、ハンカチでぬぐった。柑橘《かんきつ》系の香りに、かすかに夏樹の体臭が混じる。

「まだエアコンを取り付けてなくて」

「だいじょうぶです」こちらもハンカチで顔をぬぐった。

話がまた飛ぶ。

「あの撮影のことは、多恵ちゃんが言い出したの」

「え、そうなんですか」

驚きはしたが、もしかするとそうかもしれないと、どこかで思っていた。

たしかに彼女は、はにかみ屋で照れ屋のくせに、情熱家だ。それに、意外な行動力もある。一平の家まで押しかけてきて借金を申し込んだり、動物園で酔っ払いを相手に立ち回りを演じたりもした。もじもじしながらも、がんとして引かない彼女に、周囲がつきあわされた経緯が想像できる。

「細かい作戦はほかの人間で立てたけど」

「わかる気がします」

どこかの家に風鈴があるらしい。ちりん、ちりん。微風に揺られて、涼しげな音が聞こえてくる。本題を切り出す。

「多恵ちゃんから聞いたかもしれませんが、葛城さんのお見舞いに行きたいんです。やはり難しいでしょうか」

「聞いた。だけど、ちょっと無理だと思う」

「危険ですもんね」

「それもあるけど、ナオさんの状態がかなり悪化してる。鎮静剤のせいで、いつも意識がもうろうとしてるの。手術するにはもう手遅れになった。知り合いの医院に入院して、終末期医療を受けている。もちろん、ナオさん自身が望んだこと。

いま、ナオさんは夢の中で奥さんと話をしてる。そっとしておいてあげて。吉井に狙われるとかの問題じゃない。あなたが話しかけたら、現実に引き戻されるかもしれない。混乱するかもしれない。奥さんと二人きりにさせてあげて。わたしを薄情と恨んでもいい」

　夏樹にしては、長いせりふだった。バーベキューのときに、葛城のためならなんでもすると言っていたのを覚えている。

「わかりました。たしかに、ぼくが行ってもなにもできないかもしれません」

「わかってくれて、ありがとう」

　そして沈黙が訪れた。喉《のど》が渇いていることに気づいて、目の前のウーロン茶を一気に空にしたところで、夏樹が事務的に訊いた。

「用ってそれだけ？　例のチケットのことはいいの？」

　驚いて顔をあげた。そう思ってみればわかる程度に、微笑んでいる。

「それだけもじもじしてるってことは、まだあきらめてないの？」

　夏樹の胸もとに目がいった。組んだ腕の上に盛り上がったTシャツのラインは、一度見てしまうと視線を移動するのに意志を必要とする。柑橘系の匂いが強くなったように感じた。

　いま、この部屋に二人きりだ。そして、約束は約束だ。自分が望めば、大袈裟《おおげさ》でなく夢にまで見た、夏樹のあのシャツの下の肌に触れることができるのだ。

　リュックからチケットフォルダを取り出し、百万円相当の招待券を抜き取った。

「あの、これ」テーブルに置いた。つばがうまく飲み込めなくて、ごきゅっとおかしな音をたてた。「まだ、使えますか？」

夏樹は一瞬だけ視線を伏せたが、すぐに顔をあげた。

「もちろん」ふっと息を吐く。「今日はここに誰も来ないし。ホテルに行くこともないでしょ。じゃあ、そうしようか」

夏樹も、ウーロン茶の残りを飲み干した。白い喉が見えた。コップを握る白い指が目に焼きつく。熱風の中にいるようで、息ができない。風鈴の音が、うるさくなった。一平は、風がおきるほど大きな深呼吸をした。このままでは、また鼻血が流れる――。

「あの」

「できれば、先にシャワーを浴びてくれる？　使い方は……」

「あの」はじめて、夏樹の言葉を遮った。「違うんです。訊いてみただけです。これ、お返しします」

招待券を、テーブルの中程まで押し出した。夏樹は表情を変えずに、それを見ている。

「じつは、今日はそのこともあってうかがいました。正直言うと、少しもったいない気もしますけど、お返しします」

「そうなの？」

買い物のレシートでも受け取るような雰囲気で、夏樹が手を伸ばした。手に取ってびりびりに破くのかと思ったが、そのまま自分の財布にしまった。

「これは記念に取っておく。もしいつか使いたくなったら言って。再発行するから」

「ほんとですか」

「ばか」

夏樹はすっと立ち上がって、一平の脇に立った。また、キスしてくれるかと身を硬くして待ったが、肩に手を触れただけだった。

「こんなふうに、ストレートに好意を持たれたのは初めて。とても嬉《うれ》しい。ありがとう」

それきりだった。

これで話は終わったとでもいうように、夏樹がコップを片づけ始めた。

「そうだ、大事なことがあった」

夏樹が、キッチンに立ったまま一平を振り返った。

「――当分、ひこばえ荘には近づかないで」

「どうしてですか」

またあそこへ戻るのだろうか。

「いま、微妙なところに来ていて、あなたにうろつかれると困る。手伝ってもらって冷たいようだけど、しばらく近寄らないで」

「みなさんも行かないんですか？」

「そういうことね」

夏樹が、ちらりと視線を動かした。嘘だなと直感した。だが、一平は「わかりました」

と答えた。

「多恵ちゃんをよろしくね」

帰り際、夏樹にもういちど言われた。これほど強い信頼関係を築いている彼女たちを、うらやましいと思った。

10

会社に、合わせて五日間の休暇届けを出した。

理由の欄には、ただ『私用のため』とだけ書いた。これで、今年度の有給休暇を使いきることになる。

一日程度の休みには何の反応も示さなくなっていた上司も、さすがにこれには一瞬眉《まゆ》根《ね》を寄せたが、結局しぶい顔のまま書類を受け取った。法律で守られた権利だし、なにしろ〝二世〟だから、あからさまな嫌がらせをするような度胸もない。

休む目的は、もちろん、ひこばえ荘を見張ることだ。須賀あたりに、金だけせしめてのらりくらりとされたのではたまらない。週末と併せて一週間あれば、さすがに何らかの成果は上がるだろう。

もはや誰のことも信用しない。自分でけりをつけてやる。

自分の車では目立つので、レンタカーのプリウスを借りた。

前回訪問のとき、ひこばえ荘の周辺を探し回り、駅からアパートへ向かうときに通る可能性が高い道路沿いに、コインパーキングがあるのを見つけたのだ。あの細い突き当りの道へ折れるには、そこを通らねばならない。

住宅街ということもあって、ほかに一台、営業ナンバーをつけた軽トラックが停まっているだけだ。道路を見渡しやすい位置に、プリウスを停めて見張ることにした。

周囲は低層のアパートとマンションで、車の中を覗《のぞ》く人間はいそうもない。見ても角度的に、人相などはほとんどわからないだろう。服装も、このためにわざわざ購入した、ダークグレーのスラックスに白い半袖《はんそで》のシャツという地味な恰好《かっこう》だ。誰の記憶にも残らない。

腹が減ったりトイレに行きたくなれば、五十メートルも離れていないところにコンビニがある。そこで買ってきたコーヒーをすすり、シートをリクライニングさせ、煙草を吸いながらあれこれ考え事をしている。

ここで確実に誰かを、あるいは何かを目撃できるとは限らない。しかし、じりじりして、来るか来ないかわからない報告を待つよりはましだ。

二時間ほど見張ったが、須賀も石川も、それ以外の怪しげな人物も通らない。もちろんひこばえ荘の住人も。

すでに飽きていた。張り込み調査の探偵の仕事というのも楽でないと知った。須賀などは一日中こんなことをしているのだろうか。

そして自分は、何日どころか、あと何時間耐えられるだろうか。

気晴らしに、コンビニへ買い出しに行くことにした。

車をここに停めてから、四時間経った。一向に変化はない。目の前を通り過ぎてゆくのは、散歩がてらの買い物帰りの年寄り、同じくベビーカーを押した主婦、飛び込み営業をさせられているらしい安物のスーツを着た若い会社員、配送トラック、そんなものばかりだ。

幸い、それほど人通りがないので、不審がられることもなさそうだ。

ただ、こうして無駄に数時間が過ぎていくと、これまで抱いてきた怒りが、倦怠感《けんたい》にとってかわられそうになる。そのたびに、これまでに受けた嫌がらせを思い返し、怒りを再沸騰させた。

建物の陰から女と子供が現れた。見た瞬間に眠気が吹き飛ぶ。とっさに、シートをさらにリクライニングさせ、ぎりぎりまで体を低くする。仕事中の昼寝に見せるため、用意してきたグレーのハンカチを顔に載せる。

その隙間から観察した。間違いない。小僧のほうはあいつだ。女はこの前見かけたのとはまた別人だ。女優かモデルと言われれば信じそうな華やかな雰囲気だ。これが天野夏樹だろう。いまだにつるんでいるのだ。

車の電気系統だけオンにし、ウインドーを数センチ下げる。外のざわざわとした音がまとめて流れ込んでくる。

買い物をしてきたらしく、それぞれ手にレジ袋を提げ、なにか夢中になって話しながら、目の前の道路を通ってゆく。主にガキが喋《しゃべ》り、天野らしき女がうなずいている。とぎれとぎれだが、声が聞こえた。

しかし、言葉としては理解できなかった。切迫したようすはなく、どうでもいい話題のようだった。

すばやくシートを起こし、ドアを開け、車外に出る。電柱の陰からそっと道路に顔だけを出し、二人の姿を確認する。そのまま、会話を続けながら歩いてゆく。反対方向を確認した。彼らの仲間らしき姿も、彼らを尾行する須賀たちの姿もない。やはり、仕事などしていないのだ。

後金を払わないどころか、必ず返却させてやる。

しかし、いまはそれどころではない。二十メートルほど距離をとって跡をつける。やはりひこばえ荘へ向かう私道を曲がった。

すぐには後を追わず、彼女たちの歩速と門までの距離を計算する。彼女たちが門を開けて敷地に入る頃合いを見計らって、T字路からさり気なく観察したい。

頭の中でシミュレーションし、今だ、と一歩踏み出そうとしたとき、誰かの手が肩に置かれた。

「ひっ」声が漏れる。

とっさに体を捻《ひね》って手から逃れ、身構えながら振り返った。立っていたのは、当の須賀だった。

「何をしてるんですか」

咎《とが》める口調でも、あわてた口調でもなく、須賀が訊《き》いた。

「何って、決まってるじゃないか」

恭一の怒りに須賀はほぼ無反応で、ただ恭一の目を見つめ返した。そこに浮かんだ色は、怒りや非難ではなく、いってみれば憐《あわ》れみのようだった。

「ひとまず、車のところまで戻りましょう」

須賀はそう言うと返事も聞かず、振り返りもせず、プリウスを止めたパーキングのほうへ歩きだした。恭一はその背を睨《にら》んだが、結局は後を追った。


須賀が当たり前のように待っているので、ドアロックを解除した。

ドアを開けた須賀は、助手席シートの上に散らかっていたゴミに気づいて眉を顰《ひそ》めたが、無言のままそれを後部座席に投げ捨てた。そしてなめらかな身のこなしで滑り込んだ。

「彼女たちの跡をつけて、どうするつもりだったんですか」須賀が静かに訊く。

「どうもこうも、あなたがやってくれないことをやっていたんだよ」言葉が荒くなった。

「わたしが何をしなかったというんですか」

「そ、そ」

激情のせいで、言葉がうまく出てこない。自制心を総動員した。

「あんたは、少しも働いてくれないじゃないか。金だけ取って」

須賀はふっと息を漏らした。笑ったのだとわかった。

「あの金額で、金、金、と言われるとは思いませんでした。まあ、それはいいでしょう。すくなくとも、依頼されたことはやっていますよ。現に今日もここにいますし」

話すほどに怒りが増幅してゆく。

「いたからなんなんだ。またあんな写真が送られてきたじゃないか。あれほど頼んだのに」

「ええ、だから頼まれたことをしてますよ」

「は、話が通じない」

須賀は、こんどは「はあっ」と深い息を吐き、仕方がないという口調で話し始めた。

「あなたはわたしになんと言いました？　『きっちり片をつけてくれ』、そうでしたよね」

同意を求める間が空いたので、無言のまま二度うなずいた。

「送られてきた写真は、第三者から見たら何の意味ももたない写真です。ただじゃれあっているだけ、悪ふざけしているところを撮ったらこんなものが撮れた。そう言い逃れができるし、堀部という若者からみれば事実そうでした。脅迫されたといっても、あなたの話によれば、どこまで本気かわからない手紙とふざけたような写真、これだけでは逮捕、送検ぐらいはできても、まず不起訴でしょう。あとには、どうしてそんなもので脅迫できるのか、という好奇心だけが残る」

「じゃあ、これはどうなんだ」

最新の写真を見せた。トイレの中で、堀部一平が子供の首を絞めているものだ。

「冗談で済むレベルじゃないだろ」

「たしかに」

須賀はうなずいたが、あまり驚いたようすもなかった。

「その写真は、たしかにひどい。あきらかに殺意を持って子供の首を絞めているように見える。そして子供はぐったりとなっている。世間はどう思うでしょうね。『なんてひどいことをするんだ』『たしかにこんなものを送り付けられたら、トラウマのある人間ならショックで寝込むかもしれない』そういう意見が大半を占めるでしょう。

検察はともかく、いざとなったら、世間の目は脅迫の背景に向くことははっきりしています。今、日本の社会を支配しているのは〝空気〟です。どちらが加害者でどちらが被害者なのかは、空気の流れで決まる。そのことは、あなたのお父さんなら、痛いほどご存じのはずだ。

あなたは何かつらい過去をでっちあげればいい。そうですね——たとえば、あなたは幼いころ、引きこもりの変質者から何度も性的虐待を受けたとか。あるいは父親からことあるごとに無能呼ばわりされて育ったとか。父親が母親に暴力をふるうのを日常的に見ていたとか」

「あんた、何者だ」

「そんなことはどうでもいい。そうなれば、世間はあなたの味方をしてくれる。一旦《いったん》あなたが被害者という立場になれば、その後多少のことが知れても『心の傷がそうさせた』とかばってくれる。中途半端に『やめろ』などと脅すより、その切り札を手に入れる方が得策だと考えた結果です。

こちらが強硬な態度に出ないので、奴らは警戒を解いて、またここに集まり始めています。時間の問題で活動を再開するでしょう。あなたが馬脚を現すのを待っているんです。せっかくの切り札をすぐにさらしたりしませんよ。奴らがふたたび動き出したとき、逆に現場を押さえればいいんです。少なくともイーブンにはもっていけます。表沙汰《おもてざた》にしたくないんですよね。

どうですか？　ご納得いただけましたか」

痙攣《けいれん》していると思われそうなほど、小刻みになんどもうなずいた。

最初に会ったとき抱いた「この男にはかなわない」という直感は、あたっていた。とぼけた言いかたをしているが、こいつは恭一の過去を恐ろしいほど知っている。堂原保雄とのあいだに何があったのかも知っているのだろう。もしかすると、保雄を廃人にさせるほどの目に遭わせたことも。

そして、これだけ冷静な判断を下している。やはりただものではなかった。

しかし、だからといって、ただ引っ込むつもりはない。ここまでコケにされ、小僧扱いされて、にやにや笑ってお辞儀をしていたら、それこそ一生残る傷になる。必ず叩《たた》き潰《つぶ》してやる。

堂原保雄と同じ目に、いや、それ以上の目に遭わせてやる。そんな恭一の心を知ってか知らずか、須賀は淡々と言った。

「もうすぐこちらにも同等のカードが入ります。それを手に本番の交渉をします。それまで、軽挙は謹んでください」

「わかりましたよ」

不本意だが、ひとまず引き下がることにした。

11

多恵に電話をしたが、通じない。メッセージの返信もない。

午後からアルバイトに出てはみたものの、ひこばえ荘の住人たちや、葛城の容体や、まだ決着のついていない吉井恭一の問題が、ほとんど頭を占領してしまっている。

「おい、一平。一平ちゃん」

「は？」

「は、じゃねえよ。おまえ、大丈夫かよ」

　今日は、葛城がいなくなって手薄になった園芸コーナーに、駆り出されていた。かといって、植物の世話など急にできないから、主に力仕事だ。さっきから、焼き物の鉢の売り場移動をしている。けっこう重たい上に「ワレモノ」なので、体力も気も遣う。

「おまえ、ここんとこ、さらにひどいな」

　陽介の顔を見たら、どのぐらいひどかったのか想像がついた。

「そうか。ぼうっとしてたか」

「ぼうっとどころじゃねえよ。植木鉢に向かって、にやにやしたり、ぶつぶつ言ったり、相当あぶねえぞ」

「ちょっと、ノイローゼ気味かもしれない。最近、ますます勉強のしすぎで」

「そりゃいいけど、落として割るなよ」

「了解」

　応援一時間ほどで、本来の持ち場に戻ったが、大工用品コーナーでまた妄想に包まれた。ハンマー、切り出しナイフ、ノコギリ、ノミ、ワイヤー、電動ノコ、ロープ。殺人事件に使えそうな道具が、これでもかと揃っている。

　彼女たちは、この脅迫案件を、どう決着させるつもりなのだろう。

　真の目的はどうあれ、脅迫という形をとっている。脅迫には、最終局面で対象物と金品の交換という儀式が待っている。彼らの狙いはそこだ。交換に応じたことがつまり、犯行を認めたことになる。

しかしその前に、向こうは金額の交渉をしてくる可能性もある。いくら父親が国会議員だろうと、二十代で一千万円は大金だ。すんなり払えるとは思えない。それに、ゆすりのネタが写真だ。複製することが可能だ。言われるままに振り込んでも、再発する可能性が高い。吉井側としては、これっきりでやめるという保証が欲しいだろう。そのためにも、交渉する場が欲しいはずだ。

そうだ。交渉のステージがあるはずだ。

一平にそこまで話してくれてはいないが、その交渉の場が最終的な対決の場になりそうな気がする。そしてその時が近いのではないか。いや、近いどころか今日明日の可能性もある。だが、どこで？　まさか、喫茶店というわけにはいかないだろう。高田アパートの存在を知られることにも警戒して、一平が訪問するだけでずいぶん気を遣っていた。

だとすればどこだ？　決まってる。ひこばえ荘しかない。

夏樹もまた言っていたではないか。

——当分、ひこばえ荘には近づかないで。

きっと彼女たちは、ひこばえ荘を交渉の場にするつもりなのだ。

こんな日に限って、急な欠員が三名も出た。添野に午後七時まで残業して欲しいと強く要望され、断れなかった。

今日、ひこばえ荘へ様子を見に行こうと決めたが、その当日に何かあるとは限らない。毎日、あのアパートへ行って周囲をうろつくわけにもいかないし――。

一旦はそう思ったが、なんだか今日は特に胸騒ぎがする。多恵と連絡がとれなくなったことが、不吉な展開を暗示しているように思えてしかたがない。

そんなあれこれが気になってミスを連発し、森田に注意された。

終業間際に、従業員割引を使って、長さ三十センチのミニバールを買った。万が一、ドアか窓をこじ開けることになったときに使えそうだし、いざとなれば武器にもなる。もっとも、武器になどしたくはないが。特売のタオルを買って包み、リュックに収めて持ってきた。

ひこばえ荘に近づいた。

用心して様子をうかがいながら、ややゆっくりと進む。コインパーキングの前を過ぎた。怪しい車が停まっていないか確認する。営業ナンバーの軽トラックと、シルバーのプリウスだけだ。こちらもなんとなく愛想のない雰囲気だから営業車だろうか。人の姿は見当たらない。

先へ進む。須賀や石川がどこから現れるかわからない。いま、路地の陰に消えたのは、白いレクサスじゃなかっただろうか。気にし過ぎか。中年の男はみんな須賀に見える。

ここへ来る途中も、体のごつい男がいればすべて石川に見えた。

私道へのT字路を曲がる。

誰もいない。この路上には障害物がないから、見通しが利く。ひこばえ荘を見張っている不審な人影は見当たらない。

門のところで足が止まった。一〇二号室の玄関側の窓から明かりが漏れている。もとは、晴子が居た部屋だ。やはり今日も誰かが来ているらしい。まさか、本当に今日がXデーだったのか。

だとすれば、すでに交渉は始まっているのか。どう考えても平和裏に進むはずがない。万が一、肉体的なもみあいになったときに、なんとか役に立ちそうなのは夏樹くらいだろう。しかし向こうには、あの須賀とその相棒の石川といううえらくがたいのいい男もいる。特に石川は、金のためなら、一人や二人平気で殺して山に捨ててきそうだ。

リュックの中のバールの重さを意識しながら、門を開けて敷地に入った。

一〇二号室の扉の前に立つ。気配をうかがうが、大勢がいるようには思えない。そのとき、部屋の中から短い着信音が聞こえた。応答する声が聞こえないので、メールかメッセージかもしれない。

迷った。すぐにノックをし、加勢すべきか。

そうも思うが、いつも彼女たちは意外に深い作戦を立てている。軽挙でせっかくのここまでの努力を台無しにしては、申し訳ないでは済まない。

もう少し様子を探ることにした。少しでも悲鳴や怒声が聞こえたり、大きな物音がしたら踏み込むのだ。

そっと一〇二号室の前を離れ、隣の一〇一号室のドアノブを握ってみた。〝ダメ元〟の気持ちだったが、意外なことに回った。鍵《かぎ》がかかっていない。無人の空き家だから、もうどうでもいいのだろうか。そんなことを考えながら中に入った。

がらんとして生活感はない。当然だ。かび臭くわずかにすえたような臭いが、蒸し暑い空気に乗って漂っている。床を見た。埃《ほこり》が積もっているようだが、外から差し込むわずかな明かりしかないのではっきりとはわからない。スマートフォンのライト機能を使ったりすると、外から見られる恐れもある。

一平は、心の中で謝りながら、靴を履いたまま部屋にあがった。中へ進み、隣室の一〇二号室とを隔てる壁際に立つ。壁が薄いから、会話があれば聞こえるはずだ。

なんとなく、胸やけのような不快感がある。緊張しているからばかりではない。ここまで、事態が都合良く運びすぎていないだろうか。一平が予想したとおりにものごとが運んでいる。これまでの経験からしても、こんなことがあるわけがない。

あらためて部屋の中を見回す。いくらか闇に慣れてきたが、外の街灯や近隣の家の明かりが光源では、ほとんど細かいところまではわからない。自分の手がぼんやり見える程度だ。

そんな埃っぽい部屋に立って考えた。このあと、自分はどうしたらいい？　きまっている。まずは状況把握だ。一〇二号室に誰かいるのか。いるとしたら誰なのか。吉井恭一、あるいはその代理人は来ているのか。

リュックをそっと下ろし、タオルにくるんであったミニバールをとりだした。くの字に曲がったほうを先にして握り、二、三回振り下ろしてみる。ぶん、ぶん、と風を切る音がする。こんなもので人を殴れる自信はないが、威嚇する役には立つだろう。

そのとき、隣から声が聞こえた。

「──そんなこと言っても」

内容ははっきり聞き取れないが、間違いなく夏樹の声だ。

「わかりました。──はい」

電話のようだ。中身はわからなかったが、いよいよその時が近づいていると思った。小さく喉《のど》が鳴った。いますぐにでも乗り込んで行きたい気持ちをようやく押しとどめた。

12

須賀が車から出ていったあと、コンビニへ行ってウイスキーのミニボトルを二本買ってきた。

一本目の半分ほどを一気に飲んでキャップをし、助手席に放った。このあと運転して帰らねばならないことなど、もうどうでも良くなっていた。

あたりに注意を払いながら、再びひこばえ荘へ向かう。須賀はああ言っていたが「はいそうですか」とすごすごと帰るわけにはいかない。

注意深く、私道を進む。一〇二号室の玄関ドア脇の窓に明かりが灯《とも》っている。中にいるようだ。ほかの五室はまっ暗で、人の気配も感じない。このまま見張りを続けよう。

恭一は、慎重を期そうという考えの一方で、機を見るに敏でなければならないという父親の口癖を思い出していた。こんなチャンスはもうないかもしれない。少なくとも、あのガキと天野夏樹という女の二人が、まだ中にいるはずだ。

もう夜の八時になろうとしている。とすれば、今夜はここへ泊まるつもりではないのか。それはあり得そうだ。須賀が言ったように、ほとぼりが冷めたと思って舞い戻ってきたのだ。いや、全員で舞い戻る下準備に来たのかもしれない。

五日も休みをとる必要などなかった。初日からこの展開とは、おれはついている——。

さっきの女の見た目を思い出す。顔をはっきりと見たわけではないが、全体の雰囲気は好みのタイプだった。気も強そうだ。あの女を組み敷いて、虐げてみたい。泣きながら許しを請わせてみたい。今ならできる——。

そう考えると我慢ができなくなってきた。

もしも、ほかにも大人のメンバーがいたら中止だ。あの女一人とガキだけなら実行だ。あの、つんとすました女を一瞬で制圧し、結束バンドで縛り、殴り、脅し、ほかの仲間の居場所を吐かせる。お楽しみは、吐かせたあとだ。

こちらが何をしようと、警察に届けることなどできないはずだ。次の機会までなど待てない。今夜だ。今夜決行する。

もはや恐喝行為を止めさせることよりも、そのほうが大きな目的になった。血が熱を帯びてくる。

恭一は、再び車へ戻り、倒したシートに身を沈め、ウイスキーの残りを飲みながら夜が更けるのを待った。


小便がしたくなったのでコンビニへ行き、ウイスキーのボトルを買い足してきた。三本目のボトルに口をつけて流し込む。少しとろりとした液体が、喉を焼いて落ちてゆく。

人けのない瞬間を見計らって、昼間飲んだ空のペットボトルに、タンクからガソリンを移した。こうなったときのことを考えて、それ用のホースは持ってきた。口で軽く吸って流し込む。いざとなったら、あんなぼろアパートなど全部燃やしてやる。

ライターとガソリンの入ったボトルをショルダーバッグに隠して、車を出た。もう何度か歩いたルートをたどってアパートの門へたどり着く。

一〇二号室に明かりがついている。あの女はまだ部屋にいる。その証拠に、ときおり、玄関脇の小窓に影が映る。あの手のアパートの構造として、おそらくあそこは台所だろう。

ほかの部屋には、相変わらず人の気配を感じない。

時計を見る。午後の八時半を回った。

よし、行こう――。

まずは、庭側の窓を破って押し入れないか確かめることにした。

門をあける。注意したつもりだが、かすかにギイと鳴った。

はっと身を硬くするが、いまの音量なら、室内までは聞こえていないだろう。気をとりなおし、足音を忍ばせてアパートの庭側に回った。やはり真ん中の部屋から明かりが漏れている。よし、と思わず声に出しそうになる。光が漏れているということは、雨戸を完全に閉めていないということだ。

ゆっくり近づき確認する。エアコンがないのだ。だから窓を半分ほど開けて網戸にしている。

その場で身をかがめて、しばらく様子をうかがう。夜は長い。気は急《せ》くが、あせらずゆっくりと近づけばいい。ときおり、カーテンごしに人の動く気配がある。レースのカーテンしかしていないようだ。庭の向こうは普通の民家のようだが、こちらは北側で、アパートもあるせいか、ほとんどが壁で、明かりとり程度の窓しかない。好都合だ。

身をかがめたまま、真ん中の部屋の窓に近づく。顔を半分ほど覗《のぞ》かせる。安物のレースのカーテン越しに、部屋の様子がわかる。

いた――。

さっきの女――おそらくは天野夏樹が一人で、こちらを背にして座っている。畳に置いた安物のテーブルに向かって、何かの雑誌を読んでいる。

さあ、いくぞ。革の手袋をはめた手に、特殊警棒を握った。

13

埃とかびの臭いがする、暗い部屋で待つのは辛《つら》かった。

しかし、それ以上に使命感に燃えていた。さっきの短い会話のあとは、話し声もメールの気配も感じない。夏樹は一人でいるらしい。

誰かを待っているのだろうか。それは吉井恭一側の人間か。それとも、晴子が応援にやってくるのか。まさか多恵はいないだろうな。

――当分、ひこばえ荘には近づかないで。

あれはこのことを意味していたのだ。

今さら自分たちだけ戻ってくるなんて、襲ってくれと言っているようなものだ。どう見たって囮《おとり》もいいところだ。囮だとすれば、ほかのメンバーはどこか離れた場所で見張っている可能性もある。まさか、危険を感じたら携帯のメールで呼ぶ、などという段取りではないだろうな。あの石川という巨漢を見れば、そんな気分など吹き飛ぶはずだ。

せめて、自分が隣室にいることを夏樹に教えてやりたいが、計画が台無しになっては申し訳ない。やはりぎりぎりまで見守ることにする。

彼女がここにいる限り、自分も家には帰らず、ずっと見張ることにした。両親はどうせあとで小言のひとつふたつぶつけてくるだけだ。

何もなければそれでいい。もしも、何かが起きるなら、体を張ってでも、それを阻止するだけだ。

考えていると、胃のあたりがじんじんとしみてきた。ミルクをたっぷり入れたコーヒーが飲みたい。いや、葛城が飲んでいたホットミルクが飲みたい。

ときおり、埃《ほこり》でくしゃみが出そうになるが、ハンカチを押し当てて音が漏れないよう押し殺す。歴史の年号の暗記問題を繰り返して時間をつぶした。

ギイ。

今、聞こえたぞ。かすかだが、門を開く音が聞こえた。息をひそめる。足音を殺して、ドアに近づく。どんな小さな音も聞き逃すまいと、神経を集中する。聞こえない。窓に人影も映らない。気のせいだったのか。晴子や冬馬なら、もっと騒々しいはずだ。

そのとき、かち、と小さな音がした。小枝を踏みつぶしたような音だ。だが、それは庭側から聞こえて来た。

どういうことだ——？

予想外の事態に、頭の中が空回りした。庭側から侵入することは考えていなかった。

いや、考えたがすぐに消去していた。なぜなら、さすがに雨戸を閉めているだろうから。話し合いのため合意で入るにしても、力ずくで押し入るにしても、ドアの側だと決めつけていた。

すばやく、窓に寄る。建付けの悪い雨戸の隙間から外が見える。そこに目を当てる。首筋といわず腕といわず、全身に鳥肌が立った。

人の影がよぎったのだ。

ほんとに来た——。

極度の緊張で、心臓が喉《のど》から飛び出しそうだ。いや、吐きそうだ。

血中のアドレナリンが臨界点に達しているはずだ。緊張はするが、怖くはなかった。

こっちの部屋の、雨戸を開けている時間はない。玄関側から加勢に行こう。

玄関に戻ろうとあわてて回れ右をしたとき、突然襟首をつかまれた。叫び声を上げようとした口を塞《ふさ》がれた。いつのまにか、それこそ音もなく、誰かがドアから忍び込んでいたらしい。それとも、まさか押し入れにひそんでいたのか。いずれにせよ、やはり吉井ひとりではなかった。

「うんぐ、うんぐ」

必死にもがくが、喉をがっちり押さえられて反撃できない。気がつけば、いつのまにか手にしていたバールを奪い取られている。小さいが充分に殺傷能力はある。あれで殴られたら終わりだ。

足をバタバタさせるが、つま先が畳を蹴《け》るだけだ。体が宙に浮いている。この大きさからすると、石川だ。やはりあいつも来たのだ。

息が苦しい。いつか、冬馬にかけたスリーパーホールドだ。腕で、首を絞められている。すぐにぼうっとなる。このままでは気を失ってしまう。なにもかもおしまいだ。

残った力をふりしぼって暴れた。だが、後ろから押さえている力は機械のようで、効き目はなかった。

夏樹さん、申し訳ない——。

右の目からひとしずく、涙が伝い落ちた。

14

恭一は、右手に特殊警棒を握り、左手を網戸にかけた。当初は、雨戸がずらせたなら、ガラス窓を割って入るつもりだったが、雨戸どころか網戸になっている。もし気づかれそうなら、一気にこれを突き破る。手でそっと開いてみる。油を差したばかりのように、音もなくすっと動く。

——努力もせずにうまくことが運ぶときは用心しろ。

うるせえクソ親父。引っ込んでろ。

網戸を一気に引き開け、カーテンを跳ねのけながら部屋に突入する。同時に金属の棒を思い切り振り上げた。

もらった――。

そう思うのとほとんど同時に、こちらに背を向けていた女がふり返った。少しも驚いたようすがない。まるで、予測していたようだ。

「まさか――」

恭一が言い終える前に、素早く立ち上がった女が叫んだ。

「吉井恭一」

女がネコ科のような鋭い目をして、指を突きつけた。待ち伏せされたのだろうか。それならずいぶん見くびられたものだ。多少武道の心得でもあるのかもしれないが、こっちには凶器がある。ガキもどこかへ消えた。こんな女の一人ぐらい、痛めつけるのは訳ない。とっさの短い時間に、それだけのことを考えた。

「死ね」

警棒で女に殴りかかろうとしたとき、背中に衝撃を受けた。思わず、前のめりになる。前にいた女は、身をかわしてよけた。恭一も体をひねりながら、なんとか倒れるのをこらえてふり返った。

まさか――。

「おまえっ」

須賀だ。こいつが背中から体当たりしたのだ。

いつのまに、どこから現れた。隠れていたのか。いや、そんなことよりどうして邪魔をする。

「須賀っ。きさま――」

怒りのあまり、それ以上の言葉が出なかった。裏切られたのだ。金で寝返ったのか、犬め。

女のことは無視して、須賀に殴りかかった。よけようとしない。横殴りにこめかみのあたりを狙った。まさに直撃する瞬間、払いのけられた。素早すぎて、どうなったのかわからなかった。警棒がふっ飛ぶ。須賀の左手にも似たような警棒があった。驚く間もなく、右手でのど輪をとられた。

「ぐぐぐ」

息ができない。手を摑《つか》もうとするが、筋肉が張っていて指がすべる。足が浮いた。なんという力だ。恭一は壁に背中を押しつけられたまま、首だけで持ち上げられていた。須賀は右手一本しか使っていない。足をばたつかせるが、反撃というにはほど遠かった。

しだいに抵抗できなくなった。ぼんやりとして、苦しいのに気分がよくなった。部屋の中が見渡せる。いつのまにかさらに人数が増えていた。女が二人。それと、石川の姿もある。あのガキまでいた。みなで、自分を見ている。口が動いたが、何を言っているのかわからない。

目の前が暗くなってきた。ほとんど意識が遠のきかけたとき、須賀の手の力が緩んだ。

支えがなくなって、床に崩れ落ちると同時に、意識が遠のいた。

15

一平は、うっすらと意識が戻る途中で、自分の名を呼ぶ声を聞いた。

咳込《せきこ》みながら起き上がろうとしたとき、声をかけられた。

「大丈夫か」

あの須賀という探偵の声だった。

「くそ」

立ち上がって、須賀につかみかかった。いや、かかろうとしたが、あっというまに投げられ、床に転がった。まるきり相手にならない。

「痛《い》てて」

「人の話を聞け」

「おまえ、まさか、夏樹さんを」

「わたしは大丈夫」

声のしたほうを見れば、夏樹が立っている。部屋の様子からして、気絶しているあいだに一〇二号室へ運び込まれたようだ。夏樹だけではない。晴子も冬馬もいる。多恵は見えない。

「夏樹さん」

「もうすぐ警察が来るから、あまり長く話せない。あなたは、『久しぶりにここに来てみたら、突然首を絞められ失神した』そう言って、その首の赤むけを見せるの。いい？」

そう言われて触ってみるとひりひり痛んだ。

「でも……」

「わかったの？」

夏樹が有無を言わせぬ声で言った。

そのとき、ぼんやりとした顔で座り込んでいる吉井恭一の姿が目に入った。驚いた。似ている。〝そっくりさん〟に仕立て上げようとした気持ちが納得できた。

一平と目が合うと、恭一は殺意がこもったような目で睨《にら》み返してきた。

「こいつ」

「いいから、こんな奴はほっといて話を聞きなさい。わたしたちがここから消えた日で、わたしたちとの交流は終わっていた。詳しいことは何も知らない。ただなんとなく楽しそうでつきあっていた。今日、なつかしくなって、久しぶりに来たら電気がついていた。窓から覗《のぞ》いたら、後ろから首を絞められた。脅迫なんてなんのことかわからない。そう言い張るのよ」

吉井の前でそんな話をしていいのかと思うが、何か目算があるのだろう。

「はい」と答えた。

「もっとはっきり」

「はい！」

「よろしい」

このやりとりを、にやにやしながら見ていた須賀も、一平と目が合うとうなずき返してきた。

「あなたの将来に、傷を残したら、ご両親に申し訳ないもの」

夏樹が、めずらしく柔らかい声で言った。

「あの、多恵ちゃんは？」

「新しいアパートにいる。施設で友達だった子を呼んで、食事をしている。アリバイ作りのためにね。あの子はもうわたしたちの仲間じゃない」

「それって……」

冷たいといいかけたのを、晴子が遮った。

「あの子は普通の生活をめざす。だから、明日《あした》からは安兵衛ちゃんが守ってあげるのよ」

ほどなく警官たちが駆けつけてきた。夏樹たちはまったく抵抗せず、聴取を受けている。須賀も石川も、不敵な態度だが抵抗はしていない。吉井は両側から持ち上げられるようにして、連れていかれた。

警官たちには、この大勢の人間の関係がすぐ把握できるわけもなく、パトカーに振り分けられ、分乗して警察署に運ばれた。

署の建物の三階に上がり、思ったより細くて殺風景な廊下の、突き当りの部屋に入れられた。ドラマなどに出てくる取調室というものらしかった。一平を担当した刑事は、三十代半ばくらいで、今日出会った誰よりも、疲れて見えた。必要なことを淡々と聞いてくるが、矛盾があったり、さっきと違うことを言ったりすると、必ず聞き返された。なめてはいけないと思った。

一平は、彼女たちと出会い、彼女たちがひこばえ荘から消えるまでのことを語った。今さらのように、彼女たちの用意周到さがありがたかった。何も知らなかった当時の気持ちになれば、発言に矛盾は生じなかった。

一平は欺《だま》されたことに抗議して「口裏を合わせればいいじゃないか」などと言ったが、たしかに何も知らないことにすれば、つじつまが合った。喋らないのは嘘を構築するのよりははるかに楽だ。

あとは彼女たちの証言次第だが、ほかのみなは一平より役者が上だ。

ただ、吉井の前で口裏合わせの会話をしたことが、少し気になっている。それに最後の動物園の写真が出て来たら、状況は変わる。その時は、その時だ。あの、暗がりの中で息をひそめていた時から、多少の覚悟はできている。

決心はともかく、警察署に入って聴取を受ける段階になっても、一平はひこばえ荘で何が起きたのか、理解できていなかった。

刑事にたずねても、教えてもらえない。途中、〝吉井の息子〟という声が聞こえた。

刑事たちも混乱している印象を持った。それはそうだろう。大物政治家の息子と前科のある女が二人、怪しげな探偵も二人いて、首を絞められたと言っている浪人生は、吉井の息子にそっくりだ。

何がおきたのか、誰が加害者で誰が被害者なのか。そもそも犯罪行為が行われたのか。なかなか把握できないようだった。

どういう結末があったにせよ、あの若い男が、本当に吉井恭一だとしたら、ニュースにはなるだろう。大物政治家の息子が、ボロアパートとはいえ不法侵入したのだから。

一平の名前も出るだろうか。親はなんと思うだろう。

小さな殺風景な部屋に、ひとりで待たされていた。しびれを切らしかけたころ、今日はもう帰っていいと言われた。おそらく、ほかの人間の証言で、いまのところは巻き込まれただけという立場に落ちついたのかもしれない。

さっき、首を絞められ失神しているあいだに、対決という意味では、ほとんどのことは終わってしまっていたようだ。

しばらく一人にされたあと、ドアがあいて、さっきの刑事が顔をのぞかせた。

「お父さんがお見えだよ」

扉の陰から、父親が現れた。入口で立ち止まり、ドアを押さえている刑事に会釈してから、入って来た。スーツにもシャツにも、一日の疲れが滲《にじ》んでいた。きっと、さっき見かけた廊下のベンチで待たされていたのだろう。申し訳ないと思った。自分のしたことがいいとか悪いとか関係なく、ただ、申し訳ないことをしたなと思った。

「一平」

少しほっとした表情の父親が近寄ってきた。

「お父さ……」

あっと思う間もなく、衝撃でのけぞった。強烈なびんただった。よければよけられたが、礼儀として、そのまま叩《たた》かれた。痛みは、一拍遅れてやってきた。

「痛ってえ」頰をおさえてうめく。

「あたりまえだ。思いきり叩いた」

「でもさ」

もう一発食らった。今度は予期していなかった。椅子に尻餅《しりもち》をついた。

「あ痛た」

「ばかもの！」

警察署中に響きそうな声で怒鳴る。一発目はにやにや笑って見ていた刑事も、二発目のときは苦笑にかわった。

「まあまあ、お父さん、手荒なことは。むしろ被害者のようですし」

どうやら、一平の言い分を百パーセントは信じていないようだ。父親は刑事に向かって深々とお辞儀をした。

「本当にお手数をおかけしました」

「お話を聞くと、息子さんは巻き込まれただけのようです」

刑事は、とりあえず、そういうことにしておきましょう、とでもいわんばかりに手を振った。

「しかし、巻き込まれること自体、気の緩みがあるからです」

刑事が「まあ、今日のところはお引き取り下さい」と二度言うまで詫《わ》びていた。

来たときと同じ廊下を、父親と二人で歩いた。少し前を父親が歩いて行く。これほど近く、並んで歩いたのは久しぶりだった。父親の後ろ姿は小さく見えた。疲れているように見えた。でも、だれにも後ろ指をさされない背中なのだなと思った。叩かれた頰がじんとしみた。なぜだかわからないが、涙がこぼれた。父親はふり返らずに、階段を下りて行く。少し遅れて一平も続いた。

「もう遅いから、タクシーを呼ぶぞ」

父親がぼそりと言った。タクシーが来て、家に着くまで父親はひとことも口をきかなかった。一平は、窓の外に顔を向けたまま、ぼんやりさっきの出来事を反芻《はんすう》していた。

父親が料金を払い、タクシーから降りた。門の前に立つと、だいぶくたびれた表札が目に入った。家族全員の名を記した、個人情報にうるさくなかった時代の遺物だ。

《堀部克己《かつみ》　久子《ひさこ》　一平》

これが自分の家族の名だ。久しぶりに、両親を名前で意識した。親である前に人間なのだという、あたりまえのことを考えた。

門をあけ、一平を中に入れながら父親が言った。

「先に風呂《ふろ》入っていいぞ」

一平はうなずいて、小走りに廊下を進み、脱衣所に飛び込んだ。下着の替えがなかったが、そんなものはどうでもいい。とにかく、涙を見られたくなかった。

風呂で泣き顔を洗ったら、きちんと謝ろうと思った。

16

事件は、直後はそれほど大きなニュースにはならなかった。

《現衆議院議員で党三役も務めた吉井正隆（54歳）の長男、恭一（会社員、24歳）が、知人のアパートに不法侵入した》というのが骨子だ。

核心の事情をほとんど排した簡潔な内容だった。一平の名前など、ひとかけらも出てこない。夏樹はこうなることがわかっていて、吉井の前であんな話をしたのだろうか。

その後も、詳しい続報はほとんど流れなかった。恭一には、過去に傷害事件の疑惑があった、と報じたスポーツ紙があったが、その一度きりで追っかけ記事はなかった。暴露記事で名を馳《は》せている週刊誌も沈黙していた。

よほどの力で手が回されたのか、あるいは今後本格的に事件化するために、あえてマスコミには秘匿しているのだろうか。

後者であることを願った。このままうやむやになってしまうほうが、一平には都合がいいのかもしれない。しかしそれでは、葛城をはじめ『ひこばえ荘一座』のあの苦労が、そして微力ながら一平の協力が、すべてなかったことになってしまう。

騒動があった翌日の夕方、多恵から電話がかかってきた。それまでに、一平のほうから何度もかけたのだが、ずっと電源が切れたままだった。

「心配してたんだぜ」

心配の反動で、多少怒りを込めて言った。

「ごめんなさい」

「無事でよかった」

しかし、多恵はしつこいくらいに、ごめんねごめんねと謝るだけで、実のある話にはならなかった。とにかく、会って話がしたいと言うと、しばらく会わない方がいい、と断られた。たしかに、そうかもしれない。それこそどこで見張られているかわからない。なにかあったら連絡をくれと言って、会話を終えた。

一平は、その後二度警察に出向き、一度訪問を受けた。相変わらず、質問はされるが、こちらの疑問にはほとんど答えてもらえなかった。

アルバイトは辞めた。事件を知られたからではない。まがりなりにも、一平は未成年だったので、警察も気はつかってくれたらしく、『ルソラル』関係者に知れることはなかった。

むしろ、だからこそ自分から辞めようと思った。今後、事件がどういう展開になるのかわからない。いつか夏樹が話していたように、なにかのはずみで勤め先に迷惑がかからないとも限らない。数か月とはいえ、世話になったのだからそれでは申し訳ない。

事件から十日ほどが経ったとき、非通知の着信があった。

「もしもし」

〈いま、話しても大丈夫？〉

懐かしい、夏樹の声だった。

「夏樹さん、無事だったんですか」

〈うん。迷惑かけたね。それと、心配かけてごめんなさい。――その上で切り出しづらいんだけど、今度の土曜日の午前中、高田アパートに来られる？〉

「いけますけど、大丈夫なんですか？」

〈警察、という意味なら大丈夫。あとは、そのとき話す。じゃあ、朝の十時に〉

「わかりました」

ふつっと切れた。灰色の雲がずっと胸や腹にうずまいていたが、わずかに晴れ間が見えた気がした。

約束の時刻の十分前にたずねると、すでに全員が揃っていた。須賀の顔もあった。

ただし、葛城の姿はない。

あの小さなこたつテーブルが二つ並び、それを囲むように車座になって座った。遠慮したのか、須賀だけ少しはなれた場所にあぐらをかいた。

多恵と晴子の間が、一人分あけてあった。一平の席だろう。多恵が一平の顔を見て、小さくうなずいた。嬉《うれ》しいような悲しいような中途半端な顔をしていた。正面に座る冬馬と目があった。うなずいてやると、にこっと笑った。

「それじゃ、まず安兵衛君にこれまでの説明をします」

夏樹が事務的に話した。安兵衛と呼ばれたのも、柑橘《かんきつ》系の香りを嗅《か》ぐのも久しぶりだった。

テーブルの上には、プラスチック製のコップに注がれたウーロン茶が並んでいる。

「わたしたちが、吉井恭一をあぶりだすために、写真を送って脅迫していることは説明したわね」

「はい。過去の犯罪のしっぽを出させるためと、再犯の抑止のために」

「あら、さすが、大学生は難しいことばを知ってるわね」

晴子の冷やかしも快調だ。冬馬だけが、くすっと笑った。

「そう。だけど、しっぽといっても具体的にどうするかという問題があった。とりあえず非現実的なほど高額ではなく、しかし自力では無理だろうという『一千万円』という設定にした。そうすれば、交渉か実力行使に出ると思った。最初は予想通り須賀さんと石川さんに頼もうとしたらしい。だけど、この二人が思うように動いてくれないので、しびれを切らした」

須賀の顔を見ると、にやにやしながら、一平を見返してきた。ここは強気で指を差した。

「おれ、その人の仲間の石川とかいう人に、首を絞められたんですけど」

すかさず夏樹に責められた。

「来るなって言ってるのに来たからでしょ。人の忠告を一度も聞かなかった」

「まあ、そうですけど」

一度はうなだれかけたが、にやにやしている須賀を見て、再度抗議する。

「その須賀とかいう人とは、最初からつるんでいたんですか」

だったら言って欲しかった、という意味だ。夏樹が苦笑して答える。

「つるむっていう言い方は好きじゃないけど、協力関係になったのは途中から。それは順を追って説明する。――とにかくわたしたちとしては、交渉には恭一本人が乗り込んで来ると思っていた。ほかの人に原因となった事情を説明できないものね。だから、最終的には多少の危険を冒しても、囮《おとり》作戦をとることにした」

「乱暴ですよ」拳《こぶし》で軽くテーブルをたたいた。コップの水面に丸い波紋が立った。「無事にすんだからよかったけど」

「まあ、安兵衛君の心配には感謝する。でも、わたしたちもただ待っていただけじゃない。一か八かの勝負に出たの」

「勝負？」

「そう。父親の吉井正隆にぶちまけることにした」

「ええっ！」おもわずのけぞって、後ろの壁で後頭部を打った。「いてて」

「なにやってんのよ。安兵衛ちゃん」

晴子の突っ込みに、皆が声を出して笑った。

「すみません」

「相づちを打ってくれるのはいいんだけど、いちいちリアクションがオーバーなのよね。もう少し静かに聞いてくれない？」

夏樹に睨《にら》まれて、もう一度、すみません、とうなだれた。冬馬が向かいで笑っている。

「安兵衛君がもらった、須賀さんの名刺。あれを使わせてもらった。まず須賀さんに連絡して、およその説明をして、吉井議員に連絡をとってもらえないかって。最初は、話にならないと断られた。三回かけたら、やっと須賀さんが会ってくれた。その間に、裏をとったのかもしれない。須賀さんも、吉井議員が恭一のやっていることに関心のあることを知っていたらしい。それで議員にとりついでくれた」

「議員はとりあってくれたんですか。だって、自分の息子を脅してる犯人ですよ」

「息子に愛情はほとんど持っていない」

ここでようやく須賀が声を発した。

「どういうことですか？」

一平の問いに須賀が答える。

「話せば長くなるが、お互い憎み合っている。正隆のほうは、恭一を、古いことばでいえば〝廃嫡〟したいほどだが、ほかに子もないのでやむを得ずというところだった。議員の後継ぎは、最側近といわれる秘書にしようかと、正直迷っていた。今回のことでさすがに愛想をつかして、戸籍から抜くかもしれない」

「恭一のほうの感情は？」

「大げさでなく、事情が許すなら父親を始末したいと思っていた可能性はある」

「始末って。そこまで――」

「だからわたしは、恭一から依頼を受けたとき、のらりくらりとかわして、こっそり正隆議員に報告していた。あんな馬鹿と心中したくないからね」

夏樹がまた苦笑しながらそれを引き取った。

「つまり、わたしたちが悩んだ末にもちかけたとき、この人たちはすでにすべて知っていた。――吉井正隆議員は、以前から息子のご乱行を快く思っていなかった。過去にも傷害沙汰《ざた》を起こしたりして、なんとか金と説得でうやむやにしていた。だいぶ手を焼いていたみたい。それに、嗜虐《しぎゃく》癖があるらしいことにも感づいていた。でしょ？」

夏樹に話を振られ、須賀がうなずいた。

「素行を調べてくれと頼まれて、手をつけたところだった。ちょっと女性や子供の前では言えないようなことをしている。早晩、警察沙汰にはなったでしょう」

「あらためて、ひどいやつだな」

独り言《ご》ちた一平の言葉に、須賀がうなずく。

「虫酸《むしず》が走る。親父さんとの付き合いがあるから、適当にあしらっていたが、可能であれば、わたしがこの手でぶちのめしたいほどだった。石川の思いはそれ以上で、彼の妹は幼いころ、やはり通りすがりの男にひどい目に遭わされている。あの夜も、きみの見張り担当をさせたのは、恭一を殺さないようにするためだった」

「代わりにぼくが死にそうな目に遭いましたけどね」

静かな笑いが起きた。夏樹が続ける。

「父親のほうも、本当に心配したのは自分の票のほうだろうけど。ナオさんが集めた資料で、少なくとも四件の幼児に対する暴行傷害事件を告発できそうなの。少年だけど、ひとり証人もいる」

皆の視線が冬馬に集まった。自慢げに胸を張るかと思ったが、はにかんだ笑みを浮かべただけだった。

「須賀さんを通して吉井議員に詳細を話すと、極力自分に火の粉がかからない方法で幕引きしてくれという話になった」

「それで、不法侵入の現行犯逮捕という名目に？」

「まあ、そうね。今は、可能な限り自分を守る手を打ってる最中でしょ」

「親父のほうも、くそったれだな」

　その手先的な存在である須賀をちらりと見た。須賀が苦笑する。

「食っていかなきゃならんから、多少の泥水は飲んできたが、さすがにうんざりした。もう、政治とのかかわりは持たない」

　夏樹が続ける。

「さっきは笑ったけど、心の底では、みんな殺されて、どこかに埋められるか沈められるかして、うやむやになるのかもしれないと覚悟していた。でも、吉井議員はともかく、須賀さんと話すうちに、この人はそういうことをしないと思った」

「でも、でも、お仲間はぼくの首を絞めましたよ」再び抗議した。

「邪魔するからよ」晴子が、じれったいな、という調子で口を挟んだ。

「邪魔？　だってぼくは……」

「邪魔に決まってるでしょ」一平の腕を叩《たた》く。ぱち、と乾いた音が響いた。

「あ痛《い》て」

「あれほど来るなと言ったでしょ」夏樹も本気で怒っている。

「――せっかくあそこまで段取りを組んで、みんな配置について、ようやく仕掛けたのに、魚が掛かる寸前に川にじゃぶじゃぶ入られたら、だれだって怒るわよ」

「だけどさ」と晴子が割り込んだ。「何日もかける覚悟だったのに、二日目に食いついてくれて助かったわね」

「『恭一が外に来ている』って須賀さんに連絡もらって、準備もできていたし」と夏樹。

やはり、今回の仕上げの作戦では自分は部外者だったのだ。

あの夜起きたことの全容が、ぼんやりとわかってきた。だが、あらたな疑問もさらに増えた。

吉井議員が協力する態度に出たということは、恭一に罪を認めさせるということなのか。だが、発覚すれば自分の議員生命も終わるのではないか。そのジレンマはどうなったのか。それよりなにより、ひこばえ荘一味がやっていた脅迫はどうなったのか。犯罪者相手であれ、脅迫は脅迫だ。どうしてだれも逮捕されずに、こんなところにいるのか――。

それらの疑問を一気にまくしたてた。

夏樹が代表して答えた。

「議員と――正確には議員の秘書を通して交渉が成立した」

幼児に対する暴行は、恭一の自首という形で公にする。当然、罪を認め刑に服す。そのことは、いかなる手段を用いても、恭一に納得させ自供させる。

被害を与えた子供には、真摯《しんし》に詫《わ》び、償いをする。とくに、障害が残った奈良の少年と、家族を失った冬馬に対しては、可能な限りの補償をする。

夏樹たちの脅迫のことは、なかったことにする代わりに、あの夜の恭一による不法侵入と放火未遂は、個人的なトラブルの延長という位置づけにする。

計画の段階から、一平の名など表に出る予定はなかったのだ。

しかし、そんなことを当事者が決められるのかと疑問に思った。だが現職の大物国会議員が絡んでいて、その息子が自白するというのだから、警察や検察の面子《メンツ》も充分立つのかもしれない。

「充分だわね」と晴子。

「まだ、不足な気もする」と夏樹。

意見が分かれた。

「だって、吉井正隆だって、議員辞職するはめになるでしょ。社会的制裁は受けるんじゃない？」

「まあ、恭一はもう浮かぶ瀬はないでしょう。というより、長期刑でしょう。でも、父親はどうかな。息子を自首させ、矯正させ、償いをした父親として復権しそうな気がする。次かその次あたりの選挙で」

話の途中で鳴ったチャイムの応対に出た、多恵と冬馬が戻った。手には、大きな寿司《すし》の桶《おけ》を持っている。

「話が一段落したところで、お食事にしましょ」

晴子がすっと立ち、多恵を誘って準備をはじめた。見るからに上ネタとわかる寿司の大きな桶がテーブルの真ん中に置かれ、小皿や調味料などが手際よく並ぶ。滴の浮いた缶ビールも置かれた。

晴子がグラスをかかげた。皆の手に渡るのを待っている。

「いい？　持った？　それじゃ――献杯《けんぱい》」

「献杯」

一平以外の人間が唱和した。笑顔はなかった。

「献杯って、どういうことですか。たしか、お葬式の――まさか！」

皆がうなずき、夏樹が代表して説明した。

「ナオさん、亡くなったの」

それまで伏せてあったらしい、ハガキサイズほどの写真立てをテーブルに置いた。『ルソラル』の制服を着て、少し汚れたエプロンをつけて笑みを浮かべた葛城が写っている。

息を引き取ったのは、恭一が逮捕された翌日だったそうだ。意識不明だったから、ニュースなど耳に入らなかったはずだが、これは天の心配りかもしれない。

都営の火葬場で焼いてお骨にし、葬儀は実家近くの親戚《しんせき》が現地で行うのだという。奈良からかけつけた三人の親戚よりも、ひこばえ荘四人組のほうが、はげしく慟哭《どうこく》していたそうだ。

その説明を聞く途中から、一平の目からも涙が流れて止まらなくなった。

「すっげえ美味《うま》そう」

冬馬が箸《はし》を握ったまま叫び、湿った空気を吹き飛ばした。晴子が「でしょう、奮発したんだから」と胸を張った。

「これ、まじで美味い」「ワサビ取って」「穴子いらないならちょうだい」「安兵衛ちゃんも一杯ぐらいならビール飲む？」「元SAT隊員の前だから遠慮します」

　そんな会話が飛び交い、少しだけ作り物めいた明るい会食が一段落したころ、晴子がしみじみと語った。

「弁護士に事情を聞いたけど、恭一自身にも可哀想な幼児体験があったみたい。変態男に何度もいたずらされて、それが心の傷として残ったらしい。自分より弱い人間を憎む対象としか見られなくなったのも、その辺に心因があるかもね」

「だからって、許されるものでもないと思うけど」と夏樹が応じる。

「うん」多恵が賛同した。

「隙あり」

　一平が自分の前に残しておいたウニを、冬馬がかすめとった。

「あ、きったねえ。許さねえ」

「わたしのあげる」と多恵。

「あたしのもあげるよ。食べ飽きたから」と晴子。

　皆で笑った。夏樹も笑っていた。

　気がつけば須賀の姿は消えていた。

　後片付けをしながら晴子がぽつりとつぶやいた。

「おかしいのよ、どうしても見つからないの」

「なにがです？」

「ノート。ナオさんが死んだら一緒に燃やしてくれって頼まれてたノート。たしか十二巻が最新だったと思うんだけど、それだけがどこにもないのよね」

多恵と冬馬が、疑うような視線を一平に向けた。

「ち、違う。違うって。きっと、葛城さんがどこかにしまい忘れたんだよ」

「まあ、あり得るけどね」

三人はそれで納得したようだった。

無反応の夏樹を見て、一平はそのノートを隠したのは夏樹ではないかという気がしていた。想像だが、その中に夏樹の過去の詳細な記録が書かれていたのではないだろうか。それを隠したいというより、夏樹としては今回のことを機に清算したいと思ったのではないか。だから、どこか別の場所で燃やしたのかもしれない。

「そうだ。忘れてた」リュックからレジ袋に入ったものを取り出した。

「これ、やるよ」と冬馬に渡す。

「何、何」

冬馬が嬉《うれ》しそうに受け取り、さっそく中身を確認する。

「約束してたやつだ。男の約束だ」

定価で買えなかったので、若干割高の転売品を買った。ここまでじらしたお詫びだ。

部屋の中に冬馬の絶叫が響いた。

17

寿司の会食から一週間後、大きなニュースが世間を騒がせた。

《衆議院議員吉井正隆氏、妻に刺殺される》

父親が読んでいる新聞の一面に、でかでかとそんな見出しが躍っていた。一平は前夜の速報で知っていた。

前日の昼ごろ、服を血だらけにした女が警察に出頭した。

「夫を包丁で刺しました」

女は、吉井正隆議員の妻だと名乗った。警察が狛江《こまえ》市にある、吉井の自宅にかけつけてみると、議員がリビングのソファにぐったりと座ったままで、その腹や胸には何か所も包丁で刺したあとがあった。

凶器に使った包丁は、洗ってキッチンの包丁立てに干してあった。

衆議院解散日まであと二週間だった。

吉井議員刺殺事件後も、多恵とだけは連絡を取り合っていたが、直接会うことは控えていた。

しかし「そろそろいいだろう」ということになって、どこかで会わないかと誘った。するると意外にも「高田アパートに来て欲しい」と誘われた。

またパーティーかもしれないと思い、ケーキや少し上等の刺身、のりせんべいなどを持参した。

多恵の部屋のチャイムを鳴らすと、すぐにドアが開いた。

きちんと髪を手入れし、薄化粧した多恵が笑みを浮かべて立っている。どうやらそれが彼女の趣味のようで、今日も小さな花柄のシャツワンピースだ。

「あっ」

挨拶《あいさつ》を交わす前に気づいた。胸元で小さく光っているのは、一平がプレゼントしたムーンストーンのネックレスだ。

「こんにちは」

「うん。どうぞ。あがって」

だいぶ長い台詞《せりふ》が言えるようになった。

部屋の中はきれいに片づいていた。整理されているというだけでなく、華やかになっている。

高価な家具などはない。若者向けのサイドボードだとかワードローブだとかだが、すべて新しく、部屋全体も掃除がゆきとどいている。

壁際にはベッドと、畳に置くタイプの小さなリビングセットがあった。

「あ、そうだ、これ冷蔵庫にしまっておいて」

手土産を渡した。

「うん」

畳用の椅子に座って、まずは多恵が淹《い》れてくれた紅茶を飲んだ。

せんべいだけは封を開けて、多恵の近況を聞いた。

近くのスーパーの事務のアルバイトの仕事についたそうだ。独学だが経理の勉強もしたので、雑用のようなことをしながら、だんだん覚えていくつもりだと、恥ずかし気に説明した。

「頑張りすぎないで。応援してるよ」

「ありがとう」

ほかにも、お互いの近況を少し語ったところで、「ほかのみんなは？」と訊《き》いた。

「行っちゃった」

「行ったって、どこへ？」

晴子の主導で沖縄旅行にでも行ったのかと思った。

「わからない」

「わからないって、どういうこと？」

多恵は困ったようにうつむいて、説明のしかたを考えているようだった。ようやく顔を上げて、一平の目を見た。

「みんな、別のところに行った。もう帰ってこない」

「このアパートにも？」

「うん」

「冬馬も？」

「うん。晴子さんの養子になる」

「多恵ちゃんは？」

「ここにいる」

すべてを理解した。またしても、首筋や腕に鳥肌が立った。

彼女たちは行ってしまったのだ。どこか遠いところへ。それは距離的な意味ではなく、もう二度と会うことはないだろうという意味だ。

葛城の最後の願いは叶《かな》えられた。冬馬の傷もいくらかはやわらいだろう。多恵も変わった。次は、晴子と夏樹が自分たちの人生を再構築する番だ。

それはもっともだと思った。当然だと思った。しかし――。

「寂しいね」ばりりとせんべいをかじる。

「うん」

多恵はぼろぼろと泣き出した。一平も涙を堪《こら》えられなかった。

本音を言えば、最後にひと言、別れの挨拶ぐらいはしたかった。

しかし、何も言わずに去るのが彼女たちの流儀なのだ。一平を虜《とりこ》にした、あの人たちの生き方なのだ。

二人で涙を流しながら、せんべいをかじる。そして想像する。どこかでまた、お人好《ひとよ》しの大学生でも誘い込んでいるかもしれない。今度は晴子が「百万円でいいわよ」などと言って。

泣きながら笑っている一平を、多恵が不思議そうに見た。

「どうかした？」

「あ、いやなんでもないよ。ちょっと思い出にふけっていただけ」

すべて終わった。そして多恵はここにいる。

「楽しい人たちだったなって思ってさ」

「うん」

「出会えてよかったなって思ってさ」

「うん」

また泣けてきた。そして、だけどやっぱり、と思った。

あの《特別招待券》は、少しだけ惜しいことをしたな。

本書は書き下ろしです。

残像《ざんぞう》

伊岡《いおか》 瞬《しゅん》

令和5年 9月25日 初版発行

発行者●山下直久

発行●株式会社KADOKAWA
〒102-8177 東京都千代田区富士見2-13-3
電話 0570-002-301(ナビダイヤル)

角川文庫 23812

印刷所●株式会社暁印刷
製本所●本間製本株式会社

表紙画●和田三造

●お問い合わせ
https://www.kadokawa.co.jp/（「お問い合わせ」へお進みください）
※内容によっては、お答えできない場合があります。
※サポートは日本国内のみとさせていただきます。
※Japanese text only

ISBN 978-4-04-113722-2 C0193

◇◇◇

角川文庫発刊に際して

角川源義

第二次世界大戦の敗北は、軍事力の敗北であった以上に、私たちの若い文化力の敗退であった。私たちの文化が戦争に対して如何に無力であり、単なるあだ花に過ぎなかったかを、私たちは身を以て体験し痛感した。西洋近代文化の摂取にとって、明治以後八十年の歳月は決して短かすぎたとは言えない。にもかかわらず、近代文化の伝統を確立し、自由な批判と柔軟な良識に富む文化層として自らを形成することに私たちは失敗して来た。そしてこれは、各層への文化の普及滲透を任務とする出版人の責任でもあった。

一九四五年以来、私たちは再び振出しに戻り、第一歩から踏み出すことを余儀なくされた。これは大きな不幸ではあるが、反面、これまでの混沌・未熟・歪曲の中にあった我が国の文化に秩序と確たる基礎を齎らすためには絶好の機会でもある。角川書店は、このような祖国の文化的危機にあたり、微力をも顧みず再建の礎石たるべき抱負と決意とをもって出発したが、ここに創立以来の念願を果すべく角川文庫を発刊する。これまで刊行されたあらゆる全集叢書文庫類の長所と短所とを検討し、古今東西の不朽の典籍を、良心的編集のもとに、廉価に、そして書架にふさわしい美本として、多くのひとびとに提供しようとする。しかし私たちは徒らに百科全書的な知識のジレッタントを作ることを目的とせず、あくまで祖国の文化に秩序と再建への道を示し、この文庫を角川書店の栄ある事業として、今後永久に継続発展せしめ、学芸と教養との殿堂として大成せんことを期したい。多くの読書子の愛情ある忠言と支持とによって、この希望と抱負とを完遂せしめられんことを願う。

一九四九年五月三日

角川文庫ベストセラー

いつか、虹の向こうへ　伊岡　瞬

尾木遼平、46歳、元刑事。職も家族も失った彼に残されたのは、3人の居候との奇妙な同居生活だけだ。家出中の少女と出会ったことがきっかけで、殺人事件に巻き込まれ……第25回横溝正史ミステリ大賞受賞作。

145gの孤独　伊岡　瞬

プロ野球投手の倉沢は、試合中の死球事故が原因で現役を引退した。その後彼が始めた仕事「付き添い屋」には、奇妙な依頼客が次々と訪れて……情感豊かな筆致で綴り上げた、ハートウォーミング・ミステリ。

瑠璃の雫　伊岡　瞬

深い喪失感を抱える少女・美緒。謎めいた過去を持つ老人・丈太郎。世代を超えた二人は互いに何かを見いだそうとした……家族とは何か。赦しとは何か。感涙必至のミステリ巨編。

教室に雨は降らない　伊岡　瞬

森島巧は小学校で臨時教師として働き始めた23歳だ。音大を卒業するも、流されるように教員の道に進んでしまう。腰掛け気分で働いていたが、学校で起こる様々な問題に巻き込まれ……傑作青春ミステリ。

代償　伊岡　瞬

不幸な境遇のため、遠縁の達也と暮らすことになった圭輔。新たな友人・寿人に安らぎを得たものの、魔の手は容赦なく圭輔を追いつめた。長じて弁護士となった圭輔に、収監された達也から弁護依頼が舞い込む。